Sophia Bergmann

Zum Glück ein Jahr

W0213749

Sophia Bergmann

ZUM GLÜCK EIN JAHR

Roman

DIANA

Der Verlag weist ausdrücklich darauf hin, dass im Text enthaltene externe Links vom Verlag nur bis zum Zeitpunkt der Buchveröffentlichung eingesehen werden konnten. Auf spätere Veränderungen hat der Verlag keinerlei Einfluss. Eine Haftung des Verlags ist daher ausgeschlossen.

MIX
Papier aus verantwortungsvollen Quellen
FSC® C014496
FSC www.fsc.org

Verlagsgruppe Random House FSC® N001967

Originalausgabe 12/2016
Copyright © 2016 by Diana Verlag, München,
in der Verlagsgruppe Random House GmbH,
Neumarkter Straße 28, 81673 München
Redaktion: Dr. Katja Bendels
Umschlaggestaltung: t.mutzenbach design, München
Umschlagmotive: © Oksana Alekseeva; somen;
Drekhann/Shutterstock
Satz: Leingärtner, Nabburg
Druck und Bindung: GGP Media GmbH, Pößneck
Printed in Germany
Alle Rechte vorbehalten

ISBN 978-3-453-35891-1

www.diana-verlag.de
Besuchen Sie uns auch auf www.herzenszeilen.de
Dieses Buch ist auch als E-Book lieferbar

Wirf den Stein von heute weg.
Vergiß und schlafe. Wenn er Licht ist,
wirst du ihn morgen wieder finden,
zur Dämmerzeit, in Sonne verwandelt.

JUAN RAMÓN JIMÉNEZ

1. KAPITEL

»Ich finde, wir sollten es tun!« Nelly lächelte Julia zu und ließ sich auf eines der beiden Sofas fallen. Dabei schleuderte sie mit einem wohligen Seufzer ihre hochhackigen Pumps von sich und wedelte wie befreit mit den Füßen durch die Luft. Die Pailletten ihres roten Kleides fingen das gedämpfte Licht des Zimmers ein und verliehen ihr die glitzernde Aura einer archaischen Göttin und gefährlichen Verführerin. Ich muss dringend die Reißleine ziehen, dachte Julia, bevor Nelly gar nicht mehr zu bremsen ist.

»Nein, sollten wir nicht, das ist keine gute Idee.« Julia unterdrückte den Impuls, die bordeauxroten Lackschuhe aufzuheben und ordentlich hinzustellen. Stattdessen fegte sie ein paar Luftschlangen von dem Sofa, das Nellys gegenüberstand, und setzte sich, um ihre Einwände zu überdenken. Mit der Hand strich sie über die warmen Leinenbezüge des mächtigen, altmodischen Sofas, die sie für ihre Freundin in einem dunklen Pflaumenton eingefärbt und mit prächtigen orientalischen Kissen dekoriert hatte. Sie fühlten sich nicht nur schöner an, sondern waren auch praktischer als die Bezüge der edlen weißen Lederchaiselongues bei ihr zu Hause, die ein Hochzeitsgeschenk ihrer Schwiegereltern gewesen waren. »Eisberge« nannte Julia sie heimlich, und meinte damit nicht nur die Ledersofas.

»Keine gute Idee? Das ist nicht dein Ernst!« Nelly nahm pantomimisch ein nicht vorhandenes Sektglas in die Hand und prostete Julia fragend zu, die daraufhin aufstand und zu dem langen Holztisch voll Konfetti, Sektgläsern und kleinen, verschmolzenen Bleiskulpturen hinüberging. Sie griff sich zwei Gläser, musterte sie kritisch und machte sich dann auf den Weg in die Küche, um sie abzuspülen. Alles besser, als über Nellys Idee zu reden. Zeit gewinnen.

»Das passt schon, gieß uns lieber was ein und komm her. Lass uns das noch mal diskutieren.« Nelly klopfte neben sich auf das Sofapolster.

»Well, I'll do my very best«, zitierte Julia den letzten Satz aus *Dinner for One*, den sie zu Beginn des Abends zusammen mit Nellys Freundinnen angeschaut hatten, und goss den nun lauwarmen Sekt in die beiden Gläser. Sie reichte Nelly eins davon, stieß leise klirrend mit ihr an und trank ihres noch im Stehen halb aus. Dann setzte sie sich wieder auf das Sofa, streifte ihre silbernen Riemchenpumps ab und rieb die schwarz bestrumpften Beine so heftig aneinander, dass ein elektrisches Knistern durch den Raum schwebte.

Alle Gäste hatten sich an das Motto des Abends gehalten: *Dress to Impress.* Denn jede von ihnen hatte Nelly dabei helfen wollen, das erste Silvester ohne ihren Mann Lázló gut zu überstehen. Und es war ihnen gelungen.

Mit einem Lächeln erinnerte Julia sich an Alexander, der angesichts ihrer Vorbereitungen fast schon etwas nervös geworden war, als er Julia den Reißverschluss ihres schwarzen Cocktailkleides zugezogen hatte.

»Dieser ganze Aufwand wirklich nur für einen Frauenabend?«, hatte er gefragt und sie liebevoll auf den Nacken geküsst.

Sie hatte den herben Duft seines After Shaves gerochen und ein Grinsen unterdrückt. Sollte er ruhig bereuen, dass sie dieses Jahr Silvester getrennt verbrachten. Schließlich war das allein seine Schuld!

»Ladies only? Willst du mich auf den Arm nehmen?« Noch ein zarter Kuss, und als er die wohligen Schauer sah, die über Julias Rücken liefen, drehte er sie um, presste sie fest an seinen bretthart trainierten Bauch und küsste sie leidenschaftlich auf den Mund, wobei er ihre mühevoll arrangierte Hochsteckfrisur zerzauste. »Wir sollten hier bleiben und ganz alleine mit den Jungs feiern«, murmelte er zwischen zwei Küssen.

Und obwohl der Blick aus seinen braunen Augen ihn nur noch verführerischer machte, beschloss Julia, hart zu bleiben. Schließlich hatte er sich dafür entschieden, Silvester mit seinem wichtigsten Mandanten, einem hochkultivierten Kinderhasser zu feiern. Julia war auch eingeladen gewesen, aber sie hatte keinen Babysitter gefunden, der bereit gewesen wäre, die Nacht bei ihren beiden Söhnen Max und Finn zu verbringen. Daraufhin hatte Alex beschlossen, allein zu gehen, weil dieser Mandant großen Einfluss auf seine Karriere in der Kanzlei nehmen konnte. Und so waren Julia und Nelly auf die Idee mit der Frauensilvesterparty gekommen.

Julias Mundwinkel zuckten bei dem Gedanken daran, dass Alex' Silvesterdinner zwar von Alfons Schuhbeck gekocht, die hochgeistige Unterhaltung dazu allerdings garantiert humorfrei und staubtrocken gewesen war, während sie mit Nelly und ihren Freundinnen so viel hatte lachen müssen, dass sie morgen Muskelkater im Bauch haben würde. Sie hatten es in jeder Hinsicht krachen lassen, und das sah man dem Wohnzimmer auch an. Überall lagen zerfetzte Knallbonbonpapiere, Konfetti und Sektkorken. Eine Schale mit Chips war umgefallen, und die Brösel waren beim übermütigen Tanzen geradezu in den Teppich massiert worden.

»Mein schönstes Silvester seit Langem«, murmelte Julia und wurde, noch bevor sie den Satz beendet hatte, von ihrem schlechten Gewissen angefallen. Schließlich gab Alex sich die größte Mühe, ihr und den Jungs etwas zu bieten. Allerdings hatten sie vor zwei Jahren Silvester in einer unterbesetzten österreichischen Ambulanz verbracht, weil Finn sich beim Skifahren das Schienbein gebrochen hatte. Letztes Jahr hatte Alex das dann wiedergutmachen wollen und sie alle in ein Fünf-Sterne-Wellnesshotel nach Südtirol entführt, mit Galadinner, Tanz und einem barocken Feuerwerk zum Jahreswechsel. Davon hatte Julia jedoch nichts mitbekommen, weil sie den Abend mit den Zwillingen in dem japanischen Badezimmer verbracht hatte, wo die beiden sich dank der Jakobsmuscheln auf Lachs-Carpaccio abwechselnd heftig übergeben mussten. Sie hätten das nie gegessen, wenn Alex es ihnen nicht als Mutprobe für echte Kerle verkauft hätte.

»Du bist so still und atmest so schwer – so grausig ist mein Plan auch wieder nicht. Oder woran denkst du?«, fragte Nelly.

»An … Lachs-Carpaccio …« Julia verschwieg den Rest, weil sie sich Nellys Kommentare dazu lebhaft vorstellen konnte.

»An Fisch? Jetzt? Hast du Hunger?«, wunderte sich Nelly.

Überrascht stellte Julia fest, dass sie damit den Nagel auf den Kopf getroffen hatte. Und das war kein Ablenkungsmanöver.

»Ja, vorhin war ich viel zu aufgeregt, um zu essen.«

Sie stand auf und schlenderte noch einmal zu dem langen Holztisch, auf dem die Reste des üppigen Büffets vor sich hin gammelten. Es war von allem mehr als genug da, und die Esterházytorte war sogar noch völlig unberührt, fast so, als wäre es ihnen wie Leichenfledderei vorgekommen, Lázlós Lieblingskuchen zu essen. Julia griff sich ein Stück der klebrigen Cremetorte und schob es sich in einem Anfall von Übermut kurzerhand ganz in den Mund. Während sie ihre Finger ableckte, überlegte sie, ob sie sich noch ein weiteres Stück gönnen sollte, entschied sich aber dagegen. Das neue Jahr musste nicht gleich mit allzu vielen Sünden anfangen.

Stattdessen griff sie zögernd nach der großen Kristallschale, in der sich nichts Essbares, sondern ein Berg von Zetteln befand – die Idee, der Plan, den Nelly sich mit ihrer aller Unterstützung ausgedacht hatte. Ihre Freundin würde sowieso keine Ruhe geben, bis sie das ausdiskutiert hatten.

Julia nahm die Schüssel mit, setzte sich auf das Sofa und stellte sie auf ihren Schoß. Sie zog einen der gefalteten Zettel heraus. *Eine Woche lang nicht lügen* stand darauf. Kein Mensch würde das jemals schaffen! Nach dem Bleigießen hatte Nelly ihre Freundinnen gebeten, die drei Dinge aufzuschreiben, die sie tun würden, wenn sie wüssten, dass sie nur noch ein Jahr zu leben hätten. Natürlich hatten alle beflissen mitgemacht, denn ihnen war klar gewesen, dass diese Idee Lázlós überraschendem Tod geschuldet war. Während alle anderen sich mit großem Ernst daranmachten, diese Aufgabe zu erfüllen, war es Julia einen Moment lang so vorgekommen, als würde Lázlós Geist missbilligend durch das Zimmer schweben, denn der hätte sich bei einer Silvesterparty viel lieber amüsiert als geweint.

Vielleicht war es dieser Gedanke gewesen, der sie dazu verleitet hatte, die Musik laut aufzudrehen und alle zum Tanzen zu animieren, bevor Nelly die Zettel laut vorlesen konnte. Vielleicht war es aber auch nur ihre Angst davor gewesen, dass die Party sich in so etwas wie eine Selbsterfahrungstherapiegruppe verwandeln würde und man sie selbst zu dem, was sie in einem aufrichtigen Moment auf ihren Zettel geschrieben hatte, ausfragen könnte.

Doch nun war die Party vorüber, und Julia kannte ihre Freundin gut genug, um zu wissen, dass sie ihr nun nicht länger entkommen würde.

»Dabei war ich so sicher, dass dir das gefallen wird«, sagte Nelly, setzte sich auf und deutete auf die Schüssel mit den Zetteln. »Du liest doch immer all diese Ratgeberbücher zur Selbstoptimierung. *Wie werde ich eine bessere Mutter? Wie koche ich in zehn Minuten ein perfektes Dinner für verwöhnte Anwälte …«*

Damit hatte Nelly vollkommen recht, und normalerweise war Julia auch in der Lage, mit ihr zusammen über ihren Perfektionismus zu lachen, aber Ratgeberbücher wurden von Experten geschrieben, und deshalb hinkte Nellys Vergleich ein wenig.

»Wir sollten das durchziehen, du und ich.« Nelly stemmte sich aus dem Sofa hoch und gestikulierte theatralisch mit den Händen. »Wenn wirklich alle mitgemacht haben, sind es vierundzwanzig Aufgaben, zwölf für dich und zwölf für mich. Ein echt guter Plan.«

»Woher willst du das wissen, hast du sie etwa schon gelesen? Könnte doch sein, dass alle das Gleiche geschrieben haben: Ich möchte einen Ratgeber zur Selbstoptimierung lesen, zehn Kilo abnehmen …« Julia zwinkerte ihr zu.

»Niemand will angesichts seines Todes Diät machen!«, warf Nelly ein, aber Julia ließ sich jetzt nicht mehr bremsen.

»Oder: Ich möchte meiner Freundin dringend noch den Hals umdrehen, bevor ich sterbe …« Julia versuchte, es angriffslustig rüberzubringen, bekam aber sofort Angst vor der eigenen Courage und schickte ein versöhnliches Lächeln hinterher.

»Bei meinem Hals dürfte das schwer werden!« Nelly lachte, zeigte auf ihr Doppelkinn und klopfte neben sich auf das Sofa.

»Lass sie uns wenigstens zusammen anschauen.«

Julia setzte sich neben ihre Freundin, und gemeinsam lasen sie, was auf den Zetteln stand:

- Eine Wahrsagerin aufsuchen
- Einen Brief an die Kinder schreiben, für den Fall, dass ich überraschend sterbe
- Meine heißeste Affäre von damals wieder treffen
- Einen Roman schreiben
- Alles komplett und radikal ausmisten (z. B. alle hässlichen Geschenke, Familienschmuck etc.)
- Fallschirm springen
- Schöne Aktfotos machen lassen
- Mit Delfinen schwimmen
- Einen Preis gewinnen
- Vor einer großen Menschenmenge reden
- Eine Typberatung machen
- Eine Woche lang nicht lügen
- Alle waren schon dort, nur ich noch nicht. Essbare Unterwäsche oder was ähnlich Abgefahrenes im Sexshop besorgen
- Mich nicht mehr vor anderen klein machen
- Meine größte Liebe aus meinem früheren Leben wieder treffen
- Einen zwanzig Jahre jüngeren Mann verführen
- Endlich Haschkekse probieren
- Mich bei X entschuldigen für das, was ich damals getan habe
- Eine Patientenverfügung schreiben
- Einen Monat lang die Familie bestreiken – Putzen, Waschen, Kochen, alles wirklich den anderen überlassen
- Ausdrucksmalen lernen
- An einem Hexentreffen teilnehmen
- Eine Woche lang konsequent Nein sagen, wenn ich Nein meine
- Ein Wochenende lang die Superreiche spielen
- In einem Film mitspielen

»Wow, gar nicht übel, was uns da alles eingefallen ist. Wir sollten das machen.« Nelly sah Julia eindringlich an.

»O bitte! Das ist doch Blödsinn!«, widersprach Julia. »Das war ein netter Partyspaß, aber damit hat es sich dann auch. Hey, Nelly, wir sind erwachsen. Willst du im Ernst irgendwelche Ex-Lover wiedersehen?«

»Warum denn nicht? Könnte spannend werden. Also manchmal kommst du mir vor wie ein hypnotisiertes Kaninchen.«

»Aber nur, weil du hin und wieder was von einer Giftschlange hast ...« Julia hielt erschrocken inne. Es musste am Alkohol liegen, dass sie Nelly heute dermaßen Paroli bot.

»Touché!«

Gutmütig stieß Nelly mit Julias leerem Glas an.

»Schau mal, diese ganze Aktion macht dich jetzt schon mutiger, als du es sonst für gewöhnlich bist. Vielleicht würde es dir ganz guttun, wenn du öfter mal aus deinem goldenen Kaninchenkäfig herauskommen würdest.«

»So ein Unsinn! Ich lebe genauso wenig in einem Käfig wie du!« Julia wollte nicht länger streiten, konnte das aber nicht so im Raum stehen lassen. »Und hypnotisiert bin ich schon gar nicht. Vielleicht gefällt es mir ja in dem, was du meinem ›Käfig‹ nennst. Bei mir passt alles, also ich könnte prima sterben, ohne irgendwas von diesen dämlichen Sachen gemacht zu haben.« Julia wechselte das Sofa und setzte sich wieder Nelly gegenüber.

Ihre Freundin stöhnte demonstrativ. »Ich gebe es auf. Du bist einfach zu gut darin, dir was vorzumachen.« Sie nahm einen Zettel. »Wolltest du denn noch nie in einem Film mitspielen?« Sie zog den nächsten heraus. »Oder dich ein Wochenende lang wie eine Superreiche fühlen? Das gibt's doch gar nicht.«

»Und wenn schon, das ist doch albern. Ich bin Mutter, und wir sind erwachsen.«

Nelly zog immer mehr Zettel heraus, offensichtlich auf der Suche nach einem ganz bestimmten. Als sie ihn gefunden hatte, wedelte sie triumphierend damit durch die Luft.

»Und wie wäre dann das: Mich nie mehr vor anderen klein machen?«

»Tu ich nicht. Nie.«

Als Nelly beide Augenbrauen hochzog, begann es in Julia zu brodeln. Ihre Freundin hatte völlig recht, das war wirklich ihr Problem. Auch wenn sie Nellys ungestüme Art liebte, wünschte Julia sich manchmal, sie wäre ein wenig einfühlsamer. Aber dann durchzuckte sie plötzlich der Gedanke, dass Nelly vielleicht lieber streiten oder auf ihrer Freundin herumhacken wollte, als am Ende des Abends doch noch in Trauer zu versinken. Es wäre typisch für Nelly, lieber Julia zu analysieren, als sich ihren eigenen Gefühlen zu stellen.

»Und das hier.« Nelly wedelte mit dem nächsten Blatt. »Haschkekse. Das hast du mir schon so oft gesagt, dass du das endlich mal probieren willst.«

»Hast du welche da?«

»Wieso?«

»Dann würde ich gleich einen Berg davon essen, um dich besser ertragen zu können.« Julia lächelte, um ihren Worten die Spitze zu nehmen.

»Ich finde wirklich, wir sollten all diese Dinge angehen.«

»Es spricht überhaupt nichts dagegen, dass du sie dir alleine vornimmst.«

»Alleine ist es langweilig.«

»Du klingst wie Max, wenn er mal ohne Finn sein muss.«

»Ich bin allein.«

Nellys Worte gingen Julia unter die Haut und breiteten sich dort aus wie eine Injektion Adrenalin. *Allein, allein, allein.* Ihre Haare stellten sich auf, und am liebsten hätte sie Nelly in den

Arm genommen. Aber ihre Freundin hatte immer eine panische Angst davor, dass man sie bemitleiden könnte. Dann erstarrte sie förmlich zu Stein, wenn man ihr zu nahe kam. Der Einzige, dem es gelungen war, ihre Abwehrmechanismen zu durchdringen, war Lázló gewesen. Und der war nicht mehr da. Julia dagegen hatte es warm und gemütlich mit ihrer Familie, mit Alex und den Kindern und sogar mit ihrem ganz passablen Bruder. Also, was hatte sie denn schon zu verlieren?

»Okay, Nelly, du hast es mal wieder geschafft. Überredet. Ich bin dabei, lass es uns gemeinsam in Angriff nehmen.«

»Wie einen Krieg?«

»Nein, wie einen guten Plan für das neue Jahr!«

Nelly prostete ihr zu und deklamierte theatralisch: ›Bester Freund, was ist das Herz des Menschen!‹ Sie sah einen Moment lang so aus, als wollte sie Julia umarmen, blieb dann aber doch sitzen. »Das ist der zweite Satz aus Goethes *Leiden des jungen Werther.*«

Nelly sammelte interessante zweite Sätze, weil sie es ungerecht fand, sich nur auf die ersten zu konzentrieren. Ihrer Meinung nach war der zweite Satz der am meisten unterschätzte, genauso wie zweite Plätze bei einem Wettkampf oder zweite Geigen. Aber die *Leiden des jungen Werther* schienen Julia wie ein schlechtes Omen, und so versuchte sie, Nellys theatralischer Ader etwas Pragmatismus entgegenzusetzen.

»Wenn ich schon mitmache«, erklärte sie, »dann möchte ich unbedingt die Wahrsagerin.«

Nelly schüttelte den Kopf. »Lass es uns auslosen. Das ist gerechter und außerdem viel spannender.«

»Von mir aus.« Das werde ich bereuen, dachte Julia, aber es ist spät, und wir haben getrunken. Vielleicht komme ich morgen aus der Nummer wieder raus.

»Ich glaube nicht, dass Alexander begeistert sein wird, wenn du auch nur ein einziges von diesen Dingen tust, die auf den Zetteln stehen. Umso besser!«

»Seit wann interessiert es dich, was Alexander denkt?« Julia ging zum Tisch und nahm sich nun doch ein halbes Stück Cremetorte, das sie sich schon im Stehen ganz in den Mund schob. »Glaubst du denn, Lázló wäre davon begeistert gewesen?«, fragte sie mit vollem Mund.

Unvermittelt stand Nelly auf, stellte sich neben Julia und bohrte ihren Zeigefinger mitten in die Torte.

»Ja, wenn er noch da wäre, ja, wenn er noch leben würde! Wenn, wenn! Wenn dieser Idiot nicht so verfressen gewesen wäre, wenn er mehr Sport gemacht hätte, wenn er mal zum Arzt gegangen wäre, dann wäre er verdammt noch mal jetzt hier! Und wir hätten heute ein anderes Silvester gefeiert!«

Julia biss sich auf die zuckrigen Lippen, damit ihr nur ja keine von diesen Trostphrasen entschlüpfte, die ihre Freundin so hasste.

Nelly leckte sich den Tortenüberzug vom Finger. »Das Zeug schmeckt nicht mal. Keine Ahnung, warum ich es überhaupt gekauft habe.«

»Ich schon.« Weil Lázló es gemocht hat, dachte Julia, nur deshalb hatte es ungarische Salami bei den Vorspeisen und um Mitternacht ungarische Gulaschsuppe gegeben, mit jeder Menge Pálinka, Schnaps. Sie legte ihre Hand auf Nellys Arm und lächelte sie an. »Weil du uns verwöhnen wolltest. Trinken wir noch einen letzten Absacker, dann räumen wir auf.« Julia zeigte mit ausgestreckten Händen auf das Durcheinander, goss ihnen dann einen großen Schnaps ein und hielt ihrer Freundin ein Glas hin.

»Auf Lázló!«, murmelte sie, und Nelly wiederholte es noch mal lauter. Klirrend stießen sie an und stürzten den Pálinka die Kehle runter.

»Lassen wir doch alles, wie es ist«, sagte Nelly mit Blick auf die Unordnung. »Ich will das neue Jahr voll im Chaos anfangen. Hat nicht irgendwer mal gesagt, dass man noch Chaos in sich haben muss, um einen tanzenden Stern zu gebären?«

»Ja«, gab Julia trocken zurück, »ich glaube, das war ein Philosoph … entweder Helmut Kohl oder Heidi Klum.«

Sie grinsten sich versöhnlich an und machten sich auf den Weg nach oben, wo Julia es gerade noch schaffte, ihr Abendkleid auszuziehen und sorgfältig über den Stuhl neben dem Bett zu hängen und ein paar ihrer homöopathischen Kügelchen einzuwerfen. Dann sank sie voll geschminkt und frisiert neben den Zwillingen auf das luxuriöse Gästebett. Ihre letzten Gedanken, bevor der Schlaf sie übermannte, drehte sich um diesen beängstigenden Plan. *The End,* dachte sie, obwohl das Jahr doch gerade erst begonnen hatte. *The End.* Und sie sah es vor sich, in geschwungenen Buchstaben, so wie früher in den Hollywoodfilmen.

2. KAPITEL

Julia erwachte aus einem Traum, in dem sie gerade mit einem kleinen Fischerboot auf stürmischer See gekentert war. Sie brauchte einen Moment, um zu erkennen, dass Max und Finn auf dem Bett Trampolin sprangen, einer rechts von ihr, der andere links, sodass sie hin und her geschaukelt wurde. Ihr war flau im Magen, und angesichts der übermächtigen Energie ihrer Söhne fühlte sie sich gleich noch matter. Die Haarnadeln piekten bei jedem Hüpfer, und ihr wurde bewusst, dass sie vor dem Schlafen weder Zähne geputzt noch sich abgeschminkt hatte. Sie konnte sich nicht erinnern, wann ihr das zum letzten Mal passiert war. Während des Studiums?

»Finn, Max! Hört sofort auf damit, mir wird übel! Geht runter in die Küche und schaut mal, ob Tante Nelly schon wach ist.«

»Die hat uns schon Pfannkuchen mit Nutella gemacht und will, dass wir unsere Mama, die Schlafmütze, fragen, ob sie bereit ist für Frühstück.«

Nein, dachte Julia, ganz und gar nicht. Ich muss mich sicher gleich übergeben. Laut aber rief sie: »Ja!«, woraufhin sich die beiden Jungs freudig jauchzend auf sie fallen ließen.

»Mama ist wach!«, rief Finn und küsste sie auf die Wange, was Max natürlich auch sofort machen musste. Trotz ihres übermüdeten und elenden Zustands drückte Julia ihre Söhne gerührt an sich.

»Mama, du stinkst!« Max rümpfte empört die Nase, woraufhin Finn sie sogleich abschnüffelte wie ein Hund sein Revier und seinem Bruder recht gab.

»Lauft zu Nelly und sagt ihr, dass ich gleich runterkomme.«

Begeistert stürmten die Jungs davon, um bereits lauthals von der Treppe aus zu verkünden, dass ihre Mutter eklig roch und deshalb erst noch ins Bad musste.

Eine Viertelstunde später betrat Julia Nellys gemütliche Holzküche und fühlte sich gleich noch mieser, weil das Haus für Nellys Verhältnisse schon fast wieder wie geleckt aussah. Keine Spur mehr von dem Chaos gestern. Ihre Freundin hatte schon alles aufgeräumt, anstatt damit auf ihre Hilfe zu warten, so wie sie es in der Nacht vereinbart hatten.

»Möchtest du Spiegeleier?«, fragte Nelly mit frisch gewaschenen Haaren, aber in dem von ihr so geliebten abgeranzten Jogginganzug. Wie schade, dachte Julia, dass sie sich immer so zuhängen musste. Dabei hatte sie ihrer Freundin zu Weihnachten ein Wickelkleid geschenkt, in dem sie einfach umwerfend aussah, weil der weiche, türkisgrundige Viskosestoff Nellys runde Figur perfekt zur Geltung brachte. Das Kleid hatte Julia extra für Nelly entworfen und genäht, aber seit Lázlós Tod wollte sie offensichtlich lieber aussehen wie Cindy aus Marzahn.

Irgendwie ärgerte es Julia, dass Nelly trotz des eklatanten Schlafmangels eine geradezu unerträglich gute Laune verströmte.

»Nein! Bloß keine Eier!«

»Du hast einen Kater«, konstatierte Nelly.

»Nee, Mama will keinen Kater«, mischte sich Finn ein.

»Und auch keinen Hund«, ergänzte Max betrübt. Doch dann hellten sich seine braunen Augen plötzlich auf. »Aber Tante Nelly, du kriegst einen Hund, weil Onkel Lázló tot ist und du dann nicht neurotisch wirst! Was ist neurotisch?«

Auch das noch. Julia stieg die Hitze in die Wangen. Alexander hatte gestern beim Frühstück gesagt, dass Nelly bestimmt nie wieder einen Mann fände und sich deshalb einen Hund anschaffen sollte, damit sie nicht neurotisch würde, wie alle alleinstehenden Frauen um die fünfzig. Die Zwillinge merkten sich wirklich jedes Wort, das ihr angebeteter Vater von sich gab.

Nelly grinste gelassen und reichte Julia augenzwinkernd einen Earl-Grey-Tee mit Zitrone. Julia trank hastig einen großen Schluck Tee und verbrannte sich prompt die Zunge.

»Und was für einen Hund sollte ich mir zulegen?«, fragte Nelly, und Julia spürte, dass ihre Freundin gleich laut loslachen würde, was das elende Gefühl in ihrem Kopf nur noch verstärkte. Hoffentlich hatte sie sich nichts eingefangen. Wie konnte Nelly nach dieser Nacht schon wieder so fit sein und noch dazu mit den Zwillingen herumflachsen? Und sie hatte schon aufgeräumt. Das war nicht fair.

»Einen Dalmatiner«, kam es von Max.

»Einen Kampfhund«, korrigierte Finn. Und prompt gerieten die Zwillinge dermaßen in Streit, dass Julia die beiden Kampfhähne kurzerhand packte, in verschiedene Zimmer schickte und ihnen verbot, wieder herauszukommen, bevor sie es ihnen erlaubte.

»Jetzt vielleicht ein Ei?«, fragte Nelly teilnahmsvoll.

Julia zuckte mit den Schultern und wäre plötzlich am liebsten in Tränen ausgebrochen, aber so etwas unbeherrscht Sinnloses war unter ihrer Würde, und sie würde das neue Jahr ganz sicher nicht so beginnen. Im Gegenteil, sie musste heute noch zu dem traditionellen Neujahrsessen bei Alex' Eltern, und deshalb sollte sie sich in jeglicher Hinsicht zusammenreißen. Rot geweinte Augen könnten Fragen über ihre Ehe aufwerfen, und das würde Alex ihr übel nehmen. Aber es war ja nicht nur die Aussicht auf ihre Schwiegereltern, die ihr zu schaffen machte, sondern auch noch dieser elende Plan von gestern Abend.

Nüchtern betrachtet, hatte sie sich gestern zu einem lächerlichen Plan überreden lassen. So etwas taten doch nur Frauen in billigen amerikanischen Filmen – Fallschirmspringen, Nacktfotos machen lassen – in ihrem Alter! Lächerlich. All dieser »Lebe deine Träume«-Quark, den frustrierte Hausfrauen täglich bei Facebook posteten, bevor sie sich zum Einkaufen beim Lidl aufmachten. Quark für Käsekuchen, den sie dann auch wieder bei Facebook posteten. »Ein Traum von einem Kuchen!«, schrieben dann alle …

Nelly gab Butter in eine kleine Crêpespfanne, holte zwei Scheiben Toastbrot aus dem Gefrierschrank und steckte sie in den Toaster. Als sich langsam der Duft von geschmolzener Butter in der Küche ausbreitete, schlug sie zwei Eier in die Pfanne und nickte, als sie es leise zischen hörte. Sie drehte die gebratenen Eier mit einer leichten Bewegung aus dem Handgelenk einmal um und ließ sie auf einen Teller aus ungarischem Blümchenporzellan gleiten, den sie dann zusammen mit dem Toast vor Julia hinstellte.

»Das wird dir guttun.«

Fürsorglich stellte sie noch Salz und Pfeffer auf den Tisch, dann streckte sie sich und nahm ihre Zigaretten vom Schrank, wo sie sie vor den Jungs versteckt hatte. Nachdem sie sich wieder hingesetzt hatte, knetete sie die Lucky Strikes verlangend in der Hand und legte sie mit einem kleinen Seufzer wieder hin.

Julia stach in das Eigelb und sah mit Genugtuung, wie sich das Innere in kleinen Lavaströmen über das wie gefroren schimmernde Eiweiß ergoss und sofort erstarrte. Nelly wusste genau, wie sie ihre Eier am liebsten mochte, und Julias Stimmung besserte sich mit jedem Bissen ein wenig mehr. Bis ihr die Schüssel mit den Zetteln wieder einfiel. Sie gab sich einen Ruck. Sie musste mit Nelly darüber reden und das Ganze am besten gleich aus der Welt schaffen.

In diesem Moment sagte Nelly: »Die Zettel hab ich übrigens beim Aufräumen in den Müll geworfen.« Sie nahm nun doch eine Zigarette aus der Packung, ignorierte Julias missbilligendes Kopfschütteln und machte sich auf die Suche nach ihrem Feuerzeug.

Weggeworfen? Nachdem ihre Freundin sie heute Nacht geradezu beschworen hatte, auch mal ein Risiko einzugehen?

»Echt? In den Müll?«

»Ja, du hattest recht, das war doch ausgemachter Blödsinn!« Nelly durchsuchte ihre Handtasche und fand endlich ihr Feuerzeug, das silberne mit der schön gravierten Widmung *Carpe Diem*, das Lázló ihr geschenkt hatte, fast so, als ob er gewusst hätte, dass er früh sterben würde.

Und wenn ich sterben würde, wie Lázló, auch ganz plötzlich, einfach so?, fragte sich Julia, verwarf diesen Gedanken aber sofort wieder. Schließlich achtete sie auf ihre Gesundheit. Aber warum hatte Nelly ihre Meinung geändert? Hatte sie Angst, sich zu amüsieren, weil es ihr wie ein Verrat an Lázló vorgekommen wäre? Julia lag schon ein alberner Spruch wie »Lázló hätte gewollt, dass du weiter Spaß am Leben hast« auf der Zunge, aber Nelly würde sie sowieso nur angrinsen – oder schlimmer noch: kichern –, damit Julia nicht bemerkte, wie sie innerlich zu Stein erstarrte, und dann sofort das Thema wechseln.

»Wenn du die Zettel wirklich in den Müll geworfen hast, Nelly, dann glaube ich fast, du hast mehr Angst als so ein hypnotisiertes Kaninchen wie ich.«

Ihre Freundin zündete sich eine Zigarette an, was sie nie tat, ohne Julia vorher zu fragen, ob es okay war, und schon gar nicht, wenn die Jungs in der Nähe waren.

Gierig sog sie einen tiefen Zug in ihre Lungen, blies aber dann ganz bedächtig kunstvolle Kringel in die Luft. »Angst?«

Julia nickte.

»Was weißt du schon von Angst?« Bei jedem anderen hätte es verächtlich geklungen, bei Nelly war es nur eine Frage.

Julia dachte an die Geburt der Zwillinge und daran, dass sie sich ursprünglich eine natürliche Geburt in den Kopf gesetzt, nach siebzehn Stunden Wehen dann aber doch einem Kaiserschnitt zugestimmt hatte. In dem Moment hätte sie auch einer Amputation ihres Kopfes zugestimmt, alles nur, damit der Schmerz aufhörte. Aber sie schwieg.

»Angst«, redete Nelly weiter und piepste mit Heidi-Klum-Stimme: »Angst, diesmal kein Foto zu kriegen!« Sie senkte ihre Stimme wieder ab. »Angst. Was für ein großes Wort.« Nelly drückte die nur halb gerauchte Zigarette nicht nur aus, sie zerquetschte sie wie ein lästiges Insekt. »Angst, Lungenkrebs zu kriegen? Angst zu sterben? Oder was?«

»Willst du das neue Jahr damit beginnen, über die Interpretationsmöglichkeiten für das Wort Angst zu diskutieren?« Wie Julia seit den allerersten Tagen ihrer Freundschaft wusste, war Nelly dazu jederzeit imstande. Das hatte ihr erstes gemeinsames Referat *Charisma and Crisis in Shakespeares World* damals vor einige Probleme gestellt.

»Nein, ich will nicht rumphilosophieren. Ich habe keine Angst.« Dann wurde Nelly so leise, dass Julia nicht sicher war, ob sie sich verhört hatte: »Genau das hat Lázló an mir geliebt, und das weißt du auch. Aber gut, dann machen wir es eben doch, wenn du es unbedingt willst.« Mit einem verschmitzten Lächeln warf Nelly die Zigarettenreste in den Müll, und Julia fragte sich plötzlich, ob das nur eine Finte von ihrer Freundin gewesen war, damit sie hinterher immer behaupten konnte, sie selbst hätte diesen Schmarrn ja schon längst ad acta gelegt, aber Julia habe es unbedingt gewollt …

»Aber dann ziehen wir das auch durch, egal, was Alexander oder sonst wer dazu sagt, okay?«

»Geht klar.« Das Ei in Julias Bauch fing an zu rumoren, als sie an einige der Punkte auf den Zetteln dachte.

Julia hatte erwartet, dass Nelly die Zettel aus einer Schublade herausholen würde, aber ihre Freundin lief tatsächlich in den Keller und kam mit einem Korb voller Papiermüll hoch. In der Küche angekommen, rief sie nach den Zwillingen, die dankbar, aus ihrem Arrest erlöst zu werden, herbeistürzten, als hätte Tante Nelly eine Überraschung für sie.

Sie stellte den Korb auf dem Küchentisch ab. »Jungs, ihr kennt doch sicher Aschenputtel, oder?«

»Das ist bloß was für Mädchen«, erklärte Finn enttäuscht.

»Unsinn, Märchen sind für alle. Jedenfalls brauchen wir eure Hilfe, wir suchen diese Zettel.« Sie hielt einen hoch. »So wie Aschenputtel die Schlechten ins Kröpfchen und die Guten ins Töpfchen sortieren muss, so sollt ihr uns helfen, diese Zettel zu finden.«

Entzückt sahen die Zwillinge ihr dabei zu, wie sie den Korb auf dem Boden ausleerte. Nelly war normalerweise zwar lange nicht so pingelig wie Alexander, legte jedoch schon Wert auf Ordnung, und das wussten sie.

Fünf Minuten später war der Küchenboden mit zerknüllten Prospekten, Geschenkpapier, Zeitungen, Briefumschlägen und zerrissenen Luftschlangen übersät, und die Zwillinge wühlten mit roten Wangen und glänzenden Augen darin herum.

»Wie viele Zettel haben wir jetzt?«, fragte Nelly.

Max und Finn zählten abwechselnd und kamen auf vierundzwanzig.

»Wofür sind denn die Zettel?«, fragte Max, während Finn sich einen davon schnappte und ihn zu lesen versuchte. Das hatte er sich selbst beigebracht, während Max lesen blöd fand. »Sexshop?«, fragte Finn prompt. Einen Moment durchzuckte Julia die Frage, woher er wohl das Wort »Shop« kannte, aber dann wusste sie es: Finns Lieblingsladen in der Fußgängerzone war der Candy-Shop, ihrer der Bodyshop, und gegenüber von ihrem Haus hatte ein Backshop aufgemacht. Finn wiederholte seine Frage. Er liebte es, neue besondere Worte zu lernen. »Sexshop! Was ist das?«

»Finn, manchmal bist du echt doof.« Auch wenn er selbst nicht lesen lernen wollte, ärgerte es Max, wenn sein Bruder sich dadurch in Aufmerksamkeit sonnen konnte. »Ein Sechsshop ist ein Laden für Sechsjährige«, erklärte er so herablassend, als wäre Finn höchstens drei Jahre alt. »Voll mit Spielsachen und Süßigkeiten, die nur wir Sechsjährigen haben dürfen. Keiner darf rein, der nicht sechs ist, so wie beim Kino, wo man zwölf sein muss.«

Julia und Nelly unterdrückten ein Lachen, und während Julia noch überlegte, wie sie das Missverständnis am geschicktesten aufklären sollte, nahm Nelly Finn schon den Zettel ab. »Silvester ist vorbei, aber wollt ihr vielleicht trotzdem noch ein paar Knallfrösche loslassen?«

Kaum hatte sie es ausgesprochen, standen Finn und Max schon an der Haustür, um eifrig ihre Wintersachen anzuziehen. Dankbar für Nellys Ablenkung, die viel besser war, als den Jungen mit großen Erklärungen zu kommen, eilte Julia zu ihnen.

»Denkt dran: Keine Kracher in den Garten von Herrn Graiting werfen, ihr wisst ja, der kann kleine Jungs nicht leiden und regt sich nur auf.«

»Machen wir nicht«, versicherte Finn treuherzig und stieß Max dabei verstohlen in die Seite. Julia zweifelte nicht daran, dass genau das von Nelly beabsichtigt war, denn sie hatte ständig Ärger mit Graiting, der nach immer neuen Gründen suchte, um sie vor Gericht zu zerren.

Julia zwang den Zwillingen ihre Mützen auf, die sie sich hinter der nächsten Ecke wieder vom Kopf reißen und in den meterhohen, festgefrorenen Schnee feuern würden. Nelly reichte ihnen die Schachtel mit den Krachern und ermahnte sie, die Kracher immer weit von sich weg, nie auf jemand anderen und besonders nicht auf Tiere zu werfen, dann entließen sie die beiden nach draußen.

»Ich mach mir einen Cappuccino, bist du jetzt bereit für einen Kaffee oder willst du noch einen Tee?«, fragte Nelly, während sie fröstelnd zurück in die Küche liefen.

Sie drückte ein paar Knöpfe an dem Ungetüm von einer roten und chromblinkenden Kaffeemaschine, die jeden Barista stolz gemacht hätte, füllte Milch in einen Behälter und präsentierte Julia eine Minute später einen Cappuccino, den diese mit einem Kopfschütteln ablehnte. Kaffee würde ihren Kater nur noch verstärken. Sie brauchte ein paar Kügelchen, aber sie war zu schlapp, um nach oben zu gehen und sie zu holen.

Nelly gab einen großen Löffel Zucker auf ihren Milchschaum, griff nach den Zigaretten, legte sie seufzend wieder hin und rührte stattdessen den Zucker unter.

»Bist du bereit?«

Julia nickte stumm.

»Dann losen wir, ja?«

Nelly holte einen silbernen Eiskühler und begann, die Zettel hineinzuwerfen. Plötzlich hielt sie inne und grinste.

»Du siehst aus, als müsstest du die Büchse der Pandora öffnen, dabei ziehst du Glückliche vielleicht den Zettel mit der heißen Affäre.«

»Echt witzig!«

»Na gut, weil du so tapfer bist, darfst du die ersten zwölf ziehen, ich nehme dann das, was übrig bleibt.«

Julia zog einen Zettel nach dem anderen.

»Jetzt lies vor. Was sind deine Aufgaben für dieses Jahr?«

»Die erste ist gar nicht mal so schlecht.« Julia rang sich ein Lachen ab, auch wenn sie keine Sekunde daran glaubte, dass das funktionieren würde. »Ich soll einen Monat lang die Hausarbeit den anderen überlassen, das gefällt mir. Dann tatsächlich die Haschkekse und der Sexshop. Na bravo, was ist, wenn Alexander davon erfährt?«

»Warum sollte er? Und was weiter?«

»Dann hab ich zum Glück den Brief an die Jungs, und nee, was ist das denn? Meine größte Liebe aus meinem früheren Leben wieder treffen.« Frank, dachte sie verwundert, Frank Fischermann, den alle nur »FF« genannt hatten. Verblüfft merkte sie, wie sich unvermittelt eine Erinnerung vor ihr inneres Auge drängte.

Sie lag, nur mit einem langen Indianrock in Sonnenuntergangsfarben bekleidet, mitten im Wald. Ihr nackter Oberkörper schmiegte sich an das kühle, samtige Polster aus dunkelgrünem Moos, und nur wenige Sonnenstrahlen fanden den Weg durch die dichten Zweige der dunklen Fichten. Es war still, und doch lag ein unaufhörliches Summen und Sirren in der Luft. Frank saß neben ihr, betrachtete sie und fütterte sie mit Blaubeeren; und mit jeder einzelnen strich er vorher zart über ihren Körper. Auf einmal fühlte sie diesen Spätsommerwald so deutlich, dass sie eine Gänsehaut bekam.

Ein gewaltiger Knall ließ das Küchenfenster klirren und Julia erschrocken zusammenfahren. Sie sprang auf und zeigte den Zwillingen, die mit roten Nasen hinter der Fensterscheibe standen, ihren missbilligend ausgestreckten Zeigefinger, woraufhin die beiden davonrannten, als wäre der Teufel hinter ihnen her.

Das war jetzt ihr Leben. Blaubeeren waren gestern.

»Wirklich süß, deine beiden Gesetzlosen. Zum Glück kommen sie nicht nach ihrem Vater!« Nelly lächelte in sich hinein. »Was hast du noch gezogen?«

»Ausdrucksmalen lernen. Keine Ahnung, was das ist, ich kenne nur Ausdruckstanz. Und … tatatataaa!«

»Jetzt mach's nicht so spannend.«

»In einem Film mitspielen, mich nie mehr klein machen …«

»Hört, hört!«

»Mich entschuldigen für das, was ich X damals angetan habe.« Julia hielt inne. »Ganz ehrlich, da gibt es niemanden, überhaupt gar niemanden.«

Nelly runzelte die Stirn. »Hey, Julia, du bist vierundvierzig Jahre alt, es ist unmöglich, dass es da niemanden geben soll.«

»Na ja, du müsstest wahrscheinlich Nummern ausgeben, damit die Schlange nicht zu lange warten muss.« O Gott, dachte Julia, das sollte ein Scherz sein, aber ich habe mich angehört wie eine Zicke. Wieso regt mich das so auf? Warum versucht sie mir einzureden, ich müsste mich bei jemandem entschuldigen?

Nelly machte sich noch einen Espresso, dann sagte sie seufzend: »Das gibt's einfach nicht, du musst bloß mal drüber nachdenken.«

»Da fällt mir wirklich niemand ein.« Julia bekam einen übermütigen Gesichtsausdruck. »Aber ich weiß noch, wie du diesem vollbärtigen Busengrapscher von Dozenten eine Scheiblette in sein Diskettenfach geschoben und sie dann weich geföhnt hast.«

»Das hatte der verdient. Von wegen, er gibt uns eine Extrastunde Französisch für Anfänger.«

Nelly und Julia sahen sich an und prusteten los wie Teenager.

»Für so etwas muss man sich nicht entschuldigen«, sagte Nelly. »Ich denke, wer auch immer den Zettel geschrieben hat, meinte etwas Schwerwiegendes. Ich glaube, bei den Anonymen Alkoholikern muss man das auch machen, sogar schriftlich. Hey, da kommt mir noch eine Idee.«

»Mir schwant Fürchterliches. Kann ich vorher bitte doch einen Toast haben?«

»Mit Nutella?«

»Nein, Nutella macht dick. Honig?«

Nelly stellte ihr ein Honigglas hin und suchte den Honiglöffel. Während sie die Pfanne abspülte, redete sie weiter.

»Lass uns den zweiten Satz von Marlen Haushofer, *Die Wand,* als Motto nehmen.«

»Das Buch und den Film habe ich nie gemocht.«

Nelly tippte sich an die Stirn. »Wie kann man so ein grandioses Buch nicht mögen? Also: ›Ich werde alles so genau aufschreiben, wie es mir möglich ist.‹ Das könnten wir uns dann vorlesen, oder, wenn dir das zu peinlich ist, mailen.«

»Du kannst das gern machen, so als Fingerübung, immerhin warten wir alle schon lange gespannt auf deinen großen Roman.«

Nelly warf ihr den tropfnassen Küchenschwamm an den Kopf.

»Dumme Nuss!«

Julia pfefferte den Schwamm ohne zu zögern zurück, aber sie verfehlte Nelly.

»Du gehst zu weit! Ich soll aufschreiben, wie es im Sexshop war oder mit meiner alten Liebe? Und wenn das jemand findet?« Julia redete mit vollem Mund und tippte sich mit dem Honigbrot an die Stirn.

»Das ist also deine größte Sorge, dass du es nicht geheim halten kannst?«

Julia zuckte mit den Schultern. »Vielleicht nicht nur.«

»Und wie soll ich sonst wissen, dass du nicht schummelst?«

»Wir sind doch Freundinnen, oder nicht?«

»Eben!«, erwiderte Nelly und fixierte Julia.

»Was soll das denn wieder heißen?«

»War nur ein Scherz. Oder nein: Kein Scherz. Ich meine, wir sind beide erwachsen und aus dem Alter raus, in dem man sich wie zwölfjährige Busenfreundinnen alles haarklein erzählt. Ich bin sicher, wir haben eine Menge Geheimnisse voreinander, und das ist ja auch nicht verwerflich.« Sie hielt inne und grinste. »Andererseits wüsste ich schon gern ein paar Details aus dem Sexleben mit deinem hochattraktiven Ehemann …«

»Vergiss es!« Julia grinste zurück.

»Schade.« Nelly seufzte demonstrativ. »Dann lassen wir das raus, aber ich fände es gut, wenn wir uns hierbei nicht anlügen, okay?«

Julia nickte, ihre Hände waren klebrig, ihre Stirn auch. Sie suchte nach einer Serviette, fand ein Küchenkrepp und wischte sich Gesicht und Hände ab.

»Ich wünsche mir, dass wir alles aufschreiben. Es würde mich in Schwung bringen. Sieh es als Geburtstagsgeschenk. Ist gar nicht teuer.« Nelly sah Julia genauso treuherzig an wie die Zwillinge, wenn sie etwas ausgefressen hatten.

»Du hast erst wieder im Dezember Geburtstag.«

»Ich hab mir noch nie was von dir gewünscht.«

»Stimmt.« Julia dachte an all die Abende, an denen Nelly als Babysitter eingesprungen war, ihr aus der Patsche geholfen hatte. Immer total unkompliziert.

»Na gut. Ich ergebe mich. Aber wenn ich die Monster noch waschen und mich für das Essen mit Alex' Eltern schön machen will, muss ich jetzt los.«

»Okay, aber sag noch schnell, was du sonst noch hast.«

»Ein Wochenende die Superreiche spielen, zu einem Hexentreffen gehen und … oh, das ist ja fürchterlich: vor einer Menschenmenge reden.«

»Du bist doch Lehrerin.«

»Nur auf dem Papier! Ich muss los.«

Julia stand auf und begann die Habseligkeiten der Zwillinge zusammenzusuchen.

Nelly setzte sich ins Wohnzimmer auf ein Sofa. Während Julia packte, las ihre Freundin die Zettel, die übrig geblieben waren, laut vor und kommentierte sie.

»Es wird dich freuen, Julia: Ich hab das Ausmisten gezogen! Aber eins sag ich dir jetzt schon: Das schaff ich nicht allein. Einen Roman schreiben … Wow, und Aktfotos machen lassen.«

Julia, die gerade die Schmusedecke von Max in ihren Übernachtungsrucksack gestopft hatte, hielt inne.

»Aktfotos, hmm. Das würde Alexander gefallen. Ich könnte zehn Kilo abnehmen und es ihm dann zum Geburtstag schenken.«

»Blödsinn, wo willst du denn so viel abnehmen, im Gehirn?«

»Am Bauch. Meiner könnte den gesamten indischen Subkontinent einen Monat lang mit Fett versorgen.«

Nelly schüttelte den Kopf. »Das klingt zwar witzig, aber ich bin froh, dass eine deiner Aufgaben in diesem Jahr sein wird, sich nicht mehr klein zu machen.«

»Ich mach mich doch gar nicht klein, sondern groß!« Julia versuchte, die Hausschuhe ebenfalls in den Rucksack zu quetschen, aber es wollte ihr nicht gelingen. Plötzlich starrte sie die plüschigen Häschenköpfe der Hausschuhe an und kämpfte gegen die Tränen. Es musste am Kater liegen, oder am Schlafmangel, und an all diesem Gerede von Nelly. Sie blinzelte und riss die Augen auf, damit nicht auch noch eine Träne ihre Wange hinunterrollte.

»Hey.« Nelly hatte es doch bemerkt und trat neben sie. »Ich hab das nicht so gemeint, tut mir leid, wenn ich dich genervt habe. Wir müssen das auch gar nicht machen, war vielleicht doch nur eine Schnapsidee von mir. In Wahrheit sterben wir noch lange nicht, werden uralt und grau und faltig wie die Echsen.«

Julia wusste nicht, warum es ihr so vorkam wie das Angebot zu einem schmachvollen Rückzug, als ob sie dann peinlich versagt hätte. Und obwohl sie ihre Freundin gerade noch innerlich verflucht hatte, wusste sie auf einmal, dass Nelly recht hatte: Eigentlich wollte sie das mit ihr zusammen durchziehen. Sie wischte eine Träne weg, die jetzt doch hinuntergerollt war, und schniefte.

»Bevor wir wie Echsen aussehen, sollten wir unbedingt Aktfotos machen lassen.«

Sie standen sich gegenüber und grinsten sich an.

»Na dann, Happy New Year«, sagte Nelly.

Statt einer Antwort nickte Julia ihr zu, rief nach den Jungs und lief mit ihnen und dem Gepäck zum Auto, das in Nellys Einfahrt geparkt war. Gerade als alle endlich angegurtet waren, begann es wieder so heftig zu schneien, dass Julia nur im Schritttempo nach Hause fahren konnte.

3. KAPITEL

Zwei Wochen später parkte Julia, nachdem sie die Zwillinge bei den »Schmuddelkindern« abgeliefert hatte, auf dem winzigen Parkplatz, der zu dem Secondhandladen gehörte, in dem sie seit einem halben Jahr aushilfsweise arbeitete. Sie musste sich beherrschen, um nicht zu fluchen, denn die festgebackenen Schneehaufen mit den uringelben Flecken machten es nicht gerade einfacher, Alexanders Auto in die Parklücke zu quetschen. Dieses riesige, schwarze Schiff war gut geeignet, um Mandanten zu beeindrucken, aber viel zu groß und breit für die wenigen Parkplätze in der Stadt. Sie musste es nachher in die Werkstatt bringen, und deshalb hatte er ihren Mini Clubman genommen. Sie hatte sich gehütet, darüber zu diskutieren, denn das wäre nur Wasser auf Alexanders Mühlen gewesen, weil er ihre Arbeit im *Second Life* nicht mochte. Wenn es nach ihm ginge, würde sie erst wieder arbeiten gehen, wenn die Jungs das Abi in der Tasche hatten. Und dann sollte sie was »Richtiges« machen: wieder als Lehrerin am Gymnasium arbeiten und sich am besten noch verbeamten lassen.

»Du bist so klug und so hübsch, ich verstehe nicht, warum du dich hinter diesem Schmuddelkram versteckst. Außerdem hast du die Jungs, das ist doch alles viel zu viel für dich«, wiederholte er gebetsmühlenartig jedes Mal, wenn sie zur Arbeit aufbrach.

Und was würde er erst sagen, wenn er wüsste, womit sie sich seit Silvester beschäftigte. Julia hatte beschlossen, mit den leichteren Aufgaben einzusteigen, und der Einfachheit halber würde sie gleich zwei peinliche Sachen kombinieren: Haschkekse und essbare Unterwäsche aus dem Sexshop. Wahrscheinlich war sie die einzige Frau in München, in Bayern, in Deutschland, ach was, auf diesem Planeten, die im Jahrhundert von *Sex and the City*, *Feuchtgebiete* und *Fifty Shades of Grey* lebte und weder einen Sexshop von innen gesehen hatte noch beim Frühstück lässig über Dildos oder Masturbationsfantasien redete. Dabei hatte Nelly für die altehrwürdige *ZEIT* einen preisgekrönten Artikel über eine Dildoparty im Stil von Tupperpartys geschrieben, den Julia sehr komisch gefunden hatte. Aber geredet hatten sie nicht darüber.

Natürlich war ihr klar, dass es genau darum ging, sich zu überwinden. Neue Erfahrungen gab es nicht umsonst.

Sie stieg aus und warf die Tür ins Schloss. Alex fände das sicher abstoßend. Er war immer so besorgt um sie; am liebsten würde er sie in ein hübsches Kästchen packen – so eins mit einer Ballerina aus Porzellan, die zu klassischer Musik tanzt, wenn man den Deckel öffnet. Und genau diese Fürsorge, gepaart mit seinen breiten Schultern und dem hellen Haar zu seinen braunen Augen, hatte sie immer wieder schwach werden lassen.

Sie sperrte Marions Laden auf und hoffte, dass nicht schon sofort eine Kundin kam, denn sie genoss diese ersten Momente allein in dem Laden. Dann stellte sie sich jedes Mal vor, es wäre ihr Geschäft, voll mit Kleidern, die sie selbst entworfen hatte.

Der Laden bestand aus zwei hohen Räumen, die ineinander übergingen. Durch die großen Schaufenster drang viel Licht in das mit antiken Möbeln eingerichtete Geschäft. In der Mitte des größeren Raumes befand sich die runde Umkleidekabine aus rotem Samt, sodass an den Wänden viel Platz für die Kleidung blieb.

Julia erfreute sich am Duft der Möbelpolitur, Zitrone und Lavendel. Den hatte sie neu eingeführt. Mit Marions Einverständnis hatte sie die Rosenpotpourris und verstaubten Trockenblumengestecke entsorgt, weil sie nur noch nach Langeweile und altem Deo gerochen hatten. Anfangs hatte sie ihre Chefin immer um Erlaubnis gefragt, bevor sie etwas in Angriff genommen hatte, doch Marion hatte ihr schnell freie Hand gelassen und es unterstützt, dass Julia die Kleider neu sortierte und Glasperlen ins Angebot nehmen wollte, um noch mehr Frauen anzulocken. Julia betrachtete das weihnachtliche Schaufenster. Das musste sie nachher unbedingt auf Fasching umdekorieren. Dann glitt ihr Blick über die Theke aus den Fünfzigerjahren mit der Glasplatte, die den Blick auf die Schätze darunter freigab. Ein Abendtäschchen, verziert mit Samtrosetten, an einer langen Siebzigerjahre-Kette aus silbernen Quadraten, eine grellgelbe Clutch aus Saffianleder, Handschuhe aus Satin und Spitze und natürlich die Perlen. Julia liebte Accessoires, die eine Geschichte zu erzählen hatten, und sie fand es schade, dass Alex ihre Begeisterung nicht teilte. Für ihn zählten nur Dinge, die nagelneu und unbenutzt waren.

Nachdem sie überprüft hatte, ob sie genug Wechselgeld in der Kasse hatte, schob sie den Ständer mit den Sonderangeboten nach draußen vor die Schaufenster und drapierte gut sichtbar ein besonders günstiges Schnäppchen. Der Laden war bereit, nun fehlte nur noch ein Kaffee. Sie stellte die altmodische Kaffeefiltermaschine an und setzte sich gegenüber der Eingangstür neben den großen Standspiegel mit den schwarz geränderten blinden Flecken in den zerschlissenen, spätbarocken, grünen Samtsessel, der aussah, als wäre er direkt aus Kaiserin Sissis Schlafzimmer hierhergebracht worden.

Also, wie sollte sie an die Drogen kommen?

Julia wollte auf keinen Fall Nelly fragen, das wäre ihr eine Genugtuung gewesen. Und Alexander würde aus allen Wolken fallen, dabei war er während seines Studiums einem Pfeifchen nie abgeneigt gewesen. Heute, als Anwalt, würde er sich natürlich auf keinen Fall mit einer Tüte oder einem Beutel Hasch erwischen lassen. Er trank keinen Tropfen Alkohol, wenn er noch fahren musste, weil er nicht wegen ein paar lächerlicher Promille darauf verzichten wollte, die Karriereleiter weiter emporzuklettern. Julia fand es rührend, wie sehr Alexander sich bemühte, ein Vorbild für seine Söhne zu sein. Er wollte immer alles richtig machen. Und das war ihr wichtig, sie wusste, wie es sich anfühlte, wenn man mit einem Vater gesegnet war, der sich um nichts kümmerte.

Ihre Aufgabe musste sie also allein lösen. Es wäre einfacher gewesen, wenn sie in Kalifornien gelebt hätte, da musste man bloß zum Arzt und sich das Zeug gegen Migräne verschreiben lassen. Oder wenn sie Kaiserin Sissi gewesen wäre. Dann hätte sie ihr Damen-Kokain-Spritzerl sogar im Reisegepäck gehabt. Oder wenn sie der Kaiser von China gewesen wäre, dann hätte sie ihren Oolong-Tee allein durch eine winzige Geste ihres Zeigefingers mit etwas Opium würzen lassen können. Aber hier und jetzt, als Julia … In München erschien es ihr unmöglich, an Drogen zu kommen. Vielleicht sollte ich mich einfach dumm stellen und jeden danach fragen, der mir über den Weg läuft, dachte sie und musste lachen, als sie sich vorstellte, was passieren würde, wenn sie bei den Schmuddelkindern nach Drogen fragte. Man würde sie sofort hochkant rauswerfen, denn die anderen Eltern hatten sich so verbissen darauf versteift, alles richtig zu machen, dass es nicht mal mehr Prosecco oder Bier bei den Festveranstaltungen gab. Vielleicht lag es daran, dass die meisten Eltern jünger waren als sie. Julia hatte die Zwillinge erst mit achtunddreißig bekommen. Die anderen Mütter waren höchstens Ende Zwanzig und hielten alle Frauen für egoistisch, die erst Karriere gemacht hatten, bevor sie Kinder bekommen hatten. Als ob ich Karriere gemacht hätte, dachte Julia und erinnerte sich mit Schaudern an ihre kurze Zeit als Lehrerin, während der sie versucht hatte, gelangweilten Teenagern Dinge beizubringen, die diese unter keinen Umständen hatten lernen wollen. Da war es ihr leichtgefallen, sich dafür zu entscheiden, ihre kranken Eltern zu pflegen. Drei Jahre, für die Alex ihr uneingeschränkt Bewunderung zollte. Allerdings war ihm noch immer nicht ganz klar, dass sie nie mehr als Lehrerin arbeiten wollte. Natürlich hatte niemand bei den Schmuddelkindern nach Julias Geschichte gefragt. Man hatte lediglich wissen wollen, nach welchen Prinzipien sie ihre Kinder ernährte, nur das war hier wichtig. Gott sei Dank kamen die Jungs im September in die Schule – in welche, darüber waren sie und Alex sich noch nicht wirklich einig. Aber wenigstens waren sie dann raus aus dieser anstrengenden Elterninitiative. Wenn ich bei denen das Wort Drogen ausspreche, dachte Julia, schicken die gleich jemanden mit Handschellen vorbei. Und ganz sicher nicht, damit der dann *Fifty Shades of Grey* mit mir spielt.

In amerikanischen Filmen war es immer ganz leicht, an Drogen zu kommen. Meistens waren sie einfach da, wie in *Weeds* zum Beispiel, einer Serie, in der eine Mutter und Hausfrau im großen Stil mit Drogen dealt, aber woher der Stoff gekommen war, das wurde nicht mal in der Pilotfolge erklärt, denn da war die Mutter praktischerweise schon Dealerin und ging bei den anderen Großdealern ein und aus.

Okay, Julia wollte nicht mit dem Zeug dealen und auch keine Crystal-Meth-Küche aufmachen. Und zum Hauptbahnhof zu fahren und irgendeinen verdächtig aussehenden Typen anzulabern war auch keine Option. Im Lehrerzimmer ihrer Schule war hinter vorgehaltener Hand gerne darüber geredet worden, welcher Schüler immer einen kleinen Vorrat dabei hatte, aber aus der Schule war Julia wegen der Pflege ihrer Eltern und der Elternzeit mit den Zwillingen zu lange raus.

Dann kam ihr die Erleuchtung. Sie musste in diesen Hanfladen, der für die Legalisierung von Marihuana eintrat, da konnte man ihr sicher helfen.

Die Türglocke bimmelte. Julia erhob sich, um auf die Kundin zuzugehen, doch da hörte sie schon das Schnaufen von Marion, die trotz ihres gewaltigen Übergewichtes hereinstürmte, als wäre sie Notärztin in *Emergency Room* und Julia das Unfallopfer in Lebensgefahr.

»Julia«, rief sie schon von Weitem. »Julia, ich habe eine ganze Ladung Designerklamotten von dieser unanständig reichen Frau aus Grünwald im Auto. Hilfst du mir? Ich steh im Parkverbot.«

Gemeinsam räumten sie Marions Auto aus, setzten die Preise fest und zeichneten alles aus.

»Schätzchen, hab ich dir schon gesagt, dass du wieder mal bezaubernd aussiehst? Wo treibst du nur immer diese raffinierten Kleider auf? Es sieht bequem aus, hat einen anständigen Ausschnitt – auch wenn du oben rum wirklich mehr vertragen könntest – und es hat die richtige Länge. Davon könnten wir jede Menge verkaufen.« Sie stand auf und kramte im Schrank nach ein paar Keksen.

Julia murmelte etwas von einer Boutique in Italien am Gardasee. In Wahrheit hatte sie dieses Kleid selbst genäht, gleich nach der Geburt der Jungs, weil sie etwas gebraucht hatte, das unkompliziert war und trotzdem nicht wie ein Jogginganzug aussah. Julia hasste Jogginganzüge, es gab so viele vorteilhaftere Alternativen, sogar zum Trainieren. Deshalb hatte sie auch das Kleid für Nelly genäht, allerdings aus einem viel auffälligeren

Stoff. Trotzdem wäre sie sich wie eine Hochstaplerin vorgekommen, zu behaupten, sie hätte das Kleid allein entworfen. Schließlich hatte sie nur das Schnittmuster aus einem alten Burdaheft abgewandelt, da konnte man wohl eher nicht von Entwerfen reden. Sie war weder so kreativ wie Karl Lagerfeld noch so innovativ wie Miuccia Prada.

Kopfschüttelnd musterte Marion die Ausbeute an Keksen. »Nur so Vollkorngesunde … Mist, dazu brauche ich was Stärkeres als einen Kaffee. Haben wir noch ein Sektchen im Kühlschrank?«

Julia unterdrückte ein Grinsen, denn Marion trank bei jeder Gelegenheit einen Piccolo, und dazu naschte sie am liebsten Schokoladenkekse, die sie schneller knabberte als eine ausgehungerte Mausfamilie. Julia wurde manchmal ganz flau im Magen, wenn sie ihr dabei zusah. Mit all den Krümeln wirkte Marions mächtiger Busen dann wie frisch paniert.

Trotzdem verehrte Marion ihren Körper. Immer wenn sie ein neues Kleid anprobierte, sah sie sich mit selbstverliebtem Blick im Spiegel an, schürzte die Lippen zu einem Kussmund, zupfte hier und da den Ausschnitt zurecht und strahlte sich an. »Sehe ich nicht umwerfend aus?«, fragte Marion dann und brachte Julia schwer in die Bredouille. Sie log nicht gerne, hätte sich aber eher die Zunge abgebissen als zu verraten, dass Marion ihrer Meinung nach aussah wie eine Elefantendame auf Koks.

Koks!

Das brachte sie auf eine Idee. Marion war jeglichen sinnlichen Freuden gegenüber sehr aufgeschlossen – Julia konnte sie oft nur mit Mühe davon abhalten, ihr die pikanten Details eines Sexabenteuers zu erzählen. Weder Alex noch Julias Bruder fanden Marion sexy, aber offensichtlich gab es viele Männer, die von ihr hingerissen waren. Bestimmt hatte Marion eine Idee, wie sie an die Zutaten für ihre Haschkekse kommen konnte.

Aber konnte Julia es wagen, Marion ganz direkt zu fragen? Lieber nicht. Erst mal das Terrain sondieren, langsam draufzusteuern. Und dann, bei der richtigen Gelegenheit …

»Kennst du jemanden, bei dem ich Gras kaufen kann?«, platzte Julia dann sehr konsequent einfach so heraus und überraschte sich damit selbst.

Marion zog ihre Augenbrauen hoch und musterte Julia. Nachdem sie sich davon überzeugt hatte, dass Julia es ernst meinte, zuckte sie mit den Schultern, was ihr Doppelkinn in Schwingungen versetzte, stand wortlos auf und ging zu einer Kommode hinüber, in der sie verschiedene Bügel und Tüten aufbewahrte. Sie bückte sich ächzend, kramte darin herum und hielt dann triumphierend ein Klarsichttütchen, halb so groß wie ein kleines Handy, in die Luft und wedelte damit.

Dann kehrte sie zu Julia zurück und legte das Tütchen vor sie hin.

»Sieht aus wie Bohnenkraut«, fand Julia und roch daran. »Riecht auch so.«

»Ich frag jetzt nicht, wozu du das haben willst, aber interessieren würde es mich schon. Das ist so, als würde Heidi Klum nach Buttercremetorte fragen. Du willst das doch nicht etwa rauchen, oder? Du kannst ja nicht mal einen Lungenzug.« Nicht mal einen Lungenzug, dachte Julia. Was bin ich nur für eine Versagerin!

Marion hatte sicher schon kiloweise Haschkekse gegessen und war Stammkundin im Sexshop an der Landsberger Straße. Der Gedanke, wie jemand essbare Unterwäsche von Marions Körper knabberte, brachte Julias gute Laune zurück.

Marion nahm sich noch einen Keks.

»Ich möchte gern Kekse damit backen.«

»Aha.« Marion mümmelte jetzt doch die Vollkornkekse. Einen nach dem anderen.

»Für mich.« Und dann erzählte Julia Marion, was Nelly und sie sich am Neujahrsmorgen vorgenommen hatten. Obwohl sie das eigentlich für sich hatte behalten wollen.

»Was für eine Schnapsidee!«, rief Marion zu Julias großer Verwunderung und griff sich den letzten Keks in der Schachtel. »Das ist wie mit diesem Coaching. Alle Leute rennen zum Coaching in der Hoffnung, das würde ihr Leben verbessern, doch weil sie gar nicht bereit sind, sich selbst zu verändern, ändert auch das Coaching nix.«

Julia spürte, wie die Enttäuschung an ihr nagte. Sie hatte gehofft, dass Marion sie beglückwünschen würde, wo sie doch mit ihren Kunden über alles von der Selbstfindung im schamanischen Klangschalenkurs in der Toskana bis hin zum Achtsamkeitskochen mit Paleotariern tratschte und plauderte. Angesichts dieser Abfuhr schossen Julia eine Menge Kommentare durch den Kopf, von denen »Wie schade, Marion, dass du dir nicht vorgenommen hast, im neuen Jahr etwas für deine Gesundheit zu tun« noch der harmloseste war. Julia schüttelte sich. Das bin nicht ich, sagte sie sich. Ich bin tolerant und kann damit umgehen, dass andere nicht gut finden, was ich machen will. Aber wenn Marion das schon für eine schlechte Idee hielt, dann konnte Julia es sich wirklich schenken, mit Alex darüber zu reden.

»Hey.« Marion hatte ihre Enttäuschung offensichtlich bemerkt. »Ich habe das gesagt, weil ich es gut mit dir meine. Ich will einfach nicht, dass du dich am Ende des Jahres für eine Versagerin hältst.«

»Viel traust du mir ja nicht gerade zu.«

»Unsinn, du würdest doch nicht bei mir arbeiten, wenn du recht hättest! Hier arbeiten nur echte Superfrauen!« Marion klatschte sich auf ihre Schenkel und erhob sich dann schnaubend wie ein Pferd, dem man gerade die Peitsche zu spüren gegeben hatte.

»Dann lass uns mal wieder was tun. Den Preis für das Dope ziehe ich dir von deinem üppigen Gehalt ab.« Sie grinste Julia an.

»In Ordnung«, murmelte Julia. Marion tippte sich vielsagend an ihre breite Stirn.

»O Mann, Julia, das Tütchen geht aufs Haus, ist ja schließlich kein unverschnittenes Kokain, lass es dir schmecken.«

Was Julia zum nächsten Problem brachte. Gott, wie machte man so was? Wie normale Brownies? Schmeckte das Zeug irgendwie so dumpf nach Stallkräutern, wie es roch? Ich werde ja wohl ein Rezept dafür im Internet finden, dachte Julia und fragte sich, ob Nelly vor ihrer ersten Aufgabe auch so viele Hindernisse zu bewältigen hatte wie sie selbst.

4. KAPITEL

Mitten in der Nacht, während Julia zu Hause im Internet nach einem Rezept für ihre Kekse suchte, lag Nelly in ihrer altmodischen Klauenbadewanne und räkelte sich im heißen Wasser, das sie mit purpurfarbenem, orientalischem Hamam-Badeöl versetzt hatte. Vanille- und Sandelholzduftkerzen flackerten rund um die Wanne, auf dem Waschbecken und auf den Schränken ihres fensterlosen Badezimmers. Ihre Lider waren geschlossen, sie atmete bewusst tief und regelmäßig und konzentrierte sich auf die silbrige Sphärenmusik, die durch die Dampfschwaden waberte.

Nur hier, in dieser heißen Umarmung aus Wasser und Schaum, und nur, wenn sie die Augen schloss, hatte sie das Gefühl, Lázló wäre bei ihr und hielte sie im Arm. Und erst, wenn das Wasser kühler wurde, kälter und schließlich kalt geworden war, öffnete sie die Augen und erlaubte sich, hemmungslos zu weinen.

Heute aber war sie zu wütend, um sich zu entspannen. Voller Zorn auf diese verdammte Ungerechtigkeit, die ihr Lázló einfach so weggenommen hatte, einfach so.

Ich bin sicher, er hätte mir noch so vieles zu sagen gehabt, dachte sie und schlug erbittert auf das schaumige Wasser, das über den Rand schwappte und zwei Kerzen auslöschte. Dieser verdammte Idiot hatte seinen Bluthochdruck immer ignoriert, anstatt ihn behandeln zu lassen. »Hoffentlich schmorst du in der Hölle«, sagte sie laut, und da fiel ihr sein Lieblingswitz ein: Kommt ein Mann in die Hölle. Der Teufel nimmt ihn in Empfang, führt ihn durch die drei Abteilungen der Hölle und erklärt ihm, dass er sich aussuchen darf, in welche er möchte. In der ersten Abteilung werden die Menschen – Lázló hatte den Witz immer anders erzählt. Mal hatte er gesagt, kommt ein Banker, mal kommt ein Politiker oder Fußballer in die Hölle, und dann hatte er dementsprechend die Namen der Personen genannt, die sich gerade in den einzelnen Abteilungen der Hölle befanden. In der ersten Abteilung also wurden Menschen bei lebendigem Leibe gegrillt, in der zweiten Abteilung wurden ihnen von vielen hübschen weiblichen Teufelinnen die einzelnen Körperteile abgerissen, und in der dritten Abteilung standen die Menschen hüfthoch in widerlichen, stinkenden Fäkalien und tranken Kaffee. Der Mann war erleichtert und entschied sich für die dritte Abteilung. »Gut«, sagte der Teufel und rief: »Die Kaffeepause ist vorbei. Alle wieder an die Arbeit!« Woraufhin alle ihre Tassen abstellten und wieder einen Handstand machten.

Hölle.

An die Hölle hatte er gar nicht geglaubt. Er war der Überzeugung gewesen, dass tot nichts anderes bedeutete als ab, aus. Ende. Die Hölle, in der hatte er sie zurückgelassen. Obwohl Nelly so viele Freundinnen hatte, war Lázló der einzige Mensch gewesen, der wirklich gewusst hatte, was in ihr vorging. Der Einzige, der sie wie eine kostbare und empfindliche Pflanze behandelt hatte, und nicht wie einen Kumpel zum Pferde stehlen. Sie seufzte. Schluss damit, er war tot, der Elende! Und sie musste weiterleben. ›Da schaut, wie ich vor die Hunde gehe‹, stöhnte sie und fügte noch tiefer seufzend ausnahmsweise auch den ersten Satz von Bulgakows *Das hündische Herz* hinzu: »›U-u-u-u-huh-huh-huuuh!‹« Dann gab sie sich einen Ruck.

Bis jetzt hatte sie sich wacker geschlagen, aber seit ein paar Wochen fehlte er ihr seltsamerweise noch sehr viel mehr als in den ersten Monaten nach seinem Tod, und sie war froh, dass sie mit Julia dieses Silvesterprojekt in Angriff genommen hatte, das sie beschäftigte, wenn sie nicht gerade arbeiten musste.

Zum Glück hatte Julia am Ende nicht doch noch einen Rückzieher gemacht. Ihre Freundin neigte dazu, sich selbst das Leben schwer zu machen und alles hundertmal hin und her zu drehen und zu durchdenken. Außerdem beanspruchten die Zwillinge und Alex sie ständig im Übermaß. Nachdem Lázló gestorben war, hatte Julia es nur ein einziges Mal geschafft, ein langes Wochenende mit Nelly zu verbringen. Aus Julias Sicht mochte das verständlich sein, aber nicht immer für mich, seufzte Nelly und fand ein bisschen Selbstmitleid an dieser Stelle ganz in Ordnung. Die Einladung eines Mandanten, bei der die Anwesenheit von Alex' Gattin unabdingbar war; ein Theaterprojekt in der Schule; Marion, die sich eine Grippe eingefangen hatte und im *Second Life* vertreten werden musste; das Bad, das mit Hilfe eines Klempners in eine Zen-Oase verwandelt werden sollte, weil Alexander sich das zum Geburtstag gewünscht hatte. Und nicht selten hatte Nelly schon die Haustür hinter sich zugezogen und wollte gerade los, um sich mit Julia zu treffen, als diese anrief und absagte, weil Max die Kotzerei oder Finn eine Mittelohrentzündung bekommen hatte. Womit man ihren Vater natürlich nicht belästigen konnte. Und Julias Bruder, Onkel Christian, den die Zwillinge liebten, war immer genau dann gerade im Ausland unterwegs, um Fotos für Greenpeace zu machen.

Nelly erhob sich mit einem Ruck, der noch mehr Wasser auf

die türkisen Fliesen schwappen ließ, griff nach dem dünn gewaschenen weißen Bademantel und ging, ohne sich abzutrocknen, ins Bett. Den Bademantel hatte sie auf ihrer Hochzeitsreise in Italien geklaut. Lázló hatte behauptet, Nelly würde sich so etwas niemals trauen, weil sie zu feige wäre, und natürlich hatte sie ihm beweisen müssen, dass er sich in ihr getäuscht hatte. Ja, das war lächerlich gewesen, schließlich waren das nicht die Kronjuwelen, aber sie war sich so cool vorgekommen wie ein James-Bond-Girl. Wenn sie mit Lázló zusammen gewesen war, dann war sie immer so viel mehr als nur Daniela Behrmann, dann war sie zu Nelly Balazcs geworden. Aber wer war sie jetzt noch?

Damit seine Bettseite nicht so leer war, hatte sie Stapel von Büchern dort ausgebreitet, die sie für ihre Übersetzungen und Recherchen brauchte, ihre Lesebrille, die *Süddeutsche* der letzten Wochen und stapelweise Frauenzeitungen, ihr iPhone, ein paar weiße Schreibblöcke, Stifte, ihren Laptop und zahlreiche Pralinenschachteln. Lázló hatte eine Schwäche für Trüffelpralinen gehabt, und seit er tot war, aß Nelly auch welche, obwohl sie sie nicht wirklich mochte. Sie wusste, dass es fast schon an Kannibalismus grenzte, aber wenn sie sich diesen dunklen, öligen Schokoladenduft einverleibte, fühlte sie sich ihm sehr nah.

Sie setzte die Lesebrille auf und sah die Liste mit den Aufgaben durch, die für sie übrig geblieben waren.

Julia, die Praktische, hatte vorgeschlagen, sich jeden Monat etwas vorzunehmen und mit dem zu starten, was einfach abzuhandeln war. Und obwohl Nelly insgeheim Angst davor hatte, dass Julia die ganze Sache doch wieder rückgängig machen würde – so nach dem Motto: »Nelly, das ist doch alles Unsinn, Alex sagt das auch!« –, hatte sie trotzdem angefangen, ihre Liste abzuarbeiten. So würde sie Julia vor vollendete Tatsachen stellen und damit unter Zugzwang setzen. Anders als Julia hatte

Nelly mit dem begonnen, was ihr am wenigsten Vergnügen bereitete. Sie hatte als Erstes diese elende Patientenverfügung geschrieben.

Sie tippte eine Mail an Julia.

Liebe Julia,
wenn ich geahnt hätte, wie schwer mir das fällt, hätte ich alles getan, um diesen Punkt heimlich dir unterzujubeln. Hier also ist mein erster Erguss:

Glaub mir, ich würde wirklich lieber die Fußnägel von Dieter Bohlen schneiden, als mich mit diesen Formularen zur Patientenverfügung zu beschäftigen, aber seit Lázlós Tod liegen die hier schon rum. Schließlich habe ich keine Ahnung, wann der Countdown für mein Leben bei Zero angekommen ist und Gevatter Tod mich zu meiner letzten Reise abholen wird.

(Elegant ausgedrückt, oder nicht?)

Nur selten kommt es so plötzlich wie bei Lázló. Bei meinem Glück könnte es sein, dass der Tod, ähnlich wie die Deutsche Bahn, irgendwo auf der Strecke hängen bleibt, sich verspätet und mein Sterben sich lang und länger hinzieht.

Ich will auch nicht, dass irgendjemand mit den gleichen Fragen konfrontiert wird wie Lázló und ich, als damals seine Oma im Sterben lag. Fragen, die man für andere eigentlich nur lösen kann, wenn man mit Vor- und Nachnamen Gott heißt.

Lázlós Großmama hatte zwar schon jahrelang behauptet, sie wünsche sich nichts sehnlicher, als endlich ihrem geliebten Mann zu folgen, aber das war, bevor sie dement wurde und nur noch *lalala* sagen konnte. Deshalb mussten wir dann entscheiden, ob ihr eine Magensonde gelegt werden sollte oder nicht. Ein Nein bedeutete langsames Verhungern, und auch wenn sie dabei schmerzfrei sein konnte, machte uns dieses Nein doch zu ihren Henkern, ganz ohne Beil und Kapuze.

Und genau das will ich Freunden und Ärzten ersparen. Das aber bedeutet im Klartext, dass ich über etwas entscheiden muss, von dem ich nur glaube, es zu wissen, in Wahrheit habe ich nämlich nicht die mindeste Ahnung.

Denn dass ich mich in jeder Art von Prognosen täuschen kann, ist mir spätestens beim Fall der Mauer klar geworden. Und ich war nicht die Einzige. Als Lázló und ich uns damals in Budapest kennenlernten, waren wir beide davon überzeugt, es würde nie mehr ein vereintes Deutschland geben. Den 17. Juni hatte ich längst abgehakt als einen sentimentalen Feiertag für senile, rückwärtsgewandte Dummköpfe. Damals war ich noch jünger und gnadenloser in meinen Ansichten und von deren Richtigkeit hundertprozentig überzeugt.

Woher soll ich also heute schon wissen, wann dieser mein Körper einmal abgeschaltet werden möchte? Vielleicht würde ich lieber mit einer Magensonde leben als zu sterben. Vielleicht würde es mir querschnittsgelähmt im Bett viel besser gefallen, als ich es mir heute ausmalen kann. Vor allem, wenn ein paar hübsche Pfleger mir die Stützstrümpfe anziehen und Scherze über meine schlechte Verdauung machen.

Was, wenn sich Wachkoma so wundervoll anfühlt, als befände man sich auf einem ausgedehnten Tauchgang, frei schwebend, schwerelos und umgeben von Stille, allenfalls ab und an mal eine Blubberblase. Frieden.

Diese Art von Gedanken haben bisher immer verhindert, dass ich mir das Formular überhaupt angeschaut habe. Aber wir haben einen Deal, Julia, also muss es sein. Ich gebe mir einen Ruck und lese.

Es geht ganz einfach los. Man muss die Daten von Personen bestimmen und eingeben. Person 1, das bin ich, dann den Bevollmächtigten 1, das wirst du sein, Julia, und den Bevollmächtigten 2, das wird mein Anwalt. Ich hoffe, du freust dich über diese Verantwortung. Okay, dann kann ich das erleichtert ausfüllen.

Aber als ich weiterlese, wird mir wieder anders. Ich muss mich entscheiden zwischen Alternative 1: *Bitte um Durchführung aller medizintechnisch möglichen lebensverlängernden Maßnahmen,* oder Alternative 2: *Bitte um eingeschränkte lebensverlängernde Maßnahmen, damit ich bei aussichtsloser Krankheitssituation in Würde sterben kann. Die Anwendung lebensverlängernder Maßnahmen, insbesondere Operationen, künstliche Beatmung und Ernährung einschließlich Magensonde sowie die Aufrechterhaltung der Gehirntätigkeit soll unterbleiben, wenn zwei Ärzte unabhängig voneinander festgestellt haben, dass … (Bitte das Gewünschte ankreuzen)*

Das Gewünschte? Das klingt so einfach, als ob ich hier die neue It-Bag bestellen könnte, dabei geht es doch um mein Leben bzw. meinen Tod. Trotzdem, ich lese weiter:

… dass ich mich unabwendbar im unmittelbaren Sterbeprozess befinde, bei dem jede lebenserhaltende Therapie das Sterben oder Leiden ohne Aussicht auf Besserung verlängern würde.

… dass ich ohne Aussicht auf Wiedererlangung des Bewusstseins im Koma liege,

… dass mit hoher Wahrscheinlichkeit eine Dauerschädigung des Gehirns eintritt,

… dass es zu einem nicht behandelbaren dauernden Ausfall lebenswichtiger Funktionen meines Körpers kommt.

Das macht mir Angst, vor allem wenn ich daran denke, dass das alles schneller kommen kann, als mir lieb ist. Dann fällt mir wieder Lázló ein, und ich werde wütend. Der ist schon tot, er muss sich nicht mit solchen Dingen herumschlagen, stattdessen hat er mich einfach so von jetzt auf gleich verlassen.

Ich brauche eine Pause und mache mir einen starken Kaffee, um mich zu beruhigen. Dazu hole ich mir die Trüffelpralinen – als ob es mit Lázlós Hilfe leichter ginge.

Während ich auf meinen Kaffee warte und den beruhigend bitterdunkelsüßen Schokoladengeschmack auf meiner Zunge genieße, macht mein Hirn lieber morbide Rechnungen auf, als über die Patientenverfügung nachzudenken.

Wie viele Kaffees bin ich wohl noch von meinem Tod entfernt? Im Durchschnitt werden Frauen 85 Jahre alt, beruhige ich mich, dann habe ich also noch 35 Jahre. 35 mal 365 macht – ohne Schaltjahre – 12775. Bei vernünftigen 2 Tassen Kaffee am Tag summiert sich das zu 25550, und das klingt nach sehr viel.

Denk mal, Julia, wenn du das auf Sex übertragen könntest! Aber ich bezweifle, dass Alexander mehr als zweimal im Monat für gesund hält. Trotzdem, das wären dann ... warte, ich muss rechnen: Du bist ja erst vierundvierzig, also sind es noch einundvierzig Jahre, zweimal im Monat, also mal 24, ergibt 984 mal Sex. O Mann, Julia, das hört sich sehr viel trüber an als die Zahl der Kaffees. Vielleicht solltet ihr beiden da umdenken! Ich bin sicher, du ärgerst dich gerade beim Lesen, aber ich wollte bloß vom Thema ablenken, verzeih mir bitte. ;-)))

Ich denke, ich schlaf lieber noch mal über die ganze Sache.

Nein, Nelly, seit über einem Jahr schläfst du über diese Sache. Was ist, wenn du morgen einen Unfall hast oder einen Schlaganfall?

Vielleicht muss ich es anders anfangen. Was würde ich hassen? Von Fremden gewaschen zu werden, Windeln zu tragen, wie ein Baby zu lallen? Besser gesagt: Das Schlimmste für mich wäre, anderen zur Last zu fallen. Oder ist das auch nur eine Illusion? Würde ich mich nicht doch wie mein Onkel oder mein Großvater oder meine Tante gierig ans Leben klammern und auf keinen Fall sterben wollen? Ich weiß nicht mehr, wie oft ich nach

Lázlós Tod selbst sterben wollte, aber ich hätte es nicht geschafft, mich wirklich umzubringen. Ich war zu feige. Hab lieber Trüffelpralinen gegessen und alte Fotos angeschaut.

Aber Tatsache ist: Irgendwann muss auch ich sterben. Anders als Lázló denke ich nicht, dass nur schwarzes Nichts auf mich wartet. Aber ich glaube auch nicht, dass ein bärtiger, alter Mann mich in den Himmel einlässt oder in die Hölle schickt. Ist auch egal, was ich glaube; was ich weiß, ist, dass ich eines Tages tot sein werde. Und will ich in Würde sterben? Ja.

Plötzlich kommt mir eine Idee, wie ich mir diese endgültige Entscheidung leichter machen kann. Die Idee könnte von Lázló sein – wer weiß, vielleicht helfen die Trüffelpralinen ja doch! Meine Idee ist eigentlich ein Witz angesichts der Endgültigkeit des Todes, aber es hilft. Ich nehme mir nämlich erst mal einen Bleistift und kreuze an, was ich jetzt darüber denke. Das werde ich ab sofort jeden Monat einmal überprüfen – Julia, bitte erinnere mich daran, ja? – und beobachten, ob sich etwas an meiner Meinung ändert. Das ist doch lächerlich, Nelly, total lächerlich! Doch es nimmt mir die Angst. Ich lese alles noch einmal und kreuze die Alternative 2 an. Danach nehme ich mir alle Unterpunkte vor und bin dann erstaunt, wie befreiend es sich anfühlt, die Kreuze zu machen. Auch wenn es vorerst nur mit Bleistift ist.

Und das, Julia, ist dann doch wesentlich besser, als die Fußnägel von Dieter Bohlen zu schneiden.

5. KAPITEL

Liebe Nelly,
danke für deine Mail, sehr viel mehr als Dieter Bohlens Fußnägel gruselt mich der Gedanke, dass ich jemals in der Situation sein könnte, deine »Bevollmächtigte« zu werden. Ich hoffe, dass es niemals dazu kommen wird.

Daneben erscheint mir das, was ich erlebt habe, allerdings ziemlich dumm, und es auch noch aufzuschreiben, fühlt sich an, als müsste ich die doppelte Schmach erleiden. Aber versprochen ist versprochen. Falls du es jedoch wagen solltest, mich jemals unaufgefordert darauf anzusprechen, werde ich alles leugnen, was hier steht:

Mir ist klar geworden, wie wenig mein Leben mir selbst gehört; es ist einzig und allein den Männern in meiner Familie gewidmet. Woran ich das erkannt habe? Es war mir fast unmöglich, einen Moment zu finden, in dem ich mir die »Du weißt schon«-Kekse backen konnte. Bis ich auf die Idee kam, einfach gleichzeitig auch welche für die Kinder zu backen, dann merkt niemand was. Für die Zwillinge habe ich Schokobrownies gemacht und für mich Karottenmuffins, die isst hier niemand, und ganz besonders ich nicht, denn ich mag diesen faden fluffy Backpulver-Geschmack nicht. Um ganz sicher zu gehen, dass kein männliches Wesen aus Versehen doch zugreift, habe ich außerdem noch jede Menge Rosinen untergemischt.

Ich sehe genau, dass du grinst, Nelly. Der Gedanke, Alex könnte im Gerichtssaal plötzlich weite Pupillen bekommen und anfangen, dummes Zeug zu reden, gefällt dir. Aber es geht bei all dem nicht um ihn oder dich, sondern um mich.

Ich hatte keine Ahnung, wie viel von Marions Gras ich in den Teig kippen sollte, und habe mich dann entschieden, im Zweifelsfall lieber ein wenig mehr zu nehmen, damit ich auch sicher sein konnte, dass ich was spüre. Und so musste ich nur drei Muffins essen statt sechs.

Allerdings konnte ich das Ganze nur an einem Tag machen, an dem die Zwillinge bei den Schmuddelkindern untergebracht waren, Alex einen nicht verschiebbaren Gerichtstermin hatte und ich nicht bei Marion arbeiten musste. Außerdem sollte das alles mit den Öffnungszeiten des Sexshops kompatibel sein. Ich habe mir nämlich gedacht, ich erledige diese peinlichen Sachen alle in einem Aufwasch. Nicht, dass du mich falsch verstehst, ich habe mich dafür entschieden und werde es auch durchziehen, aber ich dachte, so wäre es einfacher.

Jetzt ist also der Moment gekommen. Ich spreche live auf den Voice Recorder meines Handys und tue dabei so, als würde ich telefonieren. Später tippe ich es dann für dich ab. Ich habe also gestern Abend die Muffins gebacken und sie vor einer halben Stunde, nachdem alle aus dem Haus waren, gegessen. Irgendwie bin ich enttäuscht. Ich hatte gehofft, dass sie anders schmecken würden als normale Fluffy-Langweiler-Muffins, haben sie aber nicht. Und außerdem habe ich erwartet, dass ich nach dem ersten gleich schon etwas merken würde. Nach zehn Minuten habe ich im Spiegel meine Pupillen kontrolliert. Nichts. Aber jetzt, seit ein paar Minuten, sind sie tatsächlich riesig, und ich merke, dass ich mich gern anlache, aber das tue ich auch sonst. Ich überlege, ob ich nicht doch das Auto nehmen soll. Aber dann siegt meine Vernunft. Außerdem müsste ich immer noch Alex' Wagen nehmen, und das Schiff in ein Parkhaus zu manövrieren ist noch nerviger, als vor Marions Laden damit einen Parkplatz zu suchen. Also fahre ich lieber mit der U-Bahn zu dem Shop, und hey, ich könnte schwarzfahren, das habe ich seit dem Studium nicht mehr gemacht, wieso eigentlich nicht? Aber was, wenn sie mich rausziehen und jemand merkt, dass ich unter Drogen stehe, und ich muss zur Polizei, und Alex muss mich dort abholen, und die Elterninni erfährt davon, meine Schwiegereltern, die *Bild*-Zeitung, das ganze Universum, was zu einer Haftstrafe und dann zu meiner sofortigen Verurteilung zum Tode führt? Überhaupt, ich fühle mich nicht sehr entspannt, das Zeug soll doch entspannen ... hmm ... nix dergleichen.

Eher im Gegenteil, ich fühle mich wie in einer Zwangsjacke – also bildlich, ich hatte ja noch nie eine an. Mir ist, als würde ich mich gegen irgendwelche Widerstände bewegen, und in der U-Bahn habe ich das Gefühl, als würden alle mich anschauen, als wäre ich – und genauso komme ich mir auch vor – ein Goldfisch, der in einem runden Glas schwimmt. Die anderen wirken für mich verzerrt, sehr dünn oder sehr breit wie in einem Spiegelkabinett, vor allem, wenn ich den Kopf schnell bewege. Ist das die Wirkung? Irgendwie schräg ... Ich muss lachen.

Es ist ziemlich voll in der U-Bahn. Mir gegenüber sitzt ein Mann im dunkelblauen Anzug, mit einem Hemd, das bei jeder Bewegung anders blau schimmert, wie das Mittelmeer in der Sonne. Seine Nasenspitze zuckt, während er so hochkonzentriert in sein Smartphone tippt, dass es dabei mindestens um die Rettung der Welt vor todbringenden Außerirdischen gehen muss. Ich bin froh, dass es solche Männer wie ihn gibt und möchte ihm das gern sagen, aber ich weiß nicht, wie. Er riecht nach Schuhcreme und Zitrone, ob er wohl weiß, wie sich Außerirdische die Schuhe putzen? Die haben vielleicht Tricks, die uns helfen würden. Neben ihm sitzt ein wie geschrumpft aussehender Mann, der mir indisch vorkommt. Der Geruch von Fenjala-Badeöl und Frittierfett umwabern ihn. Alles hier drin riecht so intensiv, als hätte meine Nase plötzlich Superkräfte. *Dschuuuhlja Suuuuperrrnose.* Ich muss laut auflachen, aber da entdeckt meine Supernose schon wieder was Neues: die dicke Frau neben mir. Aus ihren Hautfalten drängen Aromen von zerquetschtem Feta an die Luft, und ihrem blonden, altmodisch aufgetürmten Haar entschweben Duftpartikel von Elnett-Haarspray. Das kenne ich von früher. Meine Mutter ist nie aus dem Haus gegangen, ohne sich in eine Wolke aus Elnett zu hüllen, das war ihre Rüstung, ihr Kettenhemd. Und sogar noch, als ich sie nach Vaters Tod gepflegt habe, bestand sie auf ihrer Frisur und dem Spray. Plötzlich sehe ich alles vor mir, als wäre ich mittendrin, direkt vor ihrem heiligen Altar, dem nierenförmigen Frisiertischchen im Schlafzimmer, den sie von ihrer Mutter geerbt hatte und den mein kleiner Bruder Christian und ich unter Androhung schlimmster Strafen nicht berühren durften. Er, also der Tisch, hatte dünne, schräg stehende Beinchen, die von milchigen Kaskaden herabhängender Volants aus Chemiefasern verdeckt wurden. Perlon oder Nylon oder so was, die Funken gesprüht haben, wenn wir dem Altar heimlich zu nahe kamen. Jedenfalls bis zu dem Tag, an dem ich sie abgeschnitten und Flamencoröcke für meine Puppe daraus gemacht habe. Eine Woche Hausarrest, aber das war es wert.

Vor meinen Augen verschwindet die U-Bahn, ich spüre Christians von mir damals glühend beneidete lange, braune, glatte Haare in meinen Händen und wurstele sie zu einer Art Hochsteckfrisur zusammen, wie Mama sie trug, wenn sie ausging. Er war immer ihr Liebling gewesen und wurde gnadenlos verhätschelt. Mein Vater war eifersüchtig auf ihn und versuchte, besonders streng zu ihm zu sein, aber Mama unterlief jede einzelne seiner Ansagen. Zum Beispiel wollte er, dass Christian seine Haare kürzer trug.

Ich frage die Feta-Elnett-Frau neben mir, ob sie *Der Junge mit der Mundharmonika* kennt. Sie schüttelt den Kopf. »Macht nichts«, tröste ich sie, »Sie sind trotzdem eine tolle Frau«.

Bernd Clüver hat mir damals schon nicht gefallen, aber er war Mamas Lieblingsstar, und deshalb trug Christian die Haare wie er. Zum Beweis hielt sie Papa ständig die Plattenhülle unter die Nase. Apropos Nase ... meine Nase macht ständig neue Entdeckungen, der Fenjala-Frittierfett-Inder ist ausgestiegen. Auf seinem Platz sitzt jetzt eine Mischung aus Kölnisch Wasser, Mottenkugeln und feuchtem Leder mit einer Spur von Schneesalz. So wie diese Oma wäre Mama nie aus dem Haus gegangen, mit einer derart trostlosen Frisur, und bis zu ihrem Tod hat sie immer ihren Chanel-roten Lippenstift getragen. Dazu habe ich Christian damals an dem Abend dann auch noch überredet ... wow, wie in einer Zeitmaschine fühle ich jetzt den kühlen und gleichzeitig etwas pappigen Geschmack auf meinen Lippen und lecke sie ab, um es besser zu schmecken. Die ältere Dame schaut mich konsterniert an. Mama hat mir das damals auch sehr übel genommen, und ich bekam wieder einmal eine Woche Hausarrest. Christian wurde natürlich begnadigt, denn er war der Jüngere. Vernünftig musste immer nur ich sein. An mich hatten sie viele Erwartungen. Ich musste gut sein, Christian durfte er selbst sein.

Die Feta-Schwaden neben mir werden unruhig, vergrößern ihren Dunstbereich, denn die dicke Elnett-Frau steht auf. Ich möchte sie gern umarmen, weil ich so lange nicht mehr an Mama gedacht habe und sich das so warm in mir anfühlt, kann mich aber gerade noch beherrschen. Nur kichern muss ich wie blöd.

(Ja, ich!!)

Das lässt sich nicht mehr unterdrücken, obwohl ich kichern hasse. Klingt nach einem Zwerg oder sonst einem seltsamen Wesen aus *Herr der Ringe*.

Beinahe wäre ich mit der Erinnerungsfrau ausgestiegen, so

dankbar war ich für ihre Existenz, aber zum Glück fällt mir gerade noch rechtzeitig ein, dass der Sexshop erst an der Endstation wartet. Vielleicht würde sie mitkommen, wenn ich sie frage, und mir dabei helfen, etwas Hübsches auszusuchen? Jetzt setzt sich ein Döner mampfender Jüngling neben mich, dessen Hoodie meine Nase mit aprilfrischblütenzauberreinem Weichspüler quält. Die Kapuze hängt so tief über seinem Gesicht, dass die Bändel rechts und links die Joghurtsoße aufsaugen, die seitlich aus seinem Döner rausquillt, und ich möchte sie für ihn aus der Soße ziehen, obwohl mir gerade flau wird, weil sich der Weichspüler so schlecht mit dem Aroma von rohen Zwiebeln und verkokeltem Fleisch verträgt. Nur der Duft des Sesamfladens, der behagt mir, *Dschuhlja Supernose,* aber irgendwie wird das alles gerade zu viel. Jetzt läuft mir von dem frischen Teig auch noch die Spucke im Mund zusammen, nicht, weil ich mich übergeben muss, nein, das ist Hunger! Hey, Julia, du hast nach dem Frühstück drei Muffins gegessen, und normalerweise magst du keinen Hefeteig, der klebt immer so, am Teller, an der Gabel, an den Zähnen, und auch im Hals rutscht er nicht leicht runter. Mürbeteig klebt nie, der knuspert. Knuspern, wie Marion mit ihren Mausezähnen.

Ich muss schon wieder kichern, diesmal so laut, dass sich der Kapuzenjunge zu mir umdreht und mir sein Gesicht zeigt. Gott, sieht der furchtbar aus, die ganze Haut ein bombardiertes Terrain! Ich muss noch viel, viel mehr kichern, dabei tut er mir doch so leid. Was ist nur los mit mir, ich verwandle mich in ein Monster. Er macht eine schmatzende, gleichzeitig abschätzige Bewegung und zuckt dann mit den Schultern, als ich weiterkichere. Ich versuche, mich zu beherrschen, versuche, mir vorzustellen, meine Zwillinge würden mit so einer seuchenartigen Mondlandschaft in ihren babyglatten Gesichtern gestraft, und kaum sehe ich das vor mir, steigen Tränen in meine Augen, heiß und so heftig, dass meine Schultern beben. O Gott, ich schluchze in einer U-Bahn.

Was für eine hirnverbrannte Idee, mit der U-Bahn zu fahren – nur weil ich dachte, Auto fahren in diesem Zustand wäre verantwortungslos.

Der Kapuzentyp dreht sich zu mir um und fragt leise, ob er mir irgendwie helfen kann. Seine Stimme streichelt mir über den Rücken wie eine warme Hand und klingt gleichzeitig so männlich und klar, ähnlich wie die der Sprecher meiner Lieblings-Märchen-Schallplatte: Dornröschen. Ich frage den Typen also, ob er Dornröschen auch so gerne mag.

Er tippt sich an die Stirn und verstopft seine Kehle mit einem weiteren Bissen von dem Döner, anstatt seine herrlich sanfte Dornröschenstimme für mich weiter erklingen zu lassen. Das ärgert mich, und ohne dass ich sie kontrollieren könnte, strömen schon die Worte aus meinem Mund. Ich frage ihn, ob er auch ein ganz arg pickliges Dornröschen mit einem Kuss retten würde. Den Kuss mache ich ihm vor. Anscheinend mit einem lauten Schmatzen, denn alle schauen mich an, ich bin der Goldfisch.

Er macht eine Bewegung mit dem Döner, als wollte er ihn mir ins Gesicht werfen, aber dann steht er nur auf und sagt: »Die Alte tickt doch nicht richtig.«

Neben mir bleibt der Geruch von aprilfrischem Paprika, vergorener Milch und modrigem Knoblauch zurück und starrt mich irgendwie vorwurfsvoll an. Und die zwei von gegenüber, immer noch der Mann, der gerade die Welt rettet, und die kölnische Motten-Leder-Salz-Schnee-Dame, gucken so komisch, dass ich ihnen gern die Zunge rausstrecken würde. Ich muss schon wieder kichern wie eine alte Hexe bei dem Gedanken daran, wie die schauen würden, wenn ich es täte, und gerade als ich es tatsächlich tun will, fahren wir in die Endstation beim Einkaufszentrum ein. Beim Aussteigen frage ich den mit der Nase zuckenden Weltenretter, ob er Lust hat, mit mir einen Abstecher auf den Planeten der Venus zu machen …

Und hier höre ich auf, Nelly. So viel Peinlichkeit muss ich erst noch verdauen. Ich brauche eine Pause, weil mir ganz elend ist von all dem, was ich gerade niederschreiben musste. Zum ersten Mal in meinem Leben ist mir nach einer Zigarette …

6. KAPITEL

Liebe Nelly,
ich werde hier entgegen meinem Plan keine Abschrift des Voicerecorders machen, weil da leider eine Menge sinnloses Gebrabbel drauf ist. Keine Ahnung, was das für ein Zeug war, das mir Marion da gegeben hat. Ich will deine Zeit nicht verplempern, verzeih also, wenn ich das nun zusammenfasse, ich lasse nichts Wichtiges weg, das verspreche ich.

Die Erlebnisse auf meiner Fahrt zum Einkaufszentrum – oder vielmehr die Karottenmuffins – haben mich beschwingt, und ich habe nicht den geringsten Zweifel daran, dass ich den Sexshop mit links meistern werde. Ich verstehe auch gar nicht mehr, warum ich solche Hemmungen davor hatte, und das rufe ich dann auch allen zu, die mir entgegenkommen. Ich frage wirklich jeden, ob er oder sie mich zu einem Ausflug in den Sexshop begleiten möchte.

(Ich sehe, wie du lachst, das hättest du nie im Leben gedacht, was? Und wenn ich es mir jetzt vorstelle, wird mir ganz elend. Nelly, was, wenn Mandanten von Alex mich so gesehen hätten oder jemand von den Schmuddelkindern? Die hätten uns sofort rausgeworfen!)

Es macht mich sehr traurig, dass mir alle ausweichen. Niemand antwortet auf meine Frage, niemand erklärt sich bereit, mich zu begleiten. Dabei tanze ich meine Schritte, und wie ich finde, tanze ich sehr, sehr schön. Kleine Kreise, Blumen, eine Choreografie aus meinem Jazzdance-Kurs, mit der wir mal zu einem von diesen One-Hit-Wonders aufgetreten sind. Dabei halte ich mir die Nase zu, denn all die Gerüche um mich herum überfordern mich. Es ist, als würde meine Nase in Geruchswellen ertrinken. Ich atme durch den Mund und suche tanzend nach dem Sexshop.

Es dauert eine ganze Weile, bis ich ihn gefunden habe, weil sich die Scheiben der Geschäfte um mich winden wie Schlangen aus Glas, und alles hinter den Scheiben ist verschwommen wie in einem Aquarium mit ungeputzten Scheiben.

Als ich endlich vor dem Sexshop stehe, bin ich nicht nur von den Schaufenstern ein bisschen enttäuscht – die Puppen haben was von Karneval, sind aber kein bisschen fantasievoll als Hexe, Hure oder Prinzessin verkleidet, sondern eher öde als Krankenschwester, Polizistin und Lehrerin. Da habe ich in jedes meiner Kleider mehr Fantasie investiert. Auch drinnen sieht es aus wie beim Kaufhof im Untergeschoss. Es gibt lange Reihen mit Regalen, Ständer, an denen glitzernd in Cellophan verpackte Dinge hängen, weiter hinten sehe ich hässliche Kleider, die niemand ernsthaft anziehen würde, und Umkleidekabinen. Ich habe nichts verpasst, nicht das Mindeste. An der Kasse frage ich nach essbarer Unterwäsche, und alles, was passiert, ist, dass die junge Frau (Bananenkaugummi, neue Nylonstrümpfe, Nagellackentferner) ohne aufzusehen den Zeigefinger (French Maniküre, noch mehr Aceton) hebt und irgendwo in den Laden deutet. »Reihe vierzehn«, sagt sie und klingt dermaßen zu Tode gelangweilt, dass ich mir Sorgen mache, ob sie den Tag noch überleben wird.

Ich gehe zum Regal mit der Unterwäsche, kann mich nicht zwischen Schwarz und Rot entscheiden, sie riechen beide nach alten, ungespülten Tomatenkonservendosen, nehme beide, zahle bar und verlasse so schnell wie möglich den Laden.

Ich kann es kaum erwarten, mit der Rolltreppe in den dritten

Stock hochzufahren, wo es alles gibt, wonach ich wirklich verlange.

Die Duftwolken erschlagen mich fast, aber je mehr ich esse, desto mehr verziehen sie sich, und nachdem ich ein Stück labberige Pizza (Emmentaler, Zwiebeln, fast übertüncht vom Oregano, aber nur fast), dann einen herrlich salzigen Cheeseburger (Pappe, Pferd, Lego) und zur Abrundung noch gesundes, pfannengerührtes Gemüse aus dem Wok (Sojasoße, Sojasoße, Sojasoße) verschlungen habe, scheint mein Gehirn auch langsam wieder richtig zu arbeiten. Was ich nicht nur daran merke, dass ich mich frage, ob ich die Unterwäsche nicht lieber gegen eine Nummer größer umtauschen sollte, sondern auch daran, dass die Menschen um mich herum wieder normal aussehen und nicht mehr so stark riechen. Ich bin wieder einfach nur Julia und weder Supernose noch ein Goldfisch.

Meine Heimfahrt verläuft ohne eine einzige Geruchshalluzination. Ich sitze einfach nur da, schwitzend und vollgestopft wie eine schwangere Bärin vor ihrem Winterschlaf, und frage mich, wohin unser Plan führen soll. Alles war so anders, als ich es erwartet habe.

Zu Hause angekommen, möchte ich nur noch duschen und ins Bett, aber ich muss die Zwillinge abholen, und zwar presto, denn ich darf auf keinen Fall zu spät kommen. Es gibt nur zwei »frühe« Abholslots, um halb eins und um drei, dazwischen sind Eltern streng verboten. Und heute müssen beide zum Zahnarzt, und danach hat Max Vorschul-Legasthenie-Training, deshalb muss ich die beiden um halb eins abholen. Nie im Leben hätte ich gedacht, dass ich mich so schlapp fühlen würde. Ich dachte, Marihuana entspannt und macht glücklich, aber ich fühle mich ausgebrannt und vollgestopft.

Trotzdem schaffe ich alles. Der Zahnarzt lobt, die Jungs putzen ihre Zähne vorbildlich, und Max geht, ohne wie sonst zu maulen, zum Legasthenie-Training, während ich mit Finn Vorschulmathe übe.

Du wunderst dich sicher, warum meine Mail immer noch nicht zu Ende ist, denn meine Aufgaben habe ich ja eigentlich schon erfüllt. Aber es ging noch weiter, und ich bin sicher, es wird zu deiner Erheiterung beitragen.

Als Alex heimkam, übergab ich ihm die Jungs, weil mein Zumba-Kurs um sechs anfing und ich den nach der Fressorgie von heute Morgen auf keinen Fall ausfallen lassen wollte.

Als ich zurückkomme – selbst beim Sport hat mich dieses Ich-stehe-neben-mir-Gefühl immer noch nicht verlassen –, macht mir Alex die Haustür auf, bevor ich den Schlüssel ins Schloss stecken kann. Er trägt immer noch seinen dunkelblauen Boss-Anzug, in dem er immer ein bisschen so aussieht wie der eine Schauspieler aus *Suits*. Du weißt schon, der ältere Anwalt, nur dass Alex größer ist und im Anzug noch viel besser aussieht – das kommt vom vielen Rudern. Ich reibe dir das ja immer wieder gern unter die Nase, dass ich mit einem ehemaligen Olympioniken verheiratet bin. Ja, okay, er ist nur im Rudervierer gefahren, und nein, es gab keine Medaille, aber dafür stählerne Oberarme. Und dieser wunderbare Mann sagt kein Wort, sondern schaut mich nur mit so einem komischen Ausdruck in seinen braunen Augen an. Schwer zu sagen, ob er amüsiert oder beleidigt ist oder etwas Ungewöhnliches passiert ist.

»Ist was mit den Zwillingen?«, frage ich und bin auf das Schlimmste gefasst. Zum Glück schüttelt er den Kopf.

»Gut, dann gehe ich jetzt duschen.« Er nickt, setzt an, um etwas zu sagen, macht es dann aber doch nicht.

Unter unserer Regenwald-Massage-Dusche habe ich beim Einschäumen plötzlich die Vision von dem Anzug-Mann in der U-Bahn, der heute Morgen die Welt retten wollte. Was, wenn das einer von Alex' Mandanten war und ich ihn nicht erkannt habe?

Was, wenn er Alex erzählt hat: Deine Frau hockt hier kichernd in der U-Bahn und pöbelt Leute an. Ich dusche so lange, bis meine Haut brennt.

Als ich nur in ein Handtuch gewickelt aus dem Bad ins Schlafzimmer komme, sitzt Alex reglos auf dem Bett, als wüsste er nicht, wie er anfangen sollte. Immer noch im Anzug.

»Was ist denn los?«, frage ich beunruhigt, obwohl ich es eigentlich lieber nicht wissen will.

Er deutet auf die Tüte aus dem Sexshop, die er auf mein Kopfkissen gelegt hat. Ich bin erleichtert – für den Moment jedenfalls – und merke, dass sich ein bescheuertes Grinsen auf mein Gesicht schleicht.

»Ja und?«

»Erklär mir das!«

Leider merke ich, wie meine Wangen heiß werden, und ich kann mir vorstellen, wie das für Alex aussieht: verdächtig.

Was sage ich denn jetzt? Denn ich möchte nicht über unser Projekt reden. Nicht heute. Und eigentlich glaube ich auch nicht, dass ich morgen darüber reden will. Oder jemals. Alex würde es mir ausreden. Jedenfalls hätte er heute leichtes Spiel, weil ich mich schuldig fühle; schließlich habe ich Drogen genommen, ich meine: als Mutter! So was als Teenager zu machen oder mit zwanzig, okay, aber wie ich mich heute benommen habe, Gott!

»Warum hast du dieses Zeug gekauft?« Neutrale Anwaltsstimme.

»Ich wollte dir eine Freude machen!«

»Schatz, brauchen wir denn so was?« Er steht auf und stellt sich vor mich, kommt mir viel größer vor als seine eins achtzig.

Jetzt fühle ich mich fast wieder wie heute Morgen in der U-Bahn, wie im Goldfischglas, und ziemlich verwirrt. Und ich kann meinem Stammeln kaum selbst zuhören.

»Natürlich *brauchen* wir das nicht, war nur so 'ne Idee.«

»Das ist auf Nellys Mist gewachsen, oder? Hast du dich bei ihr über unser Sexleben beschwert?«

»Blödsinn!«

»O, ich kann mir gut vorstellen, wie ihr an Silvester über eure Männer hergezogen habt, all diese Feministinnen, die Nelly kennt. Vielleicht hattet ihr sogar einen Striptänzer.«

Alex versucht, vielsagend zu grinsen, aber es misslingt ihm.

So kenne ich ihn überhaupt nicht.

»Wir haben nur versucht, Nelly über ihr erstes Silvester ohne Lázló hinwegzuhelfen.«

Er schweigt einen Moment, dann setzt er sich neben mich und nimmt meine Hand. Die mit dem Ehering.

»Tut mir leid, das war unangemessen.«

Unangemessen. So.

»Aber wie bist du dann auf diese Idee gekommen?«

»Hab ich in einer Zeitung gelesen«, behaupte ich. »In einem Artikel darüber, dass Sex in der Ehe mit der Zeit zu einer langweiligen Angelegenheit werden kann und die Männer sich dann nach einer anderen umschauen. Ich dachte, du freust dich.«

»Und wie fändest du es, wenn ich mit Reizwäsche nach Hause käme?«

Ich stelle ihn mir in einer schwarzen Latexbadehose vor, die im Schritt offen ist, und muss mir das Lachen verkneifen.

»*Das* findest du lächerlich, aber *du* träumst davon, von mir angeknabbert zu werden, ja?«

Nein, denke ich, davon träume ich nicht. Und unsere Unterhaltung ist so was von absurd. Ich stehe auf, nehme die bescheuerte Unterwäsche und werfe die ganze Tüte in den Müll.

Also, was hat das alles jetzt gebracht?

Julia seufzte. Sie hatte alles noch einmal durchgelesen, um sich zu vergewissern, dass keine Fehler mehr im Text waren, bevor sie ihn an Nelly schickte. Aber sie zögerte noch, ihn abzusenden. Der ganze Schluss zu Hause lag ihr quer im Magen. War es Alex gegenüber fair, ihre intimen Diskussionen vor Nelly breitzutreten? Nein. Sie sollte ihn da raushalten! Kurzerhand entschied sie, es wäre ehrlich genug, wenn ihr Experiment mit der U-Bahnfahrt nach Hause endete. Alex hatte schließlich nichts mit dem Ganzen zu tun. Sie löschte den letzten Abschnitt und drückte auf »Senden«.

7. KAPITEL

Nelly hatte die Seiten von Julias Experiment gleich morgens noch im Bett gelesen und war erleichtert. Zuerst hatte sie Julias Mail gar nicht anklicken wollen, weil sie befürchtet hatte, es wäre nur eine Aufzählung von Gründen, warum diese sich am Ende doch entschieden hatte, ihr gemeinsames Vorhaben nicht fortzuführen. Aber Julia war mit Feuer und Flamme dabei, und Nelly hatte sich beim Lesen köstlich amüsiert. Julia schrieb wesentlich interessanter als die Autorin von diesem unsäglichen Roman, den sie gerade übersetzen musste. Eine billige Sexromanze, über die das Beste, was man sagen konnte, war, dass Nelly ein paar neue englische Vokabeln für männliche Genitalien gelernt hatte. Wie gern hätte sie sich mit Lázló über dieses Buch lustig gemacht! Er hatte es geliebt, wenn sie ihm abends im Bett vorgelesen hatte. Jetzt konnte sie sich mit niemandem mehr über diesen Roman mokieren. Die betreuende Lektorin war sehr stolz, weil es ihr gelungen war, diesen Bestseller für ihren Verlag zu ersteigern, also unterließ Nelly es lieber, ihr gegenüber kritische Bemerkungen fallen zu lassen, und leider konnte sie mit Julia auch nicht darüber reden, denn die wurde schon rot, wenn jemand nur das Wort »Schwanz« benutzte.

Du sollst so was auch gar nicht lesen, geschweige denn übersetzen, hörte sie Lázlós Stimme, *du sollst endlich deinen eigenen Roman schreiben.* Er war davon überzeugt gewesen, dass Nelly die geborene Erzählerin war, die ihr Talent nur vergeudete. Das hatte ihr sehr geschmeichelt, schließlich verglich Lázló jegliche Literatur entweder mit Sandor Marais, Agnes Nemes Nagy oder Samuel Beckett. Doch wie hätte sie jemals mit denen konkurrieren können? Durch das Übersetzen wusste sie, wie schwierig es war, genau das auszudrücken, was sie wirklich sagen wollte. Aber vielleicht war ihre Idee, die Aufgaben vom Silvesterplan aufzuschreiben, ein Anfang; vielleicht konnte daraus ein Roman entstehen. Ihr Mund verzog sich zu einem schiefen Lächeln, als sie sich vorstellte, was Julia oder ihr Mann dazu sagen würden, diese Geruchshalluzinationen in einem Roman wiederzufinden. Das müsste sie dann natürlich ändern.

Zum Glück hatte sie selbst noch nie so extreme Erfahrungen gemacht wie Julia, obwohl sie schon eine ganze Palette von Drogen ausprobiert hatte. Lázló dagegen war auch ohne Drogen sehr geruchsempfindlich gewesen. Manchmal hatte er ein Hemd nur deshalb nicht angezogen, weil ihm der Duft des Waschmittels nicht gefiel, mit dem es gewaschen worden war. Das hatte Nelly jedes Mal verärgert, vor allem, weil er in dieser Hinsicht ein Vollmacho gewesen war, und das bedeutete, sie musste das Hemd noch einmal waschen. Einer seiner unumstößlichen Glaubenssätze hatte gelautet: Ungarische Männer machen keine Hausarbeit. Niemals. Und Nelly hatte sich damit arrangiert. Allerdings war sie froh, dass keine ihrer Freundinnen davon wusste, schließlich vertrat Nelly sonst lautstark feministische Theorien darüber, wie Frauen leben sollten.

Und trotzdem hatte sie Lázló geliebt, alles an ihm, besonders den Duft, der ihn umgab, eine Mischung aus Holunder und Farn, Pfeffer und Butter mit einer Prise von etwas, das sie nie wirklich hatte greifen können. Sie stand auf und lief zum Kleiderschrank im Schlafzimmer, in dem noch all seine Sachen hingen.

Nichts. Sie schnupperte noch einmal erwartungsvoll in den Schrank hinein, nichts.

Wie, nichts?

Halt suchend klammerte sie sich an einer der Türen fest. Sie hatte das Gefühl, als würde sie mit dem Aufzug in den Schlund der Hölle rasen. Da war nur noch der Geruch von Staub und dem roten Pinienholz, mit dem sie die Motten von seinen Sachen fernhielt. Kein Lázló mehr. Sogar sein Geruch war weg. Wann hatte es aufgehört, nach ihm zu riechen? Nicht mal das hatte sie geschafft zu bewahren.

Wütend warf sie die Schranktür zu, lief in die Küche und stellte noch wütender die Kaffeemaschine an, die er so unbedingt hatte haben wollen und die viel zu viel Platz beanspruchte. Dieses Ungetüm stand immer noch da, während von Lázló nicht mal mehr ein paar Duftatome übrig waren. Am liebsten hätte sie einen Hammer genommen und das Ding zertrümmert. Ich sollte arbeiten, statt mich so kindisch aufzuführen, dachte sie. Während die Maschine sich aufheizte, pfefferte sie ihre Bücher und Lexika neben den Laptop auf den Tisch. Sie hatte keine Lust mehr, für einen Hungerlohn solches Zeug zu übersetzen, immerhin bekam sie eine Prämie, wenn sie diesen Schwachsinn bis Ende der Woche schaffte. Gerade als sie sich mit einem Cappuccino hingesetzt hatte, klingelte ihr Telefon.

»Hast du es schon gelesen?«, platzte Julia sofort heraus.

Unwillkürlich musste Nelly lächeln. »Ich dachte, du willst nie, niemals nie von mir darauf angesprochen werden.«

»Will ich auch nicht.« Julia klang enttäuscht.

»Dann?«

»Ich wollte nur wissen, ob es normal ist, dass man sich an den Tagen danach so krank fühlt. Alex kann ich ja nicht fragen. Außerdem habe ich noch eine Überraschung für dich.«

»Keine Ahnung. Mir ging es nach so einem bisschen Marihuana nie schlecht, jedenfalls besser als nach zu viel Alkohol. Nimm doch eine von deinen Kügelchen.«

»Hab ich schon, aber es hilft nichts. Und krank zu sein würde mir gerade noch fehlen. Alex ist zu einem Kongress gefahren, und ich bin mit den Jungs allein. Ob ich nicht doch lieber zum Arzt gehen sollte?« Sie hüstelte nervös.

Nelly versuchte ihre Ungeduld zu unterdrücken. Wenn Lázló nur ein bisschen so hypochondrisch gewesen wäre wie Julia, die Nellys Meinung nach von geradezu erstaunlicher Gesundheit war, dann würde er heute noch leben. Sie selbst wäre schon lange tot, wenn sie all diese Pillen und Kügelchen und Tees, mit denen Julia ihre Lieben quälte, in sich reinkippen müsste.

»Bestimmt ist alles in Ordnung«, rang sie sich ab. »Warte halt noch bis morgen.«

»*Ich* schiebe nicht alles auf morgen.« Julia klang leicht beleidigt, doch im nächsten Moment war sie wieder so energiegeladen wie immer. »Und genau deshalb habe ich auch eine Überraschung für dich. Rate!«

»Okay, da bin ich ja mal gespannt!«

»Du hast einen Termin für eine Typberatung.«

»Soll das ein Witz sein?«

»Ganz und gar nicht. Vor ein paar Tagen war eine neue Kundin im Laden, die sah super aus. Marion hat sich lange mit ihr unterhalten, und wie sich herausstellte, ist diese Frau Typberaterin. Sie heißt übrigens Eva-Maria Schraader und ist immer ausgebucht, deshalb haben wir gleich einen Termin für dich festgemacht.«

Am liebsten hätte Nelly aufgelegt. Wir? Einen Termin für sie?

»Nelly?«

»Ich hätte mir nie erlaubt, für dich einen Termin im Sexshop zu vereinbaren. Hast du denn gar nicht verstanden, wo der Witz bei der Sache liegt?«

»Doch, aber ich wusste, du würdest das bis zum Sankt Nimmerleinstag rausschieben. Jede Wette, du arbeitest im Pyjama vor deinem Laptop – ach was, Pyjama, in irgendeinem löchrigen Fetzen, ungewaschen und mit wirrem Haar, hab ich recht? Dabei ist es schon fast elf.«

»*So what?*« Julia hatte vergessen zu erwähnen, dass Nelly auch noch nicht die Zähne geputzt hatte und die Füße in ihren geliebten Fellhausschuhen nackt waren.

»Diese Frau arbeitet sogar für Frauenzeitungen, wo sie so ›Vorher/Nachher‹-Seiten macht.«

»Gott steh mir bei!« Nelly suchte ihre Zigaretten, schüttelte eine aus der Packung und zündete sie an, um sich zu beruhigen. In Ermangelung eines Aschenbechers nahm sie kurzerhand die Untertasse.

»Du solltest das Qualmen endlich lassen.« Nelly konnte Julias Kopfschütteln förmlich hören.

»Und du solltest dich nicht in meine Aufgaben einmischen!«

»Schon gut, ich ruf die Frau an und sage ab.«

»Super.«

Julia zog laut Luft durch die Nase.

»Ich hab es nur gut gemeint.«

»O, gut gemeint!«, murmelte Nelly genervt, zerquetschte die halbgerauchte Zigarette, stand auf und kippte den Stummel und die Asche in den Müll.

»Ich verstehe dich nicht, was ist denn los? Du wolltest doch unbedingt, dass wir das alles machen. Wieso spielst du dann die Beleidigte? Also, ich kümmere mich um meine Aufgaben. Das muss man doch planen. In einem Film mitspielen, zum Beispiel, die warten ja schließlich nicht auf mich.«

»Du kennst doch meinen Terminkalender gar nicht!«

»Welche Termine denn? Im Pyjama am Küchentisch sitzen?«

Nelly knallte den Hörer auf, zündete sich noch eine Zigarette an und lief im Zimmer auf und ab.

Julia war ja wohl von allen guten Geistern verlassen. Nelly hatte jede Menge Termine. Abgabetermine zum Beispiel!

Es klingelte wieder. Das war sicher Julia. Typisch, erst machte sie einen wütend, und dann kam sie wieder angekrochen. Wahrscheinlich hat sie sich vorher noch ein paar Kügelchen gegen den Stress reingeworfen. Ich geh nicht dran, dachte Nelly, soll Julia ruhig in ihrem Saft schmoren. Und nur damit sie das Läuten des Telefons nicht länger hören musste, wirklich nur deshalb, schleppte sie sich unter die Dusche und zog sich etwas Richtiges an.

Einen Jogginganzug.

Danach recherchierte sie im Internet, ob sie etwas über diese Frau finden konnte. Eva-Maria Schraders gab es jede Menge, aber keine Typberaterin. Nelly versuchte es mit zwei »a«, und da war sie auch schon gleich ganz oben bei Google. Sah total unsympathisch aus, Typ geleckte Vorstandstussi, Typ »Du kannst alles schaffen, wenn du nur willst«, Typ »Ich bin bisher auf Seidenteppichen durch die Welt geglitscht, die von anderen hingelegt wurden«. Ein Lebenslauf wie für viel Geld gekauft. Wie konnte Julia im Ernst glauben, dass sie zu der hingehen würde? Aber wo sie schon einmal dabei war, recherchierte Nelly gleich noch ein paar andere Typberater.

Uferlos, was es da alles gab! Gott, damit konnte frau ihr ganzes Leben verplempern. Jeden kleinsten Aspekt seines Aussehens konnte man testen, von »Ist das die richtige Brust für mich?« bis zu »Bin ich innerlich blond und passt diese Frisur zu mir?«. Unwillkürlich griff Nelly sich in ihr vom langjährigen Färben struppig gewordenes Haar. Frisur, was für eine Frisur? Lázló hatte sie blond geliebt, dabei war ihre natürliche Haarfarbe ein fades, betongraubraunes Mischmasch. An den blonden Haaren würde sie also auf keinen Fall etwas ändern, kam gar nicht infrage. Höchstens vielleicht am Schnitt.

Nelly wandte sich wieder ihren Suchergebnissen zu. Da gab es ganzheitliche Farbberatung, typgerechte oder Businessfarbberatung. Typberatung nach astrologischen Gesichtspunkten, Krafttier-Typberatung.

Julias Krafttier ist ganz sicher das fleißige Bienchen, meins der störrische Esel, dachte Nelly und musste lachen. Vielleicht war es doch keine so schlechte Idee, den Termin, den Julia vereinbart hatte, einfach wahrzunehmen und es hinter sich zu bringen.

8. KAPITEL

Zehn Tage später betrat Nelly mit gemischten Gefühlen und wie immer eine Viertelstunde zu spät das *Barbados*, ein karibisches Lokal im Westend, in dem sie noch nie gewesen war.

Die Tische waren weiß eingedeckt, und überall standen Palmen, die sogar echt aussahen. Ansonsten hatte man auf jeden weiteren pseudokaribischen Unsinn verzichtet. Der einzige Unsinn, dachte Nelly, besteht darin, dass ich mich heute allen Ernstes mit Thomas treffe. Sie hatte sich mit Julia wieder versöhnt und den Termin bei dieser Typberaterin angenommen, der aber erst in vier Wochen sein würde. Und weil Julia sich mit unerwartetem Ehrgeiz auf die nächsten Aufgaben gestürzt hatte, war Nelly nun unter Zugzwang geraten, und das konnte sie natürlich nicht auf sich sitzen lassen.

Während sie noch überlegt hatte, welche von ihren Aufgaben sie als nächstes angehen sollte, hatte sie bei Xing gelesen, dass Thomas in der Stadt war. Er war ihre »heißeste Affäre«, wie es auf dem Zettel gestanden hatte, vor Lázló gewesen. Unfassbar, war es ihr durch den Kopf gegangen, dass ihre heißeste Affäre schon so lange zurücklag und sie sich an die anderen vor Lázló kaum noch erinnern konnte. Ohne lange nachzudenken, hatte sie ihm eine Nachricht geschickt und gefragt, ob er Lust auf ein Treffen hätte, und zu ihrem großen Erstaunen hatte er sofort zugesagt und dieses Lokal vorgeschlagen, von dem Nelly noch nicht wusste, ob es ihr gefiel.

Ein schwarz befrackter Ober, der sie galant mit Madame ansprach, geleitete sie auserlesen höflich zu dem Tisch, an dem Thomas schon saß.

Zum Glück hatte sie ihn vorher gegoogelt, sonst hätte sie ihn nicht wiedererkannt – obwohl er sich längst nicht so sehr verändert hatte wie sie selbst. Sie hatte mindestens zehn Kilo mehr auf den Rippen als vor zwanzig Jahren, er hingegen sah so aus, als würde er Marathon laufen. Die wenigen grauen Haare auf seinem braun gebrannten Schädel waren kurz rasiert, sein Jackett hing ihm sehr locker von den Schultern und musste keinen Bauchansatz kaschieren, denn er war schlank, fast schon hager. Sein Gesicht wies tiefe Falten auf und verriet ihr, dass er viel Zeit mit Outdoor-Sportarten verbringen musste.

Sie verbiss sich ein Grinsen. Ihre Erinnerung hatte den netten Thomas Lauer mit seinem Babyface und den langen, dunkelbraunen Locken über die Jahre in Mr. Sexprotz verwandelt. In ihrer Fantasie hatte sie seine Schultern immer breiter gemacht, seinen Bauch zum Sixpack gemeißelt und seine Lippen aufgepolstert. An Falten in seinem Gesicht hatte sie nie gedacht, dabei war es das Natürlichste der Welt. Vielleicht hätte ich doch mal zu einem Uni-Jahrgangstreffen gehen sollen, dachte sie, da hätten sich bestimmt viele Erinnerungen als Illusionen entpuppt. Aber das wäre ihr wie ein Rückschritt vorgekommen, und dazu war das Leben zu kurz. Sie hasste schon Spaziergänge, bei denen der Rückweg identisch mit dem Hinweg war.

Sie näherte sich dem Tisch, doch Thomas blieb sitzen. O Gott, er hatte sie nicht erkannt, fürchtete sie, aber so stark hatte sie sich auch wieder nicht verändert, oder doch? Da, endlich, er nickte ihr zu, blieb aber weiterhin sitzen.

Lázló war immer aufgestanden, hatte ihr in den Mantel geholfen, die Tür aufgehalten und war auch sonst die Höflichkeit in Person gewesen. Ob ich wohl schon anfange, ihn genauso zu glorifizieren, fragte sie sich, wie ich das mit meiner Affäre mit Thomas gemacht habe?

Während Nelly sich mit der fürsorglichen Hilfe des Obers hinsetzte, trafen sich ihre Blicke, und sie spürte Thomas' leichtes Entsetzen.

Ihm ging es sicher ähnlich wie ihr, dieses Zusammentreffen wirkte wie eine böse Zeitmaschine. Eben noch waren sie Anfang zwanzig gewesen, und jetzt, wie von einer bösen Fee verzaubert, trug sie Bauch statt nabelfrei, Knitterfältchen statt Dekolleté, Altersflecken statt Sommersprossen. Und keine Typberatung der Welt würde daran etwas ändern.

Es kam Nelly so vor, als ob Thomas sich im Stillen zu seiner eigenen Fitness oder sonst einer Überlegenheit gratulierte, vielleicht dazu, dass er sie nicht geheiratet hatte. Aber womöglich projizierte sie auch nur ihre Enttäuschung auf ihn.

Über seine Frau hatte sie nichts im Netz gefunden, nur dass er verheiratet war und Kinder hatte. Er wird mir sicher noch Bilder zeigen, dachte sie und wünschte sich plötzlich weit weg, mindestens in die Karibik.

Immerhin hatte er ihr durch das Sitzenbleiben und sein lahmes »Hallo« eine lauwarme Umarmung erspart. Kaum hatte der Ober den Tisch verlassen, reichte Thomas ihr begeistert die Speisekarte, ein iPad-Mini.

»Coole Idee, oder?«

Das war also nach zwanzig Jahren der Einstieg in ihren Abend. Kein »Wie geht's?« oder »Ist ja schön, dass wir uns sehen«.

Sie lächelte gequält und dachte sich, dass sie genau das verdient hatte. Das war die Strafe dafür, dass sie Julia zu all diesen Aufgaben überredet hatte. Doch dann musste sie daran denken, wie sie eine nette, ironische Geschichte für Julia über diesen Abend schreiben würde. Sofort besserte sich ihre Laune, und das steigerte sich noch, als sie an Lázló dachte. Damit bist du auf dem richtigen Weg, würde er sagen und würdevoll nicken. Thomas hatte die Speisekarte schon nach seinen Vorlieben durchforstet und schlug ihr diverse Kombinationen vor, die er auch gleich mit dem Zusatz kalorienarm, glutenfrei, laktosefrei oder glukosefrei versah. In seiner Welt waren Frauen offensichtlich frei von allem. Frei und leicht.

Der Ober brachte Thomas einen alkoholfreien Cocktail mit dem fantasievollen Namen *Caribic Mornings* und wollte wissen, ob sie sich schon entschieden hätte.

Ja, dachte Nelly, das habe ich. Und sie ließ den Voice Recorder unauffällig mitlaufen, als Erinnerungsstütze für ihren Bericht.

Das Wiedersehen mit meiner heißesten Affäre von damals

Liebe Julia,
um es gleich mal mit Alexandre Dumas und seiner *Kameliendame* vorauszuschicken: »Ich habe noch nicht das Alter erreicht, wo man erfindet, und begnüge mich daher mit dem Erzählen von Tatsachen.« Alsdann – nein, ich war nicht aufgeregt, überhaupt nicht, kein bisschen. Es war ja auch nur das erste Mal, dass ich mit einem Mann ausging, seit Lázló gestorben ist – nein, ehrlich gesagt, sogar seit ich Lázló vor sechzehn Jahren geheiratet habe! Trotzdem habe ich mir kein neues Kleid gekauft, ich warte noch auf die Typberatung. Ich hatte erst dieses wunderschöne türkisfarbene Wickelkleid aus Viskose an, das du für mich genäht hast, aber irgendwie kam es mir wie ein Betrug an Lázló vor, deshalb habe ich dann das schwarze, japanische Wallawallakleid angezogen, das Lázló nie gemocht hat, das schien mir passender zu sein.

Da saß er also, Thomas Lauer, der Mann, mit dem ich wirklich aufregende Stunden verbracht habe. Ich weiß gar nicht mehr, vor wie vielen Jahren genau, und eigentlich möchte ich das auch lieber nicht so genau wissen.

Als ich das karibische Lokal betrat, musste ich daran denken, dass wir damals auch vorher immer essen gegangen sind. In einer jugoslawischen Stinkbude haben wir uns ein Pljeskavica, so eine Hackfleischbulette mit Schafskäse drin, geteilt und dazu einen schweren Rotwein getrunken, der so süß war wie Fruchtsaft. Danach sind wir zusammen auf seiner Velo Solex in sein Wohnheim gefahren, er ohne Helm. Ich würde behaupten, dass unsere Leidenschaft noch angefeuert wurde durch die Tatsache, dass wir beide eigentlich anderweitig liiert waren, seine Freundin Britt war damals zum Auslandssemester in Paris, mein Freund Wolfgang war mit seiner Band auf einer vierwöchigen Tour in Amsterdam. Dieses Detail habe ich dir immer erspart, du hast ja so moralische Ansichten zu allem.

Aber zurück zu unserem Wiedersehen: Nachdem ich mich gesetzt hatte, reichte er mir die elektronische Speisekarte, sah nur kurz von seinem Handy auf und nickte mir zu. Dann entschuldigte er sich sofort damit, dass ihm eine Softwarefirma gehört, die auf Firewalls spezialisiert ist, also große Firmen vor Hackern und Virenangriffen schützt. Und weil er so dermaßen wichtige Kunden hat (ich sah sofort rote Telefone, Männer, die unter der Last der vielen Blech-Orden an ihren Uniformen kaum stehen können und blutige Intensivstationen vor mir), muss sein Handy offenbar immer in Bereitschaft sein, falls es zu einem Notfall kommt.

Ich hielt das Ganze für einen Witz und lachte dezent, woraufhin er mich fragte, was ich denn an wichtigen Kunden komisch fände.

Der Ober rückte mir den Stuhl zurecht, Thomas war immer noch fasziniert von der iPad-Speisekarte, meine funktionierte nicht. Jetzt doch etwas nervös, versuchte ich, darüber einen Witz zu machen, und sagte, dass da sicher gerade die NSA aus Gründen der nationalen Sicherheit die Firewall geknackt habe, um ein paar karibische Geheimrezepte auszuspionieren. Er sah mich kurz mit so einem komischen Blick an und verschränkte dann seine Hände ineinander, als müsste er sich beherrschen, um nicht etwas Falsches zu sagen.

»Du hast dich nicht verändert. Du bist immer noch so zynisch wie früher.«

Ich glaube nicht, dass er mir damit ein Kompliment machen wollte, kam aber nicht dazu, darüber nachzudenken, denn er ratterte in bester Stimmung die gesamte Speisekarte runter und schlug, ohne eine Antwort abzuwarten, vor, wir sollten doch beide das Menü nehmen, da bekäme man am meisten für sein Geld. Der fliegende Fisch mit Cou-Cou, also Okra mit Maismehl, sei doch sicherlich etwas für mich, und ihm wäre nach dem Pepperpot-Stew, einem Eintopf aus Rindfleisch und Geflügel, mit Chili, Nelken und Zimt.

Es war mir schleierhaft, wie er sich anmaßen konnte, zu behaupten, er wüsste, was ich gern mag. Schließlich habe ich mich seit unseren wenigen gemeinsamen Mahlzeiten aus fettigem Pljeskavica, Ajvar und rohen Zwiebeln doch schon etwas weiter entwickelt. Na ja, vielleicht fand er mein Kleid irgendwie Cou-Cou ...

Ich hätte gern irgendwas völlig Abgefahrenes bestellt, nur um sein enttäuschtes Gesicht zu sehen, aber ich wollte nicht gleich so zickig rüberkommen und erklärte mich also mit dem Menü einverstanden. Allerdings lechzte ich nach einem Cocktail mit viel Mount Gay Rum. Er wollte keinen Alkohol, denn er musste ja noch fahren. Mit einem DB-Leihrad ins Hotel. Wie er mir nämlich erklärte, lechzte er nach diesem Tag voller Meetings in den Chefetagen weniger nach Alkohol, sondern vielmehr nach Bewegung. Ohne Bewegung würde er nämlich sterben.

»Tut echt gut«, sagte er und fügte noch hinzu, es mache ihn

traurig, dass ich immer noch rauche. Das könne er riechen. Er selbst rauche nicht mehr, seine Frau auch nicht, wegen der Kinder und natürlich allgemein wegen der Gesundheit.

»Traurig« fand er das also. Wie aus Reflex lechzte ich daraufhin erst recht nach mindestens zwei Zigaretten, aber ich beherrschte mich und sehnte mich nur nach einem erlösenden ersten Schluck von meinem Drink. Doch bevor der kam, zeigte Thomas mir schon unaufgefordert seine reizende Familie. Ich wusste gar nicht, dass ein Handy über derartige Kapazitäten verfügt – mit dem Speicherplatz, den seine Bilder beanspruchten, hätte man die Welt regieren können. Es waren viele Bilder.

Sehr viele Bilder.

Unglaublich viele Bilder.

Um es kurz zu machen: Sein Frauchen sah süß aus, sehr zart, du weißt schon, Julia, der durchscheinende Typ, bei dem man Angst hat, dass ein sanfter Windstoß sie zitternd in ihre Atome auflösen und verwehen könnte. Doch offensichtlich ist Ute in Wahrheit kein Mäuschen, sondern die zäheste Ratte im Käfig. Denn sie begleitet ihn mit den Kindern zu all den Challenges, denen er sich in seiner Freizeit stellt. Sie haben vier Kinder: Lukas, Leander, Laurenz und Lioba, und eigentlich wünschen sie sich noch mehr. Denn Kinder seien das Salz der Erde, ohne Kinder sei er nicht er selbst ... Und die ganze Zeit über atmete er hektisch, als würde man ihm gleich den Sauerstoff abdrehen.

Bevor ich nachhaken konnte, welche Challenges er meinte, ratterte er zu jedem seiner Kinder noch sämtliche Daten herunter: unter welchen Umständen sie geboren wurden (wichtigster Punkt dabei: ob er anwesend war oder nicht), wann die ersten Zähne kamen (das hat er alles in einer Extra-App mit Datum, leider hat das bislang niemand gehackt), welche Verdauungsprobleme (nur die Jungs) und welche besonderen Begabungen sie haben: tierlieb, gesangsfreudig, zauberkomisch, ballettös.

Dann hielt er inne. Ihm schien eingefallen zu sein, dass ich vielleicht auch ein Leben habe, denn er stellte eine Frage. Ich dachte, er will etwas über mich wissen, aber nein, stell dir vor, er fragte mich nach dir. Ob ich noch mit diesem hübschen Lockenköpfchen befreundet sei. Ich habe mich daran erinnert, dass du ihn damals an der Uni schon nicht besonders leiden konntest, weil du ihn für einen elenden Langweiler gehalten hast – an dieser Stelle gratuliere ich dir für deine weise Voraussicht! Ich habe ihm erzählt, unsere Freundschaft sei quasi unkaputtbar, weil du so gut darin seist, mich zu ertragen. Dann habe ich noch nachgelegt und behauptet, du hättest dich zu einer Mrs. Sexbomb entwickelt, und deshalb seist du mit Alex, dem reichen und klugen Mr. Sexbomb verheiratet. Das schien ihn zu freuen, brachte ihn aber leider wieder auf seine eigene Frau. Ute war überhaupt die Allerbeste, denn sie hatte ihn auf den richtigen Weg gebracht. Den letzten Satz hätte ich beinahe überhört, weil sein Monolog trotz des Schnaufens, etwas leicht Einschläferndes hatte.

»Was denn für ein Weg?«

»Der Weg des Herrn.«

»Aha.« Endlich wurde mir klar, was hier los war: kein Alkohol, jede Menge Kinder, für Frauen nicht aufstehen, o Gott, er musste Zeuge Jehovas sein, oder ganz schlimm: Vielleicht gehörte er ja zum Neokatechumenat, einer ganz üblen katholischen Sekte, über die ich neulich erst recherchiert habe.

»Es war Liebe auf den ersten Blick.«

»Mit dem Herrn?«

»Mit Ute.« Etwas von früher blitzte durch seine graugrünen Augen. »Wir haben uns beim ›Schwimmen und Beten‹ kennengelernt, bei ›Mein Spring Festival‹.«

»Beim ›Schwimmen und Beten‹ ...« Zeit für den *Wachturm,* oder holte er jetzt den Persönlichkeitstest von den Scientologen aus seinem Aktenkoffer?

Er merkte ganz genau, dass es in mir ratterte, denn er ließ seine letzte Antwort demonstrativ sacken, ja, er atmete sogar einfach mal nicht.

»Das hast du schon richtig verstanden, es war beim ›Schwimmen und Beten‹«, wiederholte er. »Ich war nur zufällig dort, weil ich einem Freund einen Gefallen getan habe. Bis dahin hatte ich mir leider nie viele Gedanken über Jesus gemacht.«

»Und was ist passiert?«

»Ich bin Jesus begegnet …«

Ich muss ziemlich blöd aus der Wäsche geschaut haben, denn er lachte aus vollem Hals.

»Nicht ihm selbst, aber er hat mir Ute geschickt, und sie sah einfach großartig aus in ihrem schwarzen Badeanzug!«

»Gelobt sei der Herr!«, entwischte es mir, und ich tat so, als meinte ich damit die Vorspeise, die gerade serviert wurde.

Er nickte mir misstrauisch zu, beschloss jedoch, mir zu glauben, dass ich das ernst gemeint hatte. Und dann fragte er, ob es okay sei, wenn wir kurz beteten.

Sprachlos – und du weißt, Julchen, das kommt selten vor – starrte ich ihn an, neugierig, ob er die Hände falten oder peinlich nach meiner Hand greifen würde. Die brachte ich vorsichtshalber schon mal in meinem Schoß in Sicherheit.

Aber er schloss nur lässig die Augen und dankte für dieses köstliche Mahl. Dann zwinkerte er mir zu und meinte: »Wer laut betet und weiß, dass andere Menschen zuhören, läuft immer Gefahr, zur reinen Selbstdarstellung zu beten.«

Ich war immer noch zu perplex, um etwas zu sagen. Das erledigte er dann für mich.

»Für mich bedeutet Christ zu sein, eine Beziehung mit Gott zu haben. Der Kern einer Beziehung ist das Gespräch, und Beten ist ein Gespräch mit Gott, also« – er grinste wieder – »wenn sonst keiner zuhört.«

Dann wurde er plötzlich ernst. »Nachdem du dich bei mir gemeldet hast, habe ich ein bisschen über dich recherchiert und gesehen, dass du Witwe bist. Es tut mir sehr leid, dass Lázló gestorben ist, hätte ich davon gewusst, wäre ich zu der Beerdigung gekommen, um dir beizustehen, schon um der alten Zeiten willen.«

»Es war keine christliche Beerdigung.«

»O, na ja, das tut mir wirklich sehr leid für euch beide.« Er rammte sich eine vollgeladene Gabel in den Mund und nickte mir ernst zu. »Ich glaube, du würdest dich besser fühlen, wenn du dein Christsein leben würdest. In unserer Gemeinschaft sind Witwen ganz sicher weniger allein. Und wir von der evangelischen Allianz sind keine Sektierer. Jeder muss Jesus für sich selbst entdecken und dann entscheiden, wie er Gott leben will. Es ist etwas sehr Persönliches.«

Gott. Jesus. Witwe. Bisher hatte ich mich noch nie als Witwe gesehen, dabei stimmte es ja.

»Glaubst du, dass Lázló in der Hölle schmort, weil er nicht als Christ gestorben ist?« Kaum hatte ich das ausgesprochen, tat es mir auch schon leid. Mittelalterliche Bilder von vielschwänzigen Teufeln schwebten ungebeten vor meine Augen, und Lázló mittendrin.

Auch für Thomas schien meine Frage unangenehm zu sein, denn es bröckelte etwas von seiner gut gelaunten Energie ab. Er atmete und dachte nach.

Plötzlich fiel mir Lázlós Lieblingswitz wieder ein, der mit der Hölle, aber ob Thomas darüber lachen konnte?

Er räusperte sich.

»Weißt du, Nelly, wir sind keine Katholiken und glauben nicht an die ewige Verdammnis.«

»Auch nicht, wenn ihr sündigt?« Ich schwenkte demonstrativ mein leeres Cocktailglas, damit er nicht etwa auf die Idee kam, ich meinte die Sünden des Fleisches.

Glücklicherweise missverstand der galante Ober das jedoch und schwebte heran. Ich bestellte noch einen Cocktail, Thomas eine Maracujaschorle.

»Natürlich hältst du mich für einen Sünder. Das war ich auch, und was für einer. Aber ich habe mich verändert!«, beteuerte Thomas und schraubte sich mit jedem Satz ein Stückchen weiter in die Höhe. Fehlte nur noch, dass er die Hände flehend zum Himmel hob. »Ehrlich gesagt, schäme ich mich, wenn ich daran denke, wie ich früher gelebt und gesündigt habe. Ich habe Britt damals mit dir und anderen hintergangen, das käme für mich heute nicht mehr infrage.«

Mit mir *und anderen!* Was für ein Arsch, warum musste er mir das jetzt unter die Nase reiben? Damals hatte ich nichts davon bemerkt, und es ist mir schleierhaft, wer da außer mir noch gewesen sein könnte. Vielleicht log er ja auch nur, um mir nachträglich noch eine reinzuwürgen oder um sich selbst zu einem noch schlimmeren Sünder zu machen. Wenn ich etwas davon gewusst hätte, wäre es zwischen uns aus gewesen. Ich wollte nie eine von vielen sein, das habe ich auch Lázló von Anfang an ganz klar gesagt. Aber Lázló ist sowieso ein anderes Kaliber gewesen als Thomas. Insofern fiel es mir leicht, ein ironisches Säurebad über ihm auszuschütten.

»Ja, Thomas, *du* hast schlimme Verbrechen begangen, wirklich unverzeihlich!«

Er ging ohne eine Miene zu verziehen darüber hinweg und redete weiter, als hätte ich nichts gesagt.

»Und ich hoffe, dass es uns gelingt, unsere Kinder fest in den Lehren von Jesus Christus zu verankern. Sie sollen sich immer so verhalten, dass ihre Gemeinde stolz auf sie ist und sie dann auch stolz auf sich sein können.«

»Stolz? Na, das grenzt ja schon an Hochmut und Eitelkeit. Und ist das nicht eine der sieben Todsünden?«

Thomas wurde allen Ernstes rot. »Du hast recht, ich hätte nicht ›stolz‹ sagen sollen, sondern dass sie zufrieden mit sich sein können, das trifft es besser.«

Julchen, ich konnte nicht fassen, wohin sich dieser Abend entwickelte. Ich dachte, wir flirten oder lachen, und jetzt saß ich da und redete über die Todsünden. Mir schoss der Gedanke durch den Kopf, dass Lázló irgendwo auf einer Wolke schwebte und sich ins Fäustchen lachte.

»Und wie viele Kinder hast du?«, fragte er.

»Keins.«

Er berührte mich zum ersten Mal an diesem Abend flüchtig mit der Hand am Arm und sah mich mitfühlend an. »Das tut mir sehr leid für dich. Es muss sich grauenhaft anfühlen, eine kinderlose Witwe zu sein.«

»Jesus hatte auch keine Kinder, jedenfalls, wenn man der Bibel und nicht den Verschwörungstheoretikern glaubt.«

Immer noch dieser mitleidige Blick.

»Nelly, ich denke, für Frauen ist es sehr tragisch, wenn sie kinderlos bleiben. Schließlich ist das doch eure Bestimmung!«

Meine Bestimmung! Am liebsten hätte ich den Mistkerl eigenhändig erwürgt. Was wusste er denn schon über meine Bestimmung? Er hatte mich nichts zu meinem Leben gefragt, oder womit ich mir die Zeit vertrieb, das war ihm doch alles schnurzpiepegal!

»Warum wolltest du dich eigentlich mit mir treffen?«, fragte ich ihn, um diesem Kinder-Gefasel ein Ende zu bereiten.

Er nahm einen großen Schluck von seiner Schorle, stellte das Glas dann entschieden ab und sah mich verschmitzt an. »Ich wollte sehen, ob ich noch so leicht zu verführen bin, so ein elender Sünder bin wie früher.«

Er wollte also etwas über sich erfahren. Der Herr sei gepriesen, er war von seinem sündigen Verhalten geheilt! Nicht mal

Marilyn Monroe hätte es geschafft, ihn in ihr Bett zu ziehen, aber nur weil sie vorher an Langeweile zugrunde gegangen wäre.

Plötzlich war mir der ganze Abend so was von zuwider. Klar wollen wir uns alle in den anderen spiegeln, aber ich war nur der Lackmustest für seine moralische Standhaftigkeit.

»Und, gehst du auch ab und zu ins Bordell und schaust, ob du unbefleckt wieder rauskommst?«

Er verdrehte die Augen und hob abwehrend die Hände.

»Das hast du jetzt in den falschen Hals gekriegt.«

»Stimmt. Ich glaube, mir wird schlecht. Wenn du mich bitte entschuldigen würdest …« Ich stand auf und schnappte meine Tasche.

»Klar, der ganze Alkohol …«, hörte ich ihn hinter mir noch murmeln.

Zum Glück war die Garderobe gleich neben der Toilette, sodass ich einfach meinen Mantel nehmen und gehen konnte. Vorher habe ich noch überlegt, ob ich dem galanten Ober meine Visitenkarte dalassen sollte, nur für den Fall, dass Thomas ein Problem mit meiner Rechnung hätte. Aber ich bin einfach mal davon ausgegangen, dass Thomas niemals die Zeche prellen würde, denn was würde Jesus dazu sagen?

Stunden später, als ich zu Hause im Bett lag und Lázlós Lieblingspralinen knabberte, konnte ich schon wieder darüber lachen. Und ja, ich habe die Luft aus dem einzigen DB-Leihrad rausgelassen, das vor dem Restaurant stand. Die paar Kilometer bei minus zehn Grad wären mit dem Rad doch gar keine echte Challenge gewesen …

9. KAPITEL

Seit drei Tagen dachte Julia schon morgens, wenn der Wecker klingelte, daran, dass es ihre Aufgabe war, sich nicht mehr länger klein zu machen. Lange hatte sie überlegt, ob sie sich da nicht einfach durchschummeln sollte, es konnte schließlich niemand überprüfen. Außerdem machte sie sich nie klein, das dachte zwar Nelly, aber die hatte ein Bild von ihr, das mehr als zwanzig Jahre alt war. Ihre Freundin wollte einfach nicht sehen, wie sehr Julia sich weiterentwickelt hatte.

Während sie vor dem Spiegel ihre Zähne putzte, nickte sie sich noch mal zu. Nein, schummeln war nicht ihr Ding. Das wäre Nelly gegenüber unfair. Ich werde einfach jeden Abend eine ehrliche Zusammenfassung schreiben, dachte sie.

»Schaa-atz!«

Wenn Alexander so nach ihr rief, gab es ein Problem. Julia horchte angestrengt, ob die Jungs irgendwas damit zu tun haben könnten, aber aus dem Kinderzimmer drang noch kein Laut. Je näher die Schulzeit rückte, desto länger schliefen die beiden neuerdings morgens.

Julia wischte ihr Gesicht trocken und versuchte, ihre Haare ein wenig in Form zu zupfen. Doch als Alex wieder nach ihr rief, gab sie den Versuch schulterzuckend auf und lief hinüber ins Ankleidezimmer.

Anklagend zeigte Alexander, nur mit einem Handtuch um

die Hüften, auf die Schublade mit seiner Unterwäsche. »Schau mal«, sagte er. »Was siehst du?«

»Nichts ...«, murmelte Julia und überlegte fieberhaft, warum das so war; aber dann fiel es ihr wieder ein: Die Wäsche lag noch im Trockner, wahrscheinlich schrecklich zerknittert, aber immerhin sauber.

Alexander zog Julia liebevoll an seine nackte Brust.

»Verlange ich zu viel von dir? Brauchen wir eine Putzfrau?«

»Nein, tut mir wirklich leid, ich hole dir Socken und Unterhosen, ist alles fertig.« Julia wollte sich aus seinen Armen lösen, ihr war nicht nach Zärtlichkeiten. Jeden Moment konnten die Jungs aufwachen, und sie hatte noch nicht mal den Frühstückstisch vorbereitet.

Aber Alex gab sie nicht frei. »Meine kleine Chaotin!« Er streichelte ihr über die Wange. »Aber ich will nicht klagen. Ich habe mich bewusst für die schönste aller Frauen entschieden und nicht für eine graumäusige Erbsenzählerin. Trotzdem, Liebste, brauche ich etwas zum Anziehen.« Er gab sie endlich frei und klopfte ihr auffordernd auf den Hintern.

Julia rannte in den Keller zum Trockner, damit Alex nicht zu spät kam. Er hatte einen Termin vor Gericht. Auf dem Weg nach unten überlegte sie, ob sie gegen die *kleine Chaotin* hätte protestieren müssen. Machte die Chaotin sie klein? Nelly und Marion hielten sie für geradezu perfekt organisiert, und sogar bei den Schmuddelkindern hatte sie den Ruf, für jede Eventualität gerüstet zu sein.

Zehn Minuten später saßen alle am Frühstückstisch. Die Jungs stritten darum, wer die neue Packung Müsli aufmachen und den Gimmick aus der Packung haben durfte, und schubsten sich dabei gegenseitig, sodass die Milch umfiel, auf den Tisch platschte und Alexanders Jackett bespritzte. Er brüllte die Jungs an, die sofort anfingen zu heulen. Dann zog er das Jackett aus, und die Hose, denn vor Gericht war für ihn nur ein kompletter Anzug akzeptabel, und rannte fluchend wieder nach oben, wo er dann feststellte, dass sein Hemd nicht zu dem neuen Anzug passte.

Julia zögerte einen Moment und wusste nicht, ob sie die Jungs trösten oder Alex helfen sollte. Dann entschied sie, dass die Jungs nur Krokodilstränen vergossen, und hastete nach oben zu Alexander.

»Du hast sie einfach nicht im Griff!«, schimpfte er, während er aus der Hose stieg, noch einen anderen Anzug aus dem Schrank zerrte und anfing, sein Hemd aufzuknöpfen.

»Die beiden tanzen dir nur auf der Nase herum. Keine Sekunde können die Ruhe geben! Ich frage mich wirklich, wie die das Gymnasium schaffen sollen.«

»Sie sind noch nicht mal eingeschult!«

»Aber nur, weil du sie noch schonen wolltest. Jetzt sind sie sieben Jahre alt bei der Einschulung, und was hat es genutzt? Nichts. Die beiden brauchen etwas mehr Zucht und Ordnung! Das ist alles deine Schuld! Es wird höchste Zeit, dass du aufhörst, deine Zeit in diesem lächerlichen Laden zu verplempern. Die Jungs brauchen ihre Mutter!«

»Ich …«

»Du verdienst doch da sowieso nichts!«

»Ich …«

Die Zwillinge waren heraufgekommen und blieben schüchtern an der Tür stehen.

»Jungs, steht hier nicht so rum wie begossene Pudel.« Alex wurde etwas leiser, stopfte sich das Hemd in den Hosenbund und rang sich ein Lächeln ab. »Ich hab's nicht so gemeint. Es tut mir leid. Hört ihr? Eurem Papa tut es sehr leid!«

Daraufhin stürmten Max und Finn das Zimmer. »Papa, uns

tut es noch viel leider!«, riefen sie ihm entgegen, und er hob abwehrend die Hände.

»Das ist lieb von euch, aber jetzt bleibt bitte weg von mir. Ich habe keine Zeit, mich noch mal umzuziehen!«

Die Jungs sahen sich betreten an, und Julia fürchtete schon, sie würden gleich wieder losheulen, denn die beiden konnten es nur schwer verkraften, wenn Alex mit ihnen schimpfte.

»Schon gut, ist schon gut. Seid ihr sauber?« Er ging in die Knie, musterte sie kritisch, dann breitete er seine Arme aus, in die seine Söhne sich warfen wie zwei Ertrinkende. Er klopfte ihnen hart auf die Rücken, dann erhob er sich und zwinkerte Julia zu. »Heute Abend ist die Party in der Kanzlei, bitte zieh dir was Hübsches an, ja?«

Sie nickte, um zu überspielen, dass sie das völlig vergessen hatte, und stellte in Gedanken schon eine Liste der freitags verfügbaren Babysitter zusammen. Leider war Annabelle, die Einzige, die überhaupt freitags Zeit hatte, noch im Skiurlaub. Wenn Julia niemanden fand, würde das großen Ärger mit Alex geben. Er konnte nicht verstehen, warum sie nicht einfach eine Agentur anrief, aber das kam für Julia nicht infrage, denn da wusste man nicht, wen sie schicken würden. Vielleicht würde Nelly ihr aus der Patsche helfen. Julia trieb Max und Finn an, sich beim Anziehen und Zähne putzen zu beeilen, warf sich Mantel, Schal und Mütze über und war froh, dass es Winter und kalt war und niemand sehen würde, dass sie unter dem Mantel noch den Pyjama trug. Mit schlechtem Gewissen dachte sie daran, wie sie neulich Nelly gemaßregelt hatte, weil diese noch im Pyjama vor dem Computer gesessen hatte, aber dann tröstete sie sich mit dem Gedanken, dass heute eine Ausnahme war. Sie brachte die Jungs in den Kindergarten, kaufte auf dem Rückweg noch schnell ein, machte sich einen Kaffee und rief Nelly an, auch wenn die sicher noch ein bisschen sauer war, weil Julia sie einfach bei der Typberaterin angemeldet hatte.

»Der Hammer, oder?«, trötete Nelly sofort ins Telefon.

»Was denn?«

»Hast du denn meine Mail nicht gelesen?«

»Hatte noch keine Zeit.«

»Warum rufst du dann an?«

Julia erklärte Nelly ihr Problem, und ihre Freundin sagte ohne auch nur einen Moment zu zögern zu. Dann bat sie darum, dass Julia ihre Mail lesen und sie danach wieder anrufen sollte.

Erleichtert, weil ihr Babysitterproblem gelöst war, las Julia Nellys Mail. Doch während des Lesens stiegen ihr die Tränen in die Augen, und am Ende heulte sie sogar richtig, dabei hatte Nelly ihr Erlebnis mit Thomas so witzig geschildert. Wieso heule ich denn jetzt?, fragte sie sich. Ich kann mich doch sonst so gut beherrschen. Sie versuchte, sich zu beruhigen, indem sie einen Blick in die aktuelle *SZ* warf – Flüchtlingsdiskussion, Erdbeben in Dings, neue Ebola-Ausbrüche in Afrika, Unruhen in X und Terroranschläge in Y. Echtes Leid, Menschen, die zwischen Leben und Tod schwebten. Normalerweise halfen diese Meldungen ihr, sich zu beruhigen; der Vergleich mit ihrem eigenen Leben machte ihr wieder bewusst, dass ihre Probleme, sogar die mit den Jungs, nur Luxusprobleme waren. Aber heute half das nicht. Sie versuchte es mit progressiver Muskelentspannung, doch auch das änderte nichts. Ein Blick auf die Uhr zeigte ihr noch dazu, dass sie sich beeilen musste, wenn sie den Laden pünktlich aufmachen wollte.

Unter der Dusche beruhigte Julia sich wieder ein wenig. Während sie sich abtrocknete, stellte sie das Telefon auf Lautsprecher und rief Nelly an.

»Schade, dass dein Abend mit Thomas so dumm gelaufen ist.«

»Was heißt hier dumm gelaufen? Ich habe eine Entscheidung getroffen. Hat ja auch was für sich, keine Milkakuh mehr zu sein …«

Julia, die gerade ihre Beine mit angeblich hautstraffender Lotion eincremte, hielt verdutzt inne. Dann, als sie verstanden hatte, worauf Nelly anspielte, lächelte sie. »Du warst weder eine Kuh, noch warst du je so lila, und für Lázló warst du trotzdem die zarteste Versuchung, oder nicht?«

Nelly schnaubte. »Tja, wer weiß, was die Typberatung ergibt. Warst du schon mal bei so was?«

»Warum sollte ich? Ich mag meinen Stil.«

»Stil? Schwarz mit irgendwas nennst du Stil?«

Julia verrieb die restliche Creme und seufzte. »Genau, ich weiß, was mir steht und was nicht.«

»Du meinst: Alex weiß, was dir steht.«

»Da sind wir uns einig. So was nennt man auch Liebe!«

»Oder Bevormundung.«

Julia stöhnte leise und sparte es sich, Nelly darauf hinzuweisen, dass Lázló ihre gesamte Garderobe eingekauft hatte.

»Dir fehlt doch nur noch eine Jackie-Kennedy-Perücke, und du würdest als Mrs. President durchgehen.«

»Hast du Thomas nicht gesagt, ich wäre Mrs. Sexbomb?«

»Ich habe gelogen, um mit dir anzugeben. Als Jackie bist du so sehr Mrs. Sexbomb, wie ich Heidi Klum bin.«

»Und?« Julia sah sich dabei im Spiegel an. Ihre dunkelbraunen Locken waren mit nichts zu bändigen. Sie dachte an die struppigen, blond gefärbten Haare von Nelly.

»Immerhin war Jackie eine Stilikone!«

»Solange du immer nur in die Fußstapfen von jemand anderem trittst, wirst du nie deinen eigenen Stil entwickeln.«

»Solche Sprüche sind unter deiner Würde, meine Liebe, und zudem noch falsch! Ich bin ich, und außer dir sieht das jeder so.«

»Weil niemand außer mir dir die Wahrheit sagt.«

»Und was ist die Wahrheit?«, fragte Julia. Nelly unterstellte ihr offenbar, dass sie eine naive Idiotin war, die nicht einmal bemerkte, wenn man sie belog.

»Dein sogenannter Stil hat den Charme einer Zahnarztgattin, die die konservativen politischen Ambitionen ihres Mannes unterstützen möchte.«

»Aha.« Julia sparte sich den Hinweis auf Nellys Stil, der sich in alten Bademänteln und Jogginghosen erschöpfte. Doch sie lief ins Ankleidezimmer, öffnete ihre Schranktüren und betrachtete die schwarzen Etuikleider, die schwarzen, knielangen Röcke, die schwarzen Jeans und die weißen Blusen und T-Shirts. An der Seite hingen die Wickelkleider, die sie selbst genäht hatte – in Rot, Schwarz und Grau.

»Bist du jetzt sauer?«

»Nicht die Spur. Aber ich muss los in den Laden. Wir sehen uns heute Abend, ich bringe die Jungs so gegen sieben.«

Sie verabschiedeten sich. Julia schlüpfte in eine schwarze Jeans, zog ihren beigefarbenen Kaschmirrollkragenpullover darüber und betrachtete sich im Spiegel. Einwandfrei. Nelly hatte eben keine Klasse. Auf dem Weg zum Laden nagten dann aber doch Zweifel an ihr, ob sie nicht viel deutlicher hätte protestieren müssen. Nelly machte sie auf ihre Art auch manchmal klein. Immer wieder sah Julia ihren von schwarzen Kleidern dominierten Schrank vor sich, und vielleicht war das dann auch der Grund, warum sie sich abends ein völlig verrücktes Kleid aus dem Laden mit nach Hause nahm.

Nein, Unsinn, das Kleid hatte ihr einfach gefallen. Es war dunkelrot und hatte ein weites, durchsichtiges Chiffonoberteil über einem Satinunterhemdchen. Ab der Hüfte dann mündete es jedoch in einen engen Paillettenschlauch, der oberhalb des Knies endete. Ihre Clutch und die schwarzen High Heels, die man nur am Arm eines Gentlemans tragen konnte, passten perfekt dazu. Um den Hals trug sie eine darauf abgestimmte Kette aus Glasperlen, die sie sich am Nachmittag selbst gefädelt hatte.

Marion war entzückt und hatte sie zu ihrer sexy Figur beglückwünscht, und die Jungs fanden, ihre Mutter sähe in dem Kleid aus wie eine Prinzessin.

Alexander hatte angerufen und sich dafür entschuldigt, dass er es nicht mehr nach Hause schaffen würde. Aber er hatte im Büro für Notfälle einen Abendanzug.

Julia war gespannt, was Nelly zu dem Kleid sagen würde, wenn sie die Jungs zu ihr brachte, aber ihre Freundin nickte ihr nur kurz zu, umarmte die Zwillinge und verkündete, dass sie zusammen Pizza backen würden, was die beiden begeistert in die Küche stürmen ließ. Julia überreichte Nelly die Tasche mit den Sachen der beiden und bedankte sich noch einmal bei ihr. Erst nachdem sie sich schon verabschiedet hatten und Julia sich bereits zum Gehen gewandt hatte, sagte Nelly: »O, Mrs. Kennedy, das ist aber ein rattenscharfes Teil. Ist das neu? Hat Alexander das schon gesehen?«

Julia winkte ihr nur lässig zu und sagte nichts. Die Kanzlei war in der Widenmayerstraße an der Isar in einem Bau aus der Jahrhundertwende untergebracht, und die Party fand wie immer ganz oben im Konferenzsaal statt, von dem aus man einen schönen Blick über München und bei Föhn sogar bis zu den Alpen hatte. Aber das Beste daran war die Fahrt in dem alten Aufzug, der mit einem Gitter geschlossen wurde. Julia kam sich darin immer vor wie in einem Hitchcock-Film.

Als sie heute das Haus betrat, wartete schon jemand auf den Aufzug, und als sie näher kam, erkannte sie Mike, einen Kollegen von Alex. Mike hieß jetzt Dr. Michael vom Hofe und hatte gerade zum zweiten Mal den Reset-Button gedrückt. Mit der zweiten Ehe hatte er seinen Nachnamen Hinterhuber für den seiner Frau aufgegeben, was Alex besonders peinlich fand. Aber auch Julias Mann konnte nicht leugnen, dass Michael seither noch wohlhabendere Klienten hatte anlocken können als vorher. Mike war zwar nicht sehr groß, hatte aber eine athletische Figur und fülliges, etwas zu langes, schwarzes Haar. Mit seinem kantigen Gesicht könnte er ebenso gut als Model für Rasierklingen arbeiten, dachte Julia, während er ihr in seinem gut sitzenden, schwarzen Anzug mit einer angedeuteten galanten Verbeugung die Aufzugtür aufhielt und ihr der angenehme, leicht holzige Duft seines Aftershaves in die Nase stieg.

»Danke«, sagte sie und registrierte seinen anerkennenden Blick, der sich in ihrem Dekolleté verhakte.

»Julia, richtig?«

Überrascht, dass er sich ihren Namen gemerkt hatte, nickte sie.

»Der Name passt zu Ihnen. Ich hoffe, Sie nehmen es mir nicht übel, aber Sie sehen fantastisch aus. Alex hat wirklich sehr viel Glück gehabt.«

Julias biss sich auf die Zunge, um nicht »Ich mit ihm aber auch« zu sagen. Immerhin hatte Alex noch nicht den Reset-Button gedrückt.

Als die Aufzugtüren sich wieder öffnete, bot Mike ihr seinen Arm, und weil Julia sich auf ihren High Heels immer ein wenig wie auf Stelzen vorkam, nahm sie sein Angebot gern an.

Mit dieser Party feierte die Kanzlei den Abschluss des letzten Geschäftsjahres, und gleichzeitig wurden bei dieser Gelegenheit traditionell die Beförderungen und Neueinstellungen verkündet.

Mike führte Julia direkt zu Alex, der sich gerade mit einem Mann und einer kurvigen Rothaarigen unterhielt, deren Speckröllchen in dem viel zu engen Etuikleid unvorteilhaft ins Auge sprangen. Genau die Frau, die in einem meiner Wickelkleider perfekt aussehen würde, schoss es Julia durch den Kopf. Dann glitt ihr Blick zu ihrem Gatten, und sie stellte fest, dass er mit Abstand der lässigste Mann im Raum war. Der Einzige, an dem der dunkelgraue Anzug saß wie angegossen, und der Einzige, der darin so sportlichen Sexappeal verströmte, dass alle Frauen im Raum ihn immer wieder unauffällig musterten.

Als sie auf die beiden zustöckelte, zog Alex die Augenbrauen hoch. Julia erkannte darin ein alarmierendes Anzeichen von Missfallen, aber er hatte sich wie immer unter Kontrolle und küsste sie liebevoll auf den Mund. Dann stellte er ihr die rothaarige Amanda Scholz vor, seine neue Assistentin, und seinen neuen Mitarbeiter Boris Wittekamp. Als der Mann Julia die Hand hinstreckte und sie ihm genauer ins Gesicht sah, brach ihr der Schweiß aus. Sie musste dringend ihre Notfalltropfen nehmen, aber die hatte sie nicht mehr in der Clutch unterbringen können.

Seine Nasenspitze zuckte. »Wir kennen uns«, stellte er fest, und Julia konnte sehen, wie er verzweifelt überlegte, woher.

»Das muss an meinem Allerweltsgesicht liegen«, sagte sie und wünschte sich auf die Damentoilette, aber da konnte sie sich schließlich nicht den ganzen Abend verkriechen. Nein, sie musste versuchen, Boris davon zu überzeugen, dass er sie bei einem ganz harmlosen Wohltätigkeitsevent gesehen hatte. Immerhin sah sie heute Abend ganz anders aus als neulich bekifft in der U-Bahn. Sie merkte, dass Boris sie von oben nach unten abscannte, und dann plötzlich grinste er so breit, dass Julia das Herz in die Kniekehlen sank.

»Ich glaube, wir kennen uns vom *Planeten Venus,* kann das sein?«

Alex zog schon wieder die Augenbrauen hoch und sah Julia fragend an.

»*Planet Venus?* Also, das klingt nachgerade wie ein Bordell?«, versuchte er einen Witz zu machen.

Julia spürte, wie ihr die Röte ins Gesicht schoss, und rang sich ein Lachen ab.

»Da, da … habe ich dieses Kleid hier gekauft«, stammelte sie und warf Boris einen eindringlichen Blick zu in der Hoffnung, dass er sie nicht verraten würde.

»Den Laden kenne ich gar nicht, ist der neu?«, mischte sich Amanda mit einer qualvoll piepsigen Stimme ein.

»Ja«, behauptete Julia und gratulierte sich. Eine Lüge zog wirklich immer noch eine weitere nach sich.

Boris hatte Freude daran, sie zappeln zu lassen.

»Sie wirken heute ganz anders als neulich.«

»Wie meinen Sie das?«, fragte Alex, und Julia konnte sehen, wie seine Kieferknochen mahlten.

»Ihre Frau war so … entspannt.«

Amanda kicherte, beherrschte sich dann aber sofort.

Ich hasse ihn, dachte Julia, so ein mieser Typ.

»O, sie ist immer entspannt, wenn sie meine Kreditkarte benutzt«, versuchte Alex noch einen Scherz, der Boris und Amanda in lautes Gelächter ausbrechen ließ.

Sag irgendwas Lustiges, um die Situation zu retten, irgendwas, verdammt noch mal, Julia, los jetzt!, spornte sie sich an. Wie würde sich Nelly verhalten? Die würde einfach die Wahrheit sagen, aber das ging auf keinen Fall. Alex wäre entsetzt, auch wegen der Jungs. Er wünschte sich für seine Jungs eine zuverlässige Mutter, keinen Junkie.

Plötzlich traten ihrem Mann kleine Schweißperlchen auf die Stirn. *Planet Venus,* las sie von seinen Lippen ab, und ihr wurde klar, dass er sich an die sexy Unterwäsche erinnerte, und jetzt glaubte er, sein neuer Mitarbeiter hätte sie dort gesehen. Sie musste das hier zum Ende bringen, bevor es eskalierte.

»Ich bin sicher, Sie verwechseln mich mit jemandem.« Julia gab sich alle Mühe, tough zu klingen.

»Vielleicht haben Sie recht. Sie erinnern mich womöglich einfach nur an Dornröschen.« Er zwinkerte ihr zu. »Das muss es sein. Passen Sie gut auf Ihre märchenhafte Frau auf, Alexander. Nicht, dass sie um Mitternacht plötzlich verschwunden ist.«

»Das wäre dann aber Aschenputtel«, mischte sich Amanda ein und taxierte Julia. »Und den Traumprinzen hat sie offensichtlich auch schon gefunden«, ergänzte sie mit einem schwärmerischen Blick zu Alex, der sich krampfhaft bemühte, vor den anderen zu verbergen, wie sehr ihn die ganze Sache irritierte.

Der Rest des Abends ging an Julia vorbei wie im Rausch. Offensichtlich versetzte ihr Kleid die anwesenden Herren in Flirtlaune. Sogar die Seniorpartner richteten das Wort an sie und gaben sich Mühe, sie zu unterhalten. Jedenfalls blieb keine Zeit, mit Alex allein ein Wort zu wechseln. Zum ersten Mal verging der Abend auf einer Kanzleiparty wie im Flug. Julia hatte sogar jede Menge Visitenkarten von *Second Life* verteilt – an all die Damen, die ihre Designerkleider wieder loswerden wollten. Nur Boris war sie aus dem Weg gegangen.

Als Alex und Julia gegen ein Uhr im Taxi nach Hause saßen, wurde ihr allerdings klar, dass die Zeichen auf Sturm standen. Alex, der sonst so gern den Abend Revue passieren ließ, sagte kein Wort, und als sie nach seiner Hand griff, verweigerte er sie ihr. In ihrem Magen begann es leise zu grummeln. Dabei hatte sie nur wenig von dem Sushi gegessen, zum einen, weil sie es nicht besonders mochte, zum anderen hätte selbst ein kleiner Kugelfischbauch bei diesem Kleid sehr unvorteilhaft gewirkt.

»Alex?«

Er schwieg eisern.

Zu Hause versuchte sie es noch einmal.

»Du fragst mich, was los ist?« Alex zog Julia vor den großen Spiegel im Ankleidezimmer. »Hier hast du deine Antwort.«

Julia betrachtete sich im Spiegel. »Was gefällt dir denn nicht?«

»Was heißt gefallen? Jedem Schwanzträger im Universum gefällt das, sogar Dr. Brandeis, dem alten Sack.«

Verblüfft starrte Julia ihren Mann an. Sie hätte geschworen, dass in Alex' erlesenem Wortschatz das Wort *Schwanzträger* gar nicht vorhanden wäre.

»Dann gefällt es dir also auch!« Sie lächelte ihn an, in der Hoffnung, dass er sich wieder beruhigte.

Er versuchte zu grinsen, ballte jedoch die Fäuste, als müsste er sich sehr beherrschen.

»Julia« – er betonte jeden einzelnen Buchstaben – »du bist eine wundervolle Frau. Meine Frau! Und ich möchte nicht, dass meine Frau aussieht wie der feuchte Traum eines Teenagers.«

Unwillkürlich musterte sich Julia im Spiegel. Er fantasierte. Klar, das hier war kein Etuikleid von Joop oder Jil Sander, aber es war auch nicht reeperbahntauglich.

»Du bist eifersüchtig?« Nach so vielen Jahre Ehe ist das ja wohl eher schmeichelhaft, dachte Julia, trotzdem behagte es ihr nicht.

»Unsinn. Ich möchte einfach, dass meine Frau sich dezent kleidet, Klasse hat.«

»Wir leben nicht mehr im Mittelalter. Ich entscheide selbst, was ich anziehe.«

»Wer zahlt, schafft an.« Jetzt grinste er wirklich gemein.

Julias Bauch zog sich zusammen, als hätte Alex ihr einen Hieb in den Magen versetzt. Er wusste ganz genau, was er sagen musste, um sie auf die Palme zu bringen.

»Ach ja, und was soll das heißen? Willst du, dass ich mir meine Unterwäsche, meine Socken, meine BHs in Zukunft von dir genehmigen lasse? Möchtest du vielleicht auch gleich noch meine Tampons für mich aussuchen?« Julias Zorn verebbte, stattdessen breitete sich eine Ruhe in ihr aus, die sie innerlich ganz kalt werden ließ. Ich hätte ihn einfach stehen lassen sollen, dachte sie. So ein Scheißspruch verdiente überhaupt keine Antwort.

»Es tut mir leid. Ich hätte das nicht sagen sollen.« Alex hockte sich auf den Boden und sah von unten zu ihr hoch.

Geschickt, dachte Julia. Er weiß genau, dass ich immer schwach werde, wenn er mich mit diesen braunen Augen, den Augen von Finn und Max, so flehentlich anschaut. »Natürlich bestimmst nur du allein darüber, was du anziehst.«

»Ich fasse es nicht, dass wir dieses Gespräch überhaupt führen!« Julia drehte sich weg und lief ins Bad, um sich abzuschminken.

Alex ging ihr nach und setzte sich auf den Badewannenrand.

»Gut, reden wir nicht über deine bedauerliche Geschmacksentgleisung, sondern darüber, dass du mich vorgeführt hast wie einen Idioten. Woher kennst du Boris? Wenn dir unsere Ehe noch etwas bedeutet und du noch einen Funken Selbstachtung hast, dann lügst du mich jetzt nicht an.«

Er hatte recht.

Völlig recht. Wie würde ich das finden, dachte Julia, wenn diese rothaarige Amanda und Alex sich auf der Party so merkwürdig benommen hätten? Ich muss es ihm sagen, er ist schließlich mein Mann. Und am besten fing sie mit dem Anfang an, also mit Silvester. Sie stellte die Flasche mit der Abschminklotion ab und drehte sich zu ihm um. Doch gerade als sie loslegen wollte, setzte er wieder an.

»Ich könnte schwören, dass Nelly hinter all dem steckt, von allein würdest du nie auf derart verrückte Ideen kommen.«

»Glaubst du, ja?«

Er sah ihr versöhnlich in die Augen und trat auf sie zu.

»Schatz, du bist eine wundervolle Frau, aber du musst doch zugeben, dass solche Kleider oder Einkäufe in Sexshops nicht ganz dein Stil sind, oder?«

»Vielleicht habe ich mich verändert.«

Alex stutzte, dann lachte er schallend. »Der war gut, Schatz!«

Als Julia überhaupt nicht reagierte, legte er noch nach. »Du sollst dich gar nicht verändern. Ich habe dich geheiratet, weil du so bist, wie du bist. Ich will keine andere Julia.«

»Und wie bin ich so?«

»Geschmackvoll, praktisch, vernünftig, fürsorglich, wundervoll, die beste Mutter der Welt, problemfrei, wenn man von deinem Hang zur Homöopathie und zu neurotischen Freundinnen mal absieht.«

»Mit dieser Beschreibung wäre ich sicher der Star auf jedem Dating-Portal.« Julia bemühte sich zwar um einen trockenen Humor, aber im Grunde war ihr zum Heulen.

»Genau, denn du bist wirklich ein Hit. Und zum Glück habe ich dich allen anderen weggeschnappt! Ich weiß bis heute nicht, wie ich das geschafft habe.« Er lächelte jetzt verschmitzt und sah den Zwillingen auf eine so rührende Weise ähnlich, dass Julia ihren Ärger über seine mehr als zweifelhaften Komplimente hinunterschluckte. Aber sie würde ihm jetzt nicht mehr von ihrem und Nellys Plan erzählen. Irgendwann einmal, wenn sie nicht so müde waren.

»Jetzt würde ich mich gern abschminken und diesen Abend von mir abduschen.«

Er legte seine Arme um sie und zog sie liebevoll an sich.

»Aber vorher verrätst du mir noch, woher du Boris kennst.«

Sie entzog sich ihm, drehte sich wieder zum Spiegel und begann, Abschminklotion auf Wattepads zu träufeln. Alex blieb hinter ihr stehen, schlang seine Arme um ihre Hüften und beobachtete sie aufmerksam.

»Er hat uns beide auf den Arm genommen, der Typ ist ein Scherzkeks. Mir ist er total auf die Nerven gegangen.«

»Vielleicht hast du recht. Auf dem Männerklo erzählt er auch immer so aufdringlich blöde Witze. Und was sollte das mit dem *Planeten Venus?*«

»Ich habe keine Ahnung. Glaubst du wirklich, ich habe eine Affäre mit deinem neuen Kollegen?«

Alex lachte jetzt ganz befreit und drückte sich fester an ihren Rücken.

»Mein Liebling, für so was bist du nicht der Typ.« Er drehte sie um und küsste sie zärtlich auf den Mund.

Genau, dachte Julia, ich bin praktisch und fürsorglich, problemlos und vernünftig, und daran ist ja auch nichts Schlechtes. Warum ärgert mich das dann so? Anfangs sträubte sie sich noch gegen seinen Kuss, aber dann erwiderte sie ihn.

Danach ging sie unter die Dusche, wo synchron zum prasselnden Wasser in ihrem Kopf eine Dauerschleife aus *versagt, versagt, versagt* herumtanzte. Sich nicht klein machen zu lassen sah anders aus. Ich muss dringend etwas ändern, dachte sie. Ich muss lernen, Alex Paroli zu bieten und zu dem zu stehen, was ich wirklich will. Sie spülte den Schaum aus den Haaren und wünschte, sich in ihrem Leben genauso einfach all dessen entledigen zu können, was sie nicht länger haben wollte.

10. KAPITEL

Als Julia am nächsten Morgen in einem für März viel zu arktischen Schneesturm vor Nellys Haustür stand, um die Zwillinge abzuholen, fühlte sie sich, als hätte sie einen Kater. Dabei hatte sie auf der Party nur zwei kleine Gläschen Champagner getrunken.

Max öffnete ihr die Tür und fiel ihr um den Hals. Hinter ihm drängelte Finn. Sie ging in die Hocke und umarmte beide. Die dunkelblonden Haare der Jungs verströmten den typischen leicht säuerlichen Geruch von Gras und Klee und dufteten außerdem wie frisch gebadet. Nelly hatte ganze Arbeit geleistet.

»Ich bin spät dran, die beiden müssen spätestens um halb neun bei den Schmuddelkindern sein. Aber ich löse Marion erst mittags ab; wenn du willst, komm doch mit, dann könnten wir die Jungs abliefern und danach zusammen einen Kaffee trinken gehen.«

Nelly betrachtete die wirbelnden Schneemassen und holte ihren Mantel. Während Julia darauf achtete, dass die Zwillinge ihre Schuhe richtig zubanden, Mützen, Schals und Handschuhe anzogen, deklamierte ihre Freundin mit dramatischer Stimme: »›In der Sprache, die nicht mehr die meine ist, heißt der Schnee qanik, er schichtet sich zu Stapeln, fällt in großen, fast schwerelosen Kristallen und bedeckt die Erde mit einer Schicht aus pulverisiertem, weißem Frost.‹«

»Das ist der zweite Satz aus *Fräulein Smillas Gespür für*

Schnee«, kommentierte Julia belustigt, denn normalerweise hatte sie keine Ahnung, aus welchem Buch Nelly mal wieder ihren zweiten Satz ausgegraben hatte.

»Das war zu leicht«, seufzte Nelly und schwieg nachdenklich, bis sie die Zwillinge weggebracht hatten.

Danach fuhren die beiden Frauen ins *Macarons* in der Nähe von Marions Laden, das Julia wegen des Cappuccinos und Nelly wegen der Zitronentarte liebten.

»Du siehst irgendwie komisch aus«, stellte Nelly fest. »Ist alles okay mit dir?«

»Bestens!«

»Was ist passiert?«

Julia zögerte einen Moment. Sie sollte das besser mit sich selbst ausmachen. Was würde es bringen, mit Nelly über all das zu reden?

»Das Kleid gestern, wie fandest du das?«

»Sexy. Ungewöhnlich sexy, ein bisschen verrucht.«

»Verrucht«, wiederholte Julia. Ihre Mutter hatte dieses Wort immer dann benutzt, wenn sie eigentlich ordinär meinte, aber nicht deutlicher werden wollte. Aber Nelly kannte keine solchen Hemmungen. Unwillkürlich musste sie lächeln.

»Ich wusste schon immer, dass in deinem tiefsten Inneren eine wilde Schlampe haust.« Nelly zwinkerte ihr zu.

Entrüstet wollte Julia protestieren, aber dann fiel ihr wieder ein, was Alex gestern zu ihr gesagt hatte und wie sehr sie sich darüber geärgert hatte – also, wie wollte sie denn nun wirklich sein?

»Ich …«, begann sie, doch das Zwitschern von Nellys Handy unterbrach sie.

Ihre Freundin sah auf die Nummer, runzelte die Stirn, dann grinste sie Julia an. »Mist, das ist die Wahrsagerin. Auf deren Rückruf warte ich schon seit ein paar Tagen.«

Julia nickte und hörte zu, während Nelly mit der offensichtlich komplett ausgebuchten Dame hin und her diskutierte. Währenddessen schweiften ihre Gedanken wieder zum gestrigen Abend, bis Nelly sie unterbrach, die Hand über das Handymikro legte und Julia zuwisperte: »Ich könnte jetzt sofort kommen, da hat jemand abgesagt, sonst erst wieder in zwei Wochen.«

Julia nickte, woraufhin Nelly der Dame erklärte, dass sie jetzt gleich zu zweit kämen, und bevor Julia noch protestieren konnte, hatte sie schon aufgelegt.

»Aber ich muss um zwölf im Laden sein.«

»Das schaffen wir locker. Die Frau arbeitet hier um die Ecke am Pündterplatz.«

Und so fand sich Julia wenige Minuten später bei Andrea Nyali wieder, die in einer prächtigen Altbauwohnung residierte.

»Wahrsagen macht offensichtlich reich«, flüsterte Nelly und deutete auf die teuren Antiquitäten im Wartezimmer.

An den seidentapezierten Wänden hingen Fotos von Andrea Nyali mit diversen Promis, von Fernsehköchen über Schauspieler bis hin zu Bayernstars und Politikern.

»Wenn die sich hier die Ratschläge für ihre Politik abholen« – Nelly deutete auf einen korpulenten CSU-Politiker und grinste – »dann verstehe ich jetzt so einiges.«

Ein junger muskulöser Mann, den Julia eher für einen Bodyguard als für einen Sekretär gehalten hätte, fragte, ob die beiden etwas trinken wollten, und erklärte, dass Frau Nyali in Kürze bereit sei. Julia, die sich extrem unwohl fühlte, wollte keine Umstände machen und beneidete Nelly, die sich nicht nur einen Cappuccino, sondern auch noch ein Wasser mit Sprudel bringen ließ.

Doch bevor sie etwas davon trinken konnte, trat schon die Wahrsagerin zu ihnen und geleitete sie in einen großen, von Licht durchfluteten Raum mit Erkern. »Würde auch als Beratungszimmer einer Schönheitsklinik durchgehen«, wisperte Nelly, und Julia schoss die Röte ins Gesicht, denn sie war ganz sicher, dass die Wahrsagerin das gehört hatte. Nelly war manchmal so indiskret. Aber sie hatte recht. Julia hatte erwartet, in ein dunkles Zimmer geführt zu werden, mit gedämpfter Musik, Meeresrauschen und Räucherstäbchen, aber der Unterschied hätte nicht größer sein können.

Die Wahrsagerin bot ihnen die beiden hohen Lederlehnstühle an, die ihrem großen viktorianischen Schreibtisch gegenüberstanden, und setzte sich dann.

Die einzigen Hinweise darauf, dass sie sich bei einer Wahrsagerin befanden, waren die Tarotkarten und daneben ein kleiner, weinroter Samtbeutel auf dem Schreibtisch. Ansonsten hätte es auch das Büro einer Vorstandsvorsitzenden sein können.

Julia musterte ihr Gegenüber und befand, die elegant gewellten, kinnlangen Haare waren einen Tick zu schwarz, das beigefarbene Kostüm aus Bourette-Seide saß jedoch perfekt an der schlanken Figur. Allerdings fand Julia es etwas zu spießig, bestimmt war das Absicht, um den Kunden Seriosität vorzugaukeln. Dazu sollte sicher auch das kaum merkliche Make-up beitragen, das Andrea Nyali einen geradezu durchscheinenden Teint verlieh.

Die Wahrsagerin schenkte ihnen ein breites Lächeln.

»Ich muss meine hellseherischen Fähigkeiten nicht bemühen, um zu erkennen, dass Sie beide nicht hier sind, weil Sie meinen Rat in Liebesangelegenheiten suchen. Sind Sie Journalistinnen?«

Nelly und Julia warfen sich einen überraschten Blick zu, und dann erklärte Nelly, warum sie hier waren.

»Es macht mir nichts aus, wenn Skeptikerinnen mich aufsuchen. Ich weiß, dass es funktioniert, und ich muss Sie auch nicht davon überzeugen. In den langen Jahren meiner Arbeit habe ich gelernt, dass Menschen sich ihre Glaubensbekenntnisse selbst zimmern und immer nur Beweise dafür suchen, dass sie recht haben. Und nur für den Fall, dass Sie sich fragen« – sie verzog ihren mattrot geschminkten Mund zu einem zynischen Lächeln – »ich habe keine magisch begabte russische Urgroßmutter, die mit mir aus dem Jenseits spricht und mir hilft, Verbrechen aufzuklären. Ich war auch noch nicht tot und habe dabei einen Engel kennengelernt, und den exotischen Nachnamen verdanke ich meinem Vater, einem Inder, der wirklich so hieß.«

»Und glauben Sie an Engel?«, fragte Julia.

Andrea Nyali zuckte mit den Schultern. »Sagen wir mal so: Ich rede nicht mit Engeln und glaube ebenso wenig an Engel wie an den Weihnachtsmann oder den Osterhasen. Aber Energien, die sich bei manchen Menschen manifestieren, ja, das macht für mich Sinn.«

»Irgendwie habe ich den Eindruck, dass die Entdeckung der Quantenphysik vielen übersinnlich arbeitenden Menschen sehr bei der Legitimierung ihrer Arbeit geholfen hat. Alle reden seit ein paar Jahren nur noch von Schwingungen …« Nelly klang so genervt, dass es fast schon unhöflich war. Julia stieß ihre Freundin leicht in die Seite.

Frau Nyali lächelte mitfühlend und so warm, als hätte jemand einen Infrarotstrahler angeschaltet. »Frau Balaczs, Sie sind sehr wütend. Aber ich weiß, dass Sie nicht wirklich mich damit meinen. Ich denke, Sie haben jemanden verloren, der Ihnen sehr wichtig war. Und deshalb sind Sie hier.«

»Ist das schon Ihre Wahrsagekunst?«

Julia schnappte nach Luft. Nelly war wirklich unmöglich!

Aber Frau Nyali ließ sich nicht aus der Ruhe bringen. »Sie hassen es, wenn Sie die Kontrolle verlieren …«

Na ja, dachte Julia, das war nicht ganz richtig. Nelly hasste es, bemitleidet zu werden, aber sie hatte keine Panik davor, sich lächerlich zu machen, so wie Julia.

»Und ich schätze mal, die Kontrolle behalten immer gern Sie, nicht wahr?«, parierte Nelly.

Frau Nyali nickte. »Natürlich, Sie haben recht. In meinem Beruf hat man manchmal sogar zu viel Kontrolle über andere Menschen.« Sie seufzte leicht, dann zeigte sie auf den Stapel mit den Karten. »Also, möchten Sie, dass ich mit Tarotkarten arbeite oder mit Runen?«

»Tarotkarten«, platzte Julia heraus, dankbar, dass endlich ein anderes Thema aufkam.

»Runen«, sagte Nelly zeitgleich.

Andrea Nyali nickte und lächelte in sich hinein, als hätte sie genau das von ihnen erwartet. »Möchten Sie zusammenbleiben, oder wollen Sie getrennt die Zukunft befragen?«

»Zusammen«, sagte Nelly.

»Getrennt«, widersprach Julia. Als Nelly ihr einen verletzten Blick zuwarf, zuckte Julia mit den Schultern und wisperte ihr zu: »Ich habe damit angefangen, mich nie mehr klein zu machen und nichts zu tun, was ich nicht wirklich will.«

»Schön, dann beginnen wir mit Ihnen.« Frau Nyali sah Nelly an. »Anschließend können Sie dann draußen auf Ihre Freundin warten.«

»Ich gehe auch lieber raus«, sagte Julia, die sich immer unwohler fühlte. Was, wenn diese Wahrsagerin irgendetwas sagte, das Nelly peinlich war? Julia wollte gar nicht all ihre Geheimnisse kennen und fragte sich, ob sie deshalb eine schlechte Freundin war.

»Bevor Sie hinausgehen, möchte ich Ihnen noch ein paar Gedanken mitgeben, die für Sie beide gelten. Man kann eine Wahrsagerin oder ein Orakel aus Schwäche oder aus Stärke befragen. Fragt man aus Schwäche, so unterwirft man sich dem Orakel, macht sich abhängig von den Vorhersagen der Karten oder Runen und ist unfähig, tatsächlich sein Leben zu leben. Fragt man aus Stärke, dann kann einem das Orakel wertvolle Hinweise auf sich selbst geben. Sie müssen immer daran denken: Orakel sind gute Diener, aber schlechte Herren.«

Wie aus dem Nichts erschien nun der athletische Sekretär – vermutlich war er ebenfalls seherisch begabt und spürte telepathisch, wann seine Hilfe gewünscht war. Er führte Julia in den Vorraum, wo er ihr wieder etwas zu trinken anbot. Dieses Mal bestellte sie einen schwarzen Tee.

Noch bevor sie den Tee ausgetrunken hatte, kam Nelly aus dem Zimmer, wich ihrem fragenden Blick aus und zuckte mit den Schultern. Sie sah irgendwie angeschlagen aus, fand Julia und folgte dem Sekretär mit klopfendem Herzen.

Andrea Nyali räumte gerade die Runensteine zurück in den Samtbeutel, was Julias Blick auf ihre schlanken Hände mit den passend zum mattroten Lippenstift lackierten Nägeln lenkte. Die Hände waren deutlich älter als ihr Gesicht. Es kam Julia merkwürdig vor, dass eine medial begabte Frau sich chirurgisch verjüngen ließ, aber wieso eigentlich nicht? Wahrsagerische Fähigkeiten zu besitzen bedeutete schließlich nicht, dass man die Zeit anhalten konnte.

»Ich verwende die Karten von Rider-Waite, ich hoffe, die gefallen Ihnen. Was für eine Frage möchten Sie stellen?«, erkundigte sich die Wahrsagerin.

Wenn sie so hellsichtig wäre, wie sie jedenfalls nach Nellys Recherchen auf ihrer Homepage behauptete, dann müsste sie das doch spüren, dachte Julia und wusste im gleichen Augenblick, dass sie gar nicht in der Lage war, eine Frage zu artikulieren.

»Sie wollen wissen, ob sich etwas ändert, nicht wahr?«, fragte Frau Nyali.

»Wollen das nicht alle wissen?«, erwiderte Julia und dachte im selben Moment: Ich bin nur so zickig, weil ich Angst vor dem habe, was sie sagen könnte. Was, wenn sie irgendwelche Gefahren für die Zwillinge sieht?

»O nein, ganz im Gegenteil. Die meisten möchten eigentlich nicht wirklich, dass sich etwas ändert. Das Vertraute erscheint einem immer einfacher.«

»Wenn jemand stirbt, ist das eine schreckliche Veränderung, ist doch klar, dass niemand das wissen will, oder?«

»So etwas vorherzusagen wäre sehr unseriös. Wie ich vorhin schon sagte, ist das, was ich hier für Sie sehe, nur ein Angebot. Sie selbst haben immer die Möglichkeit zu entscheiden, wie Sie auf das reagieren, was geschieht.«

Julia wartete auf eine Ansage, ob sie die Karten berühren sollte oder sich auf ihre Frage konzentrieren oder atmen oder irgendwas, aber Andrea Nyali nahm einfach den Stapel Tarotkarten und begann, sie zu mischen. Dann breitete sie die Karten verdeckt aus, und erst jetzt forderte sie Julia auf, fünf Karten auszuwählen.

Julias Magen zog sich zusammen, als die Karten umgedreht wurden und ihr ein feist grinsender Teufel entgegensah. Und ein Turm, in den gerade ein Blitz einschlug und von dem Menschen herabstürzten. Dazu ein Mann, der, mit einem Schwert bewaffnet, mit dem Rücken zu vier anderen Männern stand, die ebenfalls Schwerter trugen. Er wirkte so kalt wie ein Eisberg. Dann noch ein Mann, der verstohlen sechs Schwerter davontrug, und ein Reiter mit Schwert, der wütend irgendwohin zu galoppieren schien.

Tarotkarten hatte sie sich irgendwie lieblicher vorgestellt, hübsch gemalte Briefe, Kleeblätter oder Herzchen.

»Vor Ihnen liegt eine spannende Zeit«, sagte Frau Nyali, »und es liegt an Ihnen, ob Sie zusammenbrechen oder gestärkt aus all den Veränderungen hervorgehen.«

»Das ist so allgemein, das passt auf jeden, oder nicht?«, platzte Julia heraus, die sich gerade mal wieder verfluchte, weil sie überhaupt auf Nellys blöde Idee eingestiegen war. Sie könnte schon auf dem Weg zum Laden sein, stattdessen saß sie hier und hörte sich diesen Unsinn an.

»Sie sind auf jemanden sehr wütend.« Na, das hatte die Wahrsagerin schon zu Nelly gesagt. Schien ihr Standardspruch zu sein. »Und Sie unterdrücken es schon sehr lange. Das wird aber nicht mehr lange gut gehen, denn bald wird alles aus Ihnen heraussprudeln. Und wenn Sie nicht sehr aufpassen, werden Sie Unschuldige dabei verletzen.« Julia dachte sofort an die Zwillinge. Typisch, dass die Wahrsagerin die beiden nicht erwähnt hatte, die hätte sie bei einer flüchtigen Google-Suche auch nicht gefunden.

»Gleichzeitig wird Ihnen jemand die Pistole auf die Brust setzen. Sie müssen sich entscheiden, und wir reden hier nicht über die Farbe für ein neues Auto, sondern über etwas, an dem Menschen beteiligt sind. Und sehen Sie hier, die Hohepriesterin: Die sagt, Sie können Ihrer inneren Stimme vertrauen und sollten auf Ihre Träume achten. Daneben die Liebenden. Das ist schön und stimmt mit dem überein, was ich fühle. Sie werden geliebt.«

Natürlich, dachte Julia. Alex liebt mich, die Jungs lieben mich.

»Und das war's schon?«

Andrea Nyali lächelte so breit, dass Julia an einem der Eckzähne etwas von dem mattroten Lippenstift erkennen konnte.

»Möchten Sie denn mehr wissen?«

Julia zuckte unwillkürlich mit den Schultern.

»Sie sehen nicht so aus.« Die Wahrsagerin schenkte ihr einen strengen Blick. »Aber die Karten sagen etwas anderes. Sie brennen darauf, etwas einzureißen.« Sie deutete auf den Turm. »Aber Sie tun es nicht, weil Sie sich große Sorgen um ihre Zwillinge machen.«

Dass es Zwillinge waren, hatte ihr keiner gesagt.

»Einer der Jungs hat, und der andere hatte, wenn ich das richtig erkenne, große Probleme …«

Julias Herzschlag wurde unregelmäßig. Hoffentlich hatte sie ihre Kügelchen dabei.

»… hmm, das ist merkwürdig. Ich verstehe es nicht, ich spüre, dass er tief gefallen ist, doch genau das war gut für seinen Kopf.«

Julias Haare stellten sich auf. Am liebsten wäre sie aus dem Zimmer gerannt.

Die Wahrsagerin lächelte Julia entschuldigend an. »Das klingt paradox, aber vielleicht hat es für Sie eine Bedeutung?«

Julia schluckte und überlegte, ob sie der Frau die Genugtuung geben wollte, ins Schwarze getroffen zu haben. Finn war mit zwei Monaten vom Wickeltisch auf den Teppichboden gestürzt, als sie die Jungs nach einer weiteren schlaflosen Nacht völlig übermüdet wickeln wollte. Sie waren sofort in die Kinderklinik gefahren, wo er geröntgt wurde. Man hatte sie beruhigt und ihr versichert, dass mit Finn alles okay wäre und er keinen Schaden davongetragen hätte, doch als sie wieder zu Hause angekommen waren, hatte der Chefarzt der Klinik sie angerufen. Julia verdrängte ihre aufsteigende Panik. An diesen Tag und an die darauffolgende Zeit wollte sie nicht erinnert werden. Und woher wusste die Frau das? Das konnte ihr niemand erzählt haben.

Die Wahrsagerin griff sich ans Kinn und rieb das Grübchen,

das sich dort befand. »Und der andere … das ist merkwürdig … dem droht Gefahr von Prinz Eisenherz, aber es ist keine lebensbedrohliche Gefahr.« Andrea Nyali sah Julia fragend an. »Denken Sie in aller Ruhe darüber nach, ich bin sicher, es wird einen Sinn ergeben. Und ich möchte Sie unbedingt beruhigen, denn nicht die Zwillinge sind das Problem, sondern Sie selbst. Ich spüre, dass ein Bild eine große Rolle spielen wird.« Sie zögerte und lachte so ungläubig, als ob sie Julia bei der Oskar- oder Nobelpreisverleihung sehen würde. »Und Wodka.«

Julia wurde rot. »Soll das heißen, ich werde malende Alkoholikerin?«

»Das glaube ich nicht. Sie müssen mir verzeihen, diese Visionen steigen in mir auf, wenn ich Ihre Karten anschaue. Ich habe keine Ahnung, was sie bedeuten. Das müssen Sie selbst herausfinden.«

»Haben Sie sich schon mal getäuscht?«

Die Wahrsagerin zuckte mit den Schultern und rang sich ein Lächeln ab. »Es kann natürlich sein, dass Menschen, die ich enttäuscht habe, mir keine Rückmeldung geben. Alle anderen haben angegeben, dass ich für sie hilfreich war.«

Der Sekretär kam herein und brachte Andrea Nyali etwas zu trinken. Er fragte, ob Julia auch etwas haben wollte. Aber Julia war viel zu konfus und schüttelte den Kopf.

»Bringen Sie ihr ein Glas Wasser. Ich glaube, es würde ihr guttun.«

Der Sekretär verschwand und kam nach einer Minute, in der Julia und die Wahrsagerin schweigend dasaßen, zurück, stellte ein ovales Silbertablett mit einem Glas Wasser und zwei kleinen Keksen vor sie hin und verschwand dann wieder.

Julia nahm einen großen Schluck.

»Geht es wieder? Gut, sollen wir weitermachen?«

Julia nickte und war gespannt, was jetzt noch kommen würde.

»Ich gebe keine Ratschläge, weil das nicht meine Aufgabe ist, aber irgendwie höre ich ständig, dass ich Sie vor Kaninchen oder Hasen warnen soll. Hat das eine Bedeutung für Sie? Haben Sie sich mal auf Kaninchenhaare testen lassen, sind Sie vielleicht allergisch?«

Julia schüttelte den Kopf.

Die Wahrsagerin erhob sich, reichte Julia ihre Hand und hielt sie dann etwas länger fest als normalerweise üblich. Julia glaubte, einen Energiestrom in der Hand zu fühlen. Energie, die sich über das Handgelenk weiter nach oben zur Schulter hin und dann zu ihrem Herzen bewegte. Das bildest du dir ein, sagte sie sich, das ist doch Unsinn. Aber dann wurde ihr Herzschlag ruhiger, und um ihr Herz herum breiteten sich sanfte konzentrische Kreise aus, so als ob der Wind ein Blatt auf die Wasseroberfläche eines völlig ruhigen Sees geworfen hätte. Unwillkürlich atmete sie tief ein und aus.

»Ich wünsche Ihnen alles Gute«, sagte die Wahrsagerin. »Ich weiß, dass Sie sehr viel Kraft haben.«

Wie ein Geist erschien der Sekretär wieder hinter der Wahrsagerin und führte Julia ins Vorzimmer, wo Nelly tief in Gedanken versunken auf sie wartete.

Zusammen liefen sie zu Julias Auto und fuhren Richtung *Second Life*. Jede wollte wissen, was die Wahrsagerin der anderen gesagt hatte.

»Du zuerst«, sagte Julia, die erst einmal verdauen musste, was sie erfahren hatte.

»Es war gruselig.« Nellys Stimme klang heiser.

»Ja«, stimmte ihr Julia aus vollem Herzen zu und dachte an die Zwillinge.

»Sie wusste, dass Lázló im Schlaf gestorben ist, und sie

wusste, dass an Silvester wichtige Dinge geschehen sind. Aber wie kann sie das wissen?« Nelly wartete nicht ab, dass Julia ihre Frage beantwortete, und redete gleich weiter.

»Ich musste die Runen mit diesen seltsamen kryptischen Zeichen dreimal werfen, mit einer hat sie sich dann lange aufgehalten. Sah aus wie ein stilisierter Fisch, der mit dem Maul nach oben steht. Othila hieß die. Und ein merkwürdiges H, Hagalaz. Über die hat sie gesagt, es würde bedeuten, dass ich nicht versuchen soll, etwas zu reparieren, sondern es brechen muss, bevor es mich zerbricht. O Gott, hoffentlich habe ich das richtig behalten. Jedenfalls hatten die beiden Runen mit Lázlós Tod zu tun. Ich hatte so gehofft, dass sie mir so einen Schwachsinn erzählt wie: Sein Geist würde mir ausrichten lassen, dass er glücklich wäre und wollte, dass ich auch glücklich würde. Dann hätte ich einfach gehen können. Aber leider hat sie mir diesen Gefallen nicht getan.«

»Warum bist du denn dann überhaupt hingegangen? Nur um dir zu beweisen, dass es Humbug ist? Wir hätten das doch auch von unserer Liste streichen können. Manchmal verstehe ich dich einfach nicht.«

»Wie solltest du auch, wo ich mich selbst oft nicht verstehe!« Nelly fuhr sich hektisch mit allen zehn Fingern durch ihre struppigen Haare. »Ich war halt auch neugierig. Soll ich weiter erzählen?«

Julia nickte.

»Die nächste Rune sah aus wie ein F, nur dass die Querstriche schlapp nach unten hingen. Sie hieß Ansuz. Was für eine merkwürdige Sprache, dieses Nordische. Die Nyali meinte, ich soll meine Ohren finden, bevor ich nach Worten suche. Und ich soll auf Botschaften achten, die zu mir kommen wollen. Leider hatte sie keine für mich, außer dass Wasser alles zum Fließen bringen würde und für mich elementar wichtig wäre.«

Nelly grinste jetzt breit, und Julia war erleichtert, dass ihre Freundin wieder zu ihrer alten Form zurückfand. »Ob das bedeuten soll, dass ich mich nicht genug wasche?«

»Bestimmt!« Sie lachten beide, aber Julia war sicher, dass ihre Freundin ihr noch etwas verschwieg, und als sie ihr von den Tarotkarten erzählte, erwähnte sie den Hasen, der Nelly Begeisterungsstürme entlockte. »Mein Häschen!«, murmelte sie dermaßen albern ein ums andere Mal, sodass Julia beschloss, die Energie, die sie bei der Verabschiedung gespürt hatte, lieber unter den Tisch fallen zu lassen. Das mit den Zwillingen musste sie dann doch einfach loswerden. Als Nelly klar wurde, dass die Wahrsagerin von der Sache mit Finns Kopf gewusst hatte, wurde sie schlagartig wieder ernst. »Das macht es ja noch gruseliger. Sie kann das definitiv nicht gewusst haben. Darüber muss ich nachdenken. Und was machen wir als Nächstes?«

»Dein Treffen mit deiner Ex-Affäre hat mich nachdenklich gemacht«, begann Julia zu ihrer eigenen Überraschung. »Ich habe Lust bekommen, meinen Ex, Frank, auch einmal wiederzusehen.« Was für ein Nonsens, korrigierte eine Stimme in Julias Innerem, von wegen Lust, das willst du nur deshalb, weil du dich mit Alex wegen dem Kleid so gestritten hast.

»Meinen Segen hast du, aber ich glaube, das Aufwärmen von diesen alten Geschichten bringt nichts als schlechte Laune. Ich habe mir überlegt, dass ich ab morgen eine Woche lang Nein sage, wenn ich Nein meine.«

»Das müsste dir doch total leichtfallen!«

»Deshalb mach ich es ja. Ich habe die Schnauze voll davon, Leute zu treffen, die mich durcheinanderbringen. Ich möchte auch mal so ein Erfolgserlebnis haben wie du mit den Haschkeksen. Apropos, wie läuft es denn damit, sich nicht klein zu machen und zu sagen, was man will?«

»Schlecht. Ich muss besser werden.« Julia änderte ihren Ton zu einem esoterischen Singsang: »Und deshalb sage ich dir ganz offen, wir müssen jetzt aussteigen, sonst komm ich zu spät, und das ist dir zwar piepegal, aber ich hasse es wie die Pest.«

Nelly verbeugte sich mit aneinander gelegten Handflächen. »Namaste«, sagte sie und verabschiedete sich mit einem Lächeln von Julia.

11. KAPITEL

Zwei Wochen später saß Julia mitten in der Nacht mit dem Laptop auf den Knien allein im Bett und kaute unschlüssig auf ihren Lippen herum. Alex war die ganze Woche auf einem Kongress für Steuerrecht in Lugano, der jedes Jahr im April stattfand.

Sie hatte sich gestern mit Frank getroffen und Nelly noch nichts davon erzählt, obwohl sie einige Male telefoniert hatten. Am liebsten hätte sie den Abend einfach für sich behalten, aber das erschien ihr unfair. Nelly hatte sie auch bis ins kleinste Detail mit ihrem Desaster unterhalten. Aber war es Alex gegenüber fair, wenn Nelly mehr über Julia wusste als er? Das war doch immer schon so, meldete sich eine Stimme in Julias Kopf. Das war noch nie anders. Alex war einfach nicht der Typ für lange Gespräche und schon gar nicht für Problemgespräche. Sein Motto lautete: Probleme sind nur aus einem einzigen Grund da, um sie zu lösen – was einige Vorteile hatte, jedenfalls bei kaputten Automotoren, klemmenden Fenstern und Steuernachzahlungen.

Ein Geräusch an der Tür riss Julia aus ihren Gedanken. Max stand schlotternd im Zimmer.

»Da war wieder das Monster unter meinem Bett«, stotterte er verschlafen und rannte zu ihr, seinen Riesenelch am Geweih hinter sich herziehend. Er kletterte aufs Bett, schubste den Laptop zur Seite, setzte sich auf ihren Schoß und schmiegte sich an sie. Julia drückte ihn an sich und streichelte beruhigend seinen Rücken.

»Soll ich das Monster vertreiben?«

»Das kommt immer nur dann, wenn du wieder weg bist.«

»Scheint ein sehr kluges Monster zu sein.«

»Es ist klug *und* böse.«

»Und wie sieht es aus?«

»Schlimm.« Max drückte sich noch fester an ihre Brust. »Ganz schlimm.«

»Was hältst du davon, wenn du es morgen für mich malst?«

»Lieber nicht. Mein Kopf tut mir weh.« Max gähnte. »Das hat bestimmt das Monster gemacht. Kann ich in Papas Bett schlafen?«

»Aber ich muss noch arbeiten, mein Schatz.« Arbeiten, das nennst du arbeiten?, meldete sich jetzt das Monster in ihrem Kopf. Ich sollte das auch mal zeichnen, vielleicht hört es dann auf, mich immer mit diesen selbstgerechten Tiraden zu quälen.

Sie betrachtete ihren Sohn, der sich die Augen rieb und schwer auf ihr klebte. Er würde sicher gleich weiterschlafen.

Sie bettete ihn auf Alex' Seite und deckte ihn zu. Es würde keine drei Minuten dauern, bis auch Finn angeschlurft käme. Trotzdem stellte sie den Laptop wieder auf ihre Oberschenkel und überlegte, ob sie Nelly wirklich die Wahrheit schuldete.

»Mama …«, kam es auch schon hell und klar von der Tür. Okay, es hatte nur eine Minute gedauert. Anders als Max war Finn immer hellwach, wenn er nachts aufwachte. Egal, wann man ihn weckte, er konnte sofort von null auf hundert aufdrehen. Julia klappte den Laptop zu. Finn würde lesen wollen, was sie schrieb. Er rannte zu ihr und blieb abrupt vor dem Bett stehen. Anklagend zeigte er auf seinen Bruder.

»Immer darf Max zu euch ins Bett. Und ich nie. Immer darf ich nie!«

Julia zog ihn aufs Bett und schlang die Arme um ihn. »Mein Schatz, das ist der blödeste Blödsinn, den ich je gehört habe.«

»Blödester Blödsinn«, wiederholte Finn leise und Julia unterdrückte ein Lächeln. So etwas mochte ihr Ältester. Sie streichelte über seine Haare, und wie immer schlug ihr Herz schneller, als ihre Finger die kaum noch tastbare Narbe an seinem Kopf erfühlten, dort, wo sie seinen Schädel geöffnet hatten. Die Wahrsagerin fiel ihr wieder ein. Wie hatte sie wissen können, dass der Sturz vom Wickeltisch für Finn tatsächlich die Rettung gewesen war. Sie war mit den Zwillingen bei jeder Untersuchung gewesen, die für Babys vorgesehen war. Doch niemand hatte bemerkt, dass Finns Schädeldecke schon fest zusammengewachsen war – was im weiteren Verlauf zu irreparablen Schäden am Gehirn geführt hätte, denn so konnte sein Gehirn nicht wachsen, und das musste es, zusammen mit Finn. Wenn der Chefarzt der Klinik sich nicht routinemäßig jeden Tag alle Röntgenbilder der behandelten Kinder angeschaut hätte, wäre es weiterhin unbemerkt geblieben. Julia seufzte und drückte Finn unwillkürlich fester an sich. Unvorstellbar, was aus diesem klugen Kerlchen sonst geworden wäre. Doch wie war seine Geschichte in den Kopf von Andrea Nyali gekommen?

»Mama, was machst du denn mit dem Computer? Schreibst du Papa eine Nachricht?«

Julia spürte, wie ihr das Blut ins Gesicht schoss, und war froh, dass die Nachttischlampe sowieso alles in rosa Licht tauchte.

»Ja, genau das wollte ich gerade machen.«

»Können wir zusammen schreiben?«

Julia schüttelte energisch den Kopf. »Nein, jetzt nicht.«

»Wie geht's Papa? Wann kommt er wieder?«

»Übermorgen. Und du musst jetzt wirklich schlafen.«

»Können wir nicht etwas spielen?«

»Nein.« Julia zeigte auf Max. »Du kannst dich gern neben Max legen, aber nur zum Schlafen.« Leider wusste sie ganz genau, dass Finn das nicht konnte. Immer von null auf hundert, aber nie von hundert auf null. »Gehen wir runter und machen dir einen heißen Kakao.«

Eine halbe Stunde später lagen die Zwillinge schlafend neben ihr. Finn atmete mit seltsam röchelnden Geräuschen, was die Kinderärztin jedoch für normal erklärt hatte. Julia fiel es schwer, das zu akzeptieren, doch sie wollte auf keinen Fall, dass er sich als ihr »Problemkind« fühlen musste.

Nach der Aktion in der Küche war sie nun wacher als vorher. Sie klappte den Laptop wieder auf. Was für eine Mutter war sie eigentlich? Während die Jungs im Ehebett neben ihr lagen, war sie im Begriff, Nelly von ihren Abenteuern zu erzählen.

Sie schickte eine Nachricht an Alex, damit sie den Jungs am nächsten Morgen davon erzählen konnte, und war überrascht, als sie wenige Sekunden später schon eine Antwort bekam.

A: Ich vermisse dich, dieser Kongress ist langweiliger als ein Besuch bei meiner Mutter! ;-) Wie geht's den Jungs?

J: Liegen neben mir und schnarchen.

A: Du verwöhnst sie viel zu sehr.

J: Besser, als wenn ein anderer Typ neben mir läge, oder?

A: Lol!

J: Das findest du lachhaft?

A: Amanda liegt ja auch nicht neben mir.

Was wollte er denn damit sagen? Amanda, das war die kurvige Rothaarige mit den Stöckelschuhen, seine neue Assistentin …

J: Ist sie denn auch in Lugano?

A: Julia, sie ist meine Assistentin!

Er hatte gar nicht erzählt, dass sie mit zu dem Kongress gefahren war. Ob er davon geträumt hatte, dass sie neben ihm läge? Das sollte mich aufregen, tut es aber nicht, dachte Julia. Gott, bin ich tolerant, gratulierte sie sich.

A: Ich muss jetzt schlafen. Morgen früh geht's um internationale Fondsteuergesetze … gute Nacht. Ich liebe dich. Kuss.

Sie konnte sich nicht daran erinnern, wann er das zum letzten Mal geschrieben hatte. Hatte er ein schlechtes Gewissen? War Amanda vielleicht doch bei ihm und nur gerade unter der Dusche?

Nein, das waren haltlose Vermutungen. Alex war nicht der Typ Mann, der mit allen Frauen flirten musste, um sich zu beweisen, dass er attraktiv war. Er wusste es auch so ganz genau und sonnte sich auch in den bewundernden Blicken, aber es interessierte ihn nicht, ständig neue Eroberungen zu machen. Das hatte er ihr am Anfang ihrer Beziehung ausführlich erklärt. »Julia, mich interessiert nur etwas Echtes.« Er hatte geradezu um Worte verlegen gewirkt, was bei ihm als Anwalt sonst nicht oft vorkam. »One-Night-Stands sind für mich wie hübsche Plastikverpackungen – ich möchte erkannt werden, du weißt schon, im biblischen Sinn.« Das war damals der Satz gewesen, bei dem sie restlos dahingeschmolzen war. Aber war das immer noch so? Oder machte sie sich vielleicht nur Illusionen über ihren Ehemann?

In einem amerikanischen Film würde er mit Amanda im Bett liegen, während seine Frau naiv und ahnungslos mit den Kindern zu Hause saß.

Aber so unschuldig war sie nun auch wieder nicht, und genau deshalb hatte sie Nelly schreiben wollen.

Seit dem Besuch bei der Wahrsagerin verhielt ihre Freundin sich irgendwie seltsam. Am liebsten hätte Julia sie jetzt angerufen. Nelly war im Unterschied zu ihr eine Nachteule, aber es war schon nach Mitternacht und vielleicht dann doch schon zu spät. Deshalb war es besser, sich am nächsten Tag auf einen

Kaffee zu treffen, dann konnte sie ihr alles erzählen und musste es nicht aufschreiben.

Aufschreiben machte alles noch realer. Andererseits, wenn sie Nelly alles erzählte, hätte sie sofort all ihre bohrenden Fragen am Hals. Außerdem merkte Nelly immer sofort, wenn man sie belog. Julia gab sich einen Ruck und fing an zu tippen.

Liebe Nelly …

12. KAPITEL

Nelly war in den frühen Morgenstunden nach einem Albtraum aufgewacht. Doch viel schlimmer als der Traum war das Aufwachen. Als ihre Hände noch halb in dem elenden Traum zu Lázló hinübergriffen, um ihn zu berühren, ertasteten sie nur die Bücherstapel auf dem Kopfkissen neben sich, ihren Laptop, das Ladekabel, die offene, leere Pralinenschachtel, ihre Lesebrille, das Oxford Dictionary und ein paar zusammengeknüllte Taschentücher. Heiße Tränen schossen ihr in die Augen, als ihr wieder bewusst wurde, dass er nicht nur kurz im Bad, sondern für immer verschwunden war. Ihr Magen fühlte sich so leer an wie eine dunkle Höhle, in die sie sich verkriechen wollte, sich zusammenrollen, wie ein Tier hinlegen und sterben. Die Tränen liefen über ihr Gesicht und benetzten ihr Kopfkissen. In ihrem lächerlichen Traum hatten sie zusammen gekocht und sich darüber gestritten, wie viel Knoblauch sie an das Gulasch geben sollte. Wie oft hatten sie zusammen gekocht … na ja, vielmehr hatte Lázló gekocht und Nelly hatte die Sklavenarbeiten machen dürfen. Ein Lächeln schlich sich trotz der Tränen auf ihr Gesicht, als sie daran dachte, wie oft sie während des Kochens im Schlafzimmer verschwunden waren und das Gulasch und alles andere verkocht war. Lázló hatte einen Namen für das Essen, das sie auf diese Weise ruiniert hatten. Er nannte es *kedvenc étel,* sein Lieblingsessen. Jetzt begann Nelly, laut zu schluchzen. Sie schlug auf das Kopfkissen neben sich, erwischte die leere Pralinenschachtel und feuerte sie quer durch das Schlafzimmer. Dieser schreckliche, blöde Kerl! »Verpiss dich aus meinen Träumen, wenn du schon aus meinem Leben verschwunden bist!«, rief sie, setzte sich auf und wischte sich mit dem Ärmel ihres Pyjamas die Tränen ab. *Seines* Pyjamas, wie ihr klar wurde. Ich sollte mir eigene kaufen, ich sollte seine Sachen wegwerfen, verbrennen. Sie schlang die Arme um ihren Körper und wiegte sich hin und her. So konnte das nicht weitergehen. Sie litt wie ein Hund, und nichts änderte etwas daran. Nur der Besuch der Zwillinge hatte sie auf andere Gedanken gebracht.

Mit ihnen gab es keine Erinnerungen daran, wie Lázló dieses oder jenes getan hätte, denn so alt, wie die zwei jetzt waren, hatte er sie nie gekannt. Beim Pizzabacken neulich hatte sie den ganzen Abend nicht einmal an Lázló gedacht, und weil ihr das so gutgetan hatte, hatte sie den Jungs sogar erlaubt, bei ihr im Bett auf Lázlós Seite zu schlafen. Und jedes Mal, wenn sie in dieser Nacht aufgewacht war, hatten Finns leises Röcheln und das ruhige Atmen von Max sie wieder in einen tiefen und glücklicherweise traumlosen Schlaf gewiegt.

Aber als sie am nächsten Morgen gut gelaunt und endlich einmal nicht müde den Berg von Sachen betrachtet hatte, den sie für die Jungs am Abend vorher von Lázlós Bett hatte wegräumen müssen, war sie schockiert gewesen. Das reinste Reliquienmuseum!

Nelly suchte nach einem Taschentuch, schnäuzte sich und stellte fest, dass es auf Lázlós Seite schon wieder genauso schlimm aussah wie vorher. Sie zuckte mit den Schultern. Jetzt war sie zu müde, um etwas daran zu ändern. Ich sollte mir einen Film ansehen, um auf andere Gedanken zu kommen, und zwar einen Film, den wir nie zusammen gesehen haben, und einen, den er sich auch nie angeschaut hätte. Einen Film ganz allein für mich!

Sie griff nach ihrem Laptop, zog ihn zu sich und entdeckte eine neue Mail, von Julia, mitten in der Nacht! Wie ungewöhnlich. Julia war nicht so eine Nachteule wie Nelly, eher eine Lerche. Nelly öffnete den Anhang der Mail. Es war ein längeres Dokument. Sie stand auf und machte sich in der Küche einen Kakao. Dann setzte sie sich wieder ins Bett, stopfte sich ein Kissen in den Rücken, setzte die Lesebrille auf und begann zu lesen:

Liebe Nelly,
ich bin mir blöd vorgekommen, Frank zu suchen, immerhin war ich durch deine Erlebnisse mit Thomas vorgewarnt. Und meine Geschichte mit Frank ist noch viel länger her als deine Affäre mit Thomas. Wäre es da nicht besser, wenn Vergangenes auch Vergangenes bleibt?

Ja, dachte Nelly, man sollte das Vergangene in einen luftdichten Behälter sperren und vergessen! Sie seufzte, weil sie wusste, dass das zumindest für sie unmöglich war. Sie hatte doch sonst nichts. Überhaupt nichts.

Glaubst du, Nelly, diese Aufgabe hat eine deiner Freundinnen an Silvester in der Hoffnung geschrieben, sie könnte mit jemandem aus ihrem früheren Leben noch einmal neu beginnen? Warum machen wir dann so was, wir glauben ja nicht daran, dass es sich lohnt, alte Kamellen wieder aufzuwärmen, oder? Das alles ging mir so durch den Kopf, als ich Frank Fischermann oder FF, wie wir ihn immer genannt haben, im Internet gesucht habe.

Wir tun das, weil es auch Spaß macht, dachte Nelly, die mittlerweile über den Abend mit Thomas herzlich lachen konnte.

Julia sucht also Frank, von dem hatte sie ihr neulich zum ersten Mal erzählt. Oder hatte Nelly ihn nur vergessen, weil Julia die meiste Zeit von diesem fiesen Soziopathen geredet hatte, Albert oder so ähnlich?

Obwohl es zu Frank Fischermann nur zwei Einträge mit Bild gab und der eine ein sechzehnjähriger, schwarzer Amerikaner war, kam ich nicht so schnell voran, wie ich erwartet hatte. Der andere Frank sah zwar dem Bild ähnlich, dass ich von FF im Kopf hatte, aber das erwies sich erst mal als Sackgasse.

Das Bild zeigte ihn mit einer Band, die *Fischermans Band* hieß, und er spielte wie früher in der Schule das Saxofon. Aber leider gab es für die Band keine Kontaktadresse, und bei meiner weiteren Suche fand ich nur eine einzige Band, die *fishermanfriends* aus Cornwall. Das kam mir komisch vor, schließlich wollen Musiker doch Gigs. Selbst wenn die Band nicht mehr existiert, muss es doch irgendwelche Artikel über sie geben. Wenn man auftritt, will man Öffentlichkeit, oder nicht?

Der Jagdeifer hatte mich gepackt, und als ich nicht weiterkam, habe ich mir mit Alex' Berechtigungsnummern Zugang zum Archiv der *SZ,* des *Münchner Merkur* und der *TZ* verschafft.

Unwillkürlich begann Nelly zu lächeln. Sie nahm einen großen Schluck Kakao. Ihre Freundin, die hochmoralische Julia, hatte also keinerlei Skrupel gehabt, mithilfe ihres Ehemanns nach ihrer alten großen Liebe zu suchen!

Ich kann hören, was du denkst, Nelly! Aber ich habe das nur getan, weil es meine Aufgabe war: »Meine größte Liebe aus meinem früheren Leben wieder treffen.« Und wer hat das alles angeschoben? DU!

Nelly schmunzelte. Klar, all diese Aufregungen in Julias Leben waren allein ihre Schuld! Damit konnte sie gut leben.

Und jetzt, Nelly, kommt die große Überraschung: Im Lokalteil vom *Münchner Merkur* gab es einen winzigen Artikel über die Band, und dann wurde mir auch klar, wieso ich nicht noch mehr über sie gefunden habe. Du wirst nie erraten, in welchem Beruf FF arbeitet. Na?

Hmm, was konnte das sein, was fand ihr Julchen wohl spannend? Offensichtlich Rechtsanwälte, schließlich war sie mit einem verheiratet. Was konnte FF also sein: Millionär, Spion beim BND, Pilot bei der Airforce oder ein in den Adelsstand erhobener Retro-Schallplattenhersteller?

Ich bin sicher, du bist nicht draufgekommen. Er macht das, von dem ich mal gedacht habe, es wäre mein Traumberuf: Er ist Lehrer, und die *Fischermans Band* ist eine Lehrerband, die nur bei Schulveranstaltungen auftritt.

Mit diesen Infos war es dann einfach. Ich habe ihn über seine Schule kontaktiert, er steht nämlich nicht im Telefonbuch. Das machen viele Lehrer so, um nicht von all den Helikoptereltern zu Hause belästigt zu werden. Deshalb habe ich mich als Lehrerin bei der Inneren Mission ausgegeben, die dort Flüchtlinge unterrichtet, und gesagt, dass wir eine Band für eine Charity-Veranstaltung suchten, und ihn um Rückruf auf mein Handy gebeten.

Das hätte Nelly ihrer Freundin nie zugetraut. Julia wuchs förmlich über sich hinaus. Aber kaum hatte Nelly das zu Ende gedacht, da schüttelte sie schon den Kopf. Sie musste mit diesem gönnerhaften Getue aufhören. Nur weil Julia zehn Jahre jünger war als sie, tat sie immer so, als wäre sie nicht in der Lage, ihr Leben zu meistern. Und das nur, weil Julia nicht so sprunghaft und spontan war wie sie, dabei managte sie Zwillinge, und allein dafür hatte sie ihren ganzen Respekt verdient.

Franks Stimme katapultierte mich wie eine Zeitmaschine zurück in meine eigene Vergangenheit, eine Zeit, in der ich sehr viel naiver war und ganz sicher auch ehrlicher. Ich konnte hören, dass er erst überrascht, dann wirklich begeistert war, mich zu hören … ja, Nelly, tatsächlich begeistert!

Nelly lächelte. Ihre Freundin hatte keine Ahnung, dass sie an jedem Finger fünf Kerle haben könnte, also warum sollte Frank nicht begeistert von ihr sein? Es war doch für einen Mann sehr schmeichelhaft, von einer so hübschen und klugen Frau unvermutet angerufen zu werden. Als Lehrer führte Frank sicher nicht gerade ein Leben wie James Bond.

FF war sehr neugierig und wollte sich gern mit mir treffen. Er hatte auch sofort eine Idee, wo wir hingehen könnten.

Ich erspare dir die moralischen Zweifel, die mich anflogen, kaum dass ich den Hörer aufgelegt hatte, und die Stunden, die ich vor dem Kleiderschrank verbracht habe – das rote Kleid kam ja definitiv nicht infrage ;-) Ich wollte etwas Dezentes, etwas, das nicht »abenteuerlustige, gelangweilte oder gar sexhungrige Ehegattin« schrie (bin ich ja auch nicht!), sondern etwas, das signalisierte: interessante Frau, die souverän ihr Leben im Griff hat und mit ihrer Vergangenheit abschließen möchte. Ich habe mich dann für das rote Wickelkleid entschieden und kurzerhand den Ausschnitt noch ein wenig verändert, sodass es ein bisschen aufregender wirkte.

Habe ich dir eigentlich mal von meiner Idee erzählt, eine

Handvoll »Notfallkleider« zu entwickeln für all die Situationen, mit denen wir Frauen von heute konfrontiert werden? Ich meine, wer braucht schon ein Businesskostüm für das Vorstellungsgespräch bei einer Elterninitiative oder den ersten Elternabend in der Schule? Was trägt man bei einer Wohnungsbesichtigung, dem ersten Date oder dem Scheidungstermin oder der ersten Begegnung mit den Schwiegereltern?

Nein, davon hatte Julia auch noch nie erzählt, aber das schien Nelly eine ganz ausgezeichnete Idee. Solche Kleider hätte sie auch gern im Schrank. Würde das Leben vereinfachen, derartige Situationen gab es häufiger als Hochzeiten oder Beerdigungen, wo die Kleiderregeln sowieso klar waren.

Beerdigung … Lázlós Beerdigung … Nelly erinnerte sich an nichts. Hatte da eigentlich jemand Fotos gemacht? Sie musste Julia unbedingt fragen – oder nein, doch lieber nicht. Nelly wollte keinen Beweis dafür, dass Lázló unter der Erde war. Sie wusste nicht einmal mehr, was sie bei Lázlós Beerdigung getragen hatte. Irgendwas. Es war ihr vollkommen gleichgültig gewesen, das Ganze war wie von Nebel eingehüllt. Wenn Julia sich nicht um alles gekümmert hätte, wäre Nelly auch im Bademantel hingegangen. Sie hatte in den Tagen nach Lázlós Tod selten etwas anderes angehabt als diesen Bademantel aus dem Hotel in Italien.

Tja, und da saß ich nun in meinem umgearbeiteten Wickelkleid in dem winzig kleinen Lokal *Maria de la Soul*, wo er für uns einen Ecktisch reserviert hatte, und wartete zehn Minuten, zwanzig Minuten, und – ja, ich weiß, Nelly, spätestens dann wärst du gegangen. Leider hatten wir vergessen, unsere Handynummern auszutauschen.

Typisch, daran merkte man, dass Julia sich immer nur mit Leuten traf, die sie schon kannte. Als Journalistin ließ Nelly sich immer die Mobilnummer geben, schließlich konnte jedem was dazwischenkommen. Aber davon einmal abgesehen, sollte eine Frau niemals auf Männer warten. Nie, nie, nie! Nelly sah zu Lázlós Seite hinüber. Etwas in ihr wartete immer noch auf ihn, dabei wusste sie doch, dass er niemals wiederkommen würde … Trotzdem sah sie ständig sehnsüchtig zur Tür hinüber und hoffte, er würde wie durch ein Wunder gleich hereinkommen. Ob sich das jemals ändern würde?

Nach vierzig Minuten, gerade als ich gehen wollte, stürmte er keuchend zu mir an den Tisch.

Der Schweiß stand ihm auf der Stirn, er hatte eine kleine Blutspur auf der Wange, seine üppigen, braunen Haare klebten ihm am Schädel und seine Jeans war an den Knien völlig verdreckt. Während er sich mir gegenüber auf den Stuhl fallen ließ, murmelte er eine Entschuldigung und versicherte mir dann, mit ihm wäre alles in Ordnung.

Aber das war eine Lüge. FF hatte offensichtlich gerade etwas Schreckliches erlebt. Ohne groß rumzureden, bestellte ich ihm einen Schnaps, den er mit einem hilflosen Lächeln runterstürzte.

»Typisch Julia. Danke, du warst immer schon so verständnisvoll.« Der Ton, in dem er das sagte, klang nicht wirklich nach einem Kompliment, aber als ich dann erfuhr, was passiert war, verzieh ich ihm alles. Er war als Erster an einer Unfallstelle gewesen und hatte dem schwer verletzten Motorradfahrer Erste Hilfe geleistet und mit ihm gewartet, bis die Ambulanz gekommen war. Derjenige, der den Unfall verursacht hatte, war abgehauen.

Am liebsten hätte ich ihn in die Arme genommen und getröstet. Und irgendwie war ich auch ein wenig dankbar, denn so fing der Abend mit uns beiden überhaupt nicht peinlich an, und wir konnten uns all dieses belanglose Blabla sparen, mit dem wir sonst begonnen hätten.

Der junge, schwer verletzte Motorradfahrer und die Tatsache, dass wir uns über zwanzig Jahre lang nicht gesehen hatten, wirkten wie ein Brandbeschleuniger. Und mich erinnerte der Unfall natürlich an den Grund für dein bescheuertes Silvesterspiel, an die Frage, was wäre, wenn ich nur noch ein Jahr zu leben hätte.

»Warum wolltest du dich mit mir treffen?«, fragte Frank ganz direkt, nachdem wir ein paar Tapas bestellt hatten.

Ich dachte, wenn ich ihm jetzt verrate, dass ich einen Zettel gezogen habe, auf dem stand »Meine größte Liebe aus meinem früheren Leben wieder treffen«, dann ist das mindestens genauso fies wie die Motivation, die Thomas hatte, sich mit dir zu treffen.

Nelly fand, Julias Motivation war um einiges besser als die von Thomas, immerhin wollte Julia nicht bloß ihre moralischen Standards testen. Oder vielleicht doch? Neugierig las Nelly weiter.

Also sagte ich nur: »Ich wollte dich gern sehen.«

»Aber warum, und warum gerade jetzt?« Er lächelte mich an, was die Frage etwas weniger inquisitorisch machte. Sein Lächeln war genauso wie früher und immer noch ein Knaller. Es war zaghaft und gleichzeitig ein winziges bisschen spöttisch. In seinen Wangen bildeten sich dabei winzige Grübchen, und seine braungrünen Augen fingen an zu glitzern wie ein Moorsee, auf den plötzlich die Sonne fällt.

Als mir dazu nichts einfiel, nahm er meine Hand, was in etwa die gleiche Wirkung hatte, als ob ich sie in Minzöl getaucht hätte. Mir wurde kalt, dann kroch ein brennend heißer Strom von der

Hand meinen Arm hinauf und dann in meinen Bauch, wo das Ganze sich in sprudelnde Geysire verwandelte.

»Du trägst einen Ehering«, sagte er und ließ meine Hand los. »Falls du dich nicht völlig verändert hast, dann ist das nicht nur ein Accessoire. Also, ich freue mich, dich zu sehen, aber ich frage mich doch: Was willst du nach all der Zeit von mir?« Seine Hand zitterte, aber das lag vielleicht nicht an mir, sondern an dem Unfall.

»Ich weiß nicht so genau, was ich von dir will«, musste ich zugeben.

»Es tut mir leid, Julia, ich hatte mir unser Treffen wirklich anders vorgestellt, aber gerade ist mir ein bisschen komisch, und alles in mir lechzt nach einer Dusche und frischen Klamotten.« Er sah mir dabei in die Augen. »Willst du hier warten oder mit zu mir nach Hause kommen?« Jetzt wurde mir auch ›komisch‹. War das ein unmoralisches Angebot?

»Oder wolltest du wieder nur mit mir spielen, so wie früher schon?«

Das stimmte zumindest ein bisschen, trotzdem war es unfair von ihm. Schließlich war ich damals noch ein Teenager gewesen. Aber leider fühlte ich mich gerade wieder genau so.

»Sorry.« Er stand auf. »Also?«

In diesem Augenblick kamen die Tapas, die wir bestellt hatten. »Können Sie das einpacken?«, fragte FF. »Wir müssen leider gehen.«

Und dann bin ich wirklich mit in seine Wohnung gegangen, Nelly. Er wohnte nicht weit weg. Über dem Klingelschild neben seiner Wohnungstür im dritten Stock hing noch ein Keramikschild, und als ich das gesehen habe, wurde mir klar, dass ich seine Frage falsch interpretiert hatte.

Denn das Schild war offensichtlich von einem Kind getöpfert worden, und darauf stand: Hier wohnen Ricarda, Lisa, Mia und Frank Fischermann. Und darunter: … und Amanda.

Amanda, das brachte mich zum Lachen, nicht nur, weil Alex' neue rothaarige Assistentin so heißt, sondern auch, weil die Amanda auf dem Schild eine Katze darstellen sollte, die aber eher als Kuh durchgegangen wäre. Nur die Sprechblase über ihrem Kopf verriet, dass es eine Katze sein sollte: Miau!

O, wie schade, dachte Nelly. Eine von diesen Familien, die den heiligen Gral entdeckt hatten. Sie konnte es förmlich vor sich sehen: blassgraublaue Keramik mit einem gewellten Rand, vielleicht sogar mit dem Fußabdruck des Babys, und wenn man dort anrief, war auf dem Anrufbeantworter die ganze Familie verewigt, inklusive aller Hamster. Er lebte also nicht allein. Jeder getrennt lebende Mann hätte nach dem Auszug der anderen so ein albernes Schild sofort abgehängt!

Ich bereitete mich innerlich darauf vor, gleich seiner Frau die Hand zu schütteln, aber die Wohnung war leer – bis auf Amanda, die sofort angemaunzt kam und sich an Franks Beinen rieb.

Er verscheuchte die Katze und führte mich in ein Wohnzimmer, bei dessen Anblick ich innerlich nach Luft schnappen musste. Wenn es bei uns jemals so aussähe, würde Alex mich sofort verlassen. Na ja, ich würde mich selbst auch verlassen: Auf den Ikea-Sofas lagen Haufen von zerknüllten, bunten Kissen, und rundherum auf dem hellen Zottelteppich Berge von Tageszeitungen und Illustrierten. Auf dem Esstisch weiter hinten lagen drei Stapel von Schulheften, blaue, rote und grüne. Die Wände zierten dunkle, staubige Billy-Regale voller Bücher und Schallplatten, gigantische Boxen und Notenständer.

»Ich bin gleich zurück. Wenn du willst, kannst du ja in der Zwischenzeit die Tapas auf den Tisch stellen. In der Küche findest du alles, was du brauchst. Wein ist auch da, in einem Karton. Ich beeile mich.«

Ich fühlte mich total überfordert. Mal ehrlich, ich hatte mir ein Rendezvous vorgestellt, das mir guttun würde, stattdessen stand ich in einer völlig chaotischen Wohnung und tat, was ich auch zu Hause immer tun musste: Ich deckte den Tisch. Auf der Suche nach Geschirr musste ich zahlreiche Schränke auf- und zumachen und war echt erstaunt, wie man in so einem Durcheinander glücklich sein konnte.

Gerade als ich endlich die Weingläser entdeckt hatte – ganz oben, ich musste mich strecken, um hinzukommen –, spürte ich plötzlich die Wärme, die ein Körper ausstrahlt, der gerade geduscht hat. Etwas Feuchtes drückte sich an meinen Rücken: das Handtuch, dass Frank sich um die Hüften geschlungen hatte.

»Nur dort waren die schönen Gläser vor den Kindern sicher«, sagte er, griff über meine Schulter nach oben in den Schrank und nahm zwei Weingläser heraus. Dabei streifte sein nackter, muskulöser Arm leicht meine Schulter, sodass mir sein ungewöhnlicher Duft in die Nase stieg. Alex würde lieber sterben, als nach dem Pfirsich-Erdbeerduschgel zu riechen, das die Zwillinge so lieben. Aber FF schien das völlig egal zu sein.

Ich habe versprochen, ehrlich zu dir zu sein. Erst hatte ich mir überlegt, das Folgende wieder rauszustreichen, aber versprochen ist versprochen:

Ich drehte mich zu ihm um. Er blieb, wo er war, und so standen wir uns jetzt dicht gegenüber. Seine nackte Brust war noch genauso schön wie damals, kräftig und zum Glück nicht kahl rasiert, und trotz dieses Kinderdufts wirkte er sehr männlich. Ich war hin und her gerissen, schob ihn ein Stück weg von mir und berührte ihn dann doch. Er blieb stocksteif stehen, was mich verunsicherte. Was wollte er von mir?

Dann legte er seine Arme um mich, zog mich an sich und drückte mich fest. Alles an mir begann zu flattern, die Knie, mein Herz, mein Atem.

»Ist es das, was du willst? Eine kleine Affäre mit dem Ex?«, flüsterte er in mein Ohr.

Leider flatterte auch mein Gehirn, und ich war mir sicher, mich jeden Augenblick in eine fiepende Fledermaus zu verwandeln. Ich räusperte mich, weil sich meine Stimme ebenfalls verabschiedet hatte. Alles schien in meinen Bauch gesackt zu sein, mein ganzer Körper war dort und tanzte irgendwelche archaischen Rhythmen, die sich von dort in Wellen über meinen Körper ausbreiteten und unersättlich nach mehr verlangten, mehr Nähe, mehr Wärme. Küsse.

Gegenfrage, kam mir dann noch in den Sinn. »Und du?«, krächzte ich.

Er schob mich von sich, was nur dazu führte, dass alles Blut aus meinem Hirn nach unten sackte, wo es fröhlich in den allgemeinen Flattertanz einstimmte.

»Du hast mich angerufen.« Seine Stimme hatte jetzt in etwa die Temperatur des Eisbergs, der für den Untergang der Titanic verantwortlich gewesen war. »Ich hatte dich völlig vergessen, Julia.«

Damit beendete er das Tanzen in meinem Bauch durch einen brutalen K.o.

»Warum hast du dann nicht Nein gesagt?«

»Ich hatte einen Plan.«

Ich fühlte mich schwach, musste diesem Körper entkommen, um überhaupt wieder klar denken zu können, und setzte mich auf einen klebrigen Küchenstuhl.

»Einen Plan?«, wiederholte ich mit der Intelligenz einer Eintagsfliege.

Er setzte sich mir gegenüber. Nur mit dem Handtuch um die schlanken Hüften, mit ein paar letzten Wassertropfen auf der Brust, mit einer Haut, die in einem satten Caffè-Latte-Ton schimmerte. Ich hätte gern die Hand ausgestreckt, ihn berührt und vorgeschlagen, einfach mal die Klappe zu halten. Aber dazu war ich zu feige.

»Du hast mich damals für dieses Arschloch verlassen, wie hieß der noch? Arno irgendwas, der, hinter dem die halbe Schule her war. Das habe ich dir nie verziehen.«

»Das ist doch ewig her.«

»Es hat mein Ego angekratzt!«

»Wenn es dich beruhigt, Arno war ein Vollidiot. Es war dumm von mir, mich mit ihm einzulassen.«

»Dumm? Das hatte was Masochistisches! Der Typ war ein Sadist.«

Heute ist mir klar, dass Frank recht hatte, ich habe dir von Arno erzählt, Nelly ...

Jetzt erinnerte sie sich wieder. Genau, nicht Albert, sondern über diesen Arno hatte sie immerzu geredet, damals …

... Arno war ein charmanter, gut aussehender, hochintelligenter Soziopath, der es sicher weit gebracht hat, aber damals war ich eben noch sehr naiv.

»Und was hattest du für einen Plan?«

»Rache. Ich wollte Rache!« Er grinste so breit, dass ich etwas Goldenes hinten in seinem Mund glitzern sah. »Ich wollte mir das holen, was du mir damals verweigert hast. Bei mir hast du immer die heilige Unschuld gespielt, aber ich war sicher, Arno hat alles gekriegt, was er nur wollte.«

Jetzt kam das Blut aus meinem Bauch wieder zurück, schoss geradezu in meinen Kopf. An allem, was er sagte, war etwas dran; für Arno wäre ich sogar aus dem Fenster gesprungen, wenn er das gewollt hätte. Damals habe ich das für Liebe gehalten.

»Und was ist jetzt mit deinem Racheplan?«

»Ich will keine Rache mehr.«

Wow, was für eine genial subtile Beleidigung. Er hatte von der Rache an einer Fünfzehnjährigen geträumt, aber vor ihm stand eine vierundvierzigjährige Frau, die noch dazu Zwillinge geboren hatte. Mein Bauch war nicht so glatt wie seiner, meine Hüften deutlich breiter, und von dem Zustand meiner Schenkel wollen wir lieber erst gar nicht reden. Peinlicherweise schossen mir Tränen in die Augen, die ich aber gerade noch wegblinzeln konnte.

»O!«, sagte ich also nur, weil mir ganz elend war. Dann gab ich mir einen Ruck. Das wollte ich dann doch nicht so im Raum stehen lassen. »Verstehe. Ich bin aber nicht mehr die Julia aus deiner Erinnerung.«

Er stutzte einen Moment, zog eine Augenbraue hoch – das hat er früher schon gemacht, wenn er überrascht war –, dann reichte er mir beide Hände über den Tisch und nickte auffordernd. Ich sollte meine Hände in seine legen. Aber da hatte er sich geschnitten.

»Das hast du falsch verstanden. Du bist immer noch eine wunderbare Frau ...«

Immer noch. Genau, und für vierundvierzig auch noch ganz okay. Super. Ich fühlte mich spitze!

»... und wenn ich dich anschaue, geht es mir wie früher. Ich kann einfach nichts tun, was dir wehtun würde. Du löst etwas in mir aus, das mich sofort von einem Keulen schwingenden Testosterongorilla in ein Weichei verwandelt.«

Wir sahen uns an, dann lachten wir beide. Erst grinsten wir nur, aber dann prusteten wir dermaßen los, ich weiß nicht, wann ich das letzte Mal so gelacht habe. Frankie ein Testosterongorilla!

»Fangen wir doch den Abend noch mal wie zivilisierte Menschen an«, schlug er dann vor. »Ich ziehe mir was an, du deckst den Tisch, dann trinken wir ein Glas Wein und essen die Tapas.«

Als er angezogen zurückkam – was der Teil in mir, der nicht verheiratet und Mutter war, insgeheim schade fand –, spürte ich zwischen uns eine Vertrautheit, die mich erstaunte. Wir erzählten uns, jedenfalls in groben Zügen, was in den letzten fast dreißig Jahren geschehen war, und ich war so entspannt wie selten.

Mir schoss der Gedanke durch den Kopf, dass wir Freunde sein könnten, auch wenn du, Nelly, der Meinung bist, dass man als Frau nur mit schwulen Männern befreundet sein kann, weil es sonst zwangsläufig zu Komplikationen kommt.

Blödsinn, dachte Nelly. Ein Blinder konnte sehen, dass dieser Frankie immer noch hinter ihr her war. Er hatte es wirklich geschickt eingefädelt. Sie holte tief Luft und schüttelte über sich selbst den Kopf. Du bist einfach nur neidisch, Nelly, gestand sie sich ein, neidisch, weil Julia einen Mann hat, zwei wundervolle Jungs und jetzt auch noch einen Verehrer von früher. Wütend klappte sie den Laptop zu und hasste sich dafür, dass sie schon wieder mit den Tränen kämpfen musste. Es war einfach so ungerecht. Alles war so ungerecht. Unfair und beschissen. Sie brachte die leere Kakaotasse nach unten in die Küche und spülte sie so grob ab, dass sie in ihren Händen zerbrach und sie sich in den Daumen schnitt. Jetzt hast du wenigstens einen Grund zum Heulen, dachte sie, während sie im Schrank nach Pflastern suchte, keine fand und sich Küchenkrepp um den Daumen wickelte. Dann durchsuchte sie den Kühlschrank nach etwas Essbarem. Und was fiel Julia ein, so über die Wohnung von diesem Frank herzuziehen! Nach Lázlós Tod hatte Nelly drei Monate lang nicht geputzt. Es war ihr völlig egal gewesen, ob irgendwo Staub oder Schmutzwäsche oder dreckiges Geschirr herumstand oder -lag. Bis Julia sie eines Tages überrumpelt und mit Eimer und Gummihandschuhen vor der Tür gestanden hatte. Vielleicht war die Frau von Frank gestorben und er saß mit den Kindern alleine da und suchte jetzt eine Mutter.

Im Kühlschrank war nichts wirklich Leckeres außer der Nutella, die sie dort aufbewahrte. Sie nahm sie heraus, wickelte ein neues Küchenkrepp um ihren Daumen und holte sich einen Löffel. Lázló hatte die Nutella aus dem Kühlschrank verbannt und Nelly zur Banausin erklärt.

Dann hoffe ich, dass du dort, wo du jetzt bist, warme Nutella kriegst, dachte sie, rammte den Löffel in die steinharte Schokocreme und hasste sie, hasste Lázló, hasste diesen Schatten, der sie ständig umgab. Zornig warf sie alles ins Spülbecken und stieg die Treppe zum Schlafzimmer hoch. Beherrschung, Nelly, Beherrschung ist alles. Sie setzte sich wieder auf ihr Bett, griff nach dem Laptop, hielt den pochenden Daumen nach oben, schnäuzte sich und las weiter.

Natürlich willst du wissen, was es mit dem Keramikschild an der Tür auf sich hat. Tatsächlich war er verheiratet und hat zwei Töchter. Lisa, die schon ihr Abitur hat und gerade nach Australien gegangen ist, wo sie ein Jahr lang Work and Travel macht, und seine Tochter Mia, die sechzehn ist und eine Lehre als Hotelfachfrau angefangen hat, und die noch bei ihm wohnt. Das ist doch ein gutes Zeichen, wenn die Kinder beim Vater bleiben wollen, oder? Er ist seit fünf Jahren geschieden, lebt aber schon seit sieben Jahren getrennt von seiner Frau.

Er wollte nicht so richtig damit rausrücken, warum er geschieden ist, und es geht mich ja auch nichts an …

Von wegen, dachte Nelly, wenn Julia wirklich mit Frank befreundet sein wollte, dann musste sie das wissen. Immerhin war seine Frau wohl doch nicht gestorben – nein, so ein Scheiß passierte nur ihr. Hör auf damit!, ermahnte sie sich. So ein Unsinn, das weißt du genau, und du hättest ja in der Selbsthilfegruppe bleiben können. Dann wüsstest du, dass viele mit so einem

Schicksalsschlag zu kämpfen haben. Aber das hast du ja nicht ertragen, du wolltest das Gefühl haben, dass deine Trauer ganz exklusiv ist, nur dir gehört, und niemand so leidet wie du.

Seine Frau hat ihn verlassen, aber nicht wegen eines anderen Mannes, sondern wegen einer Frau. Das war ein ziemlicher Schock für ihn und die Kinder. Mittlerweile ist es okay, und die Kinder treffen sich auch wieder mit ihrer Mutter. Aber niemand mag deren neue Lebensgefährtin, weshalb sie keine perfekte, gut gelaunte, große Patchwork-Familie sind. Frank – ich kann ihn nicht mehr FF nennen, das kommt mir ziemlich albern vor – hatte seither zahlreiche Affären – er sieht ja auch sehr gut aus –, wollte aber keine der Frauen mit nach Hause bringen, solange es nichts Ernstes war, wegen der Mädchen, die er ganz offensichtlich sehr liebt.

Ich habe ihm dann von den Zwillingen erzählt, aber nicht über Alex gesprochen, denn das fand ich nicht fair Alex gegenüber. Und Frank hat auch keine Fragen dazu gestellt. Vielmehr haben wir dann über unseren Beruf geredet, und das hat mir sehr gutgetan. Er versteht, warum ich nicht mehr zurück in die Schule will, und findet es toll, dass ich in Marions Laden arbeite. Beinahe hätte ich ihm erzählt, dass es mir gefallen würde, Kleider wie das, das ich gerade trug, zu entwerfen, aber das habe ich mir dann doch verkniffen. Es wäre mir angeberisch vorgekommen.

Stell dir vor, seine Töchter kaufen oft bei Marion ein. Beide sind Mode- und Second-Hand-Freaks, und Lisa hat sogar einen Mode-Blog. Vielleicht kenne ich die beiden also schon. Ob das alles nur Zufall ist? Wir haben uns ewig unterhalten. Ich glaube, es war drei Uhr, als ich nach Hause kam. Und ich fühlte mich so gut wie schon lange nicht mehr. Das verdanke ich dir und deinem bescheuerten Silvesterplan.

Und du, wie geht es dir? Du warst so seltsam, nachdem wir

bei der Wahrsagerin waren. Was hat sie zu dir gesagt? Vielleicht willst du mir das ja lieber aufschreiben?

Ich würde mich freuen.

Mir macht es jedenfalls sehr viel mehr Spaß, das alles aufzuschreiben, als ich es jemals für möglich gehalten hätte. Ich habe das Gefühl, dass es mir hilft, einen klaren Kopf zu bekommen, und dafür bin ich dir dankbar.

Nelly klappte den Laptop mit einem mulmigen Gefühl zu. Es war ihre Schuld, dass Julia Frank getroffen hatte, und Julia klang so dermaßen begeistert, dass es ihr Angst machte. Und wie sie seine nackte Brust geschildert hatte, geradezu gierig. Hoffentlich hatte Julia ihren Computer passwortgeschützt. Wenn Alex das lesen würde, wäre er entsetzt. Nelly unterdrückte ein Grinsen. Nicht, dass ihm das schaden würde. Aber leider hielt er sich für das Geschenk Gottes an die Frauen, sodass er niemals auf die Idee käme, Julia könnte sich für andere Männer interessieren.

Doch dann dachte Nelly an die Zwillinge, und ihre Besorgnis wuchs weiter. Selbst wenn sie Alex für einen aufgeblasenen Langweiler hielt, so war er ein wirklich guter Vater, und Julia liebte ihn. Was, wenn das alles anfing zu bröckeln? Neulich erst hatte Nelly bei einer Recherche eine Untersuchung darüber gelesen, dass Scheidungen die Kinder sehr viel mehr traumatisierten, als man bisher angenommen hatte. Und die Jungs waren noch so voller Vertrauen. Für sie existierte das Böse nur im Märchen und in Computerspielen, aber nicht in der wirklichen Welt.

Die wirkliche Welt. Das erinnerte Nelly wieder an die Wahrsagerin. Ob die tatsächlich Zugang zu einer anderen Welt hatte? Nein, das war doch alles Schwachsinn, um Kunden an sich zu binden. Sie gähnte.

Kein Wunder, es war schon nach vier. Sie sollte jetzt endlich schlafen. Nelly warf einen Blick auf ihren Nachttisch, wo die Schlaftabletten lagen, die der Arzt ihr verschrieben hatte. Nein, sie würde es so versuchen. Sie wollte endlich wieder von diesen Pillen loskommen.

13. KAPITEL

Drei Tage später klingelte Nelly bei Eva-Maria Schraader. Im schlimmsten Fall wird es eine launige Geschichte, die ich Julia erzählen kann, dachte sie, während sie mit dem Aufzug in den fünften Stock hinauffuhr, wo ihr ein junges Mädchen, das aussah wie ein Model, die Tür aufhielt und gleich nach ihren Wünschen fragte: Wasser, Weizensprossensaft oder lieber den Smoothie des Tages, frisch gepresst aus Zucchini, Algen und Minze?

Nelly seufzte. Die junge Frau, auf ihrem türkisfarbenen Schild stand Liane Romero, war durchdrungen von der Wichtigkeit ihrer Arbeit, hellwach, topgekleidet, größer als Nelly und gefühlt fünfzig Kilo schlanker.

»Liane, ich hätte gern einen starken Kaffee und eine Zigarette. Den Kaffee bitte mit weißem Industriezucker.«

Liane sah Nelly dermaßen schockiert an, dass diese sich schämte und ein Wasser bestellte. Na bravo, dachte sie, der Tag fängt ja großartig an. Sie lechzte nach einer Zigarette, und das, obwohl sie heute sogar schon drei geraucht hatte. Liane führte sie in den Wartebereich, dessen riesige, bodentiefe Fenster einen großartigen Blick auf den Stachus boten. Aber hier konnte man natürlich nicht einfach ein Fenster öffnen und rauchen. Nirgends standen Aschenbecher, und eigentlich, ermahnte Nelly sich, rauchte sie seit Lázlós Tod eindeutig zu viel. Es war noch nicht einmal neun Uhr.

Liane stöckelte mit wiegenden Hüften auf ihren zehn Zentimeter-Absätzen heran und überreichte Nelly das Wasser in einem hübschen türkisfarbenen Glas wie eine Opfergabe. Natürlich, stilles Wasser. Nelly seufzte. Wann war eigentlich Kohlendioxid auf der Liste der verbotenen Drogen gelandet, gleich hinter Heroin, Gluten und Zucker?

»Es stammt aus Wales …«

Es stammt – ganz wie der Kronprinz. Nelly verbiss sich weitere Kommentare.

»… und bringt Ihre Schwingungen wieder ins Gleichgewicht.«

Nelly bedankte sich und trank einen Schluck – weil Liane erwartungsvoll neben ihr stehen geblieben war. Das Wasser schmeckte nicht schlecht. Nelly nickte dem Model zu, das daraufhin so glücklich strahlte, als hätte es die Quelle eigens für sie entdeckt, dann tupfte sie sich die Mundwinkel mit der beiliegenden rosa-weißen Serviette, die mit einem Spruch in geschwungenen Lettern verziert war: »Sei ganz du selbst!«

Vielleicht sollte sie doch wieder gehen. Was für ein grandioser Blödsinn, diese ganze Aktion. *Sei ganz du selbst* und lass dich beraten, falls du keine Ahnung hast, wer du eigentlich bist. Lächerlich!

»Eva-Maria wird gleich bei Ihnen sein. Wenn Sie mir bitte folgen wollen.« Liane nahm ihr das Wasser wieder ab. Dann stelzte sie auf ihren Giraffenbeinen energisch voran und führte Nelly in einen Raum, der so hell war, dass sie die Augen schließen und dann mit der Hand abschirmen musste.

»Das geht allen so, aber man gewöhnt sich dran«, zwitscherte sie. »Nur wenn alles gut ausgeleuchtet ist, kann man beurteilen, was für ein Typ jemand ist.« Sie geleitete Nelly zu einem weinroten Lederdrehstuhl, der vor einer riesigen Spiegelwand stand, und reichte ihr eine Broschüre. Nelly setzte sich und war nach einem Blick in den gigantischen Spiegel sicher, dass sich jeder, der sich so sehen musste, nur noch einen Sack über den Kopf ziehen wollte. Oder man wandte sich an Gott und betete darum, jemand anderer zu sein. Der Spiegel offenbarte einfach alles, jede Falte, jede Linie, erschlaffte Haut, schlecht gefärbte Haare, Härchen um den Mund, Knitterfalten. Und neben diesem Schlachtfeld stand Liane, eine Göttin der Schönheit, und sorgte dafür, dass dieser Kontrast wie Gift in die Psyche der Klientinnen eindrang, bevor sie lautlos verschwand.

Fest entschlossen, sich nicht völlig deprimieren zu lassen, griff Nelly nach der Broschüre und sah überrascht, dass die *Tipps für zu Hause* als witzig gezeichnete Comics aufbereitet waren.

Und als Eva-Maria Schraader dann endlich ihren Auftritt hatte, war Nelly wirklich baff.

Sie richtete sich in ihrem Stuhl auf und betrachtete die Eintretende mit großen Augen. Nach dem Empfang durch Liane und den Fotos im Internet hatte sie eine schlanke, hochgewachsene Frau im Businesskostüm erwartet. Die Pausbäckchen auf dem Porträt der Website hatte sie einer Hyaluronsäure-Injektion zugeordnet. Doch die dralle Eva-Maria Schraader wirkte auf sie, als wäre sie gerade erst dem Kindergarten entsprungen. Dabei hatte Julia behauptet, die Beraterin wäre gut und immer ausgebucht. Wenn die viel Erfahrung hatte, musste sie schon im Mutterleib etwas über Stil gelernt haben. Allerdings kam die Stilberaterin wirklich *très chic* rüber. Sie war zwar klein und dick, aber so angezogen, dass man es sofort vergaß und der Blick fasziniert an ihrem schönen, klaren Gesicht mit den großen, leuchtend grünen Augen hängen blieb. Sie trug ein cremefarbenes, mit Kirschen bedrucktes Vintagekleid, das sich eng um ihre Taille schmiegte, dazu hohe, dunkelrote Plateaupumps und schwarze Nahtstrümpfe. Sie schüttelte Nelly die Hand und stellte sich dann, ähnlich wie gerade eben noch Liane, hinter sie, sodass beide in den Spiegel sahen.

»Warum sind Sie hier?«, fragte sie.

»Weil ich im Lotto gewonnen habe und nicht weiß, wohin mit meinem Geld«, versuchte Nelly einen Scherz. Schließlich konnte diese Frau auf ihre bescheuerte Frage doch keine ernsthafte Antwort erwarten.

»Für mich sehen Sie sehr unglücklich aus, aber ich habe schon öfter gehört, dass Geld nicht glücklich macht.«

Hatte sie den Witz nicht verstanden, oder wollte sie einfach nur deutlich machen, wie ernst man hier bei der Sache war?

»Also?«, insistierte die Stilberaterin.

Okay, die wollte sie dazu zwingen, es auszusprechen, wie bei Suchtkranken. Mein Name ist Nelly und ich bin Alkoholikerin. »Ich bin hier, weil ich eine Typberatung machen lassen möchte.«

»Und sind Sie bereit, die Erkenntnisse, die Sie heute gewinnen werden, auch umzusetzen?«

Nelly zuckte mit den Schultern. »Das weiß ich noch nicht.«

»Warum nicht?«

»Weil ich nicht weiß, was Sie mir raten werden.«

»Ich werde Ihnen gar nichts raten, denn Sie werden selbst sehen, was zu Ihnen passt. Also, sind Sie dazu bereit?«

Nelly wäre am liebsten aufgestanden und gegangen, aber dann dachte sie an Julia, die gnadenlos alles durchzog und schon einen Vorsprung hatte. Nein, sie musste hierbleiben und sehen, was dabei rauskam.

»Ja, das bin ich.«

Eva-Maria lächelte sparsam, was das Grün in ihren Augen sonniger wirken ließ. »Wissen Sie, ich bin es leid, meine Zeit mit Leuten zu verplempern, die gar nichts ändern wollen, die herkommen und danach nicht mal ein einziges Teil entsorgen.«

Das konnte Nelly verstehen. Trotzdem wollte sie nicht wie ein Schulmädchen behandelt werden.

Eva-Maria legte ihr einen schwarzen Umhang um und stülpte dann eine fleischfarbene Haube über Nellys Haare, mit der sie so aussah, als hätte sie eine Glatze.

»Jetzt bestimmen wir erst mal, ob Sie ein Sommer-, Winter-, Herbst-, Frühlings- oder ein Mischtyp sind.«

»Wenn ich mich im Augenblick so anschaue, bin ich wohl eher der Leichentyp«, bemerkte Nelly trocken.

Eva-Maria blieb ernst und öffnete die in der Wand verborgenen Schranktüren.

»Welche Farben tragen Sie für gewöhnlich?«

»Eigentlich alles, was mir gefällt.«

»Aha, und was mögen Sie gern?«

Wieder so eine dämliche Frage. Doch als Nelly anfing, darüber nachzudenken, wurde ihr klar, warum sie die Frage so dämlich fand. Weil sie sie nicht beantworten konnte!

Sie war immer mit Lázló zusammen shoppen gegangen, denn sie hasste es, Klamotten zu kaufen. Aber Lázló hatte Spaß daran gehabt. Er liebte es nicht nur, teure und besondere Kleider und Schuhe für sie zu kaufen, sondern hatte ihr auch gezeigt, was man in Umkleidekabinen sonst noch Schönes anstellen konnte. Nelly schossen Tränen in die Augen. Sie täuschte einen Hustenanfall vor, um sich unauffällig mit der Hand über die Wangen wischen zu können.

Eva-Maria reichte ihr trotzdem wortlos eine türkisfarbene Taschentuch-Box mit ihrem Logo und einem Comic darauf.

»Er hat sie also verlassen.« Eva-Maria nickte, als hätte sie genau das erwartet. »Viele Männer in diesem Alter tun das, sie wenden sich Jüngeren zu. Nehmen Sie das nicht persönlich. Sie sind schon auf dem richtigen Weg, weil Sie etwas für sich selbst tun.«

Nelly schnäuzte sich, um Zeit zu gewinnen. Eva-Maria wurde ihr immer unsympathischer. Sie musste ihr sagen, dass Lázló sie niemals verlassen hätte. Andererseits, warum nicht einfach mal so tun, als würde er noch leben? Einfach mal nicht Witwe sein. Ich hasse allein schon dieses Wort, dachte Nelly und traf eine Entscheidung.

»Ja, das Schwein hat mich verlassen!«, sagte sie, und dann schluchzte sie hemmungslos. Sie hätte nicht sagen können, ob es wegen ihres Verrats an ihm war, oder weil er sie tatsächlich endgültig verlassen hatte.

Eva-Maria legte eine Hand auf Nellys Schulter und schaffte auf diese Weise eine Nähe, die Nelly sonst niemandem gestattete.

»Weinen ist zwar manchmal eine Erleichterung, aber besser ist es, etwas zu tun«, murmelte die Stilberaterin. »Also, was mögen Sie denn gern?«

»Ich weiß es nicht«, stammelte Nelly mit von Tränen erstickter Stimme. »Er hat meine Kleider ausgesucht und auch meine Frisur!« Wie mies von ihm, mein Leben so zu dominieren und dann einfach abzuhauen, dachte Nelly. Mies, mies, mies!

Eva-Maria räusperte sich mitfühlend. »Wollen wir eine Pause machen?«

Nelly nickte.

»Wir werden gemeinsam herausfinden, was für ein Typ Sie sind und was Ihnen steht. Kann ich Ihnen etwas anbieten?«

»Ja, einen starken Kaffee mit Zucker und eine Zigarette.«

»Ich hole Ihnen einen. Rauchen können Sie da drüben am offenen Fenster. Ich bringe einen Aschenbecher mit.«

Danach lief alles wie geschmiert. Eva-Maria Schraader rauchte zusammen mit Nelly eine Zigarette und gestand ihr dabei, dass sie wieder angefangen hatte zu rauchen, um nicht weiter zuzunehmen, aber vor allem, weil sie es kaum noch ertragen konnte, dass niemand wirklich umsetzte, was sie ihren Kunden hier vermittelte. Nelly erstaunte sich selbst, als sie sich dabei erwischte, wie sie ihr vollmundig versprach, nicht zu den ewig Unbelehrbaren zu gehören. Dann fragte sie Eva-Maria, wie sie eigentlich zu diesem Job gekommen war. Erst wollte diese nicht so recht mit der Sprache herausrücken, doch dann gab sie zu, dass sie an der Kunstakademie studiert hatte, es jedoch irgendwann satt gehabt hatte, am Hungertuch zu nagen, und lieber Geld verdienen wollte. Die Kunst sei mittlerweile nur noch zu einem Hobby verkommen. Der kleine Ausflug ins Private schien der Stilberaterin peinlich zu sein, denn sie marschierte resolut zu einem der Schränke und fing an, Tücher in allen nur denkbaren Farben, Schattierungen und Materialien über Nellys Schulter zu legen.

Nelly hätte es nie für möglich gehalten, aber es gab wirklich Farben, die ihren Teint und ihre aquamarinblauen Augen zum Leuchten brachten, und welche, die sie fahl und alt wirken ließen. Sie lernte, dass sie ein »Sommertyp« war, dem Schilfgrün und Mint gut standen, Hell- und Taubenblau, Flieder und sogar Himbeer, Aubergine, Grau und Wollweiß. Die meisten Teile in Nellys Kleiderschrank waren rot und schwarz – darin hatte Lázló sie am liebsten gesehen –, aber hier im Spiegel erkannte sie, dass diese Farben gar nicht wirklich zu ihr passten. Eva-Maria erklärte ihr, dass Rot und Schwarz eher die Farben für den Wintertyp waren. Und weil der oft eine blasse Haut hatte, schwarze Haare und haselnussbraune Augen, nannte man ihn auch manchmal Schneewittchentyp. Jetzt wusste Nelly auch, was für ein Farbtyp Julia war und warum diese Farben sie so gut kleideten.

Nach anfänglicher Skepsis verliebte Nelly sich geradezu in die Kombination von Mint und Petrol und nahm sich vor, auf die Suche nach einem entsprechenden Oberteil zu gehen. Danach musste sie Perücken aufsetzen, und Nelly entdeckte, dass ihre optimale Haarfarbe nicht das Strohblond war, das Lázló so geliebt hatte, sondern ein warmes Karamellbraun. Eva-Maria versicherte ihr, dass dieses strohige Zeug auf ihrem Kopf sich bald wieder in echtes Haar verwandeln würde, wenn sie es nicht länger blondierte. Und schließlich bekam Nelly noch einen Vortrag über ihre Figur und erfuhr, dass man fünf Typen unterschied, den V-, den A-, den H-, den O- und den X-Typ. Sie gehörte zum V-Typ, bei dem der Oberkörper größer und molliger ist als der Rest, mit breiten Schultern und wenig Taille, viel Bauch und schlanken Beinen. Und auch dazu wurde sie von Eva-Maria mit Tipps eingedeckt. Demnach sollte sie in Zukunft auf ihre geliebten großen, kastigen T-Shirts verzichten sowie auf auffallende Muster. Sie versprach, Eva-Maria ein Foto von ihrem neu bestückten Kleiderschrank zu schicken, und fuhr beschwingt nach Hause.

Kaum daheim angekommen, rief sie Julia an, um ihr davon zu erzählen und um Hilfe beim Ausmisten zu bitten. Aber Julia war nicht da. Egal, dachte Nelly, dann gehe ich es eben alleine an. Sie kochte sich einen starken Kaffee, ging nach oben zu ihrem Kleiderschrank und öffnete ihn. Voller Elan griff sie nach den Bügeln und warf die ersten zehn Kleider und Blusen auf das Bett. Ernüchtert betrachtete sie sie mit Eva-Marias Augen. Alles unbrauchbar. Auffallende Muster, falsche Schnitte und falsche Farben. Besonders schlimm war demnach das schwarzrote Korsagen-Kleid, das Lázló so an ihr geliebt hatte. Sexy hatte er sie darin gefunden. Verführerisch. Nelly beschloss, es anzuziehen. Der Reißverschluss ging trotz der Pralinenorgien leichter zu, als sie es in Erinnerung hatte.

Sie betrachtete sich im Spiegel und erinnerte sich an den Tag, als sie es gekauft hatten, in einem Nobelladen auf dem Flughafen von London.

Eigentlich hätten sie dort gar keinen längeren Aufenthalt gehabt, aber die Maschine aus San Francisco, wo sie bei der Hochzeit von Lázlós ältestem Freund gewesen waren, hatte wegen eines Maschinenschadens so viel Verspätung gehabt, dass der Anschlussflug nach München schon weg gewesen war und man sie erst auf einen Flieger am nächsten Tag hatte umbuchen können. Wie immer war Lázló nicht die Bohne verärgert, sondern vielmehr der Ansicht gewesen, es wäre doch wie ein geschenkter Tag, an einem der aufregendsten Flughäfen der Welt. Als Erstes hatte er Nelly in eine Champagnerbar geschleppt und sie zu einem Gläschen überredet, und dann zu einem zweiten. Und auch wenn Nelly das Getue um Champagner immer schon völlig daneben gefunden hatte und er ihr auch nicht besonders gut schmeckte, war es herrlich gewesen, mit Lázló in dieser Bar zu sitzen. Verschwitzt und übermüdet vom Jetlag, aber guter Dinge. Er hatte ihr die Zeit mit anrüchigen Geschichten vertrieben, die er sich über die anderen Leute in der Bar ausgedacht hatte, und sie damit so sehr zum Lachen gebracht, dass alle zu ihnen hergesehen hatten. Danach waren sie bummeln gegangen, und er hatte sich einen echten Bowlerhut gekauft, eine Melone, mit der er zu seinem größten Vergnügen aussah wie Mr. Stringer, der Gefährte von Miss Marple in den alten Schwarz-Weiß-Filmen. Er versuchte sich an einigen Chaplin-artigen Darbietungen, die Nelly zum Brüllen fand. Schließlich entdeckte er das Kleid im Schaufenster und flehte sie an, es wenigstens einmal für ihn anzuziehen. Im Laden veränderte er dann plötzlich sein Verhalten, und es hatte einen Moment gedauert, bis Nelly verstand, was er im Schilde führte. Obwohl es schon so lange her war, musste Nelly immer noch lächeln. Lázló hatte sich als ihr Bodyguard ausgegeben und so getan, als wäre sie ein wichtiger deutscher Promi. Er hatte sich schützend vor sie gestellt, irgendwelchen Unsinn in sein Handy gesprochen, genickt, sich umgeblickt und ihr erst dann erlaubt, weiterzugehen. Er hatte mit der Verkäuferin geredet und die Umkleidekabine gecheckt, als ob er dort Sprengsätze vermutete, und der Verkäuferin dann zu verstehen gegeben, dass ihre Anwesenheit nicht länger erwünscht sei. Dann half er ihr in das Kleid und später auch wieder heraus, und in der Zeit dazwischen hatte er sich ihrem Körper gewidmet.

Nelly betrachtete sich im Spiegel. Mit Eva-Marias Augen betrachtet, war dieses Kleid natürlich unmöglich, der Mix aus sündigem Rot und Schwarz machte sie blass, die Korsage quetschte ihren Busen nach oben bis zum Hals und betonte ihren Bauch, die Ärmel schnitten ihr ins Fleisch, und die Länge ließ ihre eigentlich schlanken Beine wie Krautstampfer wirkten. Aber Lázló hatte sie in diesem Kleid einfach unwiderstehlich gefunden. Nicht nur damals in der Umkleidekabine, nein, wann immer sie es getragen hatte, überschüttete er sie mit Komplimenten. Was hatte er nur in ihr gesehen? Langsam drehte Nelly sich um sich selbst. Wer würde sie jemals wieder so anschauen? Bestand der Rest ihres Lebens nun darin, von Männern wie Thomas betrachtet zu werden, die sich angesichts ihres abgewrackten Äußeren dazu gratulieren durften, wie hochmoralisch sie waren?

Nelly setzte sich aufs Bett und strich über den seidigen Rock des Kleides. Wer würde sie überhaupt jemals wieder in den Arm nehmen? Und mit wem konnte sie auch nur annähernd so viel Spaß haben wie mit Lázló? Ihr dämmerte, dass die Antwort schrecklich einfach war. Es gab niemanden wie ihn. Sie würde jeden Mann mit ihm vergleichen. Und damit war sie zu elender Einsamkeit verdammt, bis auch sie sterben würde. Vielleicht war die große Liebe gar kein Segen, sondern nichts als ein Fluch der Götter. Schwerfällig, wie gelähmt von dieser Erkenntnis, zog sie das Kleid aus und hängte alles wieder in den Schrank zurück.

Sie konnte das Versprechen, das sie Eva-Maria gegeben hatte, nicht einlösen. Wenn sie sich von ihren Kleidern trennte, dann durchschnitt sie die letzte Verbindung zu Lázló, die ihr noch geblieben war, und diese Trennung wäre so, als würde sie ihre Erinnerungen in den Müll werfen. Für Lázló war sie so viel mehr als nur ein Figur- oder Farbtyp gewesen, für ihn war sie ein Mensch und die einzige Frau, die ihn wirklich interessiert hatte. Und er war der Einzige, der von ihr nur das Beste gedacht hatte. Der Einzige, der wirklich geglaubt hatte, dass sie eines Tages nicht mehr nur eine Journalistin sein würde, die sich mit dem Schreiben von Artikeln mit maximal tausend Wörtern zufrieden gab, sondern eine Frau, die einen ganzen Roman schreiben konnte, einen mit über tausend Seiten. Sie seufzte. Lázló hatte immer so gern übertrieben. Tausend Seiten waren natürlich zu viel. Da würde es ihr gehen wie Aschenbach im *Tod in Venedig:* »Überreizt von der schwierigen und gefährlichen, eben jetzt eine höchste Behutsamkeit, Umsicht, Eindringlichkeit und Genauigkeit des Willens erfordernden Arbeit der Vormittagsstunden, hatte der Schriftsteller dem Fortschwingen des produzierenden Triebwerks in seinem Inneren, jenem »motus animi continuus«, worin nach Cicero das Wesen der Beredsamkeit besteht, auch nach der Mittagsmahlzeit nicht Einhalt zu tun vermocht und den entlastenden Schlummer nicht gefunden, der ihm, bei zunehmender Abnutzbarkeit der Kräfte, einmal untertags so nötig war.« Es war einer der zweiten Sätze gewesen, für den Nelly besonders lange gebraucht hatte, um ihn auswendig zu lernen.

Aber sie könnte es ja langsamer angehen als dieser Aschenbach. Durch einen Roman wäre sie Lázló jedenfalls sehr viel enger verbunden als durch ein paar Kleider und Erinnerungen. Denn bei jedem Satz, bei jedem Wort, jedem Komma würde sie an ihn denken, es für ihn schreiben. Er wäre ihr wichtigster

Leser. Sie nickte sich selbst bekräftigend zu und erinnerte sich an *Lady Chatterley:*

»Die Katastrophe ist hereingebrochen, wir stehen zwischen den Trümmern, wir fangen an, neue kleine Gewohnheiten zu bilden, neue kleine Hoffnungen zu hegen.«

Das war es: kleine Hoffnungen. Ich werde nicht nur diese Silvestergeschichten aufschreiben, dachte sie, sondern einen ganzen Roman. Einen niveauvollen, literarischen Liebesroman, etwas, das Lázló gern gelesen hätte. Sie ging in die Küche, holte ihren Laptop und legte eine neue Datei an. *Für Lázló* schrieb sie auf die erste Seite.

14. KAPITEL

Julia wischte die Parkbank mit dem kleinen Handtuch ab, das sie immer mitnahm, wenn sie mit den Jungs zum großen Wasserspielplatz im Westpark aufbrach. Außerdem hatte sie noch Ersatzkleidung dabei, Küchentücher, Arnica-D6-Kügelchen, im Sommer auch Apis bei Bienen und Wespenstichen, Notfalltropfen und Sandspielzeug, Wasser, Brez'n, Kekse und heute ihren Spezialtee mit Rum, um Nelly zu ihnen nach draußen zu locken. Es war zwar schon fast Ende April, trotzdem waren es nur acht Grad, die sich anfühlten wie vier.

Aber im Haus wäre Julia mit den Zwillingen wahnsinnig geworden. Die Schmuddelkinderen war schon seit zehn Tagen wegen Masern geschlossen.

Sie befühlte die grünen Holzbalken – trocken –, ließ sich dann erleichtert darauf fallen und betrachtete mit einem schiefen Lächeln ihre Ausrüstung. Damit hätten sie auch eine Expedition in die Antarktis geschafft. Finn und Max rannten in Gummihosen und Stiefeln begeistert durch die schlammigen Seen und Pfützen, hatten ihre Mützen längst irgendwo hingepfeffert und waren erst einmal mindestens eine halbe Stunde beschäftigt.

Hoffentlich kam Nelly bald, damit sie ein bisschen Zeit für sich hatten. Julia war gespannt, ob die Typberatung irgendwelche sichtbaren Veränderungen hervorgebracht hatte, und sie brannte darauf, mit ihrer Freundin über Frank zu reden.

Nach zehn kalten, windigen Minuten stampfte Nelly dick eingemummelt in einen alten Mantel von Lázló und zwei seiner Kaschmirschals heran.

Okay, dachte Julia, das sieht nicht gerade danach aus, als ob Nelly in ihrem Kleiderschrank etwas verändert hätte.

»Ihr seid wahnsinnig! Keinen Hund schickt man bei diesem Wetter vor die Tür! Oder wie Somerset Maugham etwas literarischer formuliert hat: ›Die Wolken hingen schwer …« – sie deutete theatralisch zum Himmel –, »… und es lag eine Rauheit in der Luft, die Schnee ankündigte.‹« Mit diesen Worten ließ sie sich neben ihre Freundin auf die Bank fallen.

Julia reichte ihr wortlos die Thermoskanne. »Etwas von meinem Spezialtee?«

Nelly schüttelte den Kopf. »Später vielleicht. Was ist so dringend, dass wir das nicht am Telefon bequatschen können, sondern uns in dieser Schweinekälte draußen treffen müssen?«

»Ich wollte sehen, was für ein Typ du jetzt geworden bist.«

»Dann hättet ihr einfach nach dem Spielplatz zu mir kommen können.«

»Okay, zum einen musste ich einfach mit dir über Frank reden, und zum anderen wollte ich meine Kinder vor mir beschützen. Eine Minute länger mit ihnen in einer Wohnung, und ich wäre ausgerastet.« Julia nahm einen großen Schluck von dem Tee mit Rum und genoss die scharfe Wärme, die sich von ihrer Kehle in ihrer Brust ausbreitete, ganz ähnlich wie das Gefühl, das sie jedes Mal hatte, wenn sie mit Frank telefonierte.

Nelly sah sich suchend nach Max und Finn um, die sich gerade laut johlend mit nassen Sandbatzen und alten Blättern bewarfen.

»Tapfere Krieger! Aber Max sieht ein bisschen blass aus, findest du nicht?«

Julia sah zu ihm hinüber und musste zugeben, dass er neben Finns leuchtend roten Wangen reichlich käsig wirkte. »Vielleicht hat er sich was eingefangen, oder er sollte mehr Fleisch essen, aber das will er nicht. Seit ihm klar geworden ist, dass Fleisch aus toten Tieren gemacht wird, spuckt er sofort alles wieder aus. Nicht mal Alex konnte ihn zur Vernunft bringen.«

»Ein echter Vegetarier also. Irgendwie imponiert mir das.« Ein Lächeln huschte über Nellys Gesicht. Sie wandte sich Julia zu. »Okay, also was ist mit Frank?«

»Ich weiß es nicht.« Julias Stimme wurde heiser. »Seit diesem Abend telefonieren wir jeden Tag.«

»Aha.«

»Wir reden manchmal stundenlang.«

»Hmm.«

»Es ist unglaublich.«

»Inwiefern?«

»Wir verstehen uns so gut.«

»Schön.«

»Ach Mensch, Nelly! Sag irgendwas, hilf mir!«

»Lass die Finger davon und spiel mehr mit den Zwillingen.«

»Das ist dein Rat?«

»Wozu soll ich dir einen Rat geben? Du machst ja doch, was du willst.« Plötzlich hielt Nelly inne, als wäre ihr etwas eingefallen.

»Was ist denn?«

»Jetzt verstehe ich Eva-Maria besser. So muss es ihr die ganze Zeit gehen. Sie fühlt sich in ihre Kunden hinein, verrät ihnen die besten Tipps und Tricks, und was machen die daraus?« Nelly deutete auf ihren Mantel. »Nichts!«

»Ich rede hier nicht von einer Typberatung, es geht um mein Leben.«

Nelly griff nun doch nach der Thermoskanne und goss sich den dampfend heißen Tee in einen Becher.

»Ich habe ein schlechtes Gewissen, weil Frank und ich so gut miteinander reden können.«

»Brauchst du nicht zu haben.«

»Es ist unfair Alex gegenüber.«

»Wieso, redet ihr über ihn?«

»Natürlich nicht!«

»Dann ist doch alles okay. Alex wird erst sauer, wenn du mit Frank schläfst.«

»Werde ich nicht.«

»Hmm …« Nelly zog die rechte Augenbraue hoch.

»Du machst mich ganz verrückt! Wieso sagst du nix? Du mischst dich doch sonst so gern in mein Leben.«

Finn kam mit seinem heulenden Bruder angerannt. Max hatte sich einen Spreißel in den Finger gebohrt und war jetzt geradezu gespenstisch bleich. Noch bevor Julia zu einem beruhigenden Monolog ansetzen konnte, nahm Nelly sich Max' Hand vor, während sie den beiden Jungs gleichzeitig eine mit vielen Flüchen gespickte Horrorgeschichte über eiternde Wunden bei nicht sofort rausoperierten Spreißeln erzählte. Die beiden lauschten begeistert und schockstarr zugleich, und Max ließ sich ohne zu jammern den Splitter von Nelly herausziehen. Bravo, dachte Julia, bei ihr wäre das niemals so glatt über die Bühne gegangen. Erst als Nelly fachmännisch auf die Wunde spuckte, gebot sie ihr Einhalt und desinfizierte diese lieber noch mit etwas Tee. Sie verabreichte Max ein paar Arnica-D6-Kügelchen und gab den beiden Kekse, die sie aber nur essen durften, wenn sie vorher mindestens bis zur Rutsche auf der anderen Seite des Spielplatzes rannten.

Max und Finn waren hin- und hergerissen. Da Nelly aber keine weiteren Geschichten parat zu haben schien, gewannen die Kekse, und sie zogen ab und rannten um die Wette.

»Du machst das immer so gut mit den beiden«, sagte Julia voller Bewunderung.

»Das ist leicht. Ich mag sie eben.«

»Also, was mache ich mit Frank?«

»Gott, Julia, wie soll ich das wissen, ich kenne ihn nicht mal!«

»Was würdest du an meiner Stelle tun?«

Nelly zuckte mit den Achseln. »Ich war nie in so einer Situation. Mir hat Lázló gereicht. Außerdem hätte es ihm nicht gefallen, wenn ich mich mit anderen Männern getroffen oder stundenlang mit ihnen telefoniert hätte.« Nelly zögerte einen Moment. »Das war noch untertrieben, er wäre ausgerastet.«

»Ich bin wirklich froh, dass Alex nicht so eifersüchtig ist.«

»Weiß er denn, dass du dich mit einem anderen Mann triffst?«

Julia schüttelte den Kopf und errötete leicht.

»Und wirst du es ihm sagen?«

»Das weiß ich eben nicht. Deshalb will ich doch mit dir reden.«

»Hast du schon mal darüber nachgedacht, dass du dich von Frank vielleicht nicht so angezogen fühlen würdest, wenn du für deinen Mann stärkere Gefühle hättest?«

»Wir reden ja nur. Frank interessiert sich für mich, für alles, was ich denke, und er findet mich witzig.«

»Dann muss er verrückt sein.« Nelly grinste breit.

»Verrückt nach mir!«, konterte Julia und hätte es am liebsten gleich wieder zurückgenommen.

»Oh, oh! Gefährlich! Also, ich wäre ausgerastet, wenn Lázló verrückt nach einer anderen Frau gewesen wäre.«

»Das sollte ein Witz sein.«

»Ich frage mich, ob das mit Frank nur so ein bisschen Kosmetik für dein Ego ist oder mehr. Wenn du Alex noch liebst, dann würde ich aufhören, mit dem Feuer zu spielen.«

»Ich liebe Alex.«

»Hört sich an, als müsstest du es dir wie ein Mantra immer wieder vorsagen. Aber wenn du ihn wirklich noch liebst, dann lass die Finger von Frank.« Nelly wickelte sich fester in ihren Schal. »Ist dieser lauwarme Zwiebackbrei, den ihr Ehe nennt, es wirklich wert, weitergeführt zu werden?«

Nelly wollte Julia provozieren, und es gelang ihr hervorragend, denn am liebsten hätte Julia jetzt etwas ähnlich Gemeines zurückgegeben, z. B. dass Lázló ein elender Egoist gewesen war, der Nelly dominiert und an der kurzen Leine gehalten hatte, während er selbst ständig mit anderen Frauen flirtete. Aber er war tot, und ich bin nicht so mies, beschloss sie und spülte ihren Groll mit einem großen Schluck Tee hinunter.

»Ich bin so durcheinander«, gestand sie schließlich.

Nelly legte ihren Arm um Julia und drückte sie fest.

»Hey, es tut mir leid. Ich war ungerecht. In Wahrheit habe ich einfach nur keine Ahnung, was ich dir raten soll. Schau einfach, was passiert.«

»Das macht mir Angst.«

»Du hast das mit den Haschkeksen hingekriegt, dann wirst du auch das mit Frank schaffen. Vielleicht könntest du ein paar der Aufgaben von unserem Silvesterplan mit Frank kombinieren?«

»Klar, ich könnte ihn bitten, einen Brief an die Zwillinge zu schreiben, für den Fall, dass ich sterbe«, erwiderte Julia trocken. »Nein, darüber sollte ich keine Witze machen.« Sie dachte an Finns Kopfoperation und dann an die Wahrsagerin, und ihr lief ein Schauer über den Rücken. »Aber vielleicht nehme ich ihn mit zu den Filmaufnahmen oder zum Ausdrucksmalen.« Julia kicherte jetzt. »Oder noch besser: zu dem Hexentreffen.«

»Wenn er auf deinen Besen passt, wieso nicht?«

Plötzlich legten sich zwei Paar schmutzige kleine Hände von hinten auf Julias und Nellys Augen, und dann ertönten zwei verstellte Stimmen: »Ratet mal, wer da ist?«

»Oh, oh, ich fürchte, es ist der Grüffelo mit seinem Zwillingsbruder«, sagte Nelly todernst. »Bitte tut uns nichts! Wir schmecken ganz scheußlich, wie alte Fischköpfe …«

»Iiiiieeh!« Das war Max, der sofort von Finn mit einem »Schsch« zurechtgewiesen wurde.

»Nur unter einer Bedingung: Ihr müsst uns Lösegeld zahlen!«, donnerte Finn.

»O mein Gott, Julia, elende Schurken haben uns in ihrer Gewalt!«, stöhnte Nelly dramatisch. »Was wollt ihr?«

»Mehr Kekse und was zu trinken!« Finn klang jetzt wieder wie er selbst.

»In Ordnung.«

Die Jungs nahmen ihre Hände runter und liefen um die Bank herum nach vorne, wo sie von Julia Kekse und Wasser bekamen.

»Ihr sollt mit uns spielen«, kam es unisono, als hätten sie es einstudiert.

»Das geht nicht, Nelly muss mir etwas Wichtiges erzählen.«

»Och menno … ihr seid so langweilig!« Max stampfte mit den Gummistiefeln in eine kleine Pfütze, die aber groß genug war, um Julias und Nellys Hosenbeine mit einem Netz von Matschspritzern zu überziehen.

»Hey! Spinnt ihr?«, rief Nelly, woraufhin die beiden demonstrativ wegrannten. Sie tat ihnen den Gefallen und rannte hinter ihnen her. Dabei schimpfte sie lautstark, fluchte in verschiedenen Sprachen und stieß wüste Drohungen aus, was sie alles mit ihnen machen würde, wenn sie sie nur in die Finger bekäme.

Fünf Minuten später kam sie völlig außer Atem zurück. Ihr Mantel sah aus, als hätte sie sich mit den Zwillingen im Matsch gewälzt, aber Nellys Augen strahlten so unbeschwert, wie Julia es schon lange nicht mehr gesehen hatte. Sie hatte schon beinahe vergessen, wie lebendig und lustig ihre Freundin vor Lázlós Tod gewesen war.

»Diese Schlawiner!« Nelly rollte scherzhaft mit den Augen.

»Ja, ich weiß, du magst sie.« Julia reichte ihr die Thermoskanne, aber Nelly schüttelte den Kopf.

»Jetzt ist mir warm. Also, wo waren wir?«

Bei Frank, dachte Julia. Bei Frank. Aber Nelly hatte recht: Das musste sie mit sich selbst ausmachen, niemand konnte ihr da einen Rat geben.

»Du wolltest mir erzählen«, sagte sie deshalb, »wie es bei Eva-Maria Schraader war.«

»Gut. Ich weiß jetzt, was für ein Typ ich bin.«

»Und?«

»Ich habe angefangen, den Roman zu schreiben.«

»Klingt völlig logisch.« Okay, sie wollte nicht über die Typberatung reden. Auch gut. »Und um was geht es in deinem Buch? Wie weit bist du schon?«

»Das ist noch geheim.«

»Du hast also keine Ahnung«, konstatierte Julia, die das noch von ihrem Studium her kannte. Anfangs hatte sie nie verstanden, was sie davon halten sollte, wenn Nelly sie mit derart nebulösen Antworten auf die Frage nach den Fortschritten ihrer Seminararbeit abgespeist hatte. Bis Julia durchschaut hatte, dass Nelly bis etwa zwei Tage vor der Abgabe einfach gar nichts getan und dann einen abartigen Achtundvierzig-Stunden-Adrenalin-Marathon hingelegt hatte, um das Ding noch rechtzeitig fertig zu bekommen. Julia würde lieber sterben, als so zu arbeiten. Wozu gab es Zeitpläne? Und einen Roman konnte man so sicher auch nicht schreiben, das waren ein paar mehr Seiten als eine Seminararbeit.

»Sagen wir mal so: Ich habe angefangen.«

»Warst du nicht die Frau, die unbedingt wollte, dass wir all diese Silvesterdinge tun und uns immer davon erzählen?«

»In meiner Erinnerung haben wir das zusammen entschieden, oder nicht?«

»Aber du hüllst dich in Schweigen. So wie auch schon nach der Wahrsagerin.«

»Sei doch froh, dass ich dich nicht mit all diesen Details langweile.«

»Langweile mich!«, forderte Julia dramatisch.

Nelly lachte, aber nicht so gelöst wie vorhin mit den Jungs, sondern eher gezwungen. »Du hast es so gewollt.«

Und dann erzählte sie Julia von den Erkenntnissen, die sie bei Eva-Maria Schraader gewonnen hatte, und dass sie noch nicht bereit war, sie umzusetzen.

»Du musst doch sowieso alles ausmisten, das steht auf deiner Liste. Dann komme ich und helfe dir dabei.«

»Ich weiß nicht …«

»Wie wäre es nächste Woche, da muss ich nicht arbeiten? Ich bringe ein paar Säcke und Kartons mit.«

»Ich weiß nicht, ob ich das schon kann.«

»Wir sollten es versuchen. Wenn es nicht geht, packen wir einfach alles wieder aus.«

»Du spekulierst darauf, dass ich dazu dann viel zu faul bin.«

Julia lächelte. »Erwischt. ›Man verliert auf diese Weise seinen verrückten Spleen, und dann ist es auch gut für die Blutzirkulation.‹«

»Du überraschst mich! Das ist ein zweiter Satz, aber ich komm nicht drauf, von wem.«

»*Moby Dick oder der weiße Wal,* aber in der deutschen Ausgabe, die Wilhelm Strüver übersetzt hat.«

»Na, dann wollen wir mal sehen, Ismael, ob du es schaffst, mit mir den weißen Wal zu fangen.«

15. KAPITEL

Julia sortierte den Inhalt der Wäschetonne in verschiedene Haufen – hell und dunkel, Bunt- und Feinwäsche, dreißig, sechzig, neunzig Grad – und betrachtete die Berge, die sich vor ihr auftürmten. Das war der Teil der Hausarbeit, den sie eigentlich mochte, auch wenn er sich Woche für Woche wiederholte. Es gab ihr ein gutes Gefühl, die Schmutzwäsche zu beseitigen und später die frisch duftende Wäsche ordentlich gefaltet zurück in die Schränke zu sortieren.

Aber seit Alex zu ihr gesagt hatte, sie sei »geschmackvoll, praktisch, vernünftig, fürsorglich, wundervoll, die beste Mutter der Welt und problemfrei«, hatte sie immer öfter Lust, einfach alles liegen zu lassen. Doch das gelang ihr nur, wenn sie sich gerade einer neuen Aufgabe von ihrer Silvesterliste stellen musste. Und sie war sehr zufrieden, dass sie schon einen Termin für das Hexentreffen organisiert und über Hanna, eine Kunsttherapeutin und Bekannte von Marion, einen Wochenendkurs zum Ausdrucksmalen gebucht hatte. Sie hatte sogar von Alex die Zusage, dass er sich dann um die Zwillinge kümmern würde. Zugegeben, sie hatte es ihm als eine Weiterbildung für Mütter verkauft. Es sei wichtig für die Entwicklung der Zwillinge, weil beim Ausdrucksmalen wichtige Synapsen miteinander verknüpft würden, die den Kindern zu einem Entwicklungsschub verhelfen könnten.

Außerdem hatte sie bei der zentralen Agentur für Auslands- und Fachvermittlung, der ZAV angerufen, um in Erfahrung zu bringen, wie man Statistin bei einem Film werden konnte. Dabei hatte sie entdeckt, dass sie auch als Komparsin, wie das dort genannt wurde, so etwas wie eine Sedcard benötigte. Julias Bruder war überrascht gewesen, als sie ihn gefragt hatte, ob er bei Gelegenheit einmal geeignete Bilder von ihr machen könnte. Und er hatte nicht mit Witzen gespart, ob es jetzt auch eine Seniorenausgabe von *Deutschland sucht das Supermodel* gäbe oder ob sie dringend Geld bräuchten. Bis er schließlich genug hatte und ihr versprach, die besten Bilder ihres Lebens von ihr aufzunehmen.

Julia holte die fertig geschleuderte Bettwäsche aus der Maschine und räumte sie in den Trockner. Dann stopfte sie die vom getrockneten Schlamm wie erstarrten Fußball-Klamotten ihrer Söhne in die Waschmaschine, füllte Pulver ein und startete das Programm.

Heute würde sie endlich mit Alex reden. Die ganze Zeit hatte sie das vor sich her geschoben und dabei immer die Zwillinge als Ausrede benutzt, aber die waren über den Ersten-Mai-Feiertag bei ihrem Onkel und so hätten Julia und Alex Zeit, in aller Ruhe zu reden. Denn für die nächste Aufgabe benötigte Julia Alex' Hilfe. Eigentlich ein Witz, dachte sie, dass ich ihn ausgerechnet dazu brauche. Ich kann allein Haschkekse backen und mich als Film-Komparsin bewerben, aber einen ganzen Monat die Familie bestreiken, das war nicht zu schaffen. Und was, wenn sie das einfach unter den Tisch fallen ließe? Es war sowieso eine bescheuerte Aufgabe, genauso wie sich bei jemandem zu entschuldigen. Julia wusste immer noch nicht, wie sie das lösen sollte. Sich bei Christian dafür zu entschuldigen, dass sie bei der Beerdigung ihres Vater darüber gestritten hatten, wer sich jetzt um ihre Mutter kümmern würde? Die Antwort war für ihn ganz klar gewesen. Julia seufzte. Sie hatte es gern getan, auch wenn sie und ihre Mutter sich nicht einmal in diesem letzten Jahr nähergekommen waren. Eigentlich war ihre Mutter noch eine viel schlimmere Perfektionistin gewesen als ihre Schwiegermutter. Eine kühle, beherrschte Frau bis zum Schluss. Das Einzige, was Julia in ihren Augen richtig gemacht hatte, war ihre Ehe mit Alex. Ihre Mutter war schon vor der Hochzeit gestorben, hatte Alex aber noch kennengelernt. Nur für ihn und ihren Bruder Christian hatte sie ein Lächeln übrig gehabt. Und obwohl sie von ihren Kindern Christian immer vorgezogen hatte, war sie nicht im Mindesten gekränkt gewesen, als dieser sie in dem langen Jahr ihres Sterbens kein einziges Mal besucht hatte. Früher war Julia über diese Ablehnung zutiefst unglücklich gewesen, aber in diesem einen Jahr hatte sie gelernt, ihre Mutter so zu akzeptieren, wie sie war, und es erleichterte sie, dass sie heute ohne Groll an sie denken konnte.

Sich entschuldigen … Ihr fiel einfach niemand ein.

Während sie die Treppen nach oben lief, überlegte sie, warum es ihr eigentlich so wichtig war, all diese Aufgaben abzuarbeiten. Schließlich hatte niemand sie dazu gezwungen. Niemand hatte einen Nutzen davon, und niemanden scherte es, ob sie sich daran hielt. Sie bekam keine Fleißbildchen, kein Geld, kein Lob. Im Gegenteil – Julia erinnerte sich wieder an Boris, Alex' neuen Assistenten, und biss sich auf die Lippen –, eigentlich hatte die ganze Sache ihr nur Ärger eingebracht. Also, was ließ sie so unbeirrt daran festhalten? Was für eine scheinheilige Frage! Sie rümpfte die Nase über sich selbst. Weil es endlich einmal ein wenig Aufregung in ihr Leben brachte, weil sie etwas Neues über sich herausfinden konnte, und vor allem, weil sie Frank wiedergetroffen hatte – und bei diesem Gedanken verspürte sie wieder dieses Kribbeln tief in ihrer Magengrube.

Aber jetzt lag erst einmal ein Wochenende allein mit Alex vor ihr. Sie erinnerte sich nicht daran, wann sie zum letzten Mal so viel Zeit zu zweit gehabt hatten. Und sie konnten ganz entspannt sein, denn die Zwillinge vergötterten Christian genauso wie Nelly, und nicht nur, weil er ihnen all das erlaubte, was zu Hause streng verboten war. Er nahm sie mit auf die Gokart-Bahn, wo er im Brustton der Überzeugung behauptete, die Jungs seien natürlich schon zehn Jahre alt und würden nur so mickrig aussehen, weil sie die zwei Überlebenden von ursprünglich Vierlingen seien, was ihnen großes Mitleid und die Erlaubnis zu fahren garantierte. Bei ihm durften sie ohne Helm Rad fahren, er zeigte ihnen die effektivsten Arschbomben im Hallenbad und sah mit ihnen Filme an, die erst ab sechzehn freigegeben waren, und dabei aßen sie Junkfood der übelsten Sorte. Schon nach nur einem Tag bei ihrem Onkel brauchten die beiden mindestens vierundzwanzig Stunden, um wieder runterzukommen. Jedes Mal schwor ihr Bruder, nur mit ihnen in den Zoo zu gehen, und jedes Mal kam ihm dann doch kurzfristig noch eine andere Idee. Und weil die Jungs darüber so glücklich waren, brachte Julia es nicht übers Herz, ihnen die Ausflüge mit ihrem Onkel zu verbieten.

Als sie in die Küche kam, hatte Alex das Frühstück schon fertig. Gerührt sah sie, dass er sich große Mühe gegeben und sogar Kerzen angezündet hatte. Er reichte ihr ein Sektglas und holte Champagner aus dem Kühlschrank. Julia schoss die Frage durch den Kopf, ob sie wohl irgendeinen Jahrestag vergessen hatte, doch das passierte ihr nur selten. Sie war diejenige in der Familie, die an alle anstehenden Geburtstage dachte, und Alex hatte erst im August Geburtstag. Geheiratet hatten sie im Mai, und die Jungs waren im November geboren, was also wollte Alex feiern? Am liebsten hätte sie erst einmal etwas gegessen; Alkohol am Morgen machte sie den ganzen Tag rammdösig.

Aber Alex war so gut gelaunt, und sie wollte ihm auf keinen Fall den Spaß verderben. Dann wäre es auch leichter, ihm endlich von dem Silvesterplan zu erzählen.

»Auf uns, Schatz!«, sagte er, öffnete die Flasche geradezu übermütig mit einem gekonnten Knall und füllte ihr Glas mit perlendem, roséfarbenem Champagner.

Julia prostete ihm zu und fragte ihn, was es denn zu feiern gäbe.

»Nichts, Schatz, ich wollte einfach mal wieder zum Ausdruck bringen, wie sehr ich dich liebe!«

Julia merkte, wie ihr die Röte ins Gesicht stieg, und nahm einen großen Schluck, um es zu überspielen. Unwillkürlich dachte sie an ihr Treffen mit Frank, an die Telefonate mit ihm und daran, dass sie ihn nächste Woche wieder treffen würde. Ob sie sich vielleicht bei Alex entschuldigen musste? Jetzt wurde ihr richtig heiß, und sie nahm gleich noch einen Schluck.

Alex grinste. »Ich sehe, diese Sorte schmeckt dir. Wir sollten das wieder öfter machen.«

Wieder, dachte Julia. Sie hatten früher nie Champagner zum Frühstück getrunken. So ein früher gab es nicht.

Sie setzte sich. »Ja, das wäre schön. Es ist merkwürdig ruhig ohne die Jungs, findest du nicht?«

»O ja, herrlich ruhig! Kaffee?«

»Unbedingt.« Und jetzt würde sie ihm endlich alles erzählen.

»Ich war nicht ganz ehrlich zu dir …« Alex zwinkerte ihr zu. Julia dachte sofort an die rothaarige Amanda und spürte, wie ihr Puls sich beschleunigte. Aber warum? Die Idee mit Amanda war ihr doch nur gekommen, weil sie sich mit Frank getroffen hatte.

Und das Allerschlimmste an so einer Unterstellung war, dass es ihr auch noch recht gewesen wäre, wenn er mit Amanda geflirtet hätte, weil sie sich selbst dann besser gefühlt hätte.

Alex nahm eine Laugenbreze und begann, die Salzkörner davon abzureiben, was Julia gereizt beobachtete. Am Anfang ihrer Beziehung hatte sie diese Marotte noch süß gefunden, aber jetzt hasste sie das kratzige Geräusch geradezu. Warum aß ihr Mann dann nicht gleich eine salzfreie Semmel?

»Also, Schatz, ich war nicht ganz ehrlich. Natürlich liebe ich dich, aber wir haben außerdem noch einen guten Grund zum Feiern. Stell dir vor, ich werde Seniorpartner in der Kanzlei! Unser Name wird also nicht nur an der Tür stehen, sondern auch auf dem Briefpapier! *Brandeis, Brütting und Berger* klingt doch auch viel besser als nur *Brandeis und Brütting*. Damit hatte ich erst nächstes Jahr gerechnet, aber meine Umsätze waren so sensationell, dass ich es jetzt schon geschafft habe. Ich habe sogar Mike, diesen Schleimer mit seinem angeheirateten Adelstitel, abgehängt. Und das alles nur dank deiner Hilfe. Ohne dich, Schatz, wäre ich noch nicht so weit.« Er hob das Glas und stieß wieder mit Julia an. »Und bestimmt hat auch dein Auftritt in dem roten Kleid dazu beigetragen. Ich möchte dir noch mal sagen, wie leid es mir tut, dass ich an dem Abend so überreagiert habe. Dr. Brandeis war ausgesprochen beeindruckt, dass meine Frau so sexy ist, obwohl sie Zwillinge geboren hat. Er ist der Meinung, dass hinter jedem erfolgreichen Mann immer eine fantastische Frau steht, die ihm den Rücken stärkt.«

»Das ist ja großartig!« Julia konnte selbst hören, wie lahm das klang. Ihm war tatsächlich nicht klar, wie unverschämt diese Beurteilung von Dr. Brandeis war. Was für ein ignoranter Idiot!

»Dr. Brandeis steht also auf Milfs.« Den Ausdruck hatte sie neulich erst von Frank gehört.

Alex zog fragend eine Augenbraue hoch. »Ich verstehe nicht …«

»*Mothers I'd like to fuck.*« Julia merkte, dass sie rot wurde.

Alex verschluckte sich an seinem Champagner. »Julia! Das

ist …« Dann grinste er sie plötzlich an und zwinkerte ihr zu. »Manchmal überraschst du mich wirklich. Und ja, Dr. Brandeis ist ein verlogener – entschuldige – Arsch, aber das vergessen wir am besten schnell wieder, wichtig ist doch nur, dass ich jetzt Partner bin.«

»Mir war nicht klar, dass du für immer in der Kanzlei bleiben willst. Wolltest du nicht mal Richter werden?«

»Julia, mein Schatz, dieser Zug ist längst abgefahren. Aber jetzt könnten wir aus dem alten Haus deiner Eltern raus und in ein größeres Haus ziehen!«

»Mir gefällt dieses Haus, auch wenn es nicht so groß ist. Der Garten ist so schön eingewachsen. Die Jungs haben im Viertel ihre Freunde, und der Kindergarten ist auch hier. Außerdem sind sie in der Schule und im Hort angemeldet.«

»Dann sollten wir es wenigstens renovieren. Ehrlich gesagt, finde ich den unteren Bereich nicht nur altmodisch, sondern geradezu spießig. Wir könnten ein paar Wände einreißen und die Böden neu machen lassen. In jedem Fall solltest du auch endlich durch eine Putzfrau unterstützt werden. Du kannst in Marions Laden aufhören und dich ganz darauf konzentrieren, die Jungs in der Schule voranzubringen. Dann müssten sie auch nicht in den Hort, wo sie mit Gott weiß welchen Kindern zusammenkommen. Schatz, ich wünsche mir für Max und Finn einfach nur das Beste. Und was kann sie optimaler aufs Leben vorbereiten als eine Mutter, die durch ihre Ausbildung alles draufhat, was die Schule von ihnen erwartet? So hat es meine Mutter auch gemacht, und schau, was aus mir geworden ist! Und wer weiß, vielleicht steigen die beiden eines Tages ja ebenfalls in der Kanzlei ein.« Alex hielt inne und schüttelte den Kopf. »Unsinn, das ist mir egal. Hauptsache, sie werden so glücklich wie wir.« Er prostete Julia zu und trank sein Glas aus. »Und heute Abend sollten wir ausgehen. Wo möchtest du hin, Schatz?«

»Such du was aus«, murmelte Julia, benebelt vom Alkohol und von diesen Neuigkeiten. Wollte er ernsthaft, dass sie ihre Tage damit verbrachte, das Haus zu dekorieren und mit ihren Kindern Mathe zu üben? Die beiden kamen in die Grundschule! Sie griff nach einem Brötchen, bestrich es, brachte dann aber keinen Bissen herunter. Sie legte es zurück auf ihren Teller, tupfte sich die Mundwinkel ab und gab sich einen Ruck.

»Ich freue mich wirklich sehr für dich, aber ich werde auf gar keinen Fall bei Marion aufhören.«

»Schatz, es ist doch unter deiner Würde, irgendwelchen Matronen die abgelegten Klamotten von anderen Frauen anzudrehen. Du bist da nur eine kleine Verkäuferin. Das erfordert höchstens das Hirn einer Erbse. Du hast doch so viel mehr drauf!«

O ja, dachte Julia, das kleine Einmaleins mit den Zwillingen zu üben, das war wirklich eine nobelpreisverdächtige Herausforderung! Sie stürzte den Rest ihres Champagners herunter, um ihn nicht zu unterbrechen.

»Und sosehr ich meine kleine Prinzessin auf der Erbse liebe, weiß ich doch, was sonst noch alles in dir steckt.«

Ah, das war ein gutes Stichwort. Jetzt oder nie.

»Gut, dass du mit mir einer Meinung bist, denn genau darüber möchte ich mit dir reden.«

Alex nickte ihr auffordernd zu. »Reden wir, worüber du willst, Schatz!«

»Ich weiß nicht so richtig, wie ich beginnen soll.«

»Am Anfang?« Alex goss sich frisch gepressten Orangensaft in sein Sektglas.

»Okay, aber du darfst mich nicht unterbrechen, bevor ich fertig bin, abgemacht?«

»Versprochen!« Er wirkte amüsiert, und Julia hoffte, dass das am Ende ihrer Rede immer noch so sein würde.

Also erzählte sie ihm von dem Silvesterabend und dem Plan, den Nelly und sie gefasst hatten, und war beeindruckt, dass Alex wirklich mit keiner einzigen Frage dazwischengrätschte, obwohl er seine Kieferknochen fest aufeinanderpressen musste, um nichts zu sagen. Als sie zu den Haschkeksen und dem Sexshop kam, begannen seine Lider zu zucken, aber er schwieg.

»Habe ich das richtig verstanden?« Er klang mühsam beherrscht. Den Ton kannte sie vom Gericht, wenn er mit Leuten reden musste, die er für völlig beschränkt hielt.

»Du machst das jetzt schon seit vier, nein, fast fünf Monaten und redest überhaupt nur mit mir, weil es um diesen Haushaltsstreik geht? Kann ich diese Liste mal sehen?«

Julia nickte, auch wenn ihr bei dem Gedanken der Schweiß ausbrach. Gott, war sie dämlich! Wenigstens stand auf ihrer Liste nicht »einen zwanzig Jahre jüngeren Mann verführen«. Wenigstens das nicht.

Sie lief ins Schlafzimmer, holte die Liste und reichte sie ihm. Er las laut vor, und Julia fühlte sich wie ein Schulmädchen, deren grottenschlechte Hausaufgaben zum Amüsement der ganzen Klasse vorgetragen wurden.

- Haschkekse
- Sexshop
- Einen Monat lang die Familie bestreiken: Putzen, waschen, kochen, alles den anderen überlassen
- Brief an meine Kinder, falls ich sterben sollte, bevor sie groß sind
- Meine größte Liebe aus meinem früheren Leben wiedertreffen
- Ausdrucksmalen lernen
- In einem Film mitspielen
- Mich nie mehr klein machen
- Mich bei X entschuldigen

- Ein Wochenende lang so tun, als ob ich superreich wäre
- Zu einem Hexentreffen gehen
- Vor einer großen Menschenmenge reden

»Das ist wirklich mit Abstand das Blödeste, was ich seit langer Zeit gehört habe. Das kann nicht dein Ernst sein!« Er wedelte mit dem Zettel herum, als wäre er benutztes Toilettenpapier, das man zu seinem Leidwesen jedoch als Beweisstück in diesem Fall akzeptieren musste.

Obwohl Julia sich gerade auch ziemlich dumm vorgekommen war, erwachte jetzt ihr Widerspruchsgeist.

»Ich mag jeden einzelnen Punkt.«

»Korrigier mich bitte, wenn ich etwas Falsches sage. Ich muss es noch mal wiederholen, weil ich es so ungeheuerlich finde: Du machst das schon seit *vier* Monaten, ohne mit mir darüber zu reden?«

Das nahm ihr etwas den Wind aus den Segeln. Alex war ihr Mann, nicht ihr Feind, und sie hatte ihn einfach aus ihrem Leben ausgeschlossen.

»Es tut mir wirklich leid. Ich habe es versucht, aber irgendwie war nie der richtige Zeitpunkt.«

»O, komm mir nicht damit! Wie oft ich das schon vor Gericht gehört habe!« Er verlieh seiner Stimme ein weibliches Tremolo: »Ich wollte mit ihm reden, aber ich konnte es nicht. Und irgendwann war es zu spät, und ich wusste keinen anderen Ausweg mehr, als die Bank zu überfallen …«

»Du stellst mich in eine Reihe mit Kriminellen?«

»Und diese Sachen auf der Liste, die hast nicht mal du dir ausgedacht, sondern irgendwelche wildfremden Frauen, die ein ganz anderes Leben führen als du? Ist das korrekt?«

»Korrekt, jawohl, Herr Anwalt!« Julia salutierte, um ihm klarzumachen, dass er es jetzt wirklich übertrieb.

»Dann erklär mir doch bitte mal, was es dir bringen soll, deren Träume zu leben?«

»Da stehen doch nicht nur Träume, sondern auch ganz sinnvolle Aktionen, die einen weiterbringen können.«

Alex warf einen Blick auf die Liste. »Der Brief an die Jungs vielleicht, und das war sicher eine Idee von dir.«

Da hatte er natürlich recht, aber das würde sie nicht zugeben. In ihr begann es zu brodeln.

»Was bringt es dir, eine alte Liebe wiederzusehen? Wie fändest du es denn, wenn ich Lisa wieder treffen würde? Und warum sollte man sich als jemand ausgeben, der man nicht ist? Das machen doch nur Kriminelle, und glaub mir, das ist nur in einem Hollywoodfilm lustig. Und warum dann auch noch in einem Film mitspielen, wenn man keine Schauspielerin ist?«

»Weil es Spaß macht!« Zum Glück hatte er nicht gefragt, ob sie Frank schon getroffen hatte.

»Spaß, Spaß, Spaß! Manchmal kommt es mir so vor, als wären alle verrückt geworden – es geht nur noch um Spaß! Das Leben ist nicht nur spaßig. Es ist ungerecht, es gibt Probleme, es gibt Krankheiten, Schicksalsschläge, Mord und Totschlag.«

Er sah bedauernd zu dem Champagner hinüber, und Julia kannte ihn gut genug, um zu wissen, dass sie ihm seine ganze Überraschung verdorben hatte, und es tat ihr leid. Sie hätte ihm wirklich schon früher davon erzählen müssen. Er hasste es, überrumpelt zu werden.

»Natürlich hast du recht«, sagte sie und bemühte sich um einen freundlichen Tonfall. »Aber nun geht es nur darum, dass du einen Monat lang den Haushalt und die Kinder übernimmst.«

Alex sprang auf und lief in der Küche hin und her. »Und wie stellst du dir das vor? Ich habe zu arbeiten. Jemand muss schließlich das Geld ranschaffen, oder siehst du hier irgendwo einen Goldesel?«

»Ich arbeite gern bei Marion.«

»Na, von den paar lächerlichen Kröten könnten wir wohl kaum leben! Und wem haben wir diese ganze elende Diskussion überhaupt zu verdanken? Deiner Freundin Nelly. Sie tut wirklich alles, um unsere Ehe kaputtzumachen, nur weil ihr Mann tot ist.«

»Das reicht jetzt!«

»Du wirst mir nicht den Mund verbieten! Ich möchte wetten, dass Nellys Liste ganz anders aussieht.«

»Natürlich, wir haben diese Aufgaben doch ausgelost, niemand hat dem anderen irgendwas zugeteilt. Sie muss zum Beispiel Fallschirm springen.«

»Dann hoffe ich von ganzem Herzen, dass ihr Fallschirm klemmt!«

»Falls das ein Witz sein sollte, dann ist er so was von mies!«

»Das war mein voller Ernst. Ich weiß nicht, was neuerdings mit dir los ist, Julia. Ich gebe mir alle Mühe, aber es ist nie genug. Wir sind kein Paar mehr, sondern nur noch willenlose Marionetten, die von deiner Freundin in einer lausigen Komödie hin und her bewegt werden, und das werde ich keinen Moment länger mitmachen!«

Alex ging zur Garderobe, warf seinen Mantel über und verließ ohne ein weiteres Wort das Haus.

16. KAPITEL

Zwei Stunden später fuhr Julia Richtung Alpen und gab sehr viel mehr Gas als sonst. Sie erwischte sich sogar dabei, wie sie über Schleicher auf der linken Spur laut und ausgiebig fluchte, was sie sich wegen der Jungs auf dem Rücksitz eigentlich abgewöhnt hatte. Auf dem Beifahrersitz lag ihr hastig gepackter Rucksack, und mit jedem Kilometer, den sie sich von zu Hause entfernte, fiel ihr wieder etwas ein, das sie bei ihrem hastigen Aufbruch vergessen hatte.

Der Knall der hinter Alex zufallenden Tür hatte sie zuerst in eine Art Starre versetzt. Dann war ihr schwindelig geworden, als ob der Boden unter ihren Füßen bebte. Sie war sogar zu schwach gewesen, um sich ein paar Notfalltropfen einzuflößen, und hatte nur den Kopf auf ihre Arme auf dem Tisch gebettet. Plötzlich war die Wut wie saures Sodbrennen in ihrer Kehle hochgeschossen und hatte ihr einen Energiestoß versetzt, der sie dazu brachte, mit der Faust auf den Tisch zu schlagen. So fest, dass sie sich vor sich selbst erschreckt hatte. Sie war durch das Haus getigert, um diese böse Energie loszuwerden, und hatte dabei höchst ungewöhnliche Gelüste verspürt. Am liebsten hätte sie etwas gegen die Wand geschleudert oder die Eisberg-Sofas mit Eddingstiften bemalt. Stattdessen hatte sie sich gezwungen, tief ein- und auszuatmen, und schließlich bei Nelly angerufen, doch die hatte nicht abgenommen, weder zu Hause noch am Handy.

Und dann, nach kurzem Zögern, hatte Julia Franks Nummer gewählt, obwohl sie sich dabei ein wenig schäbig vorgekommen war. Schließlich wollte sie ihn nicht benutzen, um sich an Alex zu rächen. Doch als seine Stimme an ihr Ohr gedrungen war, hatte sie sich augenblicklich besser gefühlt und sich sogar ein wenig entspannt. Sie fragte ihn, ob er ganz spontan Zeit für einen Kaffee hätte.

Hatte er aber leider nicht, denn er war auf dem Weg ins Windautal in der Nähe der Kitzbühler Alpen, wo er zusammen mit ein paar Freunden seit Jahren eine einfache Hütte gepachtet hatte, in der er jetzt ein ruhiges Wochenende verbringen wollte.

»Dann wünsche ich dir viel Spaß mit deinen Kindern, das wird sicher lustig, bei den Massen von Schnee, die letzte Nacht in den Bergen gefallen sind«, hatte sie gesagt und versucht, ihre Enttäuschung hinunterzuschlucken. Warum hätte er auch spontan Zeit für sie haben sollen?

»Ich fahre alleine.«

Ein warmes Gefühl breitete sich in ihr aus. Unwillkürlich sah sie vor ihrem inneren Auge, wie sie und Frank im Schneegestöber einen Spaziergang machten, nah beieinander – nur wegen der Kälte natürlich –, wie er sich die dicken Fäustlinge auszog und mit seiner warmen Hand ihre Wange berührte, um ihr die Schneeflocken aus den Wimpern zu streichen, und wie sie danach übermütig und ausgekühlt wieder in der warmen Hütte ankamen, sich gegenseitig den Schnee abklopften und dann vor dem prasselnden Kaminfeuer aufs Sofa sanken und …

Gruselig, Julia, ein billiges Liebesromanklischee nach dem anderen. Und du bist verheiratet, mahnte sie sich und bemerkte erst jetzt, dass Frank schon zweimal gefragt hatte, ob sie noch dran sei. Sie biss sich auf die Lippen, um diese lächerlichen Bilder aus dem Kopf zu verdrängen, und versuchte, sich zu konzentrieren.

Er würde sie nicht fragen, ob sie mit zur Hütte wollte, weil er wusste, dass sie verheiratet war. Das musste von ihr kommen, aber wäre das fair? Weckte das vielleicht falsche Hoffnungen? Und alles nur, weil sie so wütend auf Alex war?

»Wenn du alleine fährst, ist dann in der Hütte noch ein Platz frei?«

»Bist du wirklich sicher, dass du mit willst?«

»Ja.«

»Es gibt keinen Strom und kein heißes Wasser. Und wie du schon gesagt hast, es hat noch mal geschneit.«

Sagte er das nur, um nachher nicht ihr Gemecker ertragen zu müssen, oder wollte er sie nicht dabeihaben?

»Das macht mir nichts aus.«

»Wir müssen erst mal den Ofen ordentlich einheizen, um die Bude warm zu kriegen. Das kann dauern.«

»Super! Darf ich Holz hacken?«

Frank lachte. »Das mache ich lieber selbst, es gibt dort weit und breit keinen Arzt. Außerdem haben wir im Herbst einen großen Vorrat angelegt.«

»Du willst nicht, dass ich mitkomme, oder?«

»Ganz ehrlich? Ich weiß es nicht.«

»Ich weiß auch nicht, ob es eine gute Idee ist. Aber das finden wir nur raus, wenn wir es testen, oder?«

»Und dein Mann?«

»Hat nichts dagegen.« Julia wurde rot und hoffte, dass man ihrer Stimme diese dreiste Lüge nicht anhören konnte.

Offensichtlich nicht, denn Frank erklärte ihr den Weg zur Hütte und ermahnte sie, rutschfeste, warme Schuhe mitzunehmen, dicke Pullover und Schokolade. Die hatte er vergessen, und die würden sie sicher brauchen.

Die erste Tafel Nussschokolade hatte sie dann aber schon aufgegessen. Nachdem sie sich nämlich trotz des Navis zweimal verfahren hatte, hatte ihr knurrender Magen ihr deutlich gemacht, dass sie dringend etwas essen musste. Als sie endlich im Windautal ankam, bemerkte sie die dicken, grauschwarzen Schwaden, die behäbig, aber konstant aus dem Schornstein der alten umgebauten Scheune in den eisblauen Spätnachmittagshimmel aufstiegen. Offensichtlich lief der Ofen schon wie geschmiert. Während sie durch den knirschenden Neuschnee vom Parkplatz zur Hütte hinaufstieg, hörte sie lautes Kinderkreischen, gackerndes Lachen und Hundegebell. Frank hatte sie reingelegt.

Er kam ihr schon von Weitem entgegen und breitete entschuldigend die Arme aus.

»Meine Freunde haben mal wieder vergessen, sich in den Kalender einzutragen, aber sie reisen morgen früh ab. Bis dahin müssen wir uns allerdings arrangieren. Lass uns einen Tee trinken, dann machen wir einen langen Spaziergang.«

»Ist denn trotzdem noch genug Platz für mich?«

»Na klar, wir müssen einfach nur im Lager unterm Dach ein bisschen enger zusammenrücken.«

Bevor Julia auf diese Hiobsbotschaft antworten konnte, rannten zwei Mädchen und drei Jungs herbei, nahmen sich an den Händen und umschlossen sie wie zu einem Ringelreihe und bildeten dabei einen Kreis wie aus Orgelpfeifen um Frank und Julia herum. »Frank hat 'ne neue Freundin, Frank hat 'ne neue Freundin!«, kreischten sie und wollten sich schier ausschütten vor Lachen. Außen um den Kreis herum tobten zwei Hunde, ein alter, stinkender Schäferhund und ein junger Mischling, die mit ihrem Bellen den Chor der Kinder unterstützten. Hilflos sah Julia zu Frank, der sie herausfordernd angrinste. Es schien ihm schon ein wenig Spaß zu machen, dass ihre Erwartungen so durchkreuzt worden waren.

Nachdem Julia beim Tee einem strengen Kreuzverhör durch die Kinder unterzogen worden war – Wo hast du Frank kennengelernt? Liebst du Frank? Hast du ihn schon geküsst? Wie alt bist du? Hast du auch einen Hund? Kannst du Kuchen backen? Ist das dein Ehering? Ist der von Frank? Hast du Kinder? Warum sind die nicht hier? –, konnte sie es kaum erwarten, aus der Hütte zu kommen. Sie hatte versucht, die Fragen mit Humor zu nehmen, aber leider hatten die Antworten immer wieder zu der zentralen Frage geführt: Julia, was machst du eigentlich hier? Was willst du?

Sie war erleichtert, als Frank und sie nach einer Stunde endlich loszogen. Nur ein Spaziergang, hatte Frank behauptet, aber Julia kam schon nach zehn Minuten ins Schwitzen. Bei jedem Schritt versank sie tief im Neuschnee, und es kostete sie viel Kraft, die Füße in den schweren Stiefeln wieder herauszuziehen und den nächsten Schritt zu machen. Die klare Luft brannte auf ihren Wangen, und der kalte Wind ließ ihre Augen tränen. Das war weit entfernt von den Bildern, die sie am Telefon vor Augen gehabt hatte.

Frank hielt einen deutlichen Abstand, nicht nur körperlich. Er redete auch nur das Allernötigste, obwohl er vorher mit den Kindern wortreich herumgeflachst hatte. Julia war nicht unglücklich über sein Schweigen, ihr war nicht nach Reden, und die körperliche Anstrengung verwandelte ihren Zorn auf Alex in Konzentration. Irgendwann grübelte sie auch nicht mehr darüber nach, warum sie eigentlich dort war, sondern gab sich ganz der mechanischen Anstrengung des Laufens hin.

Nach einiger Zeit spürte sie, dass Frank sie forschend von der Seite ansah, und es kam ihr so vor, als ob er dabei ganz leicht den Kopf schüttelte.

Schließlich blieb sie völlig außer Atem stehen und stellte ihn zur Rede.

»Wenn ich dein Mann wäre, würde ich nicht wollen, dass du mit deinem Ex auf eine Hütte in die Berge fährst. Also ist er entweder ein großer Glückspilz, weil er sich so sicher sein kann, dass du ihm treu bist, oder er ist ein Idiot.«

Unwillkürlich lächelte Julia. »Er hält sich jedenfalls nicht für einen Idioten.«

»Tut mir leid, dass die anderen auch da sind, davon habe ich wirklich nichts gewusst.«

»Ist es dir peinlich, dass ich gekommen bin?«

»Ehrlich?«

Julia nickte.

»Ein bisschen schon. Schließlich sind wir kein Paar, oder?«

»Und gute Freunde bringst du nicht her, oder was?«

»Du weißt genau, dass wir keine guten Freunde sind.«

Er trat einen Schritt auf sie zu und küsste sie, ohne ihre Antwort abzuwarten, auf den Mund.

Julia war völlig perplex. Seine Lippen waren kalt, aber das blieb nicht lange so. Sie erwiderte seinen Kuss, der sie den eisigen Wind und die nassen Schuhe vergessen ließ, fiel tief durch eine Schleuse, in der sie von Glücksatomen hin und her gewirbelt wurde, musste sich an Frank festklammern und stürzte trotzdem weiter, wie mit einer Zeitmaschine, in Gefühle hinein, die sie vor Lichtjahren zum letzten Mal gespürt hatte. Ihr Herz raste, während ihre Beine so sehr zitterten, dass sie buchstäblich einknickten. Sie geriet ins Rutschen, zog Frank mit sich und fiel zusammen mit ihm in den Schnee.

Lachend kugelten sie noch ein Stück weiter, bevor sie völlig außer Atem nebeneinander liegen blieben.

»Du kannst immer noch so gut küssen.« Julia wollte lachen, doch gleichzeitig war ihr zum Weinen. Sie dachte an Nelly und daran, dass die sicher wüsste, wie es jetzt weitergehen sollte.

»Ich will ja nicht angeben, aber das ist meine leichteste Übung …« Frank drehte sich zu ihr und strich mit seinen nassen Wollhandschuhen ein paar Schneeklümpchen aus Julias

Locken. Dabei sah er ihr forschend in die Augen. Julia senkte ihre Lider. Am liebsten hätte sie sie ganz geschlossen und darauf gehofft, dass er einfach weitermachen und ihr die Entscheidung abnehmen würde.

Sie könnte es gleich hier im Schnee mit Frank tun, und es wäre sicher ganz wunderbar. Aber wie würde sie sich danach fühlen? Wie wäre es, danach wieder nach Hause zu kommen, zurück zu Alex und den Jungs? War es okay, ihre Familie einfach auszublenden und nur an sich selbst zu denken? In den Filmen war es immer so einfach, aber Julia wusste, dass es für sie nicht so wäre. Es würde alles verändern.

Während sie sich noch das Hirn darüber zermarterte, wie es weitergehen sollte, stand Frank mit einem leichten Seufzen auf, klopfte sich den Schnee von seinem Anorak, hielt ihr die Hand hin und half ihr beim Aufstehen.

»Frank …«

»Es tut mir nicht leid«, sagte er. »Kein bisschen. Ich bin sicher, du bist genau deshalb hergekommen, oder nicht?«

Julia konzentrierte sich darauf, ihre Hose vom Schnee zu befreien.

»Aber ich lasse mich nicht von dir benutzen.« Er klang sehr bestimmt. »Ich schlage vor, du wirst dir erst mal darüber klar, was genau du willst, bevor wir an dieser Stelle weitermachen. Vielleicht ist es sogar besser, wenn du wieder nach Hause fährst.«

Julias Wangen brannten nicht nur vom Wind. Er hatte recht.

»Oder«, fügte Frank mit etwas sanfterer Stimme hinzu, »vielleicht fährst du einfach für ein paar Tage alleine irgendwohin und nimmst dir eine Auszeit zum Nachdenken. Im Nachbardorf gibt es eine nette, kleine Pension. Wenn du willst, begleite ich dich dorthin. Wir essen zusammen die Spezialität des Hauses, und dann lasse ich dich allein.«

»Und was ist diese Spezialität?«

»Gegrillte Blutwurst.«

»Bin ich ein Vampir?«, versuchte Julia einen Scherz.

»Du bist schlimmer. Vampire saugen einem nur das Blut aus und nicht auch noch das Mark aus den Knochen. Falls dir nicht danach ist, es gibt auch beleidigte Leberwurst.«

»Wer könnte da schon Nein sagen.«

Sie suchte seinen Blick und war erleichtert, dass er nicht mehr so grimmig aussah wie gerade eben noch. Zusammen fuhren sie also, zur großen Enttäuschung der Kinder, ins Nachbardorf, wo Julia ein Zimmer in der *Goldenen Sonne* buchte, und Frank und sie sich dann weder Blut- noch Leberwurst, sondern einen Berg Käsespätzle teilten. Dabei sprachen sie über harmlose Themen wie ihren Job bei Marion und seine Band, und schließlich alberten sie herum und spielten Loriots Nudelsketch nach. Über dem Tisch fühlten sich seine Blicke auf ihrer Haut an wie ein sanftes Streicheln, aber unter dem Tisch berührten sich ihre Oberschenkel, und Julia hatte das Gefühl, als müsste ihre Skihose jeden Augenblick Feuer fangen. Dabei war sie sicher, dass die Hitze, die sie spürte, nicht von der Wärme der Gaststube herrührte.

Während sie die Rechnung bezahlten, rang Julia innerlich mit sich. Wann, wenn nicht jetzt? Sie dachte an die Inschrift von Nellys Feuerzug: *Carpe Diem*. Ich greife nach seiner Hand und bitte ihn zu bleiben. Genau jetzt!

Doch da stand Frank schon abrupt auf und verabschiedete sich mit zwei belanglosen Küsschen rechts und links. Offensichtlich hatte sie die Situation völlig falsch eingeschätzt.

In ihrem kleinen Zimmer mit den dunkel gebeizten Holzverschalungen an den Wänden stellte Julia ihren Rucksack ab, zog die schweren Schuhe aus, sank auf das Bett mit der gequilteten Tagesdecke, starrte noch einen Moment lang die dunkelbraune Holzdecke an, an der eine Lampe aus Hirschgeweihen baumelte, und schlief dann innerhalb von wenigen Minuten ein.

Als sie nach einem schrecklichen Albtraum aufschreckte, in dem sie ein Ragout aus pelzigen Hasenohren gekocht hatte, brauchte sie ein paar Minuten, um wieder zu sich zu kommen und sich zu beruhigen. Aber die Unruhe blieb, auch noch, nachdem sie sich kaltes Wasser ins Gesicht gespritzt und ein paar Schlucke aus dem Zahnputzbecher getrunken hatte. Sie suchte nach ihrem Handy, das sie vor der Fahrt ausgeschaltet hatte, um nicht mit Alex reden zu müssen, denn sie wusste genau, dass sie spätestens nach seinem dritten Anruf drangegangen wäre.

Zehn Anrufe von Alex, vier von Christian und drei von Nelly. Alle hatten auf ihre Mobilbox gesprochen. Es musste etwas passiert sein.

Julia tippte zuerst Christians Nachricht an, denn die Jungs waren ja mit ihm unterwegs. Als sie seine Voicemail abhörte, sackte alles Blut in ihren Bauch. Sie schenkte sich die anderen Nachrichten, schlüpfte in ihre Schuhe und konnte kaum die Schnürsenkel zubinden, so sehr zitterten ihre Hände. Sie versuchte, Christian zurückzurufen, aber er ging nicht ans Handy, genauso wenig wie Alex oder Nelly. Warum nicht? Julia hinterließ bei allen die Nachricht, dass sie auf dem Weg sei, und bat um Rückruf. Aber jetzt blieb ihr Handy stumm, den ganzen verdammten Weg bis nach München.

17. KAPITEL

Während sie zur Kinderklinik in München raste, kreisten ihre Gedanken die ganze Zeit um Max. Warum war er zusammengebrochen, was sollte das überhaupt bedeuten, er sei »umgekippt«, war er nur kurz ohnmächtig geworden oder seit Stunden bewusstlos? Hatte er einen Unfall gehabt, war die Treppe hinuntergestürzt? Wie hätte sie das verhindern können? Wäre das auch passiert, wenn sie nicht zu Frank gefahren wäre? Kurz bevor sie gegen Mitternacht die Klinik erreichte, klingelte endlich ihr Handy, und der Ton – »Auf in den Kampf, Torero!« – verriet ihr, dass es Nelly war.

»Alles ist gut«, sagte Nelly. »Hier im Kinderkrankenhaus haben sie alles unter Kontrolle. Wenn du mich fragst, hat dein Bruder etwas überreagiert.«

Nelly hat keine Kinder und keine Ahnung, dachte Julia, die sich mit Grauen an einen Fieberkrampf von Finn erinnerte. Niemals würde sie vergessen, wie dieser Winzling auf ihren Armen plötzlich die Augen verdreht und das Bewusstsein verloren hatte.

»Christian hat das einzig Richtige getan. Es ist gut, dass er mit Max in die Klinik gefahren ist, damit er dort gründlich untersucht wird.«

»Wo zur Hölle bist du gewesen? Ich kann nur hoffen, du hast eine gute Erklärung, denn Alex und dein Bruder haben mich so gelöchert, dass ich sie nicht belügen konnte. Sie sind davon ausgegangen, du seist bei mir, während ich dachte, du hättest ein romantisches Wochenende mit Alex, solange die Zwillinge bei deinem Bruder sind. Also, wo warst du?«

»Das erzähle ich dir später, jetzt muss ich erst mal zu Max.« Julia warf noch einen kurzen Blick in den Rückspiegel, um sich zu vergewissern, dass sie wie eine Mutter aussah und nicht wie eine Ehebrecherin – obwohl ihr bewusst war, dass niemand außer ihr in solchen Kriterien denken würde. Dann stürzte sie zur Notaufnahme, wo sie Max nirgends finden konnte. Als sie eine Schwester voller Panik nach ihm fragte, starrte die sie missbilligend an.

»Sie sind die Mutter?«, fragte sie mit hartem osteuropäischem Akzent. »Sie kommen spät!«

Zu spät? Julia wurde schwindelig. Sie biss sich auf die Lippen und spürte, wie sie schwankte.

Die Schwester packte ihren Arm, um zu verhindern, dass sie umfiel. »Wir haben ihn verlegt, auf Station Vier. Keine akute Lebensgefahr.« Sie brüllte einen Namen, woraufhin ein völlig verschüchterter junger Mann Julia durch mehrere Gänge führte und dann auf eine ferne Tür wies, neben der Alex, Christian und Nelly auf einer Bank im Flur saßen.

»Wo ist Max, und wo ist Finn?«, rief sie schon von Weitem.

Nelly sprang auf und lief auf sie zu. »Hey, hey, alles ist gut, aber sie haben Finn mitgenommen, um von ihm auch ein Blutbild zu machen.« Nelly wollte ihre Freundin umarmen, aber Julia schob sie weg.

»Wieso denn ein Blutbild?«

Christian trat zu ihr und hob beschwichtigend die Hände. Julia registrierte, wie besorgt ihr Bruder aussah und wie schuldbewusst.

»Ich habe gar nichts Wildes mit den Jungs gemacht. Nur das

Übliche, du weißt schon, Gokart fahren, McDonald's und dann *Alice im Wunderland*. Als wir aus dem Kino kamen, ist Max im Vorraum des Kinos plötzlich umgekippt. Einfach so. Er hat die Augen verdreht und ist umgefallen. Die vom Kino haben sofort einen Kindernotarztwagen gerufen, in dem Finn auch mitfahren durfte, weil er so geheult hat und keinen Millimeter von Max wegzukriegen war. Auf dem Weg ins Krankenhaus ist Max schon wieder aufgewacht und war ganz normal. Sie haben gesagt, dass es sehr wahrscheinlich nichts Schlimmes ist. Aber weil sie Zwillinge sind, werden gleich alle beide nur zur Vorsicht routinemäßig untersucht.« Christian betrachtete eingehend seine Schuhe.

Julia wusste, dass er ihr etwas verschwieg.

»Wie untersucht?«

»Sie testen ihr Blut. Verdacht auf Leukämie.«

Leukämie. Blutkrebs. Julia stand da wie versteinert. Am liebsten hätte sie Christian geohrfeigt. Ganz sicher hatte er irgendwas mit Max angestellt, ganz sicher war das alles seine Schuld, aber tief in ihrem Inneren wusste sie, dass es nicht so war. Es war ihre Schuld. Sie war nicht da gewesen, als ihre Kinder sie gebraucht hatten, und genau das sagte Alex' Blick, als er endlich auch zu ihnen trat.

»Wo warst du?« Ein Ton, der die Karibik in eine polare Zone verwandeln könnte. »Wieso hat es bis in die Nacht gedauert, bist du endlich hier aufgekreuzt bist?« Er sah demonstrativ beherrscht auf seine Omega Seamaster und zog die rechte Augenbraue hoch. »Du bist schließlich ihre Mutter. Die Kinder haben sich die Augen nach dir ausgeheult!«

»Jetzt mach aber mal halblang«, mischte sich Nelly ein. »Du siehst doch, wie besorgt Julia ist! Sie hat schließlich gedacht, die Jungs wären bei Christian gut aufgehoben. Wo warst du denn eigentlich? Ich bin auch Stunden vor dir hier gewesen. Und du bist der *Vater!*«

Alex würdigte Nelly keines Blickes und erst recht keiner Antwort. Er packte Julia am Arm und zog sie ein Stück von den anderen weg.

»Julia, wir haben uns gestritten, und ich bin immer noch wütend. Aber wir sind uns doch einig, dass das Wohl unserer Kinder über unserem steht, oder? Bitte lass nicht zu, dass sie sich auch noch Sorgen um ihre Eltern machen müssen. Wenn sie die beiden gleich zurückbringen, sollen sie uns so glücklich erleben wie immer, da stimmst du mir doch zu, oder?«

Julia spurte, wie ihre Augen feucht wurden. Sie konnte kaum schlucken, so eng war ihre Kehle. Leukämie? Sie musste sich ein paar Mal räuspern, bevor sie einen Ton herausbrachte.

»Du hast völlig recht, die Zwillinge sind wichtiger.«

Er legte den Arm um sie. »Ja, das sind sie. So viel wichtiger als dieser Mist, den du mit Nelly ausbaldowert hast. Das hier ist die Wirklichkeit, nicht so ein dämlicher Silvesterplan! Julia, du weißt, wie sehr ich dich und die Jungs liebe, nicht wahr?«

In diesem Augenblick wurden die Zwillinge in zwei knallroten Rollstühlen um die Ecke gefahren. Als sie Julia sahen, wollten sie aufstehen und zu ihr rennen, aber die Pfleger, die sie schoben, hielten sie zurück.

Julia lief zu ihnen, ging zwischen ihnen in die Hocke und legte die Arme um ihre beiden Lieblinge.

»Ich bin Notarzt gefahren!«, verkündete Finn begeistert. »Mit Blaulicht! Und Sirene!« Dann ging er voller Elan dazu über, zusammenhanglos alle Worte, die er hier aufgeschnappt hatte, aufzuzählen. »Sünkope, Leukotüten und Blutbilder. Max ist umgefallen und hat eine Infusion bekommen, und eben wurden wir noch in die Finger gepiekt!« Stolz hielt er ihr den Finger mit dem bunten Goofy-Pflaster hin, damit sie es inspizieren konnte. Max sah immer noch sehr blass aus und ließ seinen Bruder reden.

»Mama«, murmelte er. »Mama, es tut mir leid.«

»Schätzchen, das kann doch jedem mal passieren!«

»Echt?«, fragte Finn interessiert. »Bist du auch schon mal umgekippt, Mama?«

»Na klar«, antwortete Julia und vergewisserte sich durch einen Blick auf den Pfleger, ob sie Max auf den Arm nehmen durfte. Der nickte ihr zu. Max klammerte sich an sie und lag wie ein nasser Sack über ihrer Schulter. Julia streichelte seinen Rücken, während sich in ihrem Kopf nur noch zwei Gedanken in einer Endlosschleife drehten: *Ich hab doch gesehen, dass er in letzter Zeit immer so blass war, ich hätte dem schon viel früher auf den Grund gehen müssen!* Und: *Gott, lass es nicht Leukämie sein.*

Alex kam näher und wollte ihr Max abnehmen, aber der klammerte sich an ihr fest. Finn warf sich in seine Arme, alle zusammen setzten sie sich wieder zu Nelly und Christian auf die Bank im Flur und warteten auf einen Arzt, der ihnen verraten würde, wie es weiterging.

18. KAPITEL

Liebe Nelly,
es wird dich sicher erleichtern zu hören, dass Max nur an einem eklatanten Eisenmangel leidet, der verschiedene Ursachen haben kann. Zum einen macht er wohl gerade einen Wachstumsschub durch, zum anderen waren alle Eisenspeicher in seinem Körper leer, weil er seit zwei Jahren kein Fleisch mehr gegessen hat. Ich hätte besser darauf achten müssen, dass er trotzdem genug Eisen bekommt. Allerdings ist es wohl gerade in diesem Alter schwer für den Körper, Eisen aus Pflanzen zu gewinnen. Jetzt bekommt er Eisentabletten, und langfristig muss er zumindest hin und wieder Fleisch essen bzw. genug Eisen aufnehmen.

Gott, und wie erleichtert ich bin, dachte Nelly und atmete unwillkürlich tief aus. Darauf eine Zigarette, beschloss sie und zündete sich eine an. Sie öffnete die Küchentür zur Terrasse und betrachtete den fast orange wirkenden Halbmond, um den sich ein nebliger Hof gebildet hatte. Angeblich bedeutete es, dass es Schnee geben würde, aber die Wettervorhersage hatte behauptet, morgen käme ein Föhnsturm, der die letzten Reste vom Winter wegfegen und endlich den Frühling einläuten würde. Unwillkürlich musste sie lächeln. Der Föhnsturm hatte Ähnlichkeit mit den Zwillingen, die bei jedem Zusammentreffen etwas in ihr zum Schmelzen brachten. Die beiden waren ihr so sehr ans Herz gewachsen.

Sie seufzte tief, schloss die Tür und sperrte die kalte Winterluft aus. Lázló hatte immer behauptet, dass man in diese Welt nicht guten Gewissens Kinder setzen konnte. Aber da hatte er falsch gelegen. Dieser Idiot musste erst sterben, damit mir klar wird, dass ich wie ein Planet um ihn, um meine Sonne, gekreist bin. Warum fühle ich mich Julia gegenüber eigentlich immer so überlegen? Letztlich habe ich einem extremen Macho die Stange gehalten, und wenn Lázló Kinder gewollt hätte, dann wäre ich nicht allein, dann würden hier jetzt ein paar kleine Lázlós rumspringen. Aber ich war immer mit dem zufrieden, was er wollte. Sie goss sich noch ein Glas Rotwein ein und las Julias Mail weiter.

Du kannst dir sicher vorstellen, dass mich das alles sehr durcheinandergebracht hat. Ich habe mich gefragt, ob ich vielleicht zu sehr mit mir beschäftigt war und meinen Kindern deshalb nicht genug Aufmerksamkeit geschenkt habe. Leider muss meine ehrliche Antwort darauf lauten: Ja. Und das schreibe ich nicht, weil Alex oder sonst wer so denkt. Zu diesem Schluss bin ich ganz allein gekommen.

Nellys Magen zog sich zusammen. Sie ahnte, worauf diese Mail hinauslaufen würde.

Unser Silvesterprojekt hat mich weit mehr beschäftigt als meine Familie und deshalb werde ich aussteigen. Wo war ich, als Max mich gebraucht hat? In den Bergen bei Frank – da wäre ich doch niemals gewesen, wenn ich nicht vorher meinen Ex getroffen hätte. Und wenn ich mich mehr mit Max und Finn statt mit Haschkeksen und Sexshops beschäftigt hätte, wäre mir sicher schon früher aufgefallen, wie blass Max in letzter Zeit war. Meine Kinder brauchen mich jetzt, da hat Alex wirklich recht. Mein Ego kann sich noch weiter entwickeln, wenn die beiden aus dem Gröbsten raus sind, das dauert vielleicht noch zehn Jahre. Du bist bestimmt von mir enttäuscht, aber auf der Fahrt zum Krankenhaus hatte ich genug Zeit nachzudenken, und für mich ist Schluss. Eine letzte Aufgabe erledige ich noch, aber nur, weil es die ist, die mir von Anfang an als einzige wirklich am Herzen lag, und weil sie mit den Jungs zu tun hat.

Ich hoffe, du kannst mich verstehen, und ich fände es gut, wenn du trotzdem mit deiner Liste weitermachst. Dein Leben sieht ganz anders aus als meines, und ich glaube, dir tun diese Herausforderungen sehr gut und helfen dir vielleicht ein wenig dabei, Lázlós Tod zu überwinden.

Nelly kippte das ganze Glas Rotwein in sich hinein, zündete sich noch eine Zigarette an und blieb damit in der Küche sitzen. Sie war hin- und hergerissen. Einerseits war sie wütend, weil ihr Julias gönnerhaftes »Das hilft dir« übel aufstieß, und enttäuscht, gerade weil sie in den letzten Wochen das Gefühl gehabt hatte, dass ihre Freundschaft sich durch die Mails und Erlebnisse, die sie geteilt hatten, noch enger geworden war. Andererseits konnte Nelly auch verstehen, was in Julia vorging. Ihr kostbares kleines Leben war gründlich durchgerüttelt worden, und Max' Eisenmangel musste ihr wie ein Warnsignal vorkommen. Ein großes Stoppschild: Hier geht es nicht weiter, wenn du nicht alles verlieren willst. Doch das war natürlich Schwachsinn. Julia musste sehr wohl auch an sich denken, wie bei den Sicherheitsbestimmungen im Flieger: Da sollte man bei einem Druckabfall auch zuerst sich selbst und dann erst den Kindern helfen. Weil eine bewusstlose Mutter niemandem von Nutzen war. Jetzt mal halblang, Nelly, ermahnte sie sich.

Julia wird sicher nicht gleich bewusstlos, wenn sie aufhört, ihre Silvesterliste abzuarbeiten. Vielleicht hatte sie Alex ja in den Bergen mit Frank betrogen und wurde nun von Schuldgefühlen zerfressen. Das wäre typisch für Julia. Und jetzt klingst du genauso gönnerhaft wie sie, schimpfte Nelly noch einmal mit sich und machte sich auf die Suche nach einer Packung Pralinen, fand aber keine mehr.

Soll ich wirklich alleine weitermachen? Was ist denn überhaupt noch auf meiner Liste, überlegte Nelly und holte sich dann die auberginefarbene Schachtel mit den Zetteln. In dieser Schachtel hatte Lázló ihr einmal ein indisches Armband überreicht. Nelly hatte die Schachtel geliebt, weil sie voll geheimnisvoller goldener indischer Symbole war. Das Armband selbst war ein schrecklicher Kitsch aus Messing gewesen, den sie nur ein einziges Mal bei einem Faschingsball getragen und prompt dort verloren hatte. Sie breitete die Zettel vor sich auf dem Tisch aus und fand ihre Bilanz gar nicht so schlecht:

Sie hatte ihre heißeste Affäre von damals getroffen – der Abend mit Thomas brachte sie mittlerweile zum Grinsen –, sie hatte eine Patientenverfügung geschrieben – dabei fiel ihr ein, dass sie überprüfen sollte, ob ihre Bleistifteinträge noch Gültigkeit hatten –, sie war bei der Typberatung gewesen und bei der Wahrsagerin.

Sogar mit dem Roman hatte sie angefangen. Nelly öffnete die Datei, die sie für den Roman angelegt hatte. »Für Lázló«, las sie. Und auf der zweiten Seite stand auf einem ansonsten leeren Blatt: »1. Kapitel«.

Wow. Vielversprechend. Wirklich ganz großes Kino!

Was hatte die Wahrsagerin gesagt? Sie sollte ihre Ohren finden, bevor sie Worte suchte. Ob damit gemeint war, dass sie nicht wusste, wie sie anfangen sollte? Aber was hieß schon anfangen – sie wusste ja nicht einmal, worüber genau sie schreiben sollte. Etwas Wahres – na wunderbar, sehr konkret! Vor allem wollte sie sich nicht lächerlich machen. Als Journalistin und Übersetzerin hatte sie sehr genaue Vorstellungen davon, wie ihr Text ganz sicher nicht aussehen sollte. Flach, klischeehaft, verlogen. Es sollte etwas Großes werden, etwas richtig Gutes. Etwas Besonderes. Sie seufzte. So würde das natürlich nie etwas werden. Sie musste sich entscheiden, worum es in ihrem Buch gehen sollte. Eine Idee festklopfen. Nelly hatte gehofft, dass ihr das durch eine der Silvesteraufgaben klar werden würde. Aber was war denn da noch? Einen zwanzig Jahre jüngeren Mann verführen. Welche von ihren Freundinnen hatte sich so was bloß ausgedacht? Das führte höchstens zu einer satirischen Kurzgeschichte mit einem für sie nicht sehr schmeichelhaften Ende.

Fallschirm springen. Okay, das konnte vielleicht etwas in ihrem trägen Hirn in Schwung bringen. Und eine Woche lang nicht zu lügen war sicher noch sehr viel schwieriger, als aus dem Flugzeug zu springen. Mit Delfinen schwimmen. Daraus konnte sie nicht mal einen Artikel spinnen, das gehörte ja längst zu jedem Club-Méditerranée-Standardurlaub. Aktfotos machen lassen – das hätte Lázló sicher gefallen. Lázló, immer wieder Lázló. Und *last but not least:* Radikal ausmisten.

Nelly goss sich noch ein Glas Wein ein und sah sich in der Küche um. Damit sollte sie anfangen. Es hieß doch immer, wenn man sich von altem Ballast befreit, schafft man Raum für Neues. Aber ihr Leben mit Lázló war kein Ballast. Sie nahm das Glas in die Hand und lief durch die Wohnung. Die Regale quollen über, die Schränke gingen nicht mehr zu, es gab keine freien Flächen, auf den Fensterbrettern verdorrten Lázlós geliebte Orchideen. Auf der Kommode lagen die neuesten Ausgaben seiner Lieblingszeitungen. Nelly hatte es immer noch nicht übers Herz gebracht, sie abzubestellen. Auf dem Weg nach oben fiel ihr Blick auf die afrikanischen Masken, die am Treppenaufgang hingen. Max und Finn fürchteten sich vor ihnen, und Nelly selbst hatte sie auch nie gemocht. Damit fange ich morgen früh an, dachte sie, während sie ins Schlafzimmer ging. Sie würdigte die Schlaftabletten auf dem Nachttisch keines Blickes und flüsterte mit wie zum Gebet gefalteten Händen: »›Manchmal, wenn ich noch kaum die Kerze ausgelöscht hatte, schlossen sich meine Augen so schnell, dass ich nicht mehr die Zeit hatte, mir zu sagen: Jetzt schlafe ich ein.‹«

Das wiederholte sie dreimal, aber auch Marcel Proust konnte ihr mit seinem zweiten Satz von *Auf der Suche nach der verlorenen Zeit* heute Nacht nicht helfen.

Ihre Gedanken kreisten um ihren Roman. Sie hatte weder einen ersten noch einen zweiten Satz, und wenn das so weiterging, würde es auch niemals ein erstes Wort geben. Ein Wort, überlegte sie und freundete sich mit dem Gedanken an, dass sie nur ein klitzekleines, allererstes, einziges, einfaches Wort brauchte. Also, was für ein Wort könnte ihr erstes Wort sein? Ein Artikel? Ein Zahlwort? Ein Name. Vielleicht ein Name. Oder ein Ort? Nirgendwo, dachte sie, nirgendwo – oder doch besser: irgendwo? Nein, das war zu unspezifisch. Vielleicht: Hier. Eine Zeitangabe. Jetzt. Immer. Nie. Die Worte begannen durch ihren Kopf zu kreisen, lösten sich, zerfielen in sechsundzwanzig kleine Wirbelwinde und machten sie schwindelig. Schließlich griff sie dann doch, wie so oft seit Lázlós Tod, nach einer Schlaftablette.

19. KAPITEL

Als Julias Handy »Auf in den Kampf!« anstimmte, ahnte sie bereits, dass ihr chaotischer Morgen noch schlimmer werden würde. Wehmütig betrachtete sie den Kaffee und die Zeitung, in die sie endlich einen Blick hatte werfen wollen. Sie griff nach dem Handy, aber bevor sie noch »Hallo, Nelly« sagen konnte, deklamierte ihre Freundin schon los wie ein zorniger Pfarrer:

»›Er hatte sehr viel zu tun, denn er hielt Wort, und seine Vorfahren waren so vielversprechende Herrn gewesen, daß er alle Hände voll hatte, für sie Wort zu halten, besonders da einer manchmal das Gegenteil vom andern versprochen hatte.‹«

»Dir auch einen guten Morgen«, seufzte Julia. Natürlich war Nelly sauer, weil sie aus ihrem gemeinsamen Projekt aussteigen wollte. »Ich finde nicht, dass dieses Zitat auf mich passt.«

»Dann hast du es offensichtlich nicht verstanden. Es geht darum, Wort zu halten. Clemens Brentano hat es zugegebenermaßen in seinem *Baron Hüpfenstich* ein bisschen schwülstig ausgedrückt. Ich hätte natürlich auch aus *Anna Karenina* zitieren können …«

»›Alle glücklichen Familien sind einander ähnlich …«, murmelte Julia und merkte, wie Nellys aggressiver Ton dazu führte, dass sie noch defensiver wurde und sich um einen besonders sanften Tonfall bemühte, als sie das Zitat zu Ende führte. »… jede unglückliche Familie ist auf ihre Weise unglücklich.‹«

»Wie du sehr wohl weißt«, bemerkte Nelly spitz, »sammle ich nur zweite Sätze, und der lautet: *Im Hause der Oblonski herrschte allgemeine Verwirrung.*«

»Dann fasse ich das mal zusammen.« Julia bemühte sich immer noch, Nelly zu beschwichtigen. Sie wusste, dass sie sich gern in Zitate flüchtete, wenn sie sich überfordert fühlte. »Du bist verwirrt und enttäuscht, weil ich nicht zu meinem Wort stehe. Korrekt?«

»Leider korrekt, und leider habe ich nichts anderes von dir erwartet. Du wirst dich nie ändern, ein hypnotisiertes Kaninchen wird eben unter keinen Umständen seinen goldenen Käfig verlassen.«

Julia zuckte zusammen, als hätte man ihr eine Keule über den Schädel gezogen. Bumm. Eigentlich müsste ich den Hörer aufknallen, dachte sie. Eigentlich.

»Ich habe deinen Brief an die Jungs ausgiebig studiert, Julia, wirklich, da kriege ich Gänsehaut.«

Meinte sie das nach dem bösen Schlag eben wirklich ernst?

Nelly begann, den Brief an die Jungs vorzulesen, zuerst ganz neutral, aber dann wurde ihre Stimme zunehmend ironischer, und es wurde klar, wie lächerlich Nelly ihren Brief fand:

An meine geliebten Söhne.
Ich hoffe sehr, dass ihr diesen Brief niemals lesen müsst, denn ihr bekommt ihn nur dann, wenn ich plötzlich sterben sollte.

Ich hoffe, ihr wisst, wie glücklich ich darüber war, euch beide zu bekommen, und wie sehr ich euch immer geliebt habe, auch wenn ich vielleicht manchmal streng mit euch gewesen bin. Ich wollte euch in diesem Brief schreiben, was mir wichtig war, in der Hoffnung, dass es euch weiterhilft, wenn es euch einmal schlecht geht. Aber vielleicht ist das auch völlig unnötig, weil ihr sowieso schon wisst, was wichtig ist. Es ist mir schwergefallen, mich dabei auf fünfzehn Punkte zu beschränken, und sicher habe ich etwas Wichtiges vergessen, aber ich möchte nicht länger nur darüber nachdenken, sondern diesen Brief endlich schreiben und sicher für euch aufbewahren lassen. Also:

Liebt, wenn ihr geliebt werden wollt.

Gebt, wenn ihr reich sein wollt.

Arbeitet, wenn ihr glücklich sein wollt.

Feiert, auch wenn es keinen Grund gibt.

Trauert, solange es nötig ist, aber macht keine Religion daraus.

Seht genau hin, bevor ihr euch ein Urteil bildet, am besten ihr probiert selbst erst aus, worüber ihr urteilt.

Es ist nie zu spät für eine Entschuldigung.

Verratet nie ein Geheimnis, das man euch anvertraut hat.

Haltet eure Versprechen!

Wenn ihr etwas nicht versteht, dann fragt nach.

Wenn ihr kämpfen müsst, dann tut es.

Eine Niederlage ist nicht der Tod, auch wenn es einem so vorkommen mag.

Erlaubt weder der Vergangenheit noch der Zukunft, euer Leben allzu sehr zu bestimmen. Es gibt nur den Moment.

Hört auf euer Bauchgefühl.

Putzt euch jeden Abend die Zähne und verwendet unbedingt Zahnseide.

»Also, Julia, ich finde, der letzte Satz ist noch das Beste an diesem schmalzigen Machwerk.«

Das reicht. Ich könnte sie erwürgen, dachte Julia. Sie hat Glück, dass sie am anderen Ende der Leitung in Sicherheit ist, ich hab die Nase voll von ihr! Seit Lázlós Tod lasse ich ihr alles durchgehen, aber damit ist jetzt Schluss!

Und sie holte zum Gegenschlag aus.

»Das trifft mich wirklich schwer – ein derart klares Urteil von einer so begnadeten Schriftstellerin wie dir, die einen tiefgründigen Roman nach dem anderen schreibt.«

Nelly schluckte deutlich hörbar. Julia fühlte sich jetzt doch ein bisschen mies und versuchte, das Gesagte abzumildern.

»Ich hätte ihn dir nicht zeigen sollen. Du weißt eben nicht, wie Mütter fühlen.«

»Natürlich! Denn alle, die keine Kinder haben, sind gefühllose Schneeköniginnen und kommen auf der Top-Ten-Liste der Psychopathen gleich nach den Serienkillern.«

»Du weißt, dass ich das nicht so gemeint habe.«

»Was mich an deinem Geschreibsel …«

Geschreibsel! Sie sollte auflegen und nie wieder ein Wort mit Nelly reden!

»… so stört, ist, dass du nichts, aber auch gar nichts von dem, was du da predigst, auch machst. Denk doch mal an die Masken im Flugzeug, sogar da lernt man, dass man erst für sich selbst sorgen muss, um sich dann den anderen zu widmen. Das gilt auch für dich und die Zwillinge. Wenn du vor die Hunde gehst, gehen sie erst recht vor die Hunde.«

»Was für ein dramatischer Unsinn! Hier geht niemand vor die Hunde. Und so ein egomanisches ›Ich, ich, ich!‹ hat noch keine Familie der Welt glücklich gemacht!«

»Egomanisch? Du spinnst. *Du* lebst doch nur im Bremsmodus. Sag doch mal ehrlich: Bist du glücklich?«

»Besser im Bremsmodus als ein Torpedolaster, der alles überfährt, was nicht bei drei aus dem Weg ist. Was ist das überhaupt für eine bescheuerte Frage? Was hat das denn mit meinem Brief zu tun? Der Brief soll ihnen Hoffnung auf ein schönes Leben machen und sie trösten, wenn ich tot bin.«

»Das soll sie trösten? Diese unpersönliche Botschaft aus

dem Jenseits? Das alles klingt überhaupt nicht nach dir, sondern so, als hättest du es aus einem Sinnspruchkalender abgeschrieben.«

»Du bist von mir enttäuscht und bestrafst mich mit deinem Zynismus. Ich lege jetzt auf, und wir reden weiter, wenn du dich wieder beruhigt hast.«

»Das ist ja mal wieder typisch. Immer gehst du allem aus dem Weg.«

»Tschüss, Nelly, ich lege jetzt auf, bis bald.«

Julia beendete das Gespräch und feuerte ihr Handy auf den Tisch. Es schlidderte über die Platte und fiel mit einem lauten Krach auf den Boden. Das war einfach alles zu viel!

Während sie die Einzelteile ihres Handys aufklaubte, fing sie an zu schluchzen und brach schließlich in Tränen aus. Erschöpft ließ sie sich auf einen der Eisberge fallen und wickelte sich in eine Kaschmirdecke.

Sie wollte doch nur für alle das Beste, und trotzdem geriet sie ständig mit irgendwem in eine hitzige Diskussion, die sie hasste.

Nachdem sie aus dem Krankenhaus gekommen waren, hatte Julia zuerst eine heftige Auseinandersetzung mit Alex gehabt, an deren Ende sie ihm zugestimmt hatte, dass es das Beste für ihre Familie war, den Silvesterplan aufzugeben und weniger bei Marion zu arbeiten. Die Jungs brauchten sie.

Daraufhin war Alex ins Bett gegangen und sofort eingeschlafen, während sie selbst die ganze Nacht durchs Haus getigert war. Mal war Franks Gesicht vor ihr aufgetaucht, mal das von Nelly, und vor beide hatte sich immer wieder das Bild der Zwillinge in den roten Rollstühlen geschoben.

Irgendwann hatte Julia den durchdringenden Geruch der Elnett-Frau aus der U-Bahn in der Nase gehabt, hatte das rote Kleid und Marion vor Augen, wie sie ihr erklärte, dass dieser

Plan eine Schnapsidee sei und Julia selbst genauso lächerlich wie die Leute, die zum Coaching rannten in der Hoffnung, auf diese Weise ihr Leben zu verbessern. Doch da sie gar nicht bereit seien, sich selbst zu verändern, würde sich auch in ihrem Leben nie etwas ändern.

Irgendwann hatte Julia sich dann gegen die Unruhe ein paar Bachblüten verabreicht, aber die hatten auch nichts genutzt. Die ganze Nacht über hatte sie an dem Brief für die Jungs herumgebastelt. Es war ihr so schwergefallen, die richtigen Worte zu finden. Wie gern hätte sie es besser gemacht, aber irgendwann gegen fünf Uhr war sie mit dem Kopf auf dem Tisch eingeschlafen und eine Stunde später von einem heulenden Finn wieder geweckt worden, der einen bösen Traum gehabt und sie in ihrem Bett gesucht hatte.

Nachdem sie ihn beruhigt hatte, war es auch schon Zeit aufzustehen, und Julia hatte keine Gelegenheit mehr zum Grübeln gehabt.

Sie suchte nach einem Taschentuch, fand keines, stand auf, lief in die Küche und riss sich ein Küchenkrepp ab. Wieso heule ich eigentlich?, fragte sie sich. Im Verhältnis zu dem größten Teil der Menschheit geht es mir schließlich bestens. Aber das ließ sie nur erst recht aufschluchzen. Meine Familie ist nicht in Lebensgefahr, wir haben zu essen, ein Dach über dem Kopf, niemand ist schwer krank, also was, verdammt noch mal, gibt es da zu beklagen? Und eine Depression hast du auch nicht, du tust dir einfach nur leid – und das nur, weil du dich mit Nelly gestritten hast. Geht's noch? Reiß dich zusammen!

Sie trat zur Spüle, klatschte sich kaltes Wasser ins Gesicht und versuchte, sich zu beruhigen. Dabei fiel ihr Blick auf die Küchenuhr. Sie musste zur Arbeit, und sie war jetzt schon zu spät. Auf zum nächsten Eklat! Marion war sicher auch nicht besonders erfreut über ihre neuen Pläne. Julia atmete tief durch, schluchzte noch einmal auf und hoffte, dass eine heiße Dusche ihr gründlich den Kopf waschen würde.

20. KAPITEL

Marion verlor kein Wort darüber, dass Julia zu spät gekommen war, denn sie war gerade damit beschäftigt, Geld zu zählen, und das absorbierte ihre gesamte Aufmerksamkeit. Für Marion war nur Bares wirklich Wahres. Während sie die Scheine zählte, berichtete sie Julia von der Kundin, die nach Marions intensiver Beratung so viel eingekauft hatte, dass sie tatsächlich zum Geldautomaten hatte gehen müssen, um bezahlen zu können.

Erst als Julia wortlos anfing, die von besagter Beratung übrig gebliebenen Haufen zusammengeknüllter Kleider wieder auf Bügel zu hängen, sah Marion auf und stutzte – trotz des starken Make-ups, das Julia heute zur Tarnung aufgelegt hatte.

»Oh, oh, Ärger im Paradies?«

Julia biss die Zähne zusammen, um nicht schon wieder in Tränen auszubrechen. Jetzt wäre der Moment, um Marion zu sagen, dass sie weniger arbeiten wollte.

»Schätzchen, was ist denn los? Haben die in der Klinik etwas übersehen? Geht's einem der Kerlchen schlecht? Oder besteigt der schöne Alex seine Sekretärin?« Marion musste über ihre eigene Bemerkung kichern. Julia wusste, dass Marion Alex ziemlich sexy fand und prinzipiell nicht an die männliche Treue glaubte. Ihrer Meinung nach könnten sich Frauen viel Elend ersparen, wenn sie endlich begriffen, dass Sex für Männer wie Sport war. Julia ging nicht auf ihr Kichern ein und überlegte, wie sie am besten anfangen sollte. »Ich kann nicht mehr so viel bei dir arbeiten«, platzte sie schließlich heraus.

»Und?« Jetzt hatte sie Marions uneingeschränkte Aufmerksamkeit.

»Du weißt, wie sehr ich meine Arbeit hier liebe, und …«

»Hör mit dem Rumgeschmuse auf. Zur Sache, Schätzchen.«

»Es geht einfach nicht. Die Zwillinge brauchen mich.«

»Sagt wer?«

»Marion, dieser Ohnmachtsanfall war eine Warnung. Ich muss mich mehr um die beiden kümmern.«

»Du meinst, du willst sie mit deinem Getüddel ersticken.«

»Ich möchte das nicht mit dir diskutieren. Mein Entschluss steht fest.«

Marion zuckte mit den Schultern. »Du weißt, bei mir läuft keine Schwarzarbeit, und ich kann es mir nicht leisten, gleich zwei Aushilfen nur für ein paar Stunden anzumelden. So läuft das hier nicht.«

Von wegen, dachte Julia ketzerisch. Marion hatte sie zwar angemeldet, aber Julia arbeitete sehr viel mehr als nur für vierhundertfünfzig Euro. Bei einem Stundenlohn von zwölf Euro hätte sie höchstens zehn Stunden pro Woche arbeiten können. De facto arbeitete sie hier jedoch jede Woche einen vollen und noch drei halbe Tage, und wenn Marion unterwegs war, auch mal eine ganze Woche. Und das bezahlte Marion ihr unter der Hand. Aber Julia wollte das jetzt nicht thematisieren.

»Es tut mir wirklich leid.« Sie spürte, wie ihre Augen schon wieder feucht wurden. War sie etwa schon in den Wechseljahren, oder wieso war sie in letzter Zeit so dermaßen rührselig?

»Mir auch.« Marion legte den Arm um Julia, und die holte tief Luft, um sich wieder zusammenzureißen.

»Wir brauchen jetzt erst mal eine kleine Stärkung. Ich hole uns ein Sektchen, und dann erzählst du mir mal, was wirklich los ist. Ach was, ich gehe und hole dir ein Schokocroissant aus der französischen Bäckerei. Du siehst aus, als hättest du heute noch nicht einen Krümel gegessen. Schätzchen, ich verrate dir ein Geheimnis: Deine Nerven brauchen ein bisschen Nahrung.« Sie klopfte sich demonstrativ auf ihren dicken Hintern, nahm Geld aus der Kasse und lief ohne Mantel in dem ihr eigenen Watschelgang, zu dem ihre dicken Schenkel sie zwangen, aus dem Laden.

Julia sank auf den zerschlissenen, spätbarocken Samtsessel neben dem großen Standspiegel. Marion hat recht, ich habe seit den Spätzle mit Frank in den Bergen eigentlich kaum noch was gegessen, deshalb bin ich auch so weinerlich. Es gibt keinen Grund. Meinen Streit mit Nelly kann ich aus der Welt schaffen, und Marion wird sich auch wieder einkriegen.

Wehmütig sah sie sich im Laden um.

Vielleicht wäre es besser, ihre Stunden nicht nur zu reduzieren, sondern ganz aufzuhören. Was konnte sie schon bewirken, wenn sie einmal in der Woche hierher kam? Nichts von dem, was ihr so viel Freude bereitete. Sie wäre nicht mehr da, um mitzuentscheiden, welche Waren eingekauft werden sollten, sie würde keine Schaufenster mehr dekorieren können, keine Perlenketten mehr fädeln, niemanden beraten und glücklich machen. Sie würde in der Zeit, in der die Jungs in der Schule waren, der Putzfrau, die Alex unbedingt engagieren wollte, sagen, wo sie wischen sollte, und sich dann in die Schulbücher vertiefen, damit sie die Hausaufgaben der Zwillinge kompetent begleiten konnte. Sie würde für deren qualitativ hochwertige Freizeitbeschäftigung sorgen – also kein Fußball, sondern Hockey oder Fechten. Selbstverständlich mussten sie ein Instrument spielen lernen und natürlich jeder ein anderes, Finn Tuba, Max Harfe. Oder Max Schlagzeug und Finn Querflöte. Manchmal würde sie aber auch ganz egoistisch sein und sich etwas gönnen, etwa eine Kosmetikbehandlung oder eine Sitzung beim Friseur.

Julia kroch eine Gänsehaut über den Rücken. Sie hatte das Kochen vergessen! Natürlich, sie würde gesund kochen, denn ihre Jungs würden schließlich nicht den Fraß in der Schulkantine oder einem Hort essen und davon krank werden. Ich koche gern, versicherte sie sich und wusste genau, dass das eine üble Lüge war. Es war eines von den Missverständnissen zwischen Alex und ihr aus ihrer ersten Zeit. Aus Geldmangel hatte Julia manchmal für sie beide gekocht. Damals beherrschte sie genau zwei Gerichte leidlich gut: Königsberger Klopse, die Alex liebte, und Gulasch. Natürlich hatte ihm das schwer imponiert, denn er selbst kochte sich damals entweder Nudeln mit Ketchup oder Ketchup mit Nudeln oder alternativ Ketchupnudeln. Seine Mutter konnte nicht mal Wasser kochen. Und nur deshalb hielten die beiden Julia für eine begnadete Köchin, dabei konnte sie diese Gerichte nur deshalb, weil ihre Mutter operiert und drei Monate ausgefallen war, als Julia elf Jahre alt gewesen war. Erst während ihres Studiums hatte Julia durch Nelly die italienische und asiatische Küche kennengelernt. Nelly konnte wirklich gut kochen, und Lázló hätte sogar ein paar Sterne verdient gehabt.

Marion kam schnaufend wieder zurück und schwenkte schon von Weitem triumphierend eine große Tüte, als hätte sie unter Einsatz ihres Lebens darum gekämpft.

»Ich habe noch ein paar kleine Tartes mitgebracht, die ersten mit Erdbeeren. Sie sahen so lecker aus.« Missbilligend betrachtete sie das leere Tischchen neben dem Sessel.

»Du hast ja noch gar nichts vorbereitet. So kenne ich dich gar nicht.« Doch als Julia aufstehen wollte, drückte Marion sie zurück in den Sessel. »Jetzt ist es auch egal. Ich koche dir einen starken Kaffee, und ich selbst genehmige mir was für den Kreislauf.«

Kurze Zeit später verbreitete sich das Aroma von frisch gebrühtem Kaffee im Raum. Nachdem Julia ihr buttriges Schokocroissant aus knusprigem Blätterteig zur Hälfte gegessen hatte, merkte sie, wie sich ihr Körper entspannte, ihr Kopf wieder klarer wurde und sie sich rundum besser fühlte. Nellys bösartige Kommentare zu ihrem Brief fielen ihr wieder ein. Vielleicht hatte ihre Freundin doch ein bisschen recht gehabt. Man musste wirklich zuerst für sich sorgen, bevor man für andere da sein konnte.

»So.« Marion prostete Julia zu. »Und nun erzählst du mir mal alles von Anfang an.«

Julia leckte ihre fettigen Finger ab und überlegte, was sie Marion anvertrauen wollte und was nicht. Das mit Frank eher nicht. Marion war so versessen auf Sex und hätte sie garantiert zu einer heißen Affäre gedrängt. In Marions Augen wurde Treue überbewertet, und ihre Verehrer schienen damit auch ganz gut klarzukommen. Von ihrem Streit mit Nelly wollte Julia ihrer Chefin auch lieber nicht erzählen, denn Marion fand ihre Freundin schrecklich eingebildet. Julia hatte allerdings den Verdacht, dass sie einfach nur eifersüchtig war.

Während sie noch nach den richtigen Worten suchte, schepperte die Ladenklingel, und zwei Stammkundinnen kamen herein. Marion stöhnte leise, dann stemmte sie sich aus dem Stuhl und bot den beiden so begeistert Kaffee und Tartes an, als hätten sie nur noch auf sie gewartet. Von diesem Moment an brummte der Laden. Es war schon nach zwei, als sie hinter der letzten Kundin den Laden abschlossen.

»Wirklich eine Schande, dass du aufhören willst«, stellte Marion fest, während sie mit Julia die Kleider wieder ordentlich auf Bügel hängte, die Umkleidekabine aufräumte und dann anfing, die Kasse zu machen.

Julias Wangen wurden heiß. Das hätte Nelly sagen können. »Eine Schande« war ja wohl schamlos übertrieben.

»Du bist ein Naturtalent, und die Idee, diesen ollen Trenchcoat mit dem neonpinken Lackledergürtel aufzupeppen, war genial.«

Einem plötzlichen Impuls folgend umarmte Julia Marion. »Du wirst mir fehlen. Das alles hier.«

In diesem Augenblick hämmerte jemand an die Tür.

»Wir haben geschlossen!«, rief Marion. Das Hämmern ging zwar in ein dezenteres Klopfen über, hörte aber nicht auf. »Vielleicht ist es DHL. Ich habe sexy Strümpfe bestellt.« Sie watschelte zur Tür und schloss auf. »Es ist deine Freundin Nelly, willst du sie nicht begrüßen?«

O Gott, dachte Julia, noch mehr Streit verkrafte ich heute nicht. Am liebsten hätte sie eiskalt gesagt: »Nein, wir lassen sie nicht rein.« Aber das wäre wirklich zu demütigend für Nelly. Ihr Streit ging niemanden sonst etwas an. Was auch immer geschieht, ich werde ganz ruhig bleiben, nahm sie sich vor. Ich lasse mich nicht mehr provozieren. Sie atmete tief durch, nickte Marion zu und winkte Nelly herein.

21. KAPITEL

Nelly fand, Marion war noch dicker geworden, seit sie das letzte Mal hier gewesen war. Aber der Laden wirkte schöner denn je. Offensichtlich nahm Julia ihrer Chefin so viel Arbeit ab, dass Marion sich gar nicht mehr bewegen musste.

Etwas beklommen schob Nelly sich durch die Tür und sah fragend zu Julia hinüber.

Nach ihrem Telefonat war Nelly zuerst eine Weile wütend durch die Wohnung gelaufen. Doch dann hatte sie noch einmal Julias Brief an die Zwillinge gelesen und sich in Grund und Boden geschämt.

Welcher Teufel hatte sie nur geritten, derart gemeine Sachen zu ihrer Freundin sagen? Julia hatte versucht, einen liebevollen Brief zu schreiben, und Nelly war wie eine ganze Horde hirnloser Wasserbüffel darüber getrampelt. Sie war kein Stück besser als Alex. Nach dieser Erkenntnis hatte Nelly das dringende Bedürfnis verspürt, irgendeine Art von Buße tun, und sich von allen Punkten auf ihrer Liste den ausgesucht, der ihr am schwierigsten vorgekommen war: das Ausmisten.

Sie war ins Schlafzimmer marschiert und hatte Lázlós Kleiderschrank geöffnet. Doch sobald sie seine Sachen gesehen hatte, war ihr klar geworden, dass sie das immer noch nicht konnte. Zum Glück war ihr dann die Idee gekommen, erst einmal mit ihrem eigenen Kleiderschrank anzufangen. Weg mit den ganzen schwarzen und roten Teilen, die sie alt und hässlich machten. Lázló, der Einzige, der sie darin schön gefunden hatte, war nicht mehr da. Nachdem Nelly sich dazu entschlossen hatte, suchte sie geradezu beschwingt nach alten Kartons im Keller, fand keine und beschloss, auf Ikea-Taschen auszuweichen. Sie holte sich sogar eine Extralampe, um den Kleiderschrank besser auszuleuchten, und war erstaunt, wie leicht es ihr fiel, sich von ihren Sachen zu trennen, sogar dann, wenn es zu dem Stück eine Geschichte gab wie zu dem eleganten, ärmellosen, weinroten Kleid mit dem Chiffonfaltenrock, das sie mit Lázló in einem Second-Hand-Laden in Rom gekauft hatte.

Angeblich war dieses Kleid vom berühmten Umberto Tirelli zusammen mit Piero Tosi für Claudia Cardinale entworfen worden. Die Cardinale habe es aber niemals getragen, weil dem Produzenten das Dekolleté nicht genug betont gewesen sei. Lázló war der Ansicht gewesen, dass sie in diesem Kleid sehr viel besser aussah als Claudia Cardinale, und später im Hotelzimmer hatte er ihr leidenschaftlich demonstriert, wie sexy er sie darin fand. Aber das war mittlerweile zehn Jahre her, und das Kleid war in der Taille zu eng. Niemand würde sie heute darin für sexy halten.

Nach drei weiteren Stunden unermüdlichen Ausmistens stand Nelly nun also mit fünf großen, blauen Ikea-Taschen in Marions Laden und wusste nicht so recht, was sie sagen sollte. Sich bei Julia zu entschuldigen, während Marion daneben stand und zuhörte, kam nicht infrage. Ob Julia ihrer Chefin von dem Streit erzählt hatte? Nein, entschied Nelly, dann hätte Marion sie angegrinst. Sie kannte Marions Schwäche für Klatsch. So ein Wissen gab ihr ein Gefühl von Macht. Marion hatte dann etwas von einer glücklichen Spinne, die wusste, dass die Fliege gleich in ihrem Netz zappeln würde, während das kleine Insekt noch ahnungslos herumflog.

Nelly hoffte, dass Julia sie nicht mit genau der Abfuhr bestrafen würde, die sie eigentlich verdient hatte. Sie deutete auf die Taschen, suchte Julias Blick und betete, dass ihre Freundin diese Geste als die Entschuldigung verstehen würde, als die sie gemeint war.

»›Dann kam der Versuch, meine Dummheit wieder einzurenken; aber wenn man allzu hastig ein Rad in einem Uhrwerk reparieren will, verdirbt man meist das ganze Getriebe.‹«

Marion verdrehte die Augen und gab ein schmatzendes Geräusch von sich.

Julia kaute schweigend auf ihren Lippen herum.

Okay, das habe ich wirklich verdient, dachte Nelly. Geschieht mir recht. Sie gab ein Lachen von sich, das sich in ihren Ohren extrem gekünstelt anhörte, und fügte hinzu: »Stefan Zweig: *Die Ungeduld des Herzens*.«

»Das ist mir zu hoch. Aber Ungeduld kenne ich, ihr zwei Herzchen, deshalb bringe ich jetzt lieber mal das Geld zur Bank. Kannst du ihre Klamotten aufnehmen, Julia? Du weißt ja, was wir noch brauchen können und was nicht.«

Nelly war erleichtert. Wenn Marion zur Bank ging, konnte sie mit Julia allein reden.

»Willst du das nicht lieber selbst machen?«, protestierte Julia, und Nelly fühlte, wie es in ihrer Brust ganz kalt wurde. So schlimm war es also. Wenn Julia sich sogar dagegen wehrte, mit ihr allein zu sein, musste sie wirklich sehr wütend sein.

Marion schüttelte den Kopf. »Wir sind eh schon spät dran, und ich habe in einer halben Stunde einen Friseurtermin.«

Sie nahm das Geld aus der Kasse und stopfte es in ihre Handtasche. »Und, Nelly, wie findest du es, dass Julia hier aufhören will?«

»Nicht aufhören, ich möchte nur weniger arbeiten!«, stellte Julia richtig.

Ich halte es für einen großen Fehler, dachte Nelly, einen gewaltigen Fehler, aber sie wollte sich mit Julia versöhnen, also sagte sie das Einzige, was unter diesen Umständen angebracht war.

»Ich finde, wir sollten Julias Entscheidung akzeptieren, auch wenn sie uns nicht gefällt.«

Marion schüttelte den Kopf. »Das sehe ich nicht. Manchmal muss man seine Freunde auch vor sich selbst schützen. Aber offensichtlich seid ihr zwei wieder mal ein Herz und eine Seele.« Sie ließ die Ladentür krachend ins Schloss fallen.

Nelly und Julia sahen sich an und schwiegen.

Okay, das Zitat von Stefan Zweig war als Entschuldigung vielleicht wirklich ein bisschen dünn gewesen.

»Du hattest recht«, fing Nelly an.

»Womit?«

Ah, Julia hatte angebissen. »Du hast schon an Silvester gesagt, dass ich Nummern ausgeben müsste, für all die Menschen, bei denen ich mich entschuldigen muss. Wohingegen du nicht die Spur einer Ahnung hast, bei wem du dich entschuldigen solltest …«

Julias seufzte ungeduldig.

»Okay, okay, ich labere. Also, es tut mir leid, es war völlig daneben, was ich zu deinem Brief an die Jungs gesagt habe. Ich habe mich wie ein Arsch benommen.«

»Wie ein ganz besonders mieser, fieser Arsch.« Julia betonte ›Arsch‹ derart leidenschaftlich, dass Nelly lachen musste.

»Vergibst du mir?«, fragte sie.

»Das überlege ich mir noch.« Julia öffnete eine der Tüten und betrachtete den Inhalt. Sie zog das rote Chiffonkleid heraus, und ein fasziniertes Lächeln stahl sich auf ihr Gesicht. »Wo hast du das denn her, das kenne ich ja gar nicht? Es ist wunderschön.«

Nelly erzählte ihr die Geschichte des Kleides, und plötzlich bemerkte sie, dass Julia Tränen in den Augen hatte.

Gerührt trat sie zu ihr und legte ihr die Hand auf den Arm, aber Julia entzog sich ihr sofort.

»In letzter Zeit fällt es mir ein wenig leichter, mit Lázlós Tod zurechtzukommen«, sagte Nelly. »Und unser Silvesterplan hat mir dabei sehr geholfen.«

Julia lächelte verzerrt und wischte sich über die Augen, aus denen immer neue Tränen kullerten. Dann ließ sie sich in den grünen Samtsessel fallen.

»Ich muss die Jungs abholen«, sagte sie, als wäre das eine Erklärung für ihr Verhalten.

»Und das bringt dich zum Weinen?« Verblüfft musterte Nelly ihre Freundin und stellte fest, dass Julia genauso mies aussah, wie Nelly sich fühlte. Schwarze Ringe unter den Augen, das Gesicht blass und irgendwie verquollen, mit hängenden Mundwinkeln. Nellys schlechtes Gewissen wurde immer größer.

»Soll ich die Jungs mit zu mir nehmen, damit du dich hinlegen kannst? So wie du aussiehst, habe ich dir mit meinen blöden Kommentaren die Nachtruhe geraubt.«

Julia hob abwehrend die Hände, dann schnäuzte sie sich und stand wieder auf. »Nein, wir müssen zur Schultauglichkeitsprüfung und dann noch zur Musikschule. Aber danke für dein Angebot.« Sie nahm die Taschen und stellte sie in die kleine Kammer, die ihnen als Lager diente. »Ich muss los.«

Sie hat mir nicht vergeben, dachte Nelly. Offenbar muss ich mich noch mehr in den Staub werfen. Ich will das aus der Welt schaffen. In all den Jahren, die sie sich kannten, war ihre Freundin noch nie so distanziert gewesen.

»Julia, ich meine das wirklich ernst. Kannst du mir verzeihen, dass ich so ein gefühlloses Biest war?«

»Ehrlich gesagt, ich weiß es noch nicht. Ich kann nachvollziehen, dass du enttäuscht und sauer bist, weil ich aussteige. Aber das, was du zu meinem Brief an die Jungs gesagt hast, war unterirdisch. Ich weiß nicht, ob ich mit jemandem befreundet sein will, der so gemeine Pfeile in mein Herz schießt.«

»Es tut mir wirklich leid!«

»Lass mir ein bisschen Zeit, okay?«

Nelly nickte und überlegte verzweifelt, was sie noch sagen könnte, um Julia wenigstens ein Lächeln zu entlocken, aber angesichts ihres müden, abweisenden Gesichtsausdrucks fiel Nelly nichts ein, und sie verabschiedeten sich ohne eine Umarmung.

22. KAPITEL

Nachdem Julia mit den Jungs in der Musikschule gewesen war und die Schultauglichkeitsprüfung erfolgreich hinter ihnen lag, erlaubte sie den Zwillingen, ein Video anzuschauen, weil sie dermaßen erschöpft war, dass sie sich wenigstens für fünf Minuten hinlegen musste. Sie setzte sich zu ihren Söhnen auf einen der Eisberge und musste wieder an das rote Kleid mit der schönen traurigen Geschichte denken, die sie aus unerfindlichen Gründen zum Weinen gebracht hatte. Doch noch während sie darüber nachgrübelte, fielen ihr die Augen zu.

Plötzlich rissen Polizeisirenen sie aus ihren wirren Träumen. Finn und Max hatten die Gelegenheit genutzt und auf RTL2 umgeschaltet, wo sie sich eng aneinandergeklammert irgendeinen blutigen Krimi ansahen.

Seufzend schaltete Julia den Fernseher aus, scheuchte die beiden in ihr Zimmer und machte sich ans Abendessen. Während sie den Teig für die Pizza noch einmal durchknetete, den sie morgens schon vorbereitet hatte, musste sie an Nelly denken, von der sie das Rezept hatte. Ihre Freundin war wirklich unmöglich gewesen, aber sie hatte sich entschuldigt, und Julia hatte gespürt, wie ernst es Nelly damit gewesen war.

Sie griff zum Nudelholz und versuchte, den Teig auszurollen. Obwohl Nelly ihr dazu alle möglichen Tricks gezeigt hatte, klebte der Hefeteig, oder er riss und wollte einfach nicht dünner werden. Schließlich hievte sie ihn aufs Backblech, zerrte ihn mit den Fingern auseinander und stopfte die Löcher dann mit den Teigresten zu. Gut, dass die Jungs nicht so kritisch waren. Und als Belag akzeptierten sie Paprika, Broccoli und Max in diesem Fall sogar Schinken und Salami, was er sonst niemals essen würde. Als die Pizza endlich im Ofen vor sich hin brutzelte, hätte sie ihre Freundin am liebsten angerufen, dabei ein Glas Wein getrunken und mit ihr über diesen Tag geredet, aber sie verkniff es sich. Nelly sollte ruhig noch eine Weile in ihrem eigenen Saft schmoren, dann erst würde sie ihr verzeihen. Immer gebe ich so leicht nach, dachte Julia, kein Wunder, dass mich niemand ernst nimmt. Und dann dachte sie an Frank. Sie hatte ihm auf die Mailbox gesprochen und ihre plötzliche Abreise erklärt, aber seitdem hatte sie nichts mehr von ihm gehört. Offensichtlich war er genauso wütend auf sie wie sie selbst auf Nelly. Julia kratzte die Teigreste von der Arbeitsplatte und wünschte sich, Frank wäre hier und würde sie küssen. Lächerlich!, ermahnte sie sich und schrubbte noch kräftiger. Lächerlich. Wie gut, dass sie mit dem ganzen Wahnsinn aufgehört hatte. Kein Silvesterplan mehr und deshalb auch kein Frank mehr.

Zwei Stunden später lagen die Jungs zufrieden und vollgestopft mit Pizza im Bett, und auch Julia wollte nur noch schlafen.

Während sie müde die Treppe hinauf stapfte und dabei lustlos die überall herumliegenden Spielsachen und Kleidungsstücke einsammelte, hörte sie, wie Alex nach Hause kam.

»Na, schlafen die Monster schon?«, fragte er und wedelte ihr mit einer Weinflasche und dem Korkenzieher zu.

Schon?, dachte Julia. Endlich!

Mit einem lauten Plopp öffnete er die Flasche, suchte gut gelaunt vor sich hin summend nach Tellern, Besteck und Gläsern, Käse und Crackern und stellte alles auf den Tisch, den Julia gerade erst abgeräumt und sauber gewischt hatte. Dabei erzählte er ihr, dass heute das neue Briefpapier, die Visitenkarten und Türschilder mit seinem Namen geliefert worden waren. Julia wusste, wie wichtig ihm das war. Und nachdem sie ihm schon seine Feierlaune beim Frühstück am Wochenende verdorben hatte, unterdrückte Julia ihr Gähnen und riss sich zusammen, um diesmal den Triumph gemeinsam mit ihm auszukosten. Sie straffte die Schultern, lächelte ihrem Mann zu, griff nach einem der beiden riesigen Bordeaux-Gläser von Riedel und prostete ihm zu.

»Auf dich!«, sagte sie. »Du bist eben der Beste!«

»Aber ohne dich und die Jungs wäre ich nichts«, gab er zurück. Julia wurde es ganz warm in der Brust, weil sie spürte, wie ernst es ihm damit war. Und sie wusste, er würde nicht mehr auf der Vergangenheit herumreiten – eine weitere Eigenschaft von ihm, in die sie sich damals verliebt hatte.

»Wann fängt dein Malkurs am nächsten Wochenende eigentlich an?«, fragte Alex, während er hingebungsvoll etwas von seinem Lieblingskäse, einem französischen Saint Agur, auf einen Cracker strich und genüsslich hinein biss.

Der Malkurs! Plötzlich war Julia wieder hellwach und fühlte, wie ihr die Röte ins Gesicht schoss. Sie hatte den Kurs vollkommen vergessen und erinnerte sich jetzt nur allzu deutlich daran, wie sie Alex hinters Licht geführt hatte. Zum Glück hatte er den Malkurs von der Liste nicht mit dem in Verbindung gebracht, was sie ihm damals erzählt hatte. Da hatte sie behauptet, es wäre ein Kurs, der auf lange Sicht die Kreativität der Jungs fördern würde. Um der Ehrlichkeit und ihrer Ehe willen müsste sie ihren Mann spätestens jetzt über die Täuschung aufklären und auf den Kurs verzichten.

Natürlich würde sie ihm damit schon wieder die Feierlaune verderben, und sie stünde erneut als eine Lügnerin da, der die

Freundschaft zu Nelly über die Liebe zu ihrer Familie ging. Julia, ermahnte sie sich, gerade erst hast du reinen Tisch mit Alex gemacht, und nun willst du ihn allen Ernstes schon wieder anlügen?

Alex biss lautstark in einen Cracker und reichte Julia ebenfalls einen, den er liebevoll mit Käse bestrichen hatte.

»Ich habe im Büro gesagt, dass ich an dem Wochenende nicht mal für Notfälle zur Verfügung stehe, weil ich mich ganz auf die Jungs konzentrieren will.« Er warf ihr einen Beifall heischenden Blick zu, und Julia musste trotz des Chaos in ihrem Hirn ein Grinsen unterdrücken. Sie konnte sich lebhaft vorstellen, wie hingerissen Amanda und alle anderen Damen im Büro von Alex, dem liebevollen Vater, waren.

»Auf den besten Vater der Welt!«, lobte sie ihn und prostete ihm zu.

»Und damit alles reibungslos klappt, habe ich meine Mutter eingeladen. Die Jungs sehen sie ohnehin viel zu selten.«

Gisela, der Eisberg. Julia unterdrückte ein lautes Stöhnen, während in ihrem Kopf ein Sturm losbrach. Dann würde sich am Wochenende alles um Gisela drehen, nicht um die Jungs. Ihre Schwiegermutter liebte es, mit ihrem Sohn schick essen zu gehen, aber sie interessierte sich kein bisschen für die Zwillinge. Sie wollte weder mit ihnen spielen noch ihnen etwas vorlesen, nicht mal eine Sendung im Fernsehen mit ihnen zusammen anschauen. Das Einzige, was ihr Spaß machte, war mit ihnen Anziehsachen shoppen zu gehen und sich von den Verkäuferinnen loben zu lassen, was für eine tolle Oma sie doch war. Leider hatten die Jungs nicht das Geringste für Klamotten übrig. Sie wären auch im Pyjama auf die Straße gegangen. Der einzige Shop, für den sie sich interessierten, war der Bayern-München-Fanshop am Hauptbahnhof, aber der war natürlich unter Giselas hochkultiviertem Niveau.

»Und, Schatz, deshalb wäre es schön, wenn du die Kammer aufräumen und für mich herrichten könntest. Ich überlasse Mama unser Schlafzimmer, du kennst ja ihren schlimmen Rücken.«

O ja, Julia liebte es, wenn ihre Schwiegermutter in ihrem Bett schlief. Prima. Dann musste sie das neu beziehen, bevor sie kam, und auch, wenn sie wieder weg war. Von Giselas starkem Parfüm bekam Julia Atemnot.

»Und du weißt ja, was für eine lausige Köchin meine Mutter ist« – Alex nickte Julia liebevoll zu – »und wie sehr sie deine Königsberger Klopse liebt. Deshalb wollte ich dich bitten, für uns welche zu kochen und einzufrieren, nur für den Fall, dass wir nicht essen gehen. In letzter Zeit hat sie ein paar Probleme mit dem Magen. Vielleicht könntest du für alle Fälle dieses Mittel, das sie dann immer nimmt ...«

»Iberogast«, warf Julia ein.

»Genau das, und auch etwas gegen Sodbrennen besorgen, ja?«

»Mach ich alles, aber die Jungs lieben McDonald's, und das wäre doch am einfachsten!« War ihm denn nicht klar, was er den Jungs mit Giselas Anwesenheit antat? Die Zwillinge hingen wie kleine Hunde an Alex und lechzten nach seiner Aufmerksamkeit, aber die würde dann allein auf die Großmutter ausgerichtet sein.

»Schatz, das ist nicht dein Ernst, oder? Max bricht wegen Eisenmangels zusammen und braucht eine ausgewogene Ernährung, und du glaubst, ich gehe mit ihm zu McDonald's?«

Julias Magen krampfte sich zusammen. Er verstand einfach gar nichts. Alex merkte nicht mal, was sie ihm damit sagen wollte. Und es war müßig, es ihm erklären zu wollen. Er liebte seine Mutter und fand es wundervoll, wenn sie die Jungs in Museen zerrte, für die sie sich nicht die Bohne interessierten. Er war davon überzeugt, seine Mutter hätte die Basis für seine

Karriere gelegt, und deshalb erwartete er von Julia auch die gleiche Hingabe für Finn und Max, wie er selbst sie von seiner Mutter erfahren hatte.

»Apropos, du musst sehr dahinter her sein, dass Max die Eisentabletten auch wirklich nimmt, ihm wird davon übel.«

»Darum wird sich Mama dann kümmern. Findest du nicht, ich habe einen Kuss für meine tolle Vorbereitung verdient?« Begeistert warf er ihr einen Luftkuss zu.

Sie warf ihm einen Kuss zurück und fragte sich, ob es okay war, einfach so zu tun, als wäre sie seiner Meinung, auch wenn das schon wieder ein Lüge war. Nein, beschloss sie, es wurde sowieso häufig zu viel zerredet. Man musste nicht immer einer Meinung sein. Er würde das Wochenende mit seiner Mutter und den Jungs schon hinkriegen, und nur das zählte.

Alex goss sich nach und ließ sich einen großen Schluck Wein auf der Zunge zergehen. »Der ist wunderbar. Wo haben wir den noch mal her?«

»Von Lázló. Er hat uns drei Kisten davon geschenkt, kurz bevor er gestorben ist.«

»Er musste immer alles so übertreiben, eine Kiste hätte auch gereicht.« Alex hob das Glas. »Aber was soll's, der Ärmste ist tot. Trinken wir auf ihn. Auf Lázló!« Er prostete Julia zu, stellte sein Weinglas ab und setzte sich zu ihr. Er legte die Arme um sie und zog sie an sich. »Schatz, ich bin so froh, dass wir uns haben und über alles reden können und unsere Krisen meistern. Du bist wirklich die beste Ehefrau von allen.«

O, dachte Julia und ergänzte den Satz mit den Komplimenten, die er ihr neulich gemacht hatte: geschmackvoll, praktisch, vernünftig, fürsorglich, wundervoll, die beste Mutter der Welt, *problemfrei* ... Und genau deshalb behalte ich es für mich, dass der Malkurs nicht für die Entwicklung der Jungs gedacht ist. Diese kleine Auszeit habe ich mir verdient.

Während sie sich küssten, musste sie an Frank denken, und je vehementer sie es sich verbot, desto intensiver konnte sie ihn geradezu spüren.

Das ist vorbei, ermahnte sie sich, hör sofort auf damit.

»Du bist nicht bei der Sache, woran denkst du?«, fragte Alex und rückte ein Stück von ihr ab.

»Tut mir leid, ich bin müde.« Julia wollte die Sorgen um Max als Grund für ihre schlaflosen Nächte vorschieben, aber dafür war sie zu abergläubisch. So etwas würde sich garantiert irgendwie rächen. Plötzlich erinnerte Julia sich an die Wahrsagerin – vor was hatte Andrea Nyali sie gewarnt? Einem ihrer Zwillinge drohe Gefahr von Prinz Eisenherz … eine schöne Metapher für Eisenmangel, dachte Julia. Das hatte also genauso gestimmt, wie der hilfreiche Sturz auf den Kopf. Was hatte die Wahrsagerin noch gesagt? Irgendwas mit Kaninchen oder Hasen. Nelly würde bestimmt behaupten, damit seien Angsthasen gemeint. Oder hypnotisierte Kaninchen.

»Wenn du nicht mehr bei Marion arbeitest, wirst du abends auch nicht mehr so müde sein. Es kostet wirklich genug Energie, dich um die Jungs zu kümmern. Mein zarter Engel«, stellte Alex fest und strich ihr sanft über die Haare. »Ich bin froh, dass ich jetzt Partner werde und du nicht länger arbeiten gehen musst.« Er drückte sie wieder an sich, flüsterte in ihr Ohr und kitzelte sie mit seinen Bartstoppeln am Hals. »Ich würde es wirklich begrüßen, wenn du dir dein Leben etwas leichter machen würdest. Engagier endlich eine Putzfrau, dann habe ich auch wieder mehr von dir, wenn ich abends nach Hause komme.«

»Ich kümmere mich darum«, versprach Julia, obwohl die Vorstellung, dass andere ihren Dreck wegputzten, ihr unangenehm war. Außerdem hatte sie sehr genaue Vorstellungen davon, wie etwas geputzt werden sollte, und sie bezweifelte, dass irgendjemand bereit war, ihren Ansprüchen zu genügen.

Alex löste die Umarmung und goss ihnen den letzten Schluck Wein ein.

»Auf unsere Zukunft!« Er ließ ihre Gläser klirren.

»Auf unsere Zukunft«, wiederholte Julia und sah sich selbst wie in einem Puppenhaus mit den Jungs am Esstisch sitzen und das Einmaleins üben, während im Hintergrund eine Frau im weißen Kittel auf den Knien hockte und die Holzböden auf Hochglanz wienerte.

23. KAPITEL

Ende Mai saß Julia beim Frühstück in dem kleinen Biohotel in der Nähe des Eibsees, in dem der Malkurs stattfinden sollte. Sie hatte sich unauffällig nach anderen Seminarteilnehmern umgeschaut, aber entweder war sie die Einzige, die um diese Uhrzeit frühstückte, oder die anderen wohnten nicht hier. Julia war so aufgeregt, dass sie die ganzen leckeren Sachen auf dem Frühstücksbüfett gar nicht wirklich genießen konnte. Seit ihrem Studium hatte sie nur einen einzigen Kurs besucht: ein Wochenendseminar darüber, wie man allergenarme Nahrung für Säuglinge herstellte. Und sie konnte sich beim besten Willen nicht daran erinnern, wann sie das letzte Mal für mehrere Tage ganz allein unterwegs gewesen war. Es fühlte sich merkwürdig an, ohne ihre Familie zu sein, so als wäre sie nicht ganz vollständig.

Am Büfett hatte sie sich als Erstes gefragt, welche der Leckereien sie für Max, Finn oder Alex auf den Teller laden sollte. Bis sie sich lächelnd wieder daran erinnert hatte, dass sie heute nur für sich selbst entscheiden musste. Unschlüssig ging sie zweimal um das Büfett herum, bis sie sich eingestehen konnte, dass sie am liebsten Kuchen essen wollte, und nichts von dem gesunden Müsli oder Obst. Und warum auch nicht? Es war niemand da, dem sie ein Vorbild sein musste. Oder wie es Nelly formulieren würde: Niemand würde ihr einen Preis für gesundes Essverhalten verleihen. Sie lud sich einen Nuss- und einen veganen Käsekuchen auf den Teller und aß sie mit Genuss, auch wenn Nellys Käsekuchen mit Sahne und Eiern deutlich besser schmeckte. Dabei las sie die Zeitung, etwas, das sie zu Hause streng verboten hatte. Denn wenn man zusammen am Tisch saß, sollte man das Essen würdigen und es nicht nebenbei in sich reinschaufeln.

Eine Stunde später lief sie über eine mit tiefblauen Schwertlilien eingefasste Wiese voller Butterblumen und blühender Gänseblümchen zu dem Seminarhaus hinüber, in dem ihr Malkurs stattfinden sollte. Ihr Herz klopfte, und ihre Hände waren feucht. Du spinnst, Julia, versuchte sie sich zu beruhigen, du bist hier nicht bei der Olympiade und auch nicht bei »Germany sucht die besten Maler aller Zeiten«.

Außer ihr waren noch vier andere Frauen und zwei Männer in dem hellen Malatelier. Alle trugen schon Namensschilder an ihren türkisfarbenen Kitteln und nickten ihr freundlich zu. Dr. Bernhard Glanzert, ein Kunsttherapeut und der Leiter der Gruppe, begrüßte sie freundlich und reichte auch ihr einen Kittel und ein Namensschild.

Während Julia den Kittel überstreifte, sah sie sich um. Das Licht fiel von oben durch gläserne Dachfenster und durchtränkte jeden Winkel des Raums mit einer angenehm sanften Helligkeit. Alle vier Wände hatten zentrale leere Stellen mit Farbspritzern rundherum, die aber wiederum eine Art Muster ergaben. Auf einem Tisch in der Mitte lagen Farben, Pinsel und dünne, weiße OP-Handschuhe, daneben Papierbahnen in verschiedenen Größen. Die Luft roch nach Tapetenkleister, getrockneten Tierhaarpinseln und ein wenig nach Orangenöl.

Bevor es losgehen sollte, mussten sich alle kurz vorstellen, und Julia erfuhr, dass sie dieses Wochenende zusammen mit Monika (Hundeschule), Rebecca (esoterisches Coaching), Isabella

(Mobbingopfer, arbeitslos), Ursula (Kinderärztin in einem sozialen Brennpunkt) und Fridolin (ein unerträglich salbadernder Schwaller, der eigentlich eine Schamanismuspraxis hatte) verbringen würde. Danach erklärte Bernhard – man war natürlich mit allen per Du –, dass man beim Ausdrucksmalen zwar gemeinsam in einem Raum malte, jedoch niemand einen wertenden Kommentar zu den Bildern der anderen abgeben würde. Auch er selbst als Leiter des Kurses nicht. Es ging nicht darum, gut zu malen oder richtig, sondern darum, das zu malen, was aus dem Körper kam, und diesem dann Ausdruck zu verleihen, einen Raum zu geben. Und man durfte mit allem arbeiten, womit man wollte – Pinsel, Schwamm, Hände, Bauch, Brust, Füße …

Ketzerisch überlegte Julia, wieso dieser Kurs dann so teuer war. Einfach so rummalen konnte sie auch daheim. Sie hatte natürlich erwartet, dass die Bilder dann analysiert werden würden – wozu war der Kunsttherapeut denn schließlich sonst da?

Und dann sollte es auch schon losgehen.

Monika, Rebecca und Isabella hatten offensichtlich schon einige Erfahrung, denn nachdem sie sich jeweils ein Papier ausgesucht und an der Wand befestigt hatten, strebten sie zielsicher zu dem Eimer mit Tapetenkleister hinüber und bestrichen ihr Papier damit. Dann streiften sie sich die OP-Handschuhe über.

Bernhard erklärte ihr, dass man den Kleister benutzte, weil sich so die Farben besser verteilen ließen. Julia wusste nicht so recht, was sie tun sollte, und schielte zu den anderen. Fridolin malte mit der Hand schwarze Kreise, Rebecca machte Handabdrücke, indem sie ihre Hand in Farbe tauchte und aufs Papier presste. Isabella schraffierte mit einem winzigen Pinsel kleine Stellen, Monika zog mit einem breiten Malerpinsel rote Streifen quer über das Papier, und Ursula legte ihre Hand aufs Papier und fuhr mit einem Pinsel die Umrisse ab.

Und ich, was mache ich?, fragte sich Julia. Es war ihr peinlich, dass sie nicht gleich angefangen hatte, und je länger sie herumstand, desto weniger konnte sie sich entscheiden, was sie malen wollte.

Bernhard trat zu ihr und versicherte ihr mit sanfter, eindringlicher Stimme, dass das völlig in Ordnung sei. Egal, wann und wie sie etwas tun würde, es wäre alles richtig.

Plötzlich stiegen Julia die Tränen in die Augen. Ich muss bekloppt sein, dachte sie. Wieso denn das jetzt? Sie griff sich wahllos einen Pinsel, tunkte ihn in die Farbe, die ihr am nächsten stand, und malte eine orangefarbene Spirale. Ja, dachte sie, ja, ja, ja. Sie malte noch eine und noch eine, bis es nur noch sie und den Pinsel und die Spiralen gab. Sie vergaß alles andere um sich herum. Erst als alles voller orangefarbener Spiralen war, trat sie zurück, hielt einen Moment lang inne und stellte fest, dass sie völlig außer Atem war.

Sie betrachtete ihr Werk, und einen tiefen Atemzug lang empfand sie so etwas wie Stolz. Das hatte sie gemacht! Dann betrachtete sie das Bild mit den Augen eines normalen Menschen – es war scheußlich, wie der Albtraum eines cracksüchtigen Computerfreaks. Ich werde es schwarz übermalen, beschloss sie, doch da tauchte wie aus dem Nichts Bernhard auf. »Es ist schwer, damit aufzuhören …« Er nickte ihr zu.

»Ich verstehe nicht?«

»Mit dem Bewerten. Wir sind so daran gewöhnt, es fängt schon im Kindergarten an. Wenn man etwas malt, bekommt man eine Bewertung – oder was glaubst du, warum alle Kindergartenkinder diese stereotypen Bilder von einer Sonne mit Gesicht und einem Haus mit Schornstein malen? Weil alle unsere Bilder bewerten und kategorisieren. Das hast du gut gemacht, das nicht. Warum ist dein Hund blau? Et cetera. Wir sind hier, um uns davon zu befreien. Also, was denkst du, ganz wertfrei, über diese Spiralen? Oder anders formuliert: Was war das Erste, das dir dazu eingefallen ist?«

Julia zuckte mit den Schultern. Sie konnte unmöglich sagen, dass sie stolz darauf gewesen war.

»Nichts?«

Sie nickte.

Er klopfte ihr auf die Schultern. »Das wird sich ändern, das verspreche ich dir. Wie möchtest du an dem Bild weitermalen?«

Irgendwie war Julia enttäuscht. Sie hätte sich gewünscht, dass er irgendetwas aus seiner kunsttherapeutischen Sicht dazu sagen würde. *Kraftvoll* vielleicht oder *originell*.

Wütend betrachtete sie diese orangefarbenen Spiralnebel, von denen einem schwindelig wurde. Dann fiel ihr Blick auf die Bilder der anderen. Offensichtlich hatte niemand in dem rasenden Tempo wie sie selbst sein Papier bearbeitet, nur Monika hatte etwa die Hälfte bemalt, mit weiteren breiten Querstreifen und Leerräumen dazwischen. Und obwohl die Streifen alle rot waren, wirkte das Bild beruhigend auf Julia. Das hätte sie Monika gern gesagt, aber das sollten sie ja unterlassen. Und wenn sie diese schrecklichen Kritzeleien von Isabella ansah, dann dämmerte ihr, warum. Isabellas winzige Schraffuren wirkten so gehemmt, fast als würde man einem Psychotiker bei einem Anfall zuschauen. Dahingegen fand Julia Rebeccas Handabdrücke geradezu peinlich kindergartenhaft, zumal diese dafür auch noch Rosa und Türkis gewählt hatte! Warum nicht noch in Gold und mit Glitzer?, dachte Julia und schämte sich sofort in Grund und Boden. Okay, es war wirklich besser, wenn niemand die Bilder beurteilte.

»Weitermalen?«, fragte sie. »Ich dachte, ich könnte ein Neues malen.«

»Das könntest du. Aber weißt du, Ausdrucksmalen ist ein Weg, den du über die Farben und deinen Körper zu dir selbst gehst, und du solltest dir Gelegenheit geben, herauszufinden, welches Bild du wirklich malen willst.«

»Wenn ich das jetzt mit schwarzen Spiralen übermale, mache ich alles kaputt.«

Bernhard lächelte sie beruhigend an. »Nein, ganz im Gegenteil, der Malprozess ist eine Annäherung. Wenn du diesen Impuls hast, dann geh dem nach und höre genau hin, ob du einen Pinsel brauchst oder mit deinem Körper malen möchtest.«

Julia betrachtete ihr Bild noch einmal und fühlte sich richtig gut. Energie, dachte sie. Ich habe Energie! Aber wenn du das schwarz übermalst, verschwindet es doch, meldete sich eine Stimme in ihrem Kopf. Egal, beschloss sie, ich mache, was mir in den Sinn kommt, und jetzt male ich auch mit der Hand.

Sie stand vor den Farben, nahm dann doch nicht Schwarz, sondern Ultramarin, und malte über die ersten Spiralen weitere Spiralen. Und nun verstand sie auch, warum der Tapetenkleister aufs Papier kam, denn alles vermischte sich zu einem bunten Farbteppich, auf den sie dann noch Weiß gab. Sie bemerkte, dass sie immer wieder zwei kreisartige Gebilde malte, und obwohl sie keine Ahnung hatte, wo das hinführen würde, machte sie sich jetzt keine Gedanken mehr darüber, ob das, was sie da tat, peinlich war oder nicht, sie malte nur noch.

Als Bernhard fragte, ob sie eine Pause machen wollte, kam es ihr so vor, als risse er sie aus einem anderen Universum zurück auf die Erde, und erst jetzt merkte sie, dass sie wirklich eine Stärkung vertragen konnte. Bei Kaffee, Tee, Keksen und Obst unterhielt sie sich mit den anderen und registrierte erstaunt, dass die offensichtlich von einem Selbsterfahrungskurs zum nächsten zogen.

Sie entschuldigte sich und rief zu Hause an, um mit den Zwillingen zu reden, aber sie hatte Pech, denn der Eisberg nahm den Hörer ab und erklärte ihr, dass sie gerade alle Besteckschubladen geputzt und sinnvoller sortiert habe. Davor habe sie, natürlich mit Alex' Zustimmung, den Geschirrschrank etwas umgeräumt. Die Jungs seien mit ihrem Vater im Garten, sie würden die Blätter vom Rasen rechen, das sei ja eigentlich seit Monaten überfällig, und da müsse man doch wirklich mal …

Julia beherrschte sich mühsam und beschloss, für den Rest des Seminars nicht mehr zu Hause anzurufen. Als sie zu ihrem Bild zurückkehrte, konnte sie plötzlich nichts mehr damit anfangen und fühlte sich wie gelähmt. Sie wollte es nicht einmal mehr schwarz übermalen.

Bernhard kam zu ihr und fragte, was los sei.

»Ich weiß nicht, was das soll«, antwortete Julia und deutete auf ihr Bild. »Es kommt mir fremd vor.«

Bernhard nickte, trat zu dem Bild, löste es von der Wand und drehte es ein wenig. »Und jetzt?« fragte er. Julia zuckte mit den Schultern, aber als Bernhard es auf den Kopf stellte, spürte sie einen Impuls. Waren da nicht zwei Rechtecke, ein großes und ein kleines? »Ich glaube, jetzt kann ich weitermalen.«

»Wenn du das Gefühl hast, du müsstest über den Bildrand hinausmalen, dann können wir jederzeit ein Stück Papier hinzufügen. Der Rand des Blattes sollte dich nicht eingrenzen«, erklärte er.

Am Ende des Tages trommelte Bernhard den gesamten Kurs zusammen, und dann betrachteten sie die Bilder gemeinsam. Verblüfft stellte Julia fest, dass sich alle zu richtigen Kunstwerken entwickelt hatten, nur ihr Bild nicht. Ihres blieb irgendwie eine schwammige Fläche, vielleicht eine Höhle?

Bernhard fragte jeden, was er bei seinem Bild fühlte. Julia

war froh, dass sie zuletzt an der Reihe war, denn sie fühlte sich einfach nur unwohl, wenn sie ihr Bild ansah. Am liebsten hätte sie es verbrannt, damit niemand, der sie kannte, es jemals zu Gesicht bekäme. Sie zögerte, ihre Gedanken laut auszusprechen, weil sie sich dabei so dumm vorkam, doch am Ende gab sie sich einen Ruck und war dann sehr erleichtert, als die anderen ihr erzählten, dass es ihnen auch schon oft so ergangen sei.

Nun reichte Bernhard jedem von ihnen ein dünnes, liniertes Kinderschulheft und ermutigte sie, frei zu den Bildern zu assoziieren und einfach aufzuschreiben, was ihnen dazu einfiel. Auf die Frage von Isabella, was das bringen sollte, lächelte er weise und zuckte mit den Schultern. »Das müsst ihr selbst herausfinden. Ihr seid so viel mehr, als euch bewusst ist. Es kann sein, dass ihr erst Jahre später versteht, warum ihr dieses Bild gemalt habt, und dann wird euch die Erkenntnis verblüffen, dass etwas in euch schon viel früher bereit war, es zu erkennen. Vielleicht stärkt das euer Selbstvertrauen. Aber wie schon gesagt, all diese Dinge müssen sich entwickeln. Ihr könnt dem jetzt hier eine Chance geben, aber ihr müsst das nicht tun.«

Natürlich kritzelten dann alle eifrig in ihre Schulhefte. Julia schrieb: Höhle? Versteck? Höhlenmalerei? Lascaux?

Und dann ging ihre Assoziationskette eigentlich so weiter: Paris, Yves St. Laurent, Kleider, Marion, mein Laden, mein Stoff, mein Entwurf, mein Design … Aber das schrieb sie nicht hin, denn es kam ihr so oberflächlich vor und so egozentrisch.

Sie warf wieder einen Blick auf ihr Bild – wie lächerlich, angesichts dieses Farbmatsches auch nur an Paris zu denken. So sahen nicht mal die Seine-Ufer nach vier Wochen andauerndem Platzregen aus! Also fangen wir noch mal mit der Höhle an. Konzentrier dich, mahnte Julia sich, kaute auf dem Kugelschreiber herum und schrieb dann ganz schnell Feuerstelle? Platon? Schatten? Sonne? Licht? Wahrheit? Etwas besser, befand sie, wenn auch noch nicht das Gelbe vom Ei. Aber Bernhard hatte ja schon gesagt, dass sie das sowieso erst später verstehen würden.

In dieser Nacht träumte Julia lauter wirres Zeug. Zweimal schreckte sie sogar mit rasendem Herzschlag hoch, konnte sich aber nicht erinnern, was sie geträumt hatte.

Trotzdem erwachte sie am nächsten Morgen frisch und ausgeruht. Im Frühstücksraum saßen die Teilnehmer aus ihrem Kurs schon an einem Tisch und unterhielten sich lebhaft. Die Maisonne brannte durch die großen Fensterscheiben und heizte den Raum so stark auf, dass Julia sofort anfing zu schwitzen. Als Monika ihr zuwinkte, setzte Julia sich zu den anderen, obwohl sie eigentlich vor dem ersten Kaffee mit niemandem reden mochte. Hungrig stürzte sie sich auf das leckere Büfett, und nach dem zweiten Kaffee ertrug sie sogar Fridolins breit dargelegte Theorien über die schamanistische Welt mit der allergrößten Gelassenheit.

Trotzdem ertappte sie sich dabei, wie sie sich wünschte, dass Nelly hier wäre, die würde Fridolin sicher wunderbar Kontra geben. Denn die anderen anwesenden Damen schienen von seinen Ausführungen ganz hingerissen zu sein. Es wäre allein schon schön gewesen, mit Nelly einen zynischen Blick zu wechseln. Ich will mich mit ihr versöhnen, dachte Julia. Unbedingt. Am liebsten hätte sie ihre Freundin gleich angerufen und alle Unstimmigkeiten aus der Welt geschafft. Aber ihr Handy lag oben in ihrem Zimmer. Heute Abend melde ich mich bei ihr, sie ist bestimmt neugierig, wie das Seminar gelaufen ist, dachte sie.

Aber dann fiel ihr ein, dass Nelly ja gar nichts von dem Seminar wusste. Ihre Freundin dachte schließlich, Julia hätte das gesamte Projekt abgebrochen. Und das hatte sie ja auch. Dieses Seminar hier war nur der Abschluss.

»Darf ich etwas zu deinem Bild von gestern sagen?«, fragte Rebecca, als sie mit einem Teller voll Kuchen vom Büfett zurückkam.

O Gott, dachte Julia, bloß nicht. »Klar«, sagte sie.

Fridolin schüttelte den Kopf. »Aber das sollen wir doch nicht!«

»Wenn Julia einverstanden ist, dann schon«, widersprach Rebecca und reichte den Teller in die Runde. Julia nahm ein Stück Schokoladenkuchen, und allein schon, weil Fridolin ihr auf die Nerven ging, nickte sie Rebecca noch einmal bestätigend zu.

»Ich fand«, sagte Rebecca, »dass es aussah wie eine Wand.«

»Na, das ist ja mal eine tiefgründige Erkenntnis …« Fridolin tippte sich an die Stirn.

»Eine Wand …« Das brachte Julias Hirn auf Hochtouren. »›Ich werde alles so genau aufschreiben, wie es mir möglich ist‹«, murmelte Julia, und als sie die Blicke der anderen auf sich spürte, fügte sie erklärend hinzu: »Das ist der zweite Satz aus Marlen Haushofers *Die Wand*.«

»Das gibt's ja gar nicht! Genau daran habe ich gedacht, genau an diesen Film!« Rebecca strahlte über das ganze Gesicht. »Deshalb habe ich auch Wand gesagt, und nicht Mauer. Nicht, dass dein Bild wie eine durchsichtige Wand ausgesehen hätte, aber trotzdem hat es mich an den Film erinnert. Es war so schrecklich, die Frau war so allein, getrennt von allem, nur auf sich gestellt. Wäre es nicht fürchterlich, so allein zu sein?«

»Ich habe meine Familie und meine Freunde«, erklärte Julia. »Ich bin nicht allein.«

»Unsinn«, widersprach Monika, »wir sind immer allein.«

»Das kann man so oder so sehen«, setzte Fridolin an, aber

bevor er weiterreden konnte, übernahm Rebecca wieder das Wort.

»Natürlich stimmt das, Monika, aber es ist ein Unterschied, ob man völlig allein irgendwo lebt und keine Menschenseele mehr da ist, oder ob man Familie und Freunde hat.«

»Und das war es, was du zu dem Bild sagen wolltest?«, fragte Monika.

Rebecca nickte. »Ich habe es die ganze Nacht vor mir gesehen, dieses Bild. Die Wand. Ich bin gespannt, was du heute malen wirst.«

Monika legte ihre Hand auf Julias Arm. »Das ist nur ihre Interpretation, vielleicht fühlst du etwas ganz anderes, und wer weiß, vielleicht magst du dein Bild heute mehr als gestern. Wir sollten jetzt übrigens los!«

Während sie gemeinsam zum Seminarhaus hinübergingen, schwirrte Julia der Kopf, und sie war sehr gespannt, was sie heute über ihr Bild denken würde.

Es war noch schlimmer als gestern, vielleicht auch, weil sie jetzt *Wand* dachte, und nur noch *Wand* sah. Diese Wand durchbreche ich heute, nahm sie sich vor, befestigte ein neues Blatt, zog Gummihandschuhe an und tauchte ihre Hände in ein sahniges Taubenblau, dann Minzgrün, Braun, Weiß und etwas Rot, bis das ganze Blatt eine einzige opak schimmernde Farbfläche bildete. Aus purem Übermut setzte sie noch einen dunkelbraunen Punkt oberhalb der Mitte. Ja, mach mal 'nen Punkt, Julia, dachte sie, während sie drei Finger breit unter dem Punkt hingebungsvoll weitermalte. Nach einer Weile erkannte sie, dass es eine breite, rot-weiß karierte Schleife wurde. Dann malte sie an dem Punkt weiter, und gegen Mittag kam es Julia so vor, als wäre der Punkt ein Auge, ein Auge, das über der rot-weiß karierten Schleife schwebte. Sie fühlte sich tatsächlich angestarrt. Aber warum nur ein Auge? Sie fragte Bernhard, wie sie damit umgehen sollte. Er ermutigte sie, dem nachzugehen. Prima, dachte Julia, was soll das jetzt wieder bedeuten? Da glotzt mich so ein hässliches Auge an, und ich soll dem nachgehen! Einerseits würde ich es gern übermalen, anderseits auch wieder nicht – es macht mich neugierig … Sie griff nach einem pastosen Weiß und ließ das dunkle Auge zum Mittelpunkt eines kleinen Kreises werden, dessen Abschluss nach unten die karierte Schleife bildete. Einem Impuls folgend, setzte sie oben auf den Kreis noch zwei sich überlappende, sehr lang gezogene Os und tupfte mit dem Zeigefinger etwas Braun und Rot hinein, bis das Innere der Os sich rosa verfärbt hatte. Dann nahm sie zwei verschieden große Pinsel und strichelte das Weiß jetzt so, dass zwischen den Pinselstrichen der Untergrund durchschimmerte.

Nach einigem Zögern malte sie unterhalb der Schleife noch einen kleinen Berg oder Haufen, den sie ebenfalls weiß strichelte. Nach einer Weile wurde ihr klar, dass sie weiße Haare pinselte, und als sie genauer hinsah, entdeckte sie, dass es genau genommen gar keine Haare waren. Es war Fell. Diese Erkenntnis löste ein Prickeln in ihrem Nacken aus und ein seltsames Gefühl in ihrem Bauch. An diesem Fell wollte sie auf keinen Fall weiterarbeiten, deshalb konzentrierte sie sich auf den unteren Bildrand. Sie begann, um ihr Gebilde herum mai- und jägergrüne, schlamm- und sandfarbene Tupfen aufzutragen. Hier und da setzte sie einen gelben und roten Akzent. Dann hielt sie wieder inne und konzentrierte sich auf das Auge, das sie nach wie vor böse anstarrte, und plötzlich erkannte sie ganz verschwommen das Wesen, das dort gemalt werden wollte. Und obwohl sie am liebsten weggerannt wäre, folgte sie dem Impuls, alles noch deutlicher herauszuarbeiten.

Sie machte die Ohren etwas länger, gab eine Pupille in das Auge und formte das Näschen so lange, bis man das weiße

Häschen, das auf einer Wiese saß, gut erkennen konnte. Es hatte nur ein Auge, weil sie es im Profil gemalt hatte. Julia hatte das Gefühl, als starre dieses Häschen sie geradezu anklagend an. Aber es konnte nicht der Geist eines von ihr vernachlässigten Haustieres oder so sein, weil sie nie eines gehabt hatte. Außerdem trug es diese rot-weiß karierte Schleife, und das würde man einem Haustier doch niemals zumuten.

Nachdem sie den letzten Tupfer auf die Wiese gesetzt hatte, zog sie die Gummihandschuhe aus, erklärte Bernhard, dass sie etwas frische Luft bräuchte, und ging nach draußen.

Die Sonne vom Morgen hatte sich verzogen, und steingrau aufgeplusterte Wolken jagten eilig über den fahlen Himmel.

Julia hatte weder eine Jacke noch einen Schal mitgenommen und fröstelte etwas. Vorsichtshalber suchte sie in ihrer Handtasche nach den Notfalltropfen und träufelte sich ein paar davon auf die Zunge. In dem Moment, als sie den Kopf in den Nacken legte und schluckte, tippte ihr jemand auf die Schulter.

Bernhard war ihr nachgegangen und reichte ihr das Schulheft und einen Stift. »Vielleicht möchtest du aufschreiben, was dir zu deinem Bild einfällt. Und denk daran, es gibt kein gut oder schlecht, richtig oder falsch.« Er legte ihr freundlich seine Hand auf die Schulter und drückte sie kurz, während er mit der anderen um das Gebäude herumdeutete. »Dort drüben findest du Tische und Stühle. Sie sind überdacht.« Und mit diesen Worten ließ er sie allein und ging zurück ins Malatelier.

Julia wollte nichts aufschreiben. Jedenfalls jetzt noch nicht.

Warum ein weißer Hase? Und warum fand sie ihn bösartig? Ihr war klar, dass es einen Grund für den Hasen gab, das konnte kein Zufall sein. Oder wurde sie gerade zu einer dieser völlig abgedrehten Esoterikerinnen, die in allem und jedem ein Zeichen witterten?

Sie versuchte, sich zu erinnern, wofür der Hase ein Symbol sein könnte, schließlich hatte sie Kunst im Nebenfach studiert. Der Hase wurde dem Mond zugeordnet und bedeutete in den meisten Kulturen Glück. In China war er das Symbol eines langen Lebens. In den Gemälden des Mittelalters verkörperten Hasen, die an Weintrauben knabbern, die im Paradies aufgenommenen Seelen. Wow, Julia, aber dein Hase knabbert an nix, er hockt einfach nur blöd auf der Wiese.

Was wohl Nelly zu dem Hasen sagen würde? Julias Lippen zuckten amüsiert. Das war einfach, ihre beste Freundin würde ihr dazu gratulieren, weil sie endlich ihr inneres Krafttier gefunden hatte: den Hasenfuß oder Angsthasen. Jedenfalls hatte sie Julia an Silvester ein hypnotisiertes Kaninchen genannt.

Doch Julias Bild zeigte definitiv einen Hasen. Die standen auch für Fruchtbarkeit … hmmm … Was fiel ihr noch ein? Die Fabel vom Hasen und dem Igel. Die hatte sie schon als Kind nicht gemocht und immer mit dem armen Hasen sympathisiert, der sich so anstrengt und von dem Igel reingelegt wird. Es gab Hasenbraten, Hasenscharten und Osterhasen. Die Jungs liebten besonders die goldenen Lindt-Häschen mit den Glöckchen. Julia musste unbedingt noch ein Geschenk für sie besorgen. Alex brachte immer coole Sachen mit, wenn er verreiste.

Weiter Julia, denk nach. Mümmelmann, viele Hunde sind des Hasen Tod. Das Ziehen in ihrem Bauch wurde stärker, hoffentlich hatte sie sich am Büfett keine Bazillen eingefangen.

Sie setzte sich nun doch an einen der Holztische, die sich windgeschützt hinter einer Hecke aus verblühtem lila Flieder befanden, schlug eine neue Seite auf und schrieb »Hase« darauf.

Dann noch mal »Hase« und wieder »Hase«. Sehr originell, warum nicht gleich: Ein Hase ist ein Hase ist ein Hase? Weil du keine begnadete Dichterin bist, halt nur die Julia. Ob Nelly an ihrem Roman weitergeschrieben hatte? Sie sollte sich wirklich mit ihr versöhnen.

Ah, ihr fiel noch etwas ein: Mein Name ist Hase, ich weiß von nichts. Nichts wissen? Aber dann gab es doch auch: Mal sehen, wie der Hase läuft. Und wohin läuft der Hase?, fragte sich Julia. *Briefe von Felix,* fiel ihr ein, die wollte Max immer vorgelesen bekommen. Es gab Briefe aus London, Neuseeland, aus dem Universum, der Vergangenheit und … Paris, Mode, Kleider, Marion, mein Laden, mein Stoff, mein Entwurf, mein Design …

Das langweilt sogar mich selbst, dachte Julia. Zurück zum Hasen. Da liegt der Hase im Pfeffer. Falscher Hase, alter Hase. Wie auch immer, ich mag den Hasen nicht, er sieht bösartig aus. Obwohl er doch kein bösartiges Tier ist. Im Gegenteil, er ist ganz harmlos.

Bernhard holte sie zurück zu den anderen, die mittlerweile auch mit ihren Bildern fertig waren. Erstaunt registrierte Julia, wie vielschichtig und berührend sie deren Bilder heute fand. Bei einigen hatte sie den Eindruck, als seien sie direkt aus einem Traum auf die Erde gefallen. Sie bemühte sich, den anderen zuzuhören und sich von ihren eigenen Gedanken abzulenken, doch auch lange, nachdem die Abschlussrunde hinter ihr lag und sie schon wieder im Zug zurück nach München saß, dachte sie noch über den Hasen nach. Ihre Bilder lagen zusammengerollt oben im Gepäcknetz. Ich werde sie dort liegen lassen, beschloss sie, aber dann folgte sie einem Impuls und machte ein Foto von dem Hasen. Irgendwie hatte sie das Gefühl, sie sollte ihn noch öfter betrachten. Doch allein der Gedanke, die Bilder Alex zeigen zu müssen, machte sie nervös. Vielleicht hätte sie Nelly erlaubt, sie anzuschauen, obwohl auch deren scharfe Zunge manchmal kaum zu ertragen war. Aber dazu müssten sie sich erst einmal wieder versöhnen. Julia starrte aus dem Fenster auf die vorbeiziehende zartgrüne Landschaft und wünschte sich ihr Leben vom letzten Jahr zurück. Ihr Leben vor Silvester. Aber das ging nicht mehr. Und genau da lag der Hase im Pfeffer.

24. KAPITEL

Liebe Julia,
du machst zwar bei unserem Silvesterprojekt nicht mehr mit, aber du hast mir nicht verboten, dir trotzdem von meinen Erlebnissen zu berichten, oder? Mir tut es gut, alles aufzuschreiben, und im schlimmsten Fall liest du einfach nicht, was ich dir schicke.

Sofern du mir aber verziehen hast, wird es dich vielleicht sogar freuen zu hören, dass ich hier zwischen sieben prallvollen Müllsäcken sitze. Alles neu macht bei mir nicht der Mai, sondern der Juni.

Ich habe es endlich getan! Und die Kleider von Lázló aus den Schränken geräumt. Übrigens nach dem System, das du mir schon kurz nach seinem Tod empfohlen hattest: einen Sack für soziale Einrichtungen, einen für den Wertstoffhof und einen für all das, bei dem ich mir noch nicht sicher bin. Ich habe drei Tage dafür gebraucht. Den ersten Tag habe ich damit verbracht, vor dem offenen Schrank zu sitzen und mich zu erinnern. Einige seiner Hemden hatten eine Geschichte – so wie das rote Kleid. Und wer wirft schon freiwillig die Geschichten seines Lebens einfach so in den Müll?

Sogar die schlimmen Geschichten gehören irgendwie dazu, und sie wegzugeben fühlt sich an, als würde man etwas aus seinem Körper herausoperieren. Am nächsten Tag habe ich mir vorgestellt, ich wäre Ärztin und müsste es tun, um die Patientin zu retten. Konkret habe ich mir ausgemalt, es wäre nicht mein Schrank, sondern der eines Fremden, dem ich dabei helfe, sich wieder in seinem Leben zurechtzufinden. Ich habe mir einen Kittel angezogen und Gummihandschuhe, um mich noch besser in die Rolle hineinzufinden, aber das hat nicht funktioniert. Heulend habe ich alles von mir geworfen und den Rest des Tages mit einer Flasche von Lázlós Lieblingsrotwein vor dem Schrank verbracht. Am dritten Tag hat der Kater alles andere überdeckt und ich konnte endlich anfangen. Ob ich darüber ein Sachbuch schreiben sollte? *Hundert Tipps zur endgültigen Beseitigung eines toten Geliebten?*

Der Schrank ist leer, alles ist weg. Ich habe nur seine Hüte behalten und den eleganten Spazierstock mit dem Knauf aus Elfenbein, den er von seinem Vater geerbt hat.

Sieben schwarze Müllsäcke, die ich nicht heben kann und die ich nicht ansehen kann, ohne dass es mir das Herz bricht. Dazu fehlt sowieso nicht mehr viel. Mein Herz sieht seit Lázlós Tod aus wie Sicherheitsglas, in das jemand einen Stein geworfen hat. Es funktioniert noch, obwohl es in tausend Einzelteile zersprungen ist. Aber ich bin nicht sicher, was passiert, wenn man noch einen Stein hineinwirft. Das sage ich nicht, damit du Mitleid mit mir hast, es fühlt sich eben einfach so an.

Jetzt werde ich mich vom Anblick der Säcke losreißen und mich wieder seinem Schreibtisch widmen, denn das habe ich bisher auch vermieden. Der Anblick seiner breiten Handschrift war einfach zu furchtbar. Doch nachdem ich nun angefangen habe, möchte ich es möglichst schnell hinter mich bringen.

Er ist, nein, er *war* viel ordentlicher als ich. In seinen Ordnern befindet sich wirklich immer genau das, was draufsteht, das ist bei mir nicht so. Und ich mache eine Entdeckung nach der anderen.

Stell dir vor, Lázló hat eine Lebensversicherung für mich abgeschlossen, von der ich nichts wusste. Nur für den Fall … Eine Versicherung über zwei Millionen Euro! Ich war so von den Socken, dass ich trotz allem, was zwischen uns gewesen ist, versucht habe, dich anzurufen, aber du warst nicht da. Zuerst war deine Schwiegermutter am Telefon, die mir reichlich pikiert erzählt hat, du würdest einen Selbstfindungskurs im Allgäu machen. Du kannst dir meine Überraschung vorstellen! Ich hatte ja keine Ahnung und dachte, du triffst dich vielleicht mit Frank. Kaum hatte Gisela aufgelegt, haben mich heimlich die Zwillinge angerufen und mit ihrem herzzerreißenden Charme geradezu angefleht, sie abzuholen oder wenigstens zu besuchen, weil ihnen sooooo schrecklich langweilig ist. Alex war offensichtlich ins Büro gefahren, weil es irgendeinen Notfall gegeben hat. Obwohl ich nichts lieber getan hätte, als die zwei in meiner Küche zu verwöhnen, habe ich standhaft abgelehnt, um dich nicht noch mehr zu verärgern. Finn hat mir dann allen Ernstes erklärt, Oma Gisi hätte mich angelogen. Denn du würdest dich gar nicht selbst finden, du wärest nämlich nicht verloren gegangen, sondern beim Malen lernen, damit du ihnen dann beibringen könntest, wie man richtig gefährliche Monster malt. Wow!

Das hat mich von den zwei Millionen natürlich abgelenkt. Falls du nach dem Lesen der Mail Lust hast, mich anzurufen, würde ich mich freuen, und ich werde dich auch nicht nach dem Monstermalkurs fragen, versprochen.

Aber das war noch nicht alles. Du weißt ja, dass ich seine Kontoauszüge seit seinem Tod nicht ein einziges Mal angeschaut habe, das war ein Fehler! Ich habe mich zwar gewundert, dass keiner von der Bank angerufen hat, dachte, das wäre so was wie Pietät gegenüber der Witwe. Natürlich Humbug! Denn Lázló hat auch unser Häuschen abbezahlt! Ich dachte, es wäre immer noch eine Hypothek drauf, aber offensichtlich wollte er mich damit überraschen, denn ich fand auch eine Summe, die er für eine Renovierung gedacht hatte, um unser Haus alterstauglich zu machen. Alterstauglich! Und dann stirbt er einfach!

Ich bin durchs Haus gelaufen und habe mich bei einer Zigarette gefragt, ob ich wirklich hier wohnen bleiben will, hier, wo mich jede Ecke an ihn erinnert? Das habe ich mich vorher noch nie gefragt. Und es bestürzt mich. Ich will ihn nicht aus meinem Leben streichen, will nicht, dass die Zeit alle Wunden heilt und alles weitergeht, als hätte es uns beide nie gegeben. Kannst du das verstehen? Ich habe doch sonst nichts als die Erinnerungen an ihn.

Nelly schnäuzte sich, las noch einmal, was sie geschrieben hatte, und schüttelte den Kopf. Dann löschte sie die letzten Absätze ihrer Mail, sodass diese mit den zwei Millionen aufhörte, und schickte sie mit dem üblichen Gruß an Julia.

Was hatte Julia wohl dazu bewogen, an dem Kurs festzuhalten, obwohl sie doch nicht weitermachen wollte? Nelly konnte sich nicht vorstellen, dass irgendeine Stornogebühr sie daran gehindert hatte, den Kurs abzusagen. So arm waren die Bergers wirklich nicht.

Sie betrachtete ihre Silvesterliste und setzte einen Haken hinter die Punkte, die sie mittlerweile erledigt hatte:

- Ausmisten ✓
- Zu einer Wahrsagerin gehen ✓
- Meine heißeste Affäre von damals wieder treffen ✓
- Eine Patientenverfügung schreiben ✓
- Eine Typeratung machen lassen ✓
- Einen Roman schreiben

Es blieben also:
- Einen zwanzig Jahre jüngeren Mann verführen
- Aktfotos machen lassen
- Mit Delfinen schwimmen

- Fallschirm springen
- Eine Woche lang nicht lügen
- Einen Preis gewinnen

Hinter *Roman schreiben* konnte sie beim besten Willen kein Häkchen setzen. Das sollte eigentlich weiter runter rutschen. Sie klickte die Datei »Der Roman« an und betrachtete, was sie bisher geschrieben hatte. Zwei Sätze:

Eigentlich hatte ich ein ganz anderes Buch schreiben wollen.

Damals hatte ich gerade eine schwere Krankheit hinter mir, über die ich hier nicht weiter reden will, außer dass sie etwas mit der elend lästigen Trennung zu tun hatte und meinem Gefühl, dass alles tot war.

Beide Sätze waren geklaut. Der erste Satz war der zweite Satz aus *Emil und die Detektive* von Erich Kästner, und der zweite stammte aus *Unterwegs* von Jack Kerouac.

Es gab einfach schon so viele gute Bücher. Alle Themen dieser Erde waren schon seit der Antike oder spätestens seit Shakespeare abgegrast. Wer um alles in der Welt brauchte da noch eins von ihr? Die richtige Antwort lautete natürlich: Niemand, denn der Einzige, der es mit Begeisterung gelesen hätte, war tot.

Nelly war sicher, dass Lázló ihr all dieses Geld auch mit dem Gedanken daran hinterlassen hatte, sie finanziell unabhängig zu machen, damit sie genug Zeit und Geld haben würde, um das schreiben zu können, was sie wirklich wollte, ganz egal, ob es jemand las oder nicht. Wie oft hatte Nelly sich bei ihm darüber beschwert, zu welchen schwachmatischen Themen sie Artikel schreiben oder Bücher übersetzen musste. Es war wundervoll gewesen, in seinem Arm zu liegen und darüber zu philosophieren, was für eine großartige Liebesgeschichte sie gern schreiben würde, wenn sie nur genug Zeit und Geld hätte. Und nun hatte sie dank seiner großzügigen Vorsorge Zeit und Geld, aber keine Idee. Über Lázló zu schreiben wäre ihr wie Leichenfledderei vorgekommen, aber er war das einzige Thema, das noch nicht abgenudelt war, einfach, weil es so jemanden wie ihn noch nie gegeben hatte. Aber könnte sie ihm jemals gerecht werden?

Plötzlich dachte sie an Finns drängende Stimme am Telefon, und ein ketzerischer Gedanke kam ihr in den Sinn: Und wenn sie etwas für Jungs schreiben würde? Für Kinder? Da war sie nicht so vorbelastet, hatte noch nicht so viel gelesen. Aber sagte man nicht immer, dass man nur über das schreiben sollte, was man kannte, oder in einem Genre, das man selbst gern las? Und Nelly hatte keine Kinder – durfte man dann für Kinder schreiben?

O nein, auf keinen Fall, hörte sie Lázlós Stimme leise spottend in ihrem Hinterkopf, denn dann kommt sofort die Schreibgestapo und verhaftet dich! Sie lächelte. Natürlich durfte man. Ich werde etwas für die Zwillinge schreiben und es ihnen vorlesen, wenn sie das nächste Mal hier sind. Und dann sehen wir weiter.

Sie stand auf und lief in die Küche, wo sie sich einen Cappuccino machte. Mit irgendwas musste man ja anfangen, niemand schrieb gleich einen ganzen Roman. Aber trotzdem wollte sie sich auch noch um die anderen Dinge kümmern, die auf der Liste standen.

Fallschirm springen und mit Delfinen schwimmen, das würde sie im August im Urlaub machen. Einen Mann egal welchen Alters zu verführen, das konnte sie sich noch nicht einmal vorstellen. Um einen Preis zu gewinnen, musste sie erst mal irgendwas vorzuweisen haben, und Aktfotos boten sich auch eher für die Zeit nach einem Urlaub an, wenn man braun und vom Schwimmen oder Wandern gestählt war. Blieb noch eine Woche lang nicht zu lügen.

Nelly nahm den Cappuccino und setzte sich auf ihre kleine Terrasse. Die Sonne knallte so stark vom Himmel, dass die rosa Hortensien in ihren Kübeln schlapp hinunterhingen. Ich werde es ihnen gleich nachmachen, dachte Nelly. Sie rollte die Ärmel hoch, genoss die starke Junisonne in ihrem Gesicht und beschloss, dass sie nächste Woche mit dem *nicht lügen* weitermachen würde. Oder besser übernächste Woche, nur für den Fall, dass Julia sich wegen ihrer Mail melden würde. Schließlich wollte Nelly es sich nicht sofort wieder mit ihr verderben.

Eigentlich war sie immer noch wütend, weil ihre Freundin alles hingeworfen hatte, auch wenn sie die Entscheidung nachvollziehen konnte. Für die Zwillinge hätte Julia jedes Opfer gebracht. Und wenn ich ganz ehrlich bin – haha, dachte Nelly, da kann ich ja gleich mal üben, denn ehrlich zu sein beinhaltete auch, ehrlich zu sich selbst zu sein –, dann wäre sie selbst auch bereit, alles für die Zwillinge zu tun. Dabei waren es nicht mal ihre Kinder.

Nelly zündete sich noch eine Zigarette an. Eine Woche lang nicht zu lügen würde sich auch beruflich als Herausforderung entpuppen. *Der Dummschwätzer,* ein Hollywoodfilm mit Jim Carrey, basierte schließlich darauf, dass Lügen zum Leben gehörten. Sie stellte sich die Antwort vor, die sie auf die Frage des Verlags geben müsste, wie sie mit der Übersetzung dieses schnulzigen Liebesromans vorankam: »Nachdem ich beschlossen habe, die Sexszenen nicht ganz so mies zu lassen, wie sie geschrieben sind, geht es mir besser. Und nein, es hat mir keinen Spaß gemacht, ca. vier Millionen Mal seine männliche Härte rauszustreichen, aber ich hab's aus Mitleid mit den deutschen Leserinnen getan und ganz sicher nicht, weil ich so fürstlich bezahlt werde. Ich hätte Schmerzensgeld bekommen sollen. Und es ist immer noch schlimm genug.« Von diesem Verlag würde sie dann natürlich keine Aufträge mehr bekommen. Aber wer weiß, womöglich bekäme sie dann von anderen Verlagen interessantere Romane zum Übersetzen?

Vielleicht sollte ich darüber eine Kolumne schreiben, überlegte sie, in dem Film musste Jim Carrey nur vierundzwanzig Stunden durchhalten, um sein Leben dramatisch zu ändern. Eine ganze Woche würde jede Menge Stoff bieten. Oder aber ich erfinde ein Lügenmonster für die Zwillinge – einen mutigen Ritter, der in ein grottenhässliches Monster verwandelt wurde, das immer die Wahrheit sagen muss, und jedes Mal, wenn sich jemand darüber ärgert, wird es noch hässlicher. Und erst, wenn sich jemand wirklich über die Wahrheit freut, wird er zurückverwandelt. Was für seltsame Wesen wir Menschen doch sind, dachte Nelly. Wir sind die Einzigen, die sich freiwillig an die Kandare nehmen, die Einzigen, die freiwillig fasten oder sich Dinge versagen, die ihnen Freude machen, die sich sogar Religionen ausdenken, in denen ein Vater den eigenen Sohn ans Kreuz nageln lässt, um die Menschheit auch gegen ihren Willen zu erlösen. O ja, die Wahrheit zu sagen würde ihr Spaß machen! Plötzlich sah sie Julia vor sich. Na gut, vielleicht nicht immer.

25. KAPITEL

Julia schloss die Haustür auf, lauschte nervös und freute sich, als kein Laut an ihre Ohren drang. Erleichtert betrat sie das Haus, zog Jacke und Schuhe aus, ging in die Küche und kochte sich einen starken Tee. Während sie die Zwillinge in den Kindergarten gebracht hatte, war Alex mit Gisela endlich zum Hauptbahnhof gefahren und hatte seine Mutter in den Zug nach Hause gesetzt. Das hätte eigentlich schon gestern passieren sollen, aber Alex hatte seine Mutter überredet, einen Tag länger zu bleiben, weil er ihr die Kanzlei noch nicht gezeigt hatte. Und natürlich war Gisela gern geblieben.

Seit Julia vor drei Tagen vom Malkurs zurückgekommen war, hatte sie nicht eine einzige Minute für sich gehabt. Die Zwillinge klebten an ihr, als wäre sie auf einer jahrelangen Nordpolexpedition gewesen, und Gisela hatte die Aufmerksamkeit ihrer Schwiegertochter gefordert wie eine wohlmeinende Lehrerin die ihrer Lieblingsschülerin. »Julia, willst du wirklich dieses, sagen wir mal, *merkwürdige* Waschmittel für die teuren Wollsocken deines Mannes verwenden?« – »Julia, mein Liebes, möchtest du nicht mal zu einem richtigen Friseur gehen?« – »Julia, du bist die beste Schwiegertochter der Welt, und nur deshalb frage ich dich, ob du mich bitte zum Einkaufen begleiten könntest. Ich brauche ein neues Korsett oder, wie ihr jungen Hüpfer das gerne nennt, einen Shaping-Body.«

Natürlich hätte Julia ihrer Schwiegermutter niemals verraten, wie sehr sie es hasste, ihr Bodys in die Umkleidekabine zu reichen und anschließend deren *Shaping*-Qualitäten zu beurteilen. Das war ihr zu intim. Und der Geruch von dem sich entfaltenden Fleisch, Schweiß, Parfüm und Puder war ihr auch ohne Haschkekse eine Qual.

Aber Gisela war so stolz auf ihre mädchenhafte Figur und wurde nicht müde zu betonen, dass die nur eiserner Beherrschung und ständiger Gymnastik zu verdanken war. Eigentlich brauchte sie nämlich gar keine Shaping-Unterwäsche, es ging ihr nur darum, ihrer Schwiegertochter diesen Umstand mahnend vor Augen zu führen.

Zu Julias großem Erstaunen drehten sich tatsächlich immer noch Männer nach Gisela um, und mehr als einmal beschlich sie der ketzerische Gedanke, dass Gisela auch nach dem Ableben ihres zweiten Ehegatten nicht lange allein bleiben würde.

Alex wiederum wollte ständig wissen, was sie denn nun genau in dem Malseminar gelernt hatte und wann sie das mit den Jungs umzusetzen gedachte.

Nachts konnte Julia nicht schlafen, weil Gisela sich im gemeinsamen Schlafzimmer breitgemacht und Alex die Kammer mit dem einzig vernünftigen Ersatzbett in Beschlag genommen hatte. Die Eisberge erwärmten sich erst nach Stunden, da nutzten auch eine Wärmflasche und Wolldecken im Kreuz nicht viel, und es half auch nicht, dass Julia jedes Mal, wenn sie die Augen schloss, diesen dämlichen weißen Hasen vor sich sah. Und wenn sie dann endlich einschlief, hatte sie wirre Träume von einem Prinz Eisenherz mit einem karierten Nickitüchlein, von Felsabstürzen, Wodka, Jägern, Schnee und weißen Hasen, die in einem Labyrinth blutige Fußspuren hinterließen. Manchmal war sie sogar selbst der Hase, der den Jägern nur um Haaresbreite entwischte.

Während sie zum ersten Mal seit ihrer Rückkehr in Ruhe einen Tee trank, las sie endlich die Mails, die für sie gekommen waren. Eine kam von Marion, die sich erkundigte, ab wann genau Julia ihre Arbeitszeiten nun reduzieren wolle, und eine war von Nelly, die endlich ausgemistet hatte.

Julia wollte so gerne mit Nelly reden, aber irgendwie hatte sie Hemmungen, den Malkurs zu erwähnen. Dabei vermisste sie sogar die spöttischen Bemerkungen ihrer Freundin. In ihrer Gegenwart musste sie sich nie darum bemühen, perfekt zu sein, gerade weil Nelly immer über alles Witze machte. Und genau diese Erkenntnis brachte Julia dann doch dazu, ihre Freundin endlich anzurufen, um sich mit ihr zu versöhnen.

Nelly nahm sofort ab, fast als hätte sie neben dem Telefon gewartet. Enthusiastisch schlug sie vor, alle Unstimmigkeiten bei einem richtigen Treffen zu klären. Julia hatte mit einem Blick auf das Chaos in der Wohnung ablehnen wollen, aber dann dachte sie an Alex' Beschreibung von ihr, der praktischen Frau, und beschloss, fünfe gerade sein zu lassen.

Eine halbe Stunde später stand Nelly mit Croissants bei ihr in der Küche und übernahm das Kommando. Sie kochte noch einen Tee für Julia, Kaffee für sich selbst und holte Butter und Marmelade aus dem Kühlschrank.

»Also ist wirklich alles wieder gut, ja?« Nelly hob die Tasse, als wollte sie ihrer Freundin zuprosten.

Julia nickte und prostete zurück.

»Und wie fühlst du dich jetzt, nachdem du endlich Lázlós Kleider weggeräumt hast?«, fragte Julia.

Nelly verzog den Mund zu einem schiefen Lächeln. »Die Säcke stehen noch im Hausflur. Ich habe es nicht übers Herz gebracht, sie wirklich endgültig zu entsorgen.«

»Soll ich dir helfen?«

»Das wäre lieb.«

»Okay, jetzt gleich?«

Nelly schluckte, dann räusperte sie sich. »Ich melde mich, okay?« Sie trank von ihrem Kaffee und biss in das Croissant, auf das sie reichlich Zitronenmarmelade gestrichen hatte.

»Jetzt möchte ich aber doch wissen, was du letztes Wochenende getrieben hast. Warst du nun in Sachen Frank unterwegs oder in Sachen Selbstfindung?« Sie hielt inne und schlug sich mit der flachen Hand vor den Mund. »Tut mir leid, ich wollte mich eigentlich bessern.«

Julia lächelte. Von wegen. Nelly würde noch im Jenseits alle mit ihren Fragen nerven. Sie gab sich einen Ruck, erzählte von dem Kurs und endete mit dem Bild vom ersten Tag.

»Kann ich das Bild mal sehen?«, fragte Nelly und war sehr enttäuscht, als Julia behauptete, sie habe sie im Zug liegen gelassen.

»Sie?«, fragte Nelly. »Du hast nur das eine Bild erwähnt.«

Wie aufmerksam. Kein Mensch hatte ihr in den letzten drei Tagen auch nur annähernd so genau zugehört. Sie wich Nellys Blick aus, aber die ließ nicht locker.

»Du hast also gleich mehrere Bilder ›vergessen‹? Als anerkannte und diplomierte Hobbyhausfrauenpsychologin würde ich sagen, du verheimlichst mir etwas.« Nelly grinste mit vollem Mund. »Das Vergessen und Versprechen deutet alles in eine Richtung: Da ist was im Busch.«

Julia war hin- und hergerissen, sie spürte, dass sie mit jemandem reden musste, wenn sie diese Träume abstellen wollte, und mit wem sonst sollte sie darüber sprechen als mit Nelly? Dennoch widerstrebte es ihr, sie hatte Angst, es im Nachhinein zu bereuen. Lächerlich, Julia, beruhigte sie sich, es sind doch bloß ein paar schlecht gemalte Bilder.

Sie holte tief Luft und fing an zu erzählen, wie das Bild sie verfolgte, vom ersten Moment an, als sie begonnen hatte, es zu malen. Nachdem sie das gehört hatte, war Nelly erst recht enttäuscht, dass es die Bilder nicht mehr gab. Das konnte Julia verstehen, und sie zeigte ihr schweren Herzens das Foto, das sie von dem Bild gemacht hatte. Dabei kam sie sich vor, als würde sie sich nackt ausziehen. Als sie mit Nelly zusammen das Foto betrachtete, sah der Hase noch gemeiner aus als in ihrer Erinnerung.

Nelly starrte das Bild an und schwieg. Eine ganze, elendige Minute lang. Dann erst räusperte sie sich.

»Das erinnert mich an etwas, darf ich das vergrößern?«

»Klar.« Julia fühlte sich immer unwohler. Warum reagierte Nelly so komisch?

»Also, mir kommt der Hase bekannt vor.« Nelly musterte Julia noch intensiver.

»Echt? Dann hilf mir doch auf die Sprünge!«

»Den habe ich dir mal geschenkt.«

Fassungslos starrte Julia das Foto an. »Ernsthaft jetzt?«

Nelly nickte. »Ja. Ich erinnere mich genau, auch wegen der karierten Schleife, die habe ich dem Hasen nämlich umgebunden, damit wir Witze darüber machen können. Du hattest deine Examensarbeit gerade fertig, und dein Betreuer hieß …«

Julia lachte erleichtert.

»Jetzt weiß ich es wieder: Der hieß Dr. Ostermann, und er trug immer eine karierte Fliege.«

»Genau!«

»Du hast ihn mir also zum Bestehen des ersten Staatsexamens geschenkt? Komisch, dass ich mich daran nicht erinnern konnte.«

Nelly schüttelte den Kopf. »Nein, ich habe ihn dir ins Krankenhaus mitgebracht, um dich aufzuheitern.«

Julias Herz schlug schneller. »Ich war im Krankenhaus?« Was redete Nelly da für einen Blödsinn?

»Aber ja, du lagst im Klinikum *Dritter Orden,* weißt du das denn nicht mehr? Ich war auf dieser vierwöchigen Exkursion in Wales, und als ich zurückkam, hieß es, du würdest mit einer Blinddarmoperation im Krankenhaus liegen, und ich habe dich da besucht.«

Julias Kehle schnürte sich zu, und ihr wurde schwindelig. Während ihr Kopf immer noch behauptete, dass Nelly kompletten Nonsens faselte oder sie verwechseln musste, weil sie in ihrem Leben nur ein einziges Mal im Krankenhaus gewesen war, nämlich zur Geburt ihrer Jungs, wusste ihr Magen längst, dass Nelly recht hatte. Alles zog sich zu einem schmerzhaften Knoten zusammen, und Julia bekam keine Luft mehr.

»Gott, du bist ja ganz blass! Wo sind diese Notfalltropfen, die du immer in dich reinschüttest?«

»In meiner Handtasche, im Flur auf der Kommode.«

Nelly sprang auf, brachte gleich die ganze Handtasche mit und stellte sie vor Julia ab, die hektisch darin herumkramte und sich dann etwas auf die Zunge träufelte, während sie versuchte, wieder einen klaren Kopf zu bekommen.

Nelly setzte sich ihr gegenüber und betrachtete sie forschend. »Julchen, jetzt beruhige dich, das ist doch alles Jahre her.«

Julia trank von ihrem Tee, obwohl das kontraproduktiv war, weil es die Notfalltropfen zu stark verdünnen würde. Gleich würde sie sich erinnern, gleich würde etwas in ihr explodieren. Aber das musste sie verhindern. Ihre Zunge klebte an ihrem Gaumen wie eine tote Weinbergschnecke. Ihr Hals war wie zugeschnürt.

»Als ich dich dann besucht habe, lagst du in der Gynäkologie, weil der Blinddarm zum Glück falscher Alarm gewesen war. Du hattest nur eine Gebärmutterentzündung, die mit Antibiotika behandelt wurde.«

»Stimmt«, stammelte Julia, und jetzt erinnerte sie sich wieder. Der weiße Hase hatte die Eiswand zu ihrem Gefühlskeller durchbrochen. Bilder wirbelten wie Schneeflocken in einem Blizzard durch ihren Kopf, zwangen ihr inneres Auge hinzusehen, stachen wie Nadeln in ihren Bauch, wo sie sich dann wieder zu einem schweren Ring aus Eisbrocken vereinten, ihre Taille umschlossen und sie am Atmen hinderten.

Nelly legte ihre Hand auf Julias Arm, aber Julia konnte das jetzt nicht ertragen. Diese Wärme hätte alles zum Schmelzen gebracht, alles wäre eingestürzt, und sie musste jetzt sehr gut überlegen, was sie sagte.

Julia versuchte sich zu beruhigen und entzog Nelly den Arm, was diese eindeutig verletzte, obwohl sie so tat, als wäre alles in Ordnung.

»Julchen, ich verstehe, dass es dich erschüttert, etwas vergessen zu haben. Das ist völlig normal, deshalb hast du ja noch lange kein Alzheimer oder so was. Ich glaube, man nennt das ›partielle Amnesie‹ oder so ähnlich. Du musst dir keine Sorgen machen.«

Das war so absurd. Nelly sorgte sich wegen ihrer hypochondrischen Ader. Julia hätte gern darüber gelacht, aber das hätte sie dann auch erklären müssen. Hysterisches Lachen gehörte sonst nicht zu ihrem Repertoire.

»Ich verstehe nur nicht, warum ich das vergessen habe«, begann sie und wählte ihre Worte sehr sorgfältig.

Das war gelogen. Sie verstand es sehr wohl.

»Ich habe mich damals bestimmt gefreut, als du mit dem kleinen Ostermann aufgetaucht bist.«

Nein, hatte sie nicht.

»Schade, dass der Hase verschwunden ist. Ich habe keine Ahnung mehr, wo der hingekommen ist.«

Den Hasen hatte sie der Oberschwester im Krankenhaus gelassen für Kinder, die sich auf der Station langweilten. Unter keinen Umständen hätte sie ihn mit nach Hause genommen.

»Hey, mach dir deshalb keinen Kopf! Man kann doch nicht alles bei jedem Umzug mitschleppen. Das war nur ein kleiner Plüschhase, nichts Wertvolles.«

Als Julia nicht reagierte, weil sie verzweifelt nach einer unverfänglichen Antwort suchte, probierte Nelly es mit Humor.

»Na gut, okay, das war gelogen! Ich bin beleidigt, weil du ihn irgendwo entsorgt hast, aber das hast du mit vielen Geschenken von mir gemacht.«

Julia stürzte sich auf die Gelegenheit, das Thema zu wechseln.

»Blödsinn, ich liebe deine Geschenke und halte sie in den allerhöchsten Ehren!«

Nelly funkelte sie grinsend an. »Der türkisfarbene Aschenbecher aus Kreta …«

»Runtergefallen.«

»Der Pareo aus Palma …«

»Mottenlöcher!«

»Die silberne Pfeffermühle von dem Basar in Istanbul?«

»Kaputt, und du weißt, Alex mag keine kaputten Sachen, er behauptet, die verbreiten schlechtes Karma.«

»Seit wann glaubt dieser Rationalist an Karma?«

Julia lächelte. »Immer dann, wenn es ihm in den Kram passt.«

»Er ist eben durch und durch Jurist. Apropos, wie nennt man einen ehrlichen Anwalt?«

Ehrlich? Julias Stimmung kippte wieder, aber sie bemühte sich darum, sich nichts anmerken zu lassen. »Keine Ahnung.«

»Ein Ding der Unmöglichkeit. Und was ist der Unterschied zwischen Gott und einem Juristen?«

Julia zuckte mit den Schultern.

»Gott denkt nicht, er wäre Jurist.«

»Den kannte ich schon«, sagte Julia, um zu erklären, wieso sie nicht lachen musste.

»Klar kanntest du den.« Nelly nahm ihre Hand und tätschelte sie. »An den erinnerst du dich, aber nicht daran, dass du im Krankenhaus warst. Ja, ich habe gerade noch gesagt, dass du dir deshalb keine Sorgen machen sollst, weil jeder mal was vergisst. Julia, du bist so gespenstisch blass, dass mir nicht mal mehr ein guter Witz einfällt! Es macht mich fertig, wenn ich sehe, wie du dich rumquälst. Irgendwas ist doch los mit dir. Und auch wenn du mich gleich hochkantig rauswirfst, weil ich so unsensibel bin: Ich glaube, du solltest reden. Egal, was es ist, nach Lázlós Tod kann mich nichts mehr umhauen.«

Nelly hatte ja keine Ahnung, wie sehr sie sich irrte.

Julia entzog ihr die Hand, sprang auf, merkte, wie ihre Knie zitterten, hielt sich am Küchentisch fest und setzte sich lieber wieder hin.

Sie zeigte auf die Bar im Wohnzimmer, die seit der Geburt der Zwillinge in einem abschließbaren Glasschrank untergebracht war. »Gib mir einen Schnaps. Und nimm dir auch einen.«

»Julia Berger. Es ist zehn Uhr morgens an einem Mittwoch. Du machst mir Angst.« Nelly trat zum Schrank und öffnete ihn. »Was willst du? Grappa, Calvados, Mirabelle, Ouzo, Wodka, Whiskey. Ihr habt ja 'ne gewaltige Auswahl.«

»Weihnachtsgeschenke von dankbaren Klienten. Ist mir egal, alles außer Wodka.«

Nelly kam mit dem Mirabellenschnaps zurück. »Mirabella wollte ich immer viel lieber heißen als Daniela. *Schönes Wunder,* das klingt doch viel schöner als dieses langweilige Daniela. Und ich finde, dieser Schnaps passt, hier geschieht gerade auch ein schönes Wunder. Frau Berger schnapselt am helllichten Tag. Prost!«

Julia war Nelly für dieses Geplänkel dankbar. Ihre freundliche Heiterkeit ermutigte Julia, und so konnte sie darüber nachdenken, wie sie es ihrer Freundin sagen sollte.

Nelly goss ein wenig von der hellgoldenen Flüssigkeit in zwei Wassergläser, und als Julia protestieren wollte, bemerkte Nelly nur lapidar, die Gläser hätten genau die richtige Größe.

»Mein Trinkspruch soll heute ein zweiter Satz von Joey Goebel sein, aus *Heartland:* ›Auf seinem schier endlosen Leidensweg …« Nelly warf Julia einen so übertrieben dramatischen Blick zu, dass dieser ganz leicht ums Herz wurde. Ihre Freundin hatte recht, nichts war so dramatisch wie der Tod, und um den ging es hier nicht … oder doch?

»… musste er immer wieder an den Rat denken, den ihm das Familienoberhaupt erteilt hatte: Warum tust du nicht einfach so, als wärst du glücklich?‹«

Nelly stieß mit ihr an und leerte mit einem großen Schluck das halbe Glas. Dann räusperte sie sich. »Also, Julia, wieso tust du nicht einfach so, als wärst du glücklich?«

Julia leerte gleich das ganze Glas, setzte sich gerade hin und erzählte Nelly die Wahrheit.

»Das ist ja ein echter Hammer.« Nelly schenkte ihnen nach und kippte ihr Glas sofort runter.

»Habe ich das wirklich richtig verstanden? Du, die heilige Julia, warst schwanger und hattest eine Abtreibung? Das war gar kein Gebärmutterdings?«

»Ja.« Julia fühlte sich genauso mies wie damals. Nichts hatte sich geändert. Wie eine leichtsinnige Versagerin. Tränen stiegen ihr in die Augen. Jetzt kein Selbstmitleid, schwor sie sich, nicht das auch noch!

Nelly legte ihr beruhigend die Hand auf den Arm, und diesmal ließ Julia es zu.

»Ich weiß gar nicht, wo ich anfangen soll mit meinen Fragen. Warum hast du mich belogen? Wer war der Vater? Und wie konnte es dazu kommen? Und wieso hast du das vergessen? Spätestens bei der Geburt der Jungs muss dir doch alles wieder eingefallen sein. Und noch was: Ganz egal, ob und was du auf meine Fragen antwortest, du bist meine Freundin! Und ich kann damit leben, dass du mich belogen hast. Ich bin sicher, du hattest einen guten Grund dafür.«

Julia wusste nicht, ob es am Schnaps lag oder an Nellys unnachahmlicher Art, es ihr leicht zu machen, jedenfalls hatte sie plötzlich das Bedürfnis, sich alles von der Seele zu reden. Wie ein Wasserfall sprudelte es aus ihr heraus. Von der öden Party, auf die sie eigentlich nicht hatte gehen wollen, von dem Wodka, den sie in rauen Mengen getrunken hatte, weil sie ihn in der Cola zuerst nicht so deutlich geschmeckt hatte, und wie sie mit zu einem Typen nach Hause gegangen war, den sie nicht einmal besonders toll gefunden hatte – und alles nur, weil sie sich nicht mehr unter Kontrolle gehabt hatte und sich dabei auch noch saucool vorgekommen war.

Sie hatte es niemandem erzählt, weil sie sich so dermaßen geschämt hatte, und sie wäre lieber gestorben als zuzugeben, dass sie ausgerechnet diese Nacht zu den wenigen Highlights in ihrem Sexleben zählen musste.

Damals war alles anders gewesen als heute. Eine Serie wie *Sex and the City* war noch Lichtjahre entfernt, und von dem Typen, mit dem sie geschlafen hatte, war keine Hilfe zu erwarten gewesen. Der hatte eine Freundin und ihr das vorher auch sehr deutlich gemacht. Nelly war damals irgendwo in Wales gewesen, es gab keine Handys und vor allem noch keine Pille danach, und Abtreibungen waren ganz und gar nicht cool.

»Was für eine elende Scheiße!«, fluchte Nelly und goss ihnen noch einmal nach.

»Und warum hast du es mir nicht erzählt, als ich dich besucht habe?«

»Es ging einfach nicht. Ich wusste zwar, dass du die Einzige warst, die das verstehen würde, aber ich habe es nicht über mich gebracht. Dann wäre es wirklich real geworden, und so war es nur wie ein besonders schlimmer Albtraum. Damals wurde der Eingriff in Bayern nicht ambulant gemacht, sondern nur mit Vollnarkose. Natürlich erst nach einem peinlichen Arztgespräch, der einem den Wisch für eine noch schlimmere Beratung ausstellen musste. Und weil das wie eine OP mit Narkose war, musste ich also in der Klinik bleiben. Im Nebenzimmer waren frisch gebackene Mütter mit ihren Neugeborenen, und wenn ich mich von der viel zu starken Vollnarkose gerade einmal nicht übergeben musste, konnte ich die Babys hören. Ich habe mich gefühlt wie eine Mörderin.«

Nelly prostete Julia zu. »Das ist ja fürchterlich! Und du hast das ganz alleine durchgestanden? Wie schrecklich!«

Jetzt liefen Julia doch Tränen über die Wangen. »Als du dann plötzlich zu Besuch kamst, hatte ich das Schlimmste gerade hinter mir, und ich wollte auf keinen Fall daran denken, was wirklich passiert war. Meine Bauchschmerzen waren das einzig Greifbare in diesem dunklen Nebel. Ich glaube, es fiel mir leicht, dich anzulügen, weil ich so sehr wollte, dass das Ganze nur eine Gebärmutterentzündung war. Und wenn *du* mir die Geschichte abnahmst, dann sollte und musste das die Wahrheit sein. Du hast mir damals sehr viel mehr geholfen, als du glaubst. Doch ich konnte diesen Hasen nicht behalten, ich wollte nicht an das Krankenhaus erinnert werden. Besonders nicht daran, wie verantwortungslos ich gewesen bin. Das war eine andere Julia, eine, die ich vergessen musste. Deshalb trinke ich seitdem auch nur wenig Alkohol, jedenfalls wenn Männer dabei sind.«

Nelly legte den Arm um sie und drückte sie fest.

»Irgendwie verrückt«, murmelte Nelly, »dass sich das alles dann doch einen Weg nach draußen sucht, so ganz unerwartet, einfach so beim Malen.«

»Einfach so? Ohne diesen blöden Silvesterplan wäre das alles immer noch schön aufgeräumt und gut verstaut irgendwo hinten in meinem Kopf.« Julia entzog sich Nelly wieder und schniefte.

»Aber fühlst du dich denn nicht besser? Ist es nicht gut, dass es endlich mal raus ist?« Nelly sah sich nach einer Küchenrolle um, riss ein Blatt ab und reichte es Julia.

»Nein, jetzt gerade fühle ich mich, als wäre ein Laster über mich drüber gefahren. Bitte lass uns nicht mehr darüber reden.«

»Nicht mehr drüber reden … Ich fürchte, so einfach ist das nicht. Nachdem du dich nun erinnert hast, kannst du das nicht so einfach wieder vergessen.«

»Immerhin kann ich schöne Bilder malen. Mal sehen, was mein Hirn als Nächstes zu bieten hat.« Julia lachte so zynisch, dass Nelly zusammenzuckte.

»Hey, wenn du reden willst, ich bin da. Ruf mich an, auch nachts. Aber eines muss ich noch loswerden, auch wenn du dir immer noch wie eine Schwerverbrecherin vorkommen magst: Die Zeiten haben sich geändert. Du hast das einzig Richtige getan. Dein ganzes Leben wäre anders verlaufen, als alleinerziehende Mutter hättest du zum Beispiel nie deinen schönen Alex kennengelernt …«

Jetzt legte Julia ihre Hand auf Nellys Arm. »Schsch. Bitte kein ›hätte, hätte, hätte‹. Okay? Kannst du das akzeptieren? Wenn ich reden will, dann werde ich das tun. Aber das muss erst mal reichen.« Sie schnäuzte sich entschieden, wischte über ihre Augen und verkündete, dass sie dringend ein Glas Wasser brauchen könnte.

Nelly stand auf, holte Mineralwasser aus dem Kühlschrank und goss es in die leeren Gläser.

Julia betrachtete die sprudelnden Bläschen, die vom Glasboden aufstiegen. Dann musterte sie Nelly. Sie war froh, dass ihre Freundin nicht darauf bestanden hatte, alles in epischer Breite auszudiskutieren. Gott sei Dank hatte Nelly nicht die neugierigen Fragen gestellt, vor denen Julia sich so sehr gefürchtet hatte. Das war ungewöhnlich mitfühlend von ihr.

»Ich glaube, es ist gar nicht so schlecht, dass ich die ganze nächste Woche die Wahrheit und nichts als die Wahrheit sagen muss«, bemerkte Nelly zu Julias großem Erstaunen – und zu ihrer Erleichterung. Ein Themenwechsel kam ihr gerade recht. Oder meinte Nelly das etwa ironisch?

»Eine ganze Woche lang?« Julia lächelte Nelly an. »Das schaffst du nicht mal einen Tag.« Sie biss sich auf die Lippen, was maßte sie sich da an, nachdem sie gerade eine Meisterleistung an Unaufrichtigkeit hingelegt hatte?

»Also, damit wollte ich sagen, das würde nicht mal ich schaffen«, schob sie deshalb schnell hinterher. Wow, Julia, demnächst wächst dir noch ein Scheinheiligenschein, du solltest eine Karriere in der Politik ins Auge fassen.

Nelly hatte davon nichts bemerkt und wedelte fragend mit ihren Zigaretten, die sie aus der Hosentasche ihrer Jeans gezogen hatte, vor Julias Gesicht herum.

Julia nickte, suchte nach einem Aschenbecher, fand nur ein kaputtes Windlicht und ging mit Nelly nach draußen, wo es in der Sonne viel wärmer war als in der Küche. Beim Gehen merkte sie, wie wacklig sie sich fühlte, nicht vom Schnaps, sondern weil sie so angespannt gewesen war. Ihre Muskeln führten sich auf, als hätte sie gerade das Matterhorn bezwungen.

»Dieser Garten ist eine Schande!«, erklärte Nelly, rauchte hektisch und deutete auf das hässliche, neonbunte Schaukel-Rutsch-Kletter-Gestell aus Plastik, das Alex für die Jungs gekauft hatte und das zusammen mit dem riesigen Trampolin den nur handtuchbreiten Garten dominierte.

»Was man aus dem alles machen könnte.«

Nelly hatte recht, es sah scheußlich aus. Aber Julia war froh, dass sie nicht auch noch für ein Blumenmeer sorgen musste.

»Du übst schon fürs Ehrlichsein nächste Woche, oder?«

»Ja«, antwortete Nelly gedehnt und nahm ein paar Züge, bevor sie weiterredete. »Und nur deshalb verrate ich dir auch, was ich dann weiter gedacht habe: Dieser Garten sieht zwar schauderhaft aus, aber es ist schön, dass die Jungs sich so breitmachen dürfen. Man sieht, dass hier Kinder sind, die sehr geliebt werden.« Nelly drückte die Zigarette aus und wandte Julia das Gesicht zu. »Und ich habe dann noch weiter darüber nachgedacht, dass du alles richtig gemacht hast. Sie können sich glücklich schätzen, dich als Mutter zu haben. Mach dir wegen der Vergangenheit keine Vorwürfe mehr. Du kannst sie nicht ändern.«

»Soll ich meinen Brief an die Jungs holen, du weißt schon, mit all diesen Kalendersprüchen? Vielleicht möchtest du was hinzufügen? Von wegen: *Man kann die Vergangenheit nicht ändern.*«

Nelly zog tief an ihrer Zigarette. »Nur zu, hau rein! Ich hab's verdient.«

Julia zuckte mit den Schultern und schwieg.

»Irgendwer hat mal gesagt, es gibt nur zwei Tage, an denen man gar nichts in seinem Leben ändern kann. Der eine war gestern und der andere ist morgen. Nur jetzt könnten wir etwas tun. Was hältst du davon, wenn wir dieses Hasenbild symbolisch verbrennen und es beerdigen? Natürlich nicht in deinem Garten. Du solltest damit abschließen und dich auf deine Jungs und dein jetziges Leben konzentrieren. Du hast es verdient!«

Julia musste schlucken. Eigentlich eine gute Idee von Nelly, darüber musste sie in Ruhe nachdenken.

»Hmm«, sagte sie und sah, dass Nellys Augen feucht schimmerten. Ihre Freundin nickte noch einmal bekräftigend, dann zwinkerte sie ihr zu. »Und bis du dir sicher bist, möchte ich deine edle Gesinnung schamlos ausnutzen und komme hiermit auf dein Angebot zurück: Lass uns die Säcke zusammen wegbringen, und zwar jetzt gleich.«

Julia wollte einwenden, dass sie zu viel Schnaps getrunken hatte, aber sie fühlte sich so klar wie seit drei Tagen nicht. Und Nelly hatte nur mit ihr angestoßen, selbst aber nicht viel getrunken. Nachdem Nelly ihre Zigarette aufgeraucht hatte, holte Julia ihre Tasche, reichte Nelly die Autoschlüssel und machte sich auf, ihrer Freundin beim endgültigen Entrümpeln zu helfen.

26. KAPITEL

Nachdem sie die Säcke an den richtigen Stellen entsorgt und Julia sich von ihr verabschiedet hatte, machte Nelly mit dem Aufräumen gleich weiter. Sie hatte Angst davor, in ein Loch zu fallen, aus dem sie nicht mehr herauskommen würde. Während sie die leeren Schränke feucht auswischte, dachte sie an Julias Geschichte und wünschte, sie hätte ihr mehr helfen können. Sie arbeitete sich durch die letzten Regale in Lázlós Büro und staubsaugte das Zimmer, das für sie früher immer tabu gewesen war. Lázló hatte auf einen frauenlosen Raum bestanden, der nur ihm gehörte und in dem er in aller Ruhe seiner heimlichen Leidenschaft frönen konnte, den Videospielen. Nelly hatte das toleriert und den Raum seit seinem Tod besonders gemieden, weil er hier noch viel präsenter zu sein schien als in den anderen Zimmern. Aber jetzt putzte sie die Fenster, die Regale, die Schränke und Spielkonsolen und schrubbte den Boden, als wollte sie auch noch das letzte Atom von Lázló auslöschen.

Nach dieser Putzorgie ließ sie sich müde und verschwitzt auf das englische Ledersofa in seinem Zimmer sinken und sah sich um. Sie könnte hier ihr eigenes Arbeitszimmer einrichten. Es anders streichen, taubenblau statt jägergrün. Bisher hatte sie immer in der Küche gearbeitet, was ihr auch nichts ausgemacht hatte. Sein Sofa könnte bleiben, aber dieses viktorianische Ungetüm von Schreibtisch müsste weg. Oder sie fuhr irgendwo ans Meer und arbeitete dort an ihrem Buch. Oder sie hörte einfach auf zu arbeiten, so lange, bis das Geld aufgebraucht war. Sie lächelte in sich hinein. Wahrscheinlich reichte es sogar bis zu ihrem Ende. Lázló hatte wirklich an alles gedacht.

Seufzend schleppte sie sich unter die Dusche. Vom ungewohnt heftigen Putzen tat ihr jeder Muskel weh. Sie sollte abnehmen oder Sport treiben, um wieder in Form zu kommen.

Während sie unter dem heißen Wasser die letzten Reste des Duschgels, das Lázló so an ihr geliebt hatte, auf ihrer Haut verteilte und den Duft einsog, stellte sie sich wie so oft vor, er wäre bei ihr und würde sie zärtlich einschäumen, hörte seine liebevollen Kommentare zu ihren Hüften, den Beinen, ihrem Po, den Schultern, ihrem Busen. Für ihn musste sie weder abnehmen noch Sport treiben, er hatte sie schön gefunden. Genau so wie sie war.

Doch dann wurde sie jäh aus ihren wehmütigen Träumen gerissen. Da war etwas. Sie fühlte es ganz deutlich in der rechten Brustseite, gleich oberhalb der Achselhöhle war eine harte Stelle, nur eine Verhärtung. Sie verbot sich, von einem Knoten zu reden. Diese Stelle war ihr vorher noch nie aufgefallen. Schweiß tropfte von ihrer Stirn, obwohl das Wasser immer noch lief, und ihr Herz begann, heftiger zu schlagen. Ich habe mich getäuscht, das ist nur ein vom Aufräumen und Schleppen verspannter Muskel, versicherte sie sich und wollte auf keinen Fall noch einmal hinspüren.

Trotzdem ratterte es in ihrem Gehirn. Knötchen, Knoten, bösartig, Tumor, Krebs, Chemotherapie, Glatze, grauenhaftes Dahinsiechen, Tod. Aber nahm man denn nicht ab, wenn man Krebs hatte? Und fühlte man sich nicht ständig schlapp und müde und mies? Okay, sie hatte sich mies gefühlt, aber doch nicht wegen ihres Körpers, sondern wegen Lázlós Tod.

Ich muss noch mal hinfühlen, beschloss sie, konnte aber ihren Arm nicht bewegen. Los jetzt, Nelly, du hast dich getäuscht. Gib dir eine Chance!

Aber ihr Körper weigerte sich, wollte nicht, und sie brauchte eine gefühlte Ewigkeit, bis es ihr endlich gelang, ihre Fingerkuppen auch nur in die Nähe der Stelle zu bugsieren, wo sie es zuvor gespürt hatte.

Nichts. Gott sei Dank, alles nur Einbildung! Ihre Haut war ja auch schon so runzlig wie der Wattboden bei Ebbe. Alles war okay und sie konnte sich abtrocknen und das Ganze vergessen.

Aber sie wusste genau, dass das eine Lüge war, sie hatte nicht richtig hingefühlt, war nur so drüber gehuscht.

Komm, Nelly, mahnte sie sich, du bist eine erwachsene Frau. Denk mal an Angelina Jolie, was die getan hat, da wirst du doch wenigstens noch mal richtig tasten können. Sie hielt die Luft an, näherte sich der Stelle über Umwege, zwang sich dann aber, es richtig zu machen und … spürte wieder diesen Knoten.

Verdammt! »›Mein Körper enttäuscht mich schon wieder‹«, murmelte sie den zweiten Satz aus Jonathans Franzens *Unschuld* in der Hoffnung, dass sich diese Verhärtung auch bei ihr nur als hypochondrische Überreaktion herausstellen würde.

Sie drehte den Wasserhahn ab, griff nach dem Handtuch und trocknete sich beklommen ab.

Was war das denn?

Etwa eine Reaktion ihres Unterbewusstseins? Hatte ihr Körper wirklich ein Geschwür entwickelt, weil sie lieber sterben wollte, als ohne Lázló zu leben? Es klang nach Romeo und Julia, hochromantisch, aber es fühlte sich kein bisschen romantisch an.

Nelly zog ihren geliebten Bademantel an, lief in die Küche, machte sich eine Flasche von ihrem Lieblingsrotwein auf, goss sich ein Glas ein und zündete sich mit zitternden Händen eine Zigarette an. Was passierte da mit ihr?

Wollte Lázló, dass sie zu ihm kam? War das ein Zeichen? Blödsinn. Nelly erinnerte sich an die Wahrsagerin. Hatte Andrea Nyali etwa gesehen, dass sie sterben musste, und deshalb so kryptische Sachen von sich gegeben? Mist, sie hätte das alles aufschreiben sollen – wie war das noch, sie sollte ihre Ohren finden, bevor sie nach Worten suchte. Nein, das hatte hiermit wohl nichts zu tun, aber da war noch etwas anderes gewesen, bei einer der Runen, bei Hagalaz, dem schrägen H – sie solle nicht versuchen, etwas zu reparieren, sondern es brechen, bevor es sie zerbrach. Und von Botschaften, die zu ihr kommen wollten, war die Rede gewesen, und von Wasser, das alles zum Fließen bringen würde. Damit hatte die Wahrsagerin ja wohl nicht diese Dusche gemeint, oder?

»Verdammt, Lázló, wieso bist du nicht hier und hilfst mir? Was soll ich jetzt nur tun?«, flüsterte sie und nahm einen Schluck Rotwein. Er schmeckte bitter und hinterließ ein pelziges Gefühl in ihrem Mund. War es das jetzt? Schmeckte ihr nicht mal mehr ihr Lieblingswein? War ihr Körper innerlich schon zerfressen und nur noch eine Hülle, die bald ganz aufgeben würde?

Wie gern hätte Nelly sich eine von Lázlós Pralinen in den Mund gesteckt, nur um zu sehen, wie sie sich anfühlten. Die Patientenverfügung fiel ihr ein – die sollte sie dringend überarbeiten. Und ein Testament gleich hinterherschieben!

Jetzt mal ganz ruhig, Nelly. Sie zerquetschte die Zigarette in einer Untertasse. Der Aschenbecher stand draußen, denn sie rauchte normalerweise nicht in der Küche. Nelly griff nach der Untertasse und warf sie an die Wand, wo sie in vier große Stücke zersprang.

Scheiße.

Sie wusste nicht, ob sie sich noch eine Zigarette anzünden oder die Packung in den Müll werfen sollte. Sie wusste nicht, ob sie Julia anrufen oder die Sache lieber mit sich ausmachen sollte. Sie wusste nicht, ob sie ein Testament schreiben sollte oder … oder was? Ein Testament war in jedem Fall gut, denn sie hatte keine Angehörigen mehr. Lázló und sie waren Einzelkinder, ihre Eltern waren tot, Kinder hatten sie keine.

Nelly verscheuchte diesen Gedanken ganz schnell wieder. Wenn Lázló jetzt hier wäre, was würde er tun? Er würde wollen, dass ich zum Arzt gehe. Er wäre mitgegangen und hätte meine Hand gehalten. Sie probierte noch einen Schluck Rotwein. Immer noch scheußlich. Vielleicht war es einfach eine schlechte Flasche. Entschlossen stand sie auf und öffnete einen von Lázlós besten Weinen. Sie kippte den Rest des alten Weins in ihrem Glas in die Spüle, goss sich neu ein, atmete tief durch, nahm einen Schluck und setzte sich wieder hin.

Dieser hier schmeckte etwas besser. Sie spürte, wie der Wein ihre Kehle hinunterrann, in ihrem Magen ankam und brannte. Nicht wie Schnaps, sondern wie ein kleines, dumpfes Feuer.

Du spinnst, Nelly, du entwickelst dich gerade zur Hypochonderin. Fehlt nur noch, dass du Julia anrufst und nach Kügelchen fragst. Es war einfach nur der kleine Mirabellenschnaps vom Morgen, der ihr den Geschmack am Wein verdorben hatte. Ihr Körper wollte keinen Alkohol mehr, so einfach war das. Sie spülte mit einem Glas Leitungswasser nach.

Morgen mache ich einen Termin bei meiner Ärztin, nahm sie sich vor. Sie stand auf und beseitigte die Scherben. Vielleicht sollte sie mit dem Rauchen aufhören, auch wenn sich alles als

Fehlalarm herausstellen sollte. Vielleicht war da gar nichts, und die Botschaft, von der die Nyali geredet hatte, war nur die, dass Nelly aufhören sollte zu rauchen. Das hatte Lázló auch immer gewollt, jedenfalls nachdem er selbst mit seinen Zigarillos aufgehört hatte.

Und wenn es doch nicht harmlos ist und ich sterbe? Dann wird es nichts mehr mit dem Roman, dachte sie. Nein, Nelly, jetzt wirst du hysterisch. Sie beschloss, sich zu beruhigen und erst einmal zu recherchieren, wie gute Journalisten das taten.

Sie holte ihren Laptop und googelte »Knoten« und »Brustkrebs«, »Behandlungsmöglichkeiten«, »Gefahren und Risiken«, las herzzerreißende Blogs und Artikel zu jedem nur erdenklichen Aspekt der Krankheit. Immerhin gab es Behandlungsmöglichkeiten, immerhin konnte man schonender amputieren als früher. Was für ein mieser Witz, dachte Nelly, kann eine Amputation überhaupt jemals *schonend* sein? Hatte man dann Phantomschmerzen in der fehlenden Brust? Immerhin war die Überlebenschance heute sehr viel höher als früher.

Sie rauchte die ganze Schachtel leer. Von dem ganzen Nikotin war sie dann so aufgekratzt, dass sie sich einen Kamillentee kochen musste, um wieder runterzukommen, und dann lag sie trotzdem bis in die frühen Morgenstunden wach im Bett.

»Wenn Dunkelheit wie feiner Ruß der Luft entrieselt und mählich sich von Osten her das Licht ausbreitet, regt selbst im jämmerlichsten aller Menschenkinder sich frisches Leben«, behauptete John Banville im zweiten Satz von *Unendlichkeiten*. Seit Lázlós Tod war das Nellys Liebling unter all ihren gesammelten zweiten Sätzen. Er hatte sie gerettet über all diese endlosen wachen Nachtstunden hinweg. Aber als die Vögel endlich anfingen zu zwitschern, fing sie an zu weinen. Banville hat keine Ahnung, dachte sie und schluchzte in ihr Kissen, im jämmerlichsten aller Menschenkinder regte sich kein frisches Leben, sondern nur Angst, dunkle, klebrige Angst.

27. KAPITEL

Nachdem Julia am Vortag mit Nelly Lázlós Kleider weggebracht hatte, war sie den ganzen restlichen Tag von nervöser Unruhe erfüllt. Ihre Haut kribbelte, und sie konnte nicht still sitzen. Immer wieder fragte sie sich, wie es möglich sein konnte, dass sie etwas so Elementares einfach vergessen hatte. Okay, nicht einfach – aber trotzdem vergessen. Bis gestern hätte sie von sich behauptet, jemand zu sein, der sich nichts vormachte, sich mit dem auseinandersetzte, was war, aber das war nicht länger haltbar. Sie war gar nicht die starke Frau, für die sie sich gehalten hatte. Vielmehr war sie so schwach, dass sie die Fehler, die sie gemacht hatte, komplett verdrängen musste, um weiterleben zu können. Dabei war sie nicht einmal das Opfer eines üblen Verbrechens geworden, sondern hatte sich das alles selbst angetan. Und noch dazu war sie eine elende Lügnerin.

Sie zog die Matratzenschoner ab und wusch sie, suchte die Zimmerdecken nach Spinnweben ab, sortierte löchrige Socken der Jungs aus und wischte – o ja, das war wirklich dringend nötig – die Kellerböden, die Eingangstreppe, die Box mit den Mülltonnen und das Spielgerüst der Jungs. Dann kaufte sie alle Zutaten für Gulasch und Königsberger Klopse, um zehn Portionen auf Vorrat zu kochen und einzufrieren.

Aber es half nichts. Ständig geisterten Bilder von der Klinik vor ihrem inneren Auge herum und vermischten sich mit dem dämlich grinsenden Hasen. Und egal, ob sie sich vorstellte, den Hasen mit Pfeil und Bogen zu erschießen, mit dem Auto zu überfahren oder zu vergiften, er wollte sich einfach nicht begraben lassen.

Als das Telefon klingelte, hoffte sie, dass es Nelly wäre, aber es war die Vermittlung für Filmkomparsen, die ihr begeistert mitteilte, dass sie Ende nächster Woche einen Termin für ein Casting hätte.

Das hatte sie jetzt von ihrem elenden Perfektionismus, der sie immer so vorausschauend planen ließ. Und was sage ich jetzt?, überlegte Julia. Danke, das hat sich erledigt? Was, wenn sie bei einem Film mitspielte und dann noch mehr hässliche Hasen aus dem Nichts hervorgekrochen kamen? Aber wäre das nicht gerade gut? Eine Herausforderung? Sie versuchte, diese Gedanken abzustellen und sich auf das Gespräch zu konzentrieren.

Ein Absolvent der Filmhochschule suchte für seinen Abschlussfilm genauso einen Typ wie sie. Es gäbe kein Honorar, nur eine Aufwandsentschädigung, aber als Einstieg wäre das vielleicht trotzdem was.

Julia notierte sich alle Eckdaten, weil sie es nicht übers Herz brachte, die junge, enthusiastisch klingende Dame am anderen Ende der Leitung zu enttäuschen. »Und das Beste kommt noch: Wissen Sie, von wem dieser Absolvent betreut wird?« Die Frau wartete Julias Antwort gar nicht ab und platzte gleich heraus: »Von Doris Dörrie persönlich!«

Nachdem sie wieder aufgelegt hatte, betrachtete Julia den Zettel. Treffpunkt war das Café Ringelnatz in Schwabing, in der Nähe der Münchner Freiheit. In dieser Gegend war sie zu Studienzeiten das letzte Mal gewesen. Seit sie mit Alex zusammengezogen war, kam sie nur noch zum Weihnachtsmarkt dorthin. Alex. Ihr Mann. Der natürlich auch nichts von all dem wusste.

Und der sicher nicht erfreut wäre, wenn sie bei einem Film mitspielte – es sei denn, einer seiner Chefs fände es cool.

Nein, das war unfair. Er liebte sie und wollte sie nur beschützen. Aber wovor eigentlich?

Sie versuchte, Nelly zu erreichen, aber überall meldete sich nur der Anrufbeantworter. Julia wusste nicht, was sie mit dem Zettel für das Casting machen sollte, ihn an den Kühlschrank hängen oder wegwerfen? Wollte sie morgen dorthin gehen oder nicht? Sie nahm die fertigen Königsberger Klopse vom Herd und bereitete die Tupperdosen zum Einfrieren vor. Dann briet sie das Fleisch fürs Gulasch an, löschte ab und würzte es.

Als das Telefon erneut klingelte, war es wieder nicht Nelly, sondern Marion, die sich reichlich angefressen erkundigte, ob Julia krank sei, denn laut ihrem Plan sei Julia heute von 10 bis 15 Uhr eingetragen. Eigentlich sei sie nur im Laden, weil sie Julia Wechselgeld hatte bringen wollen.

Vergessen. Sie hatte schon wieder etwas Wichtiges vergessen! Entsetzt registrierte Julia, dass es schon elf Uhr war. Sie versprach, in zwanzig Minuten da zu sein, legte auf und sprintete unter die Dusche.

Zehn Minuten später ließ sie den Motor an, sah in den Rückspiegel, vermied den Blick in ihr schlecht geschminktes, blasses Gesicht und setzte zurück. In diesem Moment fiel ihr ein, dass das Gulasch noch auf dem Herd köchelte. Sie bremste, schaltete den Motor aus und rannte in die Küche, nahm das Gulasch gerade noch rechtzeitig vom Herd und kontrollierte noch einmal, ob wirklich alles ausgeschaltet war. Sehr viel langsamer lief sie wieder zurück zum Auto.

Während sie zu Marion fuhr, versuchte sie, ruhiger zu werden. Sie hatte es noch nie vergessen, wenn sie im Laden eingeteilt war. Vielleicht ist doch etwas in meinem Gehirn kaputt, dachte sie. Wie kann es sein, dass ich eine Abtreibung einfach vergessen habe? Als ob mir das nie passiert wäre. Dann übernahmen andere Gedanken das Kommando in ihrem Kopf und ploppten rundherum auf wie Bandenwerbung bei einem Fußballspiel – Paris, Mode, Kleider, Marion, mein Laden, mein Stoff, mein Entwurf. Das Spielfeld wurde kleiner, das Band drum herum enger und enger. Julia schaltete das Radio ein, um sich abzulenken, doch stattdessen bekam sie heftige Kopfschmerzen. An der letzten Ampel vor Marions Laden kramte sie in ihrer Tasche nach einer Tablette und schluckte sie trocken.

Müde und verschwitzt betrat sie den Laden, in dem eine Gruppe amerikanischer Touristinnen gerade mit lauten Kommentaren die Dirndlvorräte plünderte. »*Sooo cute, honey, so nice! Oh my God, this is so lovely!*«

Marion betrachtete Julia ungläubig und schüttelte konsterniert den Kopf.

Julia zuckte mit den Schultern, verschwand in dem winzigen Klo, versuchte mit wenig Erfolg, ihr Make-up zu retten, und trank einen Schluck Leitungswasser. Als sie wieder herauskam, hatte Marion drei Dirndl verkauft und schloss gerade die Kasse mit ihren ausladenden Hüften, während sie den Touristinnen ein fröhliches »*Bye-bye!*« hinterherrief. Dann wendete sie sich keine Spur mehr fröhlich Julia zu und stemmte die Arme in die Taille.

»Kindchen, wenn du krank bist, warum rufst du dann nicht einfach an? Es geht nicht, dass einfach nicht aufgemacht wird, das ist geschäftsschädigend.«

»Es tut mir leid!«

»Es tut dir leid? Wenn das die Arbeitseinstellung ist, mit der du hier in Zukunft deine wenigen Stunden verbringen willst, dann sollten wir unsere Zusammenarbeit beenden.« Marions ganzer Körper bebte vor Entrüstung. »Im Unterschied zu dir habe ich nämlich keinen reichen Anwalt zu Hause, der die

Rechnungen bezahlt. Ich muss von meiner Arbeit leben.« Sie deutete theatralisch auf den Laden. »Du weißt, ich habe noch nie gemeckert, wenn du wegen der Jungs nicht arbeiten konntest oder jemand krank war. Aber sich gar nicht zu melden, das geht einfach nicht. Ich muss mich auf dich verlassen können, ist dir das klar?«

Julia nickte stumm. Marion war wütend, und das mit Recht. Aber waren sie nicht auch so etwas wie Freundinnen, oder hatte Julia sich das nur eingeredet? Offensichtlich, denn auch wenn das Ibuprofen ihren Kopf in einen freundlichen Wattenebel getaucht hatte, waren ihr Marions gemeine Spitzen nicht entgangen. *Der reiche Anwalt, der sie aushielt.* Marion sah das also genauso wie Alex, als wäre Julias Arbeit hier nichts als ein netter Zeitvertreib. Sie sah den Hasen wieder vor sich und wedelte mit der Hand – als ob sie ihn so verscheuchen könnte. Das Vieh grinste sie nur feist an. Sie musste etwas ändern. Julia versuchte, sich auf Marion zu konzentrieren, starrte sie an und hörte ganz deutlich, wie eine Stimme in ihrem Inneren immer lauter *nein, nein, nein* schrie. Du belügst dich ständig selbst, brüllte die Stimme. Julia ließ sich in den Samtsessel fallen. Du belügst nicht nur andere, sondern vor allem dich selbst. Du musst endlich das machen, was du wirklich willst, und solange andere für dich bestimmen, was das sein soll, werden sie dich auch nicht ernst nehmen. Du musst endlich aufwachen, Julia!

Die Welt um sie herum fing an, sich zu drehen.

»Gott, Julia, mir gehen gern mal die Gäule durch, das musst du dir nicht gleich so zu Herzen nehmen! Du wirst doch jetzt nicht ohnmächtig werden, Schätzchen?« Marion redete ohne Unterlass weiter, während sie auf Julia zustampfte, aber die hörte sie nicht länger. Marion sah aus wie ein Fisch, der den Mund auf- und zumachte, ohne dass ein Ton rauskam. Dann verwandelte sich alles in einzelne schwarz-weiße Pixel, die unruhig flimmerten, und ihr wurde schlecht. Sie schloss die Augen, aber daraufhin flimmerte die Dunkelheit nur noch heftiger, öffnete ihr großes Maul und verschlang sie.

Als sie einige Zeit später an einem Tee nippte, konnte sie Marion wieder deutlich hören. Sie war nicht ohnmächtig gewesen, sondern nur irgendwie weggetreten, als wäre sie durch ein Loch im Universum in eine Welt ohne Ton gefallen, und sie hatte keine Ahnung, wie lange das gedauert hatte. Lange genug jedenfalls, um Marion nervös zu machen. Als sie versuchte, Marion das zu erklären, wurde die ganz hektisch und meinte, sie hätte garantiert einen Hörsturz und müsse umgehend zum Arzt.

Julia hatte nicht die Energie, ihr zu widersprechen, auch wenn sie wusste, dass Marion falschlag. Sie musste nicht zum Arzt, sie musste nur ihr Leben ändern. »Marion, ich habe es mir anders überlegt.«

»Du gehst nicht zum Arzt?«

»Nein, was das Arbeiten angeht. Ich habe eine Idee.«

»Ja?« Marion setzte sich neben Julia, trank den Piccolo aus, den sie sich auf den Schreck hin geöffnet hatte, und griff nach einem Schokokeks.

»Ich möchte etwas Eigenes.«

»Deinen eigenen Laden?« Marion verschluckte sich an ihrem Keks und musste husten.

»Nein.« Das überraschte Julia selbst, denn manchmal hatte sie durchaus davon geträumt, einen eigenen Laden zu haben. »Nein, ich möchte hier Modelle verkaufen, die ich selbst entworfen habe.«

»Was denn für Modelle?«

»Ich habe schon lange ein paar Ideen für Kleider, sogar für ein ganzes Set an Kleidern, und es wird Zeit, dass ich einige davon verwirkliche.«

»Großartig! So was würde unseren Laden noch sehr viel einzigartiger machen. An was hattest du denn gedacht?«

»An etwas, mit dem jede Frau großartig aussieht.«

»Das wird schwierig, Schätzchen.« Marion zwinkerte ihr versöhnlich zu. Sie war nämlich davon überzeugt, dass jede Frau nackt am schönsten aussah.

»Ein Wickelkleid, bequem und schön.«

»Redest du von diesem Teil, das du in drei verschiedenen Farben hast? Hast du nicht mal gesagt, die wären vom Gardasee? Und diese Kleider sind also von dir?«

Julia nickte zögernd. »Na ja, nicht ganz, ich habe mich dazu von einem alten Schnittmuster inspirieren lassen.«

Marion zuckte mit den Schultern und brachte damit die Krümel auf ihrem Busen in Wallung. »Schätzchen, das tun doch alle Künstler. Wirklich neu ist doch eigentlich nichts. Die klauen alle voneinander oder entwickeln weiter, was schon da ist. Dann entwirf doch mal 'ne Kollektion, die nennen wir dann *second life first* oder *first from second life.*« Begeistert klatschte sich Marion auf die Schenkel.

»Oder«, platzte Julia zu ihrer eigenen Überraschung heraus, »einfach nur *Julias Choice, JC* abgekürzt.«

»Klingt gar nicht so übel. Aber jetzt solltest du nach Hause fahren, du siehst immer noch blass aus, und ich habe den freien Tag für mich sowieso schon abgehakt.«

Das ließ sich Julia nicht zweimal sagen. Sie flüchtete geradezu aus Marions Laden und machte sich auf den Weg zu Nelly. *Julias Choice.* JC.

Vor Nellys Haus blieb sie im Auto sitzen. *JC – Julias Wahl,* klang das nicht ganz schön hochtrabend? Wieder stieg das Bild von dem Hasen vor ihrem inneren Auge auf, und mit ihm die Frage, welche Wahl sie denn eigentlich getroffen hatte – nicht in Bezug darauf, dass sie sich offensichtlich dafür entschieden hatte, etwas so Wichtiges zu vergessen, sondern auf ihr Leben an der Seite des reichen Anwalts, der für sie sorgte. Und mit dem sie eine lauwarme Zwiebackbrei-Ehe führte. Nelly hatte es auf den Punkt gebracht. Aber das war ihre Wahl gewesen, das war *Julias Choice.*

Als sie sich endlich in der Lage fühlte, auszusteigen und zu klingeln, war Nelly nicht zu Hause. Und auch am nächsten Tag erreichte sie sie nicht.

Julias schlechtes Gewissen brütete über der Frage, ob Nelly vielleicht schon selbst auf die Idee gekommen war, sich zu fragen, wer damals der Typ gewesen war, mit dem Julia sich so hemmungslos betrunken hatte. Und war die Antwort, die sie gefunden hatte, vielleicht daran schuld, dass sie nicht ans Telefon ging?

28. KAPITEL

Nachdem Julia drei Tage lang vergeblich versucht hatte, Nelly zu erreichen, sah sie sich in ihrem Verdacht bestätigt, dass ihre Freundin ihr aus dem Weg ging. Also beschloss sie, sie gleich morgens unangekündigt zu besuchen.

Überraschend schnell öffnete Nelly die Tür. Offensichtlich war sie auf dem Weg zu einem wichtigen Termin, denn sie war komplett angezogen und sogar geschminkt, wirkte aber trotzdem blass.

»Entschuldige, aber ich habe dich telefonisch nicht erreicht, und ich wollte dich unbedingt sehen.«

»Du kannst gern reinkommen, aber ich muss gleich zum Verlag.«

»Gut, dann werde ich mich kurzfassen.«

»Schaffst du es bei einem Espresso?« Nelly lief in die Küche, warf die Kaffeemaschine an, kramte Tassen heraus und stellte Zucker auf den Tisch.

»Ich kann auch ein anderes Mal wiederkommen«, schlug Julia vor, der ihre Dringlichkeit plötzlich reichlich übertrieben vorkam. »Wenn es dir jetzt nicht passt.«

»Nein, ist schon gut. Solltest du nicht arbeiten?«, fragte Nelly.

»Ja, aber ich habe mich krankgemeldet.«

»Du?« Nelly schüttelte den Kopf. »Das kann ich mir kaum vorstellen.«

»Wegen all dem, was passiert ist.«

Nelly sah sie verständnislos an. »Was passiert ist?«

Hatte Nelly etwa schon wieder vergessen, was sie ihr erzählt hatte? War ihr denn gar nicht aufgefallen, dass Julia ein wichtiges Detail unterschlagen hatte? War es vielleicht gar nicht nötig, ihr die Wahrheit zu sagen? All die Jahre hatte sie es vor ihr geheim gehalten, da musste sie doch heute nicht damit anfangen, ihre Vergangenheit zu zerstören, oder?

Nein, Julia hatte sich entschieden. Es musste endlich alles auf den Tisch.

»Ich war bei unserem letzten Gespräch nicht ganz ehrlich zu dir.«

Die Maschine piepte zum Zeichen, dass sie betriebsbereit war, und Nelly ließ zwei Espressi in die Tassen laufen. Der Duft nach starkem, frisch gemahlenem Kaffee verbreitete sich in der Küche.

»O bitte, Julia, ich bin dran, die reine Wahrheit und nichts als die Wahrheit zu sagen, nicht du.« Nelly klang genervt.

»Hast du nicht gut geschlafen?«, erkundigte sich Julia, deren Zweifel gerade wieder das Kommando übernahmen und nach jedem Strohhalm griffen.

»Nicht besonders. Muss wohl was Falsches gegessen haben.«

»Es ist nur, ich habe lange über alles nachgedacht.«

»Alles? Meinst du damit den Hasen von vor fünfzehn Jahren, oder was?«

Offensichtlich hatte Nelly nicht kapiert, wie sehr die ganze Sache Julia erschüttert hatte. Es hat für Nelly eben nicht die gleiche Bedeutung, die es für mich hat, dachte Julia, und genau da lag der Hase im Pfeffer. Wollte sie es trotzdem tun? In diesem Augenblick dämmerte ihr, dass sie es wirklich nur für sich tun würde. Ganz egoistisch. War es das wirklich wert, dafür das

Risiko einzugehen, dass Nelly ihr möglicherweise nicht verzeihen würde?

»Nelly, ich bin hier, weil mir eingefallen ist, bei wem ich mich entschuldigen muss.«

»Ah ja?« Nelly klang so interessiert, als hätte Julia gerade die aktuellen Wetterdaten der Wüste Gobi verkündet. Dabei freute sich ihre Freundin doch sonst jedes Mal geradezu unanständig laut, wenn sie recht behielt. Und Nelly war von Anfang an überzeugt gewesen, dass auch Julia sich bei irgendwem entschuldigen musste. Julia hätte lautes Triumphgeheul erwartet, und jetzt war dieses lahme »Ah ja?« alles, was sie dazu zu sagen hatte?

Julia betrachtete Nelly aufmerksamer. Sie hatte Rouge aufgetragen, wirkte aber trotzdem blass. Und sie hatte versucht, ihre Augenringe zu überschminken, aber das Puder hatte sich in den Falten abgesetzt und sie dadurch nur noch verstärkt. Doch das war noch nicht alles: Nellys Kleider hingen an ihr herunter wie alte Lappen an einer Vogelscheuche. Ganz egal, was Nelly normalerweise trug, sie erfüllte es immer mit Leben – sogar ihre Jogginganzüge oder den scheußlichen alten Bademantel. Heute aber war davon nichts zu spüren. Außerdem redete sie auffallend langsam und ohne jedes Temperament. Ja, ihre Freundin war oft schlechter Stimmung, aber wann hatte Julia Nelly zum letzten Mal in so einem seltsamen Zustand gesehen? Kurz nach Lázlós Beerdigung. Irgendetwas musste passiert sein.

»Was ist hier los, Nelly?«

»Nichts.« Nelly betrachtete ihren Espresso und kippte doppelt so viel Zucker in die Tasse als sonst.

»Du lügst.«

Keine Reaktion. Alarmierend, eine solche Unterstellung reichte sonst für einen längeren Vortrag über Wahrheit und Lüge, Recht und Unrecht und den Zustand der Welt.

»Bereust du vielleicht, dass wir Lázlós Sachen weggeräumt haben?«

Nelly zuckte mit den Schultern. »Früher oder später hätten wir das sowieso tun müssen, und es ist besser, jemand hat noch was davon, als sie erst dann wegzugeben, wenn sie schon zum Mottenfraß geworden sind.«

Das klang vernünftig, aber die Stimme, mit der Nelly das hervorbrachte, klang wie die einer versteinerten Frau.

»Hast du schlecht geträumt?«

»Julia, warum bist du gekommen? Ich muss gleich los.«

»Hast du Ärger im Verlag?«

»Im Verlag?« Nelly schüttelte den Kopf. »Wie kommst du denn darauf?«

»Du hast doch gesagt, du musst da gleich hin. Und das ist ungewöhnlich, sonst mailst oder telefonierst du doch nur mit den Lektorinnen, oder?«

»Das hast du falsch verstanden. Ich gehe zum Friseur, die Erkenntnisse von Frau Schraader umsetzen. Weg mit dem Blond.«

»Zum Friseur. Zu wem gehst du denn?«

»Nur hier um die Ecke.«

»So aufgebretzelt?«

Nelly nickte. »Klar, Eva-Maria hat gesagt, das macht man so, damit der Friseur einen Eindruck bekommt.«

Julia war sicher, dass ihre Freundin ihr nicht die Wahrheit sagte.

Nelly trank ihren Espresso aus und stellte die Tasse in das Spülbecken.

»Ich muss los.«

»Irgendwas stimmt hier nicht. Ich bin sicher, du lügst mich an. Und solltest du nicht eine Woche lang die Wahrheit sagen?«

»Wir haben doch mit dem ganzen sinnlosen Schmarrn aufgehört, oder nicht?«

Litt Nelly an Schizophrenie? Ihr Silvesterplan ein sinnloser Schmarrn?

»Vielleicht kommst du einfach übermorgen vorbei, dann hab ich mehr Zeit.«

Julia stand auf und stellte sich dicht vor Nelly. Sofort wich sie ihrem Blick aus und senkte die Lider. Julia sah, dass Nellys Augen nicht nur leicht gerötet waren, sondern auch geschwollen – ihre Freundin war nicht einfach nur müde, sie hatte auch geweint.

»Nelly, ich weiß, dass du nicht zum Friseur gehst. Du hast eindeutig Angst. Und die Nelly, die ich kenne, hat definitiv keine Angst vorm Friseur.«

Nellys Schultern bebten, doch sie riss sie sofort zurück und presste die Lippen aufeinander, als wollte sie sich daran hindern, etwas auszuplaudern.

Julia kam noch näher und legte den Arm um ihre Freundin. Damit riskierte sie eine schwere Abfuhr, denn Nelly hasste ungebetene Umarmungen.

»Hey …«, murmelte sie beruhigend. »Hey …«

Eine Träne rollte über Nellys Wangen, und Nelly wischte sie wütend weg. Allmählich bekam Julia wirklich Angst. Was ging hier vor?

Nelly trat einen Schritt zurück und lief Richtung Garderobe. »Ich darf auf keinen Fall zu spät kommen.«

Julia rannte hinter ihr her und packte sie an den Schultern. »Jetzt mach endlich den Mund auf. Was ist denn los?«

»Lass mich in Ruhe!« Nelly schüttelte ihre Hand ab.

»Wenn dir der Friseur solche Angst macht, dann begleite ich dich eben.«

»Auf keinen Fall!«

»Nelly, ich bin nicht Lázló, aber ich bin sicher, er hätte gewollt, dass du dort, wo du hingehst, nicht alleine hingehst.«

»Wie unfair, die Lázló-Karte zu spielen!« Nelly brach jetzt doch in Tränen aus. Julia trat einen Schritt auf sie zu und legte erneut ihre Arme um sie. Nelly zitterte am ganzen Körper.

»Schsch«, sagte Julia, um sie beruhigen, und zermarterte sich derweil den Kopf, was mit Nelly los sein könnte. War das irgendeine Art von Psychose, ausgelöst durch das Weggeben der Kleider? War es eine merkwürdige Art von Depression? Hatte Nelly in einer von Lázlós Mantel- oder Hosentaschen Hinweise darauf gefunden, dass er es mit der Treue nicht so genau genommen hatte?

»Komm, setzen wir uns erst mal.«

»Das geht nicht«, flüsterte Nelly mit erstickter Stimme. »Ich muss wirklich los. Fahren wir mit deinem Wagen.«

Julia brach der Schweiß aus. Nelly war davon überzeugt, die beste Autofahrerin der Welt zu sein, während Julia angeblich fuhr wie ein nervöses Suppenhuhn und damit die Zwillinge, sich selbst und die ganze Welt gefährdete. Deshalb saß immer Nelly am Steuer, wenn sie zusammen Auto fuhren, nicht nur dann wenn Julia zu viel Mirabellenschnaps getrunken hatte.

»Und wo fahren wir hin?«, fragte Julia, während sie die Tür öffnete.

»Zu einer Biopsie.«

Schockiert ließ Julia ihren Schlüsselbund auf die Straße fallen, bückte sich und nutzte die Gelegenheit, ein paar Mal tief durchzuatmen und sich zu fassen.

»Und was wird untersucht?«, fragte sie, während sie sich wieder aufrichtete.

»Ich habe einen Knoten in der Brust gefunden, und, ja, du hast recht. Ich habe eine Scheißangst. Eine Höllenscheißangst, dass ich jetzt auch sterben muss und vorher noch elend dahinsiechen werde.«

Julia ging zur Beifahrerseite und umarmte Nelly jetzt ganz entschieden, und Nelly gab jeden Widerstand auf.

»Das ist wirklich das Unsinnigste, was ich je gehört habe. Eine Verhärtung in der Brust …«

»Einen Knoten …«, murmelte Nelly.

»Okay, was auch immer. Aber das bedeutet erst mal noch gar nichts. Gut, dass es untersucht wird, danach werden wir mehr wissen. Und wenn du mich fragst …«

»O ja, fragen wir doch Dr. Julia Berger, die Ärztin, der die Massen vertrauen …«, spottete Nelly, und Julia war erleichtert, dass Nelly ihren Humor wiederzufinden schien. Du bist unmöglich, schalt sie sich, Nelly hat alles Recht der Welt, verstört zu sein, nur du brauchst ihren Humor. Du solltest ihr vielmehr das Gefühl geben, dass es okay ist, Angst zu haben, und dass sie sich vor dir nun wirklich nicht zusammennehmen muss.

»Also, ich glaube nicht, dass es etwas Schlimmes ist.«

»Gibt es Kügelchen gegen Brustkrebs?«

»Vielleicht nicht, aber es gibt definitiv eine gute Überlebenschance, das habe ich neulich in einer Sendung im Radio gehört.«

»*Fragen Sie Radio Eriwan,* oder was?«

Julia ließ sich nicht provozieren. Sie schaltete den Motor an und wartete auf Nellys Wegbeschreibung.

Eine halbe Stunde später saßen sie in der Praxis, in der die Biopsie gemacht werden sollte. Niemand hatte etwas dagegen, dass Julia während der Gewebeentnahme bei Nelly blieb. Im Gegenteil, die Ärztin hielt es sogar für eine gute Idee und erklärte ihnen, es gäbe wissenschaftliche Untersuchungen darüber, dass die Patienten weniger Schmerz empfänden, wenn eine vertraute Person ihre Hand hielt.

Nelly hatte jeden Widerstand aufgegeben und hielt sich jetzt richtiggehend an Julia fest.

Nach dem Eingriff durfte sie wieder nach Hause, sollte aber nicht allein bleiben.

Julia verkniff sich jeden Kommentar darüber, dass Nelly sich lieber die Zunge abgebissen hätte, als irgendjemanden um Hilfe zu bitten.

»Fünf Tage warten, das überlebe ich nicht«, sagte Nelly auf dem Weg zum Parkplatz. »Ich bin sicher, bei Privatpatienten geht das schneller.«

»Vielleicht, aber es ändert nichts. Mir wird es auch wie eine Ewigkeit vorkommen«, stimmte Julia zu und dachte darüber nach, womit sie Nelly in den nächsten Tagen beschäftigen könnte.

»Eine ewige Ewigkeit!«, seufzte Nelly.

»In dieser Zeit könnte man einen ganzen Roman schreiben, oder?«

»Solange dauert diese Ewigkeit dann auch wieder nicht.«

»Immerhin könntest du anfangen!«

»Vielleicht. Aber wenn ich Krebs habe, schaffe ich es nicht mehr, einen Roman zu Ende zu schreiben.«

»Du hast doch gehört, was die Ärztin gesagt hat, die Überlebenschancen sind sehr, sehr hoch. Man kann das mittlerweile gut behandeln. Aber ich glaube wirklich nicht, dass du krank bist.«

»Weil du es nicht glauben willst.«

»Stimmt, ich brauche dich!« Julia war überrascht, wie sehr das zutraf. Sie konnte sich ein Leben ohne Nelly gar nicht vorstellen.

»Ich habe Lázló auch so sehr gebraucht, und plötzlich war er tot.«

Julia lief eine Gänsehaut über den Rücken. Ihre Freundin hatte recht. Und sie vertrödelte ihre Zeit damit, so zu leben, als wäre sie unsterblich. *Julias Choice!* Sie sah Nelly von der Seite an. Ihre Freundin wirkte wieder etwas lebendiger. Sie nahm eine Hand vom Lenkrad und drückte Nellys Arm. Nelly legte die andere Hand auf Julias.

»Tut mir leid, dass ich so kratzbürstig war.«

»Schon gut.«

»Ich hatte Angst, wenn ich dir das erzähle und Mitgefühl in deinen Augen sehe, breche ich vor lauter Selbstmitleid komplett zusammen.«

»Tja, wie du siehst, hast du zumindest das ohne Zusammenbruch überlebt.«

Nelly ließ Julias Hand wieder los. »Warum bist du heute Morgen eigentlich vorbeigekommen? Weil dir eingefallen ist, bei wem du dich entschuldigen solltest?«

Julia zögerte. Angesichts dessen, was Nelly da gerade durchmachte, erschien ihr alles andere lächerlich. Sie sollte Rücksicht auf Nellys Zustand nehmen und sie nicht auch noch mit ihrem Zeug belasten.

»Reden wir doch nachher. Ich hole schnell die Jungs ab, und wir bringen Pizza und ein paar Filme mit, und ich bleibe, bis die Jungs ins Bett müssen. Du könntest dann mit zu uns kommen, dann hättest du jemanden zum Quatschen, falls dir danach ist.«

»Quatschen? O ja, ich will sicher mitten in der Nacht quatschen, am liebsten mit Alex.«

Julia lächelte bei dem Gedanken.

»Danke, aber ich schätze mal, nach einem Tag mit dir und den Jungs werde ich wie ein Stein schlafen.«

Julia setzte Nelly zu Hause ab und fuhr los, um die Zwillinge abzuholen.

29. KAPITEL

Sie hatten Max und Finn im Wohnzimmer vor *Findet Nemo* geparkt. Obwohl die beiden den Film schon dreimal gesehen hatten, wollten sie ihn viel lieber anschauen als *Mulan,* Nellys Lieblings-Disneyfilm. Das sei nur was für Mädchen, fanden sie, auch wenn Mulan den ganzen Film über als Junge verkleidet war. »Ein Mädchen ist ein Mädchen, und die sind einfach nur iiieeh«, hatte Finn Nelly gönnerhaft erklärt.

»Mütter sind auch Mädchen«, hatte Nelly gekontert, was Finn und Max mit einem lauten Prusten kommentiert hatten. »Mamas sind keine Mädchen!«

»Sondern?«

»Mamas!«

»Und was bin dann ich?«, hatte Nelly gefragt.

Unsicher hatten sich die zwei angeschaut und dann miteinander geflüstert. Schließlich waren sie mit vor Eifer glühenden Wangen zu einem Statement bereit: »Du bist keine Mama, keine Oma und kein Mädchen, aber du kennst verdammt gute Schimpfwörter, deshalb bist du eine Piratin.«

Das hatte Nelly so gut gefallen, dass sie den Rest des Abends mit einer improvisierten Augenklappe herumgerannt war und jeden Satz mit einem ordentlichen Fluch oder einer deftigen Beschimpfung gewürzt hatte – wobei ›elender Affenpupser‹ noch das Harmloseste gewesen war.

Nelly und Julia saßen sich am Küchentisch gegenüber, hatten beide ihre Füße auf einem Stuhl hochgelegt, knabberten Erdnüsse und erholten sich vom Herumtoben mit den Jungs. Wie in stillschweigender Übereinkunft hatten sie den ganzen Tag über keine Silbe mehr über die Biopsie verloren, und Nelly war froh darüber. Man konnte sowieso nichts tun außer abzuwarten. Sie nippte an ihrem Rotwein, während sich Julia mit Ingwer-Zitronen-Tee begnügte, weil sie noch nach Hause fahren musste.

»Es war eine gute Idee, den Tag mit Max und Finn zu verbringen«, sinnierte Nelly und tippte auf die Augenklappe. »Danke.«

»Das war keine trickreiche Idee von mir«, wehrte Julia ab, »sondern die einzige Möglichkeit. Aber wir sollten uns langsam auf den Weg machen, damit die zwei rechtzeitig ins Bett kommen.«

Die Vorstellung, nach diesem turbulenten Tag allein in der leeren Wohnung zurückzubleiben, erfüllte Nelly nun doch mit Grauen.

»Verrätst du mir endlich, was es mit dem Sich-Entschuldigen-Müssen auf sich hat?«, fragte sie.

»Erkenntnisse und Enthüllungen!« Julia sagte das so leicht dahin, aber sie straffte die Schultern und setzte sich aufrechter.

Nelly warf ihr einen, wie sie hoffte, aufmunternden Blick zu. »Wow, das hört sich gut an. Und mach dir keine Sorgen um mich, heute kann mich wirklich nichts mehr erschüttern. Es sei denn ...« Sie legte ein Kunstpause ein, lächelte dann aber, als sie merkte, wie Julia noch nervöser wurde. »... du wolltest mir verkünden, dass du unser neuer Erlöser bist und ich dich jetzt anbeten muss.«

Julia kicherte und warf ein paar Erdnüsse nach Nelly.

Dann wurde sie plötzlich wieder ernst. »Erinnerst du dich an mein Bild mit dem weißen Hasen?«

»Beruhigend, dass wir über einen weißen Hasen sprechen, und nicht über einen armseligen Stall mit Ochsen, Eseln und Schäfchen …«, feixte Nelly.

»Und ganz ohne Hirten und Heilige Drei Könige. Nein, wir reden nur über eine leere Krippe.«

Nelly legte ihre Hand auf Julias Arm. »Hey, das stimmt doch gar nicht. Du hast schließlich zwei wundervolle Jungs in dieser Krippe!«

Julia ging nicht darauf ein.

»Darüber wollte ich gar nicht mit dir reden, sondern darüber, woran ich mich sonst noch erinnere.« Sie holte tief Luft. »Es bedeutet nämlich, dass ich mich bei dir entschuldigen muss, und ich hoffe, dass du mir verzeihst. Du hattest also recht: Ich muss mich doch bei jemandem entschuldigen. Bei dir!«

Ungläubig betrachtete Nelly ihre Freundin. »Und was sollte das sein?«

Julia reihte die Erdnüsse zu komplizierten Mustern auf dem Küchentisch auf und schien zu überlegen, was sie als Nächstes sagen sollte.

Das Schweigen zwischen ihnen verdichtete sich. Nelly dachte darüber nach, was ihr wirklich wehtun würde, und plötzlich ging ihr ein Licht auf. Bitte, nein, wünschte sie inständig, nein, bitte, lass es nicht so etwas Abgeschmacktes sein, wie aus einer drittklassigen Telenovela.

»Hattest du was mit Lázló?«, stammelte sie.

Überrascht sah Julia hoch und ihr direkt in die Augen. »Mit Lázló? Wie kommst du denn darauf?«

»Ich weiß, Lázló hat Frauen gern den Hof gemacht, und du willst dir offensichtlich irgendein schlimmes Vergehen von der Seele reden. Also, was könnte das denn anderes sein?«

Nelly sah eine ganze Reihe von Empfindungen über Julias

Gesicht ziehen – Erleichterung, Verärgerung, Schuld –, bis ein schiefes Grinsen schließlich die Oberhand behielt.

»Es tut mir leid, Nelly, aber Lázló war nie mein Typ. Außerdem war er deine große Liebe! Du hast doch nicht ernsthaft gedacht, ich hätte mich an ihn rangeschmissen, oder?«

Doch, dachte Nelly erleichtert, man musste diesen Idioten einfach lieben, und er hatte Julia immer gemocht. »Also, in drei Teufels Namen, was ist es denn dann?«

»Wo du gerade Gott anführst …« Julia rang sich ein nervöses Lachen ab. »Ich rede von Thomas. Ich war damals von Thomas schwanger. Wir hatten also beide was mit ihm.«

Nelly spürte, wie ein Lachen in ihr hochstieg und dann explodierte. Sie musste vor lauter Erleichterung derart gackern, dass ihr die Tränen kamen und die Zwillinge angelockt wurden, weil sie Angst hatten, etwas zu verpassen.

Nachdem sie die beiden wieder ins Wohnzimmer zurückgescheucht hatten, keuchte Nelly: »Thomas? Im Ernst? O, wenn sein kleines, frommes Frauchen doch nur wüsste, welch üble Schuld er in jungen Jahren auf sich geladen hat!«

»Er weiß es ja gar nicht, ich hab's ihm nie gesagt. Schließlich war es nur ein einziger, bescheuerter, verantwortungsloser One-Night-Stand. Der einzige, den ich je hatte. Nüchtern wusste ich ja, dass du mit ihm eine Affäre hattest, aber betrunken war mir das alles egal … Mein Verhalten war echt das Allerletzte.«

Nelly tupfte sich die Lachtränen ab.

»Julchen, du bist wirklich zu moralisch für diese Welt. Wir hatten doch nur Sex. Du musst doch gewusst haben, dass ich Thomas nie geliebt habe, wir wollten bloß ein bisschen Spaß!«

»Spaß!«, wiederholte Julia bitter. »Tja, und ich bin dann aus Spaß schwanger geworden.«

Jetzt verstand Nelly, warum Julia das alles verdrängt hatte

und warum sie ihre Freundin damals im Krankenhaus belogen hatte. Julia hatte sich selbst nie verziehen, was passiert war.

»Das alles ist doch Jahre her, Julia! Und du bist viel zu streng mit dir.«

»Findest du? Aber du weißt ja noch nicht alles. Ich hatte mir geschworen, dass mir das nie wieder passieren würde. Ich würde nie mehr ohne Verhütung mit einem Mann schlafen. Aber dann ist es doch wieder passiert und zwar an dem Abend, an dem ich mit Alex Schluss gemacht habe.«

»Das gibt's doch nicht!«

»Doch!«

Nie im Leben hätte Nelly es für möglich gehalten, dass ausgerechnet Julia so viele Geheimnisse vor ihr hatte. Sie nickte ihr auffordernd zu. »Warum wolltest du dich von Alex trennen?«

»Das ist doch egal, jedenfalls hatten wir ungeplant Sex, und prompt bin ich wieder schwanger geworden. Und diesmal war für mich klar, dass ich dieses Kind behalten würde. Ich war siebenunddreißig, und ich wollte es unbedingt. Als Alex das erfahren hat, war er überglücklich. Er fand, das sei doch ein Wink des Schicksals, und er wollte, dass wir es noch mal miteinander versuchen. Als es dann sicher war, dass ich sogar Zwillinge erwartete, war mir klar, dass es wirklich für uns alle das Beste wäre, bei Alex zu bleiben. Er ist ein guter, verantwortungsvoller Vater.«

Wen wollte Julia da eigentlich überzeugen?

»Weißt du was, Julia, ich brauche keine Entschuldigung von dir. Der einzige Mensch, bei dem du dich entschuldigen müsstest, bist du selbst. Und ich glaube, wenn du dir schon früher diesen vermeintlich ach so schlimmen Fehltritt mit Thomas und die Abtreibung verziehen hättest, dann wäre das alles jetzt nicht so radikal aus dir herausgebrochen.«

»Frau Doktor Balaczs gibt mal wieder eine gratis Therapiestunde.«

»Nenn mich Dr. Freud!«

Sie schwiegen einen Moment.

Julia nickte langsam und entschlossen. »Damals dachte ich, ich hätte keine andere Wahl, um der Zwillinge willen. Aber jetzt weiß ich, dass das nicht stimmt. Ich habe eine Wahl. Und darüber muss ich mit Alex sprechen. Es macht mir schreckliche Angst, und die Zwillinge werden es hassen, aber ich muss das tun, bevor ich daran ersticke, immer nur ›seine Frau‹ zu sein.«

Nelly musste sich ein paar Mal räuspern, bevor sie etwas sagen konnte.

»Heißt das, du willst Alex verlassen?«

»Ich weiß es nicht.« Julia raufte sich die Haare und kaute auf ihrer Unterlippe herum. »Aber ich spüre, dass ich etwas ändern muss. Ich will mehr, als mich nur um den Haushalt zu kümmern und mit den Jungs Grammatik zu üben. Ich bin nicht nur praktisch veranlagt.«

Nelly holte noch eine Dose Erdnüsse aus dem Schrank.

»Für mich bist du die praktischste Frau, die ich kenne.«

»Vielen Dank!«

»Ja, *und* du hast auch noch viele andere Seiten, die in dir schlummern. Rede mit Alex darüber. Man kann viel über ihn sagen, und du weißt, dass ich kein großer Fan von ihm bin, aber ich glaube, er liebt dich wirklich und möchte, dass du glücklich bist.«

Julia nahm eine Handvoll Nüsse. »Vielleicht hast du recht, und das ist genau der Punkt. Weil ich spüre, dass er mich liebt, bin ich bereit, alles zu tun, um ihn glücklich zu machen. Aber das ist nicht aufrichtig. Alex hätte jemanden verdient, der ihn ebenso liebt.«

»Aufrichtigkeit wird überschätzt.« Nelly dachte daran, dass László davon überzeugt gewesen war, jeder sollte ein paar kleine Geheimnisse vor seinem Partner haben.

»Und Glück auch. Jeder muss hin und wieder Opfer für seine Beziehung bringen.«

Verblüfft sah Julia Nelly an. »Du willst mich auf den Arm nehmen, oder? In eurer Beziehung war doch alles perfekt. Die große Liebe in jeder Hinsicht.«

Nelly war hin und her gerissen. Sie hatte nie mit Julia darüber gesprochen, weil es zu schmerzlich gewesen war.

»Du hast mich nie gefragt, warum wir keine Kinder haben.«

»Doch, das habe ich. Einmal, kurz nach der Geburt der Zwillinge, aber da hast du mir in so einem ungnädigen Ton mitgeteilt, ihr wolltet eben keine, dass ich mich nicht getraut habe, jemals wieder nachzufragen.«

»Lázló wollte keine, und in dieser Hinsicht war er zu keinem Kompromiss bereit. Er wollte, dass wir beide ganz in unserer gegenseitigen Liebe aufgehen. Er wollte mich nicht mit schreienden Nächten teilen.« Nelly nahm einen Schluck Rotwein. »Ich liebe Kinder«, presste sie hervor, »aber Lázló war einfach unwiderstehlich, und deshalb haben wir uns gemeinsam dafür entschieden, keine zu haben.«

»Du wärst sicher eine großartige Mutter geworden …« murmelte Julia.

»Unsinn, ich bin Piratin und nur stundenweise gut. Mir fehlt das Masochisten-Gen, wie du es hast, um eine wirklich gute Mutter zu sein.«

Julia bedeutete Nelly mit einem Blick, dass die Zwillinge sich angeschlichen hatten, und die warfen sich auch gleich mit lautem Geheul auf sie, Finn auf Nelly, Max auf Julia. Nelly tat ihnen den Gefallen, kreischte schrill und nannte sie Dinodödel, weil es alle zum Lachen brachte. Was für ein Ende für diesen miesen koboldkackekäseköttelklötenkotzigen Tag. Nein, korrigierte Nelly sich, so mies war der Tag dann doch nicht gewesen. Sie hatte die Biopsie überstanden und war den ganzen Tag ehrlich zu Julia gewesen. Lázló hätte es wohl so formuliert: Ihr habt das nächste Level erreicht!

Nachdem sich alle wieder beruhigt hatten, erklärte Julia, dass sie jetzt nach Hause fahren müssten, und fing an, Kleider, Schuhe und Spielzeug der Jungs zusammenzusuchen.

Als die drei schon in der Tür standen, hörte Nelly, wie Finn seine Mutter fragte, was denn »Klötenkotze« sei, und sie beneidete Julia nicht um die Aufgabe, ihm darauf eine Antwort zu geben.

30. KAPITEL

Wenn es den richtigen Moment sowieso nicht gibt, dann kann ich es auch jetzt tun, oder wenigstens gleich, oder zumindest heute. Das sagte Julia sich seit zwei Tagen, jeden Morgen beim Aufstehen, unter der Dusche, beim Kochen, beim Autofahren, beim Vorlesen und Reden mit anderen Müttern, aber wenn es dann so weit war, brachte sie kein Wort über die Lippen. Dabei war es geradezu hinterhältig, Alex über ihre Pläne im Unklaren zu lassen. Er war davon überzeugt, alles sei in bester Ordnung, jedenfalls verhielt er sich so.

Und genau das machte es ihr so schwer, mit ihm zu reden – nein, nicht einfach nur schwer, nahezu unmöglich. Aus seiner Warte betrachtet, hatte er alles richtig gemacht. Er gab sich Mühe mit den Jungs, verdiente viel Geld, mit dem er dafür sorgte, dass es seiner Familie gut ging, und sie wollte das jetzt alles kaputtmachen. Andere Frauen würden sich schwer ins Zeug legen, um einen Mann wie Alex an Land zu ziehen. War das vielleicht doch nur eine Art Midlife-Crisis? So ein Selbstverwirklichungs-Schwachsinn, nur weil sie einfach nicht einsehen wollte, dass man in der Liebe immer Kompromisse machen musste? Aber das galt für andere Frauen, sie wollte nicht länger diese Art von Kompromissen eingehen.

Aber wenn sie ihn verließe, würde für die Zwillinge eine Welt zusammenbrechen und Alex wäre am Boden zerstört. Auf keinen Fall durfte sie ihm verraten, dass sie ihn nicht so liebte, wie er es verdient hätte. Wenn sie nur wüsste, wie sie es anfangen sollte. Vielleicht sollte sie eine Trennung auf Zeit vorschlagen. Aber eine solche Trennung auf Zeit würde das ganze Elend nur verlängern. Alex würde aus allen Wolken fallen. Er würde lächeln und sie fragen, ob sie ihre Tage bekäme oder ob das der Anfang der Wechseljahre sei. Und Julia hatte keine Antworten parat, nur dieses unabänderliche Gefühl in ihrem Bauch, dass sie Alex aus den falschen Gründen geheiratet hatte und dass sie so nicht weitermachen konnte. Sie wollte weder als Lehrerin arbeiten, noch ihre Tage damit verbringen, sich darum zu kümmern, dass die Jungs immer und in allem die Besten waren. *Sie wollte das Beste für ihre Jungs,* und das bedeutete nicht zwangsläufig, im Alter von sechs Jahren Algebra zu beherrschen. Und auf gar keinen Fall wollte Julia noch länger praktisch sein.

An diesem Punkt musste sie lächeln, denn das würde sie wohl niemals ablegen. Und rein praktisch war sie froh, dass das Haus, in dem sie lebten, ihr gehörte und niemand von ihr verlangen konnte, dass sie hier auszog. Denn eine alleinerziehende Mutter konnte sich in München die Miete für ein Haus mit Garten nicht leisten. Und was, wenn Alex durchdrehte und ihr die Jungs wegnahm? Immerhin war er Anwalt, und zwei seiner Kollegen in der Kanzlei waren auf Familienrecht spezialisiert.

Nein, das waren lächerliche Horrorszenarien. Für Max und Finn war alles andere als ein gemeinsames Sorgerecht undenkbar. Und wenn sie tatsächlich lieber bei ihrem Vater wohnen wollten? Der Gedanke trieb ihr die Tränen in die Augen. Bist du bereit, dieses Risiko einzugehen?, fragte sie sich. Stell dir das mal vor, mit allen Konsequenzen. Du siehst sie nur noch am Wochenende, und Schluss. Du kriegst nicht mehr mit, was täglich passiert, du bist raus. Willst du das riskieren? Doch was wäre die Alternative? Dass alles so bliebe, wie es war, und sie an ihrem Zorn darüber förmlich erstickte.

Könnten sie es nicht doch noch irgendwie gemeinsam hinbekommen? Genau das würde Alex anbieten, aber Julia wusste, nach spätestens einer Woche wäre alles wieder so wie vorher. O Gott, und an den Eisberg hatte sie noch gar nicht gedacht.

Sie musste es heute Abend tun, wenn die Jungs im Bett waren. Heute Abend oder nie.

Alex kam gut gelaunt vor sich hin pfeifend nach Hause, was es für Julia nur noch schwerer machte, ihren Entschluss umzusetzen.

Sie hatte nur eine kleine Brotzeit vorbereitet, in der Annahme, dass keiner mehr viel essen würde, nachdem sie begonnen hatten zu reden.

Alex holte sich ein Bier aus dem Kühlschrank und fragte Julia nach den Jungs, weil er sie wie fast jeden Abend verpasst hatte. Sie schliefen.

»Wir müssen reden«, sagte Julia.

»Ist was passiert?« Alarmiert stellte er die Flasche ab und sah sie fragend an.

»Ja. Nein. Es ist nicht so einfach.«

»Schatz, du klingst furchtbar, ist etwas mit den Jungs?«

»Nein. Denen geht es gut. Es geht vielmehr um uns.«

»Okay.« Er stellte das Bier ab.

Julia konnte nicht länger drum herum reden.

»Ich möchte mich von dir trennen.«

»O.« Alex rang sich ein Lächeln ab. »Das meinst du doch nicht ernst, Schatz.« Er hob beide Hände und wedelte begütigend damit durch die Luft.

»Doch.« Und dann sprudelte es aus Julia heraus, als hätte sie es von langer Hand geplant. »Ich möchte, dass wir uns trennen und dass wir das gemeinsame Sorgerecht für die Jungs haben und sie hier bei mir wohnen, wo du sie jederzeit besuchen kannst.«

»Geht es dir gut? Was ist denn los?« Alex sah sie verzweifelt an.

»Mir geht es gar nicht gut, und das alles fällt mir nicht leicht, aber ich weiß, dass es das Richtige für uns ist.«

»Das Richtige für UNS?« Alex zog die Augenbrauen hoch. Seine Hände umklammerten die Bierflasche so fest, dass seine Knöchel weiß hervortraten. »Schatz, vielleicht machst du eine Krise durch, möchtest du, dass wir zur Paartherapie gehen?«

Julia schüttelte energisch den Kopf. »Nein, das würde nichts ändern.«

Plötzlich ließ er die Flasche los, schlug mit der Faust auf den Tisch und brüllte: »Hast du einen anderen?«

»Nein.«

»Aber was willst du denn dann? Das kommt jetzt alles reichlich überraschend. Du hast mich ja geradezu aus dem Hinterhalt überfallen. Nie hast du auch nur ein Wort gesagt.«

»Ich habe es versucht, es tut mir leid.«

»Es tut dir leid?« Alex schäumte. »Es tut dir leid? Julia, ich liebe dich, und das weißt du ganz genau. Tu mir das nicht an, und selbst wenn ich dir egal bin, dann denk doch mal an unsere Jungs.«

Julia schluckte die aufsteigenden Tränen hinunter. »Das tue ich. Aber ich glaube, es ist besser, wenn sie in einer aufrichtigen Umgebung aufwachsen.«

»Aufrichtig?«, schnaubte Alex, sprang auf und lief zornig auf und ab. »Aufrichtig? Seit wann denkst du schon darüber nach? Du bist doch wirklich das Allerletzte. So hinterhältig! Oder willst du wirklich behaupten, dass dir das alles ganz plötzlich eingefallen ist?«

Es war noch viel schlimmer, als Julia es sich ausgemalt hatte. Sie konnte jedes seiner Worte verstehen, und das war entsetzlich schmerzhaft.

»Meine Mutter hat mich immer vor dir gewarnt. Von wegen zart, hat sie gesagt, Julia ist bretthart, ein egomanischer Eisklotz! Und recht hat sie gehabt!«

Ich werde nicht darauf einsteigen, nahm Julia sich vor. Seine Mutter konnte ihr ab sofort egal sein. Die Königsberger Klopse im Eisschrank schossen ihr durch den Kopf.

»Julia, ich weiß wirklich nicht, was in dich gefahren ist.« Er blieb drohend vor ihr stehen, und seine Stimme überschlug sich. »Ist das der Dank dafür, dass ich dich auf Händen getragen habe? Dass ich dir gottverdammt treu war all die Jahre?«

»Ich danke dir für alles, was du uns gegeben hast, wirklich. Aber wir tun uns nicht gut. Obwohl wir beide völlig in Ordnung sind …«

»O ja, voll in Ordnung!«, höhnte Alex, nahm einen Teller und warf ihn an die Wand, wo er mit lautem Klirren zersplitterte.

Entsetzt starrten sie sich in der anschließenden, geradezu ohrenbetäubenden Stille an und lauschten, ob die Jungs aufgewacht waren.

Julia holte Schippe und Besen und machte sich daran, die Scherben wegzukehren. Alex trat zu ihr, nahm ihr ruppig das Kehrset weg und fegte die Scherben selbst zusammen.

»Tut mir leid. Ich weiß nicht, was in mich gefahren ist«, murmelte er, und Julia wollte schon sagen, es sei okay, aber dann verkniff sie es sich, weil sie ihn nicht noch wütender machen wollte.

Nachdem er die Scherben in den Mülleimer geworfen hatte, drehte er sich zu ihr um. »Wenn wir beide so völlig in Ordnung sind, dann klär mich doch mal genau darüber auf, was hier eigentlich los ist, denn ich verstehe es nicht. Du hast keinen anderen, ich misshandle weder dich noch die Jungs, noch betrüge ich dich mit anderen Frauen, nein, ich liebe dich. Es ist deine Pflicht als meine Frau, mir das zu erklären!« Er suchte ihren Blick und sah sie verzweifelt an.

Julia fühlte sich so nackt und hilflos wie selten.

»Ich kann dir nicht erklären, was ich selbst nicht verstehe, aber ich weiß, dass ich mich von dir trennen möchte. Wir passen nicht zusammen. Du willst eine Frau, die ich nicht länger sein kann. Wenn wir zusammenbleiben, versuche ich immer nur, dir zu gefallen, und …« Sie suchte nach Worten und holte tief Luft. »… bin nicht echt.«

»Nicht echt? Du hörst dich an wie Finn, wenn er von einem Monsterfilm erzählt.«

»Vielleicht bin ich ja ein böses Monster.«

»Und was für eins. Du …«, setzte er mit gepresster Stimme an, räusperte sich, nahm Anlauf, brachte aber keinen Ton heraus und flüsterte schließlich: »… du brichst mir das Herz, Julia.«

Julia spürte, wie ihr die Tränen in die Augen stiegen. Alex sah sie fassungslos an, dann reichte er ihr ein Glas Wasser.

»Du bist die Frau meines Lebens, und du weißt, wie sehr ich meine Familie liebe.«

Gottverdammt, er hat recht, aber ich will das trotzdem, dachte Julia. Und jetzt konnte sie die Tränen nicht mehr zurückhalten. Sie trank einen Schluck Wasser, um sich zu beruhigen, und ihr wurde klar, dass das Höchste, was sie momentan erreichen konnte, eine Auszeit war. Nur das wäre fair ihm gegenüber, denn sie hatte ihn kalt erwischt.

»Und weil ich euch alle so liebe, biete ich dir jetzt einen Deal an.« Alex bemühte sich vergeblich, seine Stimme zu kontrollieren, um so geschäftsmäßig zu klingen wie der Anwalt, der er war. Und das gab Julia wieder ein gewisses Maß an Selbstsicherheit zurück, die angesichts seiner Reaktion beinahe zerbröckelt wäre.

»Ich ziehe für einen Monat hier aus. Du sagst den Jungs, ich sei für die Kanzlei unterwegs, und dann sehen wir weiter. Immerhin weiß ich, dass du sie niemals gegen mich aufhetzen würdest, so etwas wäre unter deiner Würde.«

Allein, dass er es erwähnte, war schon unterirdisch, fand Julia, aber er war eben Anwalt und musste alle Eventualitäten in Betracht ziehen.

»Bei beruflichen Veranstaltungen in dieser Zeit begleitest du mich so wie immer, okay?«

Julia hätte zu allem Ja und Amen gesagt, nur um Bewegung in ihre Ehe zu bringen. Vielleicht würde Alex nach diesem Monat leichter in eine dauerhafte Trennung einwilligen, allein schon, weil er sich dann nicht mehr so überfahren vorkäme.

»Morgen früh kümmere ich mich um alles. Jetzt gehe ich ins Bett, du kannst die Kammer nehmen.« Und leiser fügte er noch hinzu: »Vielleicht bringt dich eine schlaflose Nacht ja dazu, dein hirnrissiges Verhalten zu überdenken.« Alex nahm die Flasche Bier, die er vorhin aus dem Kühlschrank geholt hatte, und trank sie in wenigen Schlucken aus. Dann nahm er sich noch ein Bier aus dem Kühlschrank und verschwand nach oben.

Julia sah ihm nach. Sie war erleichtert, dass sie es endlich hinter sich gebracht hatte. Und obwohl es noch schlimmer gelaufen war, als sie befürchtet hatte, fühlte es sich immer noch richtig an.

31. KAPITEL

Am Tag nach der Biopsie hatte Nelly sich lange im Spiegel betrachtet, erst mit Kleidern, dann nackt. Sie hatte versucht, sich vorzustellen, wie sie ohne Brust aussehen würde. Wie gut, dass Lázló das nicht mehr erleben musste, hatte sie gedacht und schwer geschluckt. Ob er sie trotzdem noch schön und begehrenswert gefunden hätte? Das Pflaster, das die Ärztin nach der Biopsie auf die winzige Wunde geklebt hatte, war beim Duschen abgegangen, und Nellys Brüste sahen aus wie immer. Freundlich, hatte Lázló immer gescherzt. Sie würden ihn so freundlich anschauen. Nicht sexy?, hatte sie zurückgefragt. Doch, beteuerte er, unglaublich sexy, aber auch freundlich, und dann hatte er ihr, als sie das nächste Mal in der Sauna gewesen waren, unfreundliche Brüste gezeigt, damit Nelly verstand, was er damit meinte.

Würde ihr Busen nach einer Amputation immer noch freundlich aussehen? Oder war ihr ganzer Körper längst von todbringenden Metastasen durchsetzt, obwohl er noch so gesund aussah?

Nelly dachte an die Silvesterliste und daran, wie dumm sie gewesen war. Sie hatte die Aktfotos erst nach dem Urlaub, braun gebrannt und vom Schwimmen gestählt, machen lassen wollen. Wie erbärmlich! Ihr Körper war schön, so wie er war. Und, dachte Nelly, wenn ich jetzt Bilder machen lasse und dann wirklich unters Messer muss, könnte ich danach auch Bilder machen lassen und darüber einen Artikel schreiben, um anderen Mut zu machen, anstatt mich hier zu verkriechen und mir selbst leidzutun.

Sie zog den Bademantel an, ging zum Computer und suchte nach Fotografinnen, die Aktstudien anboten.

Nachdem sie mit einigen Studios gesprochen hatte, war sie schließlich überzeugt, das Richtige gefunden zu haben, und vereinbarte einen Termin für den übernächsten Tag.

Es brannte ihr geradezu unter den Nägeln, über ihren Entschluss mit den Aktfotos zu schreiben, nicht nur für Julia. Vielleicht konnte sie ja auch einen Artikel in einer Frauenzeitschrift unterbringen.

O ja, hörte sie eine zynische Stimme in ihrem Kopf, vor allem dann, wenn es wirklich Krebs ist und es dann möglichst dramatische Vorher-Nachher-Fotos von dir gibt.

Sie rief Julia an, um ihr von ihrer Idee zu erzählen, aber sie kam gar nicht dazu, weil ihre Freundin sofort wütend lossprudelte.

Alex war ausgezogen.

Na prima, dachte Nelly, ein Fortschritt. Das hatte Julia doch gewollt, aber warum klang sie dann so aufgebracht?

»Stell dir vor, er ist nicht in ein Hotel gezogen, so wie er es großspurig angekündigt hat, sondern zu seiner Mutter, die immerhin zweihundert Kilometer entfernt von der Kanzlei wohnt. Wie findest du das? Alex ist doch erwachsen, oder nicht?«

Mit Schaudern dachte Nelly an Gisela, die zwar sehr organisiert war, wenn sie etwas unbedingt wollte, und noch viel besser darin, höchst systematisch die Arbeit auf andere zu verteilen, die sie nicht machen wollte. Sie war keine Mutter Teresa und sicher auch keine Trösterin, vielmehr würde sie Alex dazu anstacheln, sich an Julia zu rächen.

»Ich hätte gedacht, Alex hält das vor seiner Mutter geheim, bis unsere Trennung wirklich endgültig ist«, ereiferte sich Julia.

»Vielleicht hofft er, dass sie ihn emotional unterstützt, und es ist ihm lieber, als allein im Hotel zu wohnen.«

»Ganz sicher beglückwünscht sie ihn zu unserer Trennung. Sie hat mich nie besonders gemocht, ich war ihr immer schon zu chaotisch!«

Die einzige Chaotin weit und breit bin ich, dachte Nelly. Sie war diejenige, die immer alles auf den letzten Drücker erledigte, die bei Verabredungen immer ein bisschen zu spät kam, verlotterte Mäntel trug und Blusen, an denen ein Knopf fehlte. Merkwürdig eigentlich, dass Lázló eben das an ihr geliebt hatte, wo er doch genauso ordentlich gewesen war wie Julia.

»Hörst du mir überhaupt zu?«, fragte die jetzt. »Er zieht zu seiner Mutter!«

»Aber das kann dir doch egal sein. Hauptsache, er ist aus dem Haus raus. Und wenn Gisela genug Gift gegen dich verspritzt, willigt er vielleicht schneller in eine endgültige Trennung ein.«

»Du hast recht. Ich weiß auch nicht, warum mich das so aufregt. Stell dir vor, er hat mir Blumen geschickt, diese grauenhaften langstieligen roten Rosen.«

Nelly wusste, dass Anemonen und Duftrosen Julias Lieblingsblumen waren. Aber Lázló hatte ihr auch immer genau diese aseptischen Rosen geschenkt, obwohl sie ihm viele Hinweise auf Tulpen, Ranunkeln, Maiglöckchen und Pfingstrosen gegeben hatte. Vielleicht mochten Männer diese Rosen einfach gern, weil sie teuer waren und ihnen das Gefühl gaben, ihre Frauen wie Königinnen zu behandeln.

»Immerhin gibt er sich Mühe. Wie geht es denn den Jungs damit?«

»Gut. Sie finden es zwar doof, dass ihr Vater so viel arbeiten muss und er in nächster Zeit gar nicht mehr zu Hause sein wird, doch die Aussicht, mit ihm das nächste Wochenende zu verbringen, hat sie mächtig aufgeheitert. Allerdings bin ich mir nicht so sicher, ob sie das auch so gern mit ihm und Gisela verbringen wollen.«

»Und wie geht es dir? Du klingst trotz allem sehr energiegeladen.«

»Findest du? Ich sollte mich erleichtert fühlen, aber ich bin es nicht. Was, wenn es doch so ist, dass man im Leben Kompromisse eingehen muss? Schließlich trage ich die Verantwortung den Zwillingen gegenüber.«

»Ja, die hast du, aber du trägst auch die Verantwortung für dich selbst. Nicht nur die Zwillinge, auch du hast nur dieses eine Leben, und du solltest dir schon Gedanken darüber machen, wie du es leben willst. Ich denke, dafür war unser Silvesterplan vielleicht gar nicht so schlecht.«

»Apropos Silvester. Alex hat mir dann noch an den Kopf geworfen, dass unser Plan nicht die Spur originell sei, sondern total abgelutscht, und man so was eigentlich ›Löffelliste‹ nennt.«

»Löffelliste?«

»Ja, also eine Liste von den Dingen, die man noch machen will, bevor man den Löffel abgibt.«

»Hat er mal darüber nachgedacht, was er gern tun würde?«

»Natürlich nicht. Er findet es kindisch. Unreif.«

»Manches auf der Liste ist es bestimmt auch. Und genau die Sachen machen am meisten Spaß. Unter Umständen auch das, was ich übermorgen machen werde.«

»Und das wäre?«

Nelly erzählte ihr von den Aktfotos und erkannte an Julias entsetztem Luftholen, dass ihre Freundin sich mies fühlte, weil sie die Biopsie völlig vergessen hatte.

Julia wollte wissen, ob sie zu den Fotoaufnahmen mitkommen sollte, aber Nelly lehnte ab, das würde sie nur befangener machen. Sie versprach, Julia einen Bericht darüber zu mailen.

Und das tat sie dann auch.

Liebe Julia,
ich habe das Ganze so launig geschrieben, damit ich es auch einer Zeitung anbieten kann. Und darüber bin ich sehr froh, denn zum ersten Mal seit Lázlós Tod gibt es etwas, von dem ich denke, dass es tatsächlich auch für andere Frauen interessant sein könnte.

Aktfotos
Als meine Haut noch straff über den gut gepolsterten Knochen saß, fand ich Frauen, die sich für den Playboy auszogen, ziemlich hohl, wie konnte man sich freiwillig zur Onaniervorlage für Männer machen lassen, statt einen Job als Pilotin anzustreben? Seither hat sich mein Hirn, umgekehrt proportional zu den Körperteilen, die sich der Kraft der Erdanziehung nicht länger entziehen können, weiterentwickelt. Oder um es einfacher zu sagen: Ich denke mit zunehmendem Alter anders darüber. Vor allem, seit ich täglich mit spannenden Neuentdeckungen aus meiner Körperwelt konfrontiert werde. Zuerst waren es nur so lächerliche Feststellungen wie: War dieser Altersfleck gestern auch schon da, und wie schnell wird er größer werden? Werde ich demnächst den Rasierer an anderen Stellen als sonst benutzen müssen?

Aber dann kam plötzlich eine sehr viel ernstere Sorge hinzu:

Ist der Knoten in meiner Brust der Anfang vom Ende, oder kann man mit einer Amputation den Rest meines Körpers noch retten? Und wie werde ich dann mit diesem Anblick leben?

Natürlich habe ich eine Menge Selfies von mir, aber es gibt kein einziges, auf dem ich in voller Pracht nackt zu sehen bin. Nur verklemmte Bikinifotos – noch auf Papierabzügen! –, Bilder, auf denen man deutlich sehen kann, wie sehr ich mich früher für diesen, wie ich heute finde, sensationellen Körper geschämt habe.

Wenn ich diese Bilder betrachte, kann ich meine Gedanken von damals hören. Ein Wehgeschrei, wie das der Klageweiber in der antiken Tragödie: O, der Bauch! Ah, die schlaffen Schenkel! Und dann das grandios heulende Klagefinale: Iiiiiihh, *CELLULITIS!* Fast tut sie mir ein bisschen leid, diese arme wunderschöne, junge Frau. Aber das ist vorbei, jetzt bin ich erwachsen, habe die Fünfzig überschritten und muss damit leben, dass mein Körper plötzlich ein gruseliges Eigenleben entwickelt hat. Und deshalb möchte ich, bevor es endgültig zu spät ist, wenigstens einen künstlerischen Akt von mir herstellen lassen. Und zwar professionell, in einem Studio bei einer Fotografin. Auf keinen Fall bei einem Mann, denn das hätte ich mich dann doch nicht getraut. Ich stelle mir natürlich eher etwas Künstlerisches in Schwarz-Weiß vor als pornografische Detailbilder. Auch wenn ich die Bilder erstmal niemandem zeigen werde, möchte ich, dass sie schön sind. Vielleicht veröffentliche ich sie auch, je nachdem, wie die Geschichte ausgeht. Aber jetzt tue ich es erstmal ganz allein, nur für mein Ego und in Gedenken an meinen Mann.

Auf Anraten von Maya von Trypta, der Fotografin, habe ich einige Dessous mitgebracht, nur für alle Fälle. Darüber habe ich lange nachgedacht. Was meinte sie wohl damit: »für alle Fälle«? Falls ich so entsetzlich aussehe, dass auch sie nichts mehr tun kann? Aber ich kann sie ja gleich fragen, von Frau zu Frau.

Als ich an der Tür klingele, öffnet mir ein junger Mann, Typ Brad Pitt als junger Surfer, begrüßt mich herzlich und teilt mir in einem amerikanischen Akzent mit, es sei wonderful, dass ick da seie und är wörde sich schon sär auf die Session mit mir heute froien.

Ein Missverständnis. Ich lasse nur eine Frau an meinen Körper. Er muss mich verwechseln. Aber da ist auch Maya von Trypta schon und begrüßt mich ebenfalls. »Das hier ist Mick, mein Assistent aus New York«, stellt sie den Surfer stolz vor, als wäre er eine Trophäe.

O mein Gott! Ein Mann. Ein junger Mann! So jung!

»Wird er auch da sein?«

»Aber natürlich, wir mussen Sie ja schließlich richtig ausleuchten. Er wird die Reflektoren halten und das Licht prüfen. Ohne meinen Assistenten wäre ich völlig hilflos«, lacht Maya und strahlt Mick an, dann wieder mich. »Wir arbeiten heute sehr intim zusammen, da sollten wir Du sagen, okay? Ich bin die Maya, das ist der Mick.«

»Nelly«, murmle ich verdattert und überlege, ob ich diese ganze intime Zusammenarbeit noch schnell abblasen kann. Allerdings hatte ich schon eine saftige Anzahlung geleistet, die Maya von Trypta wahrscheinlich genau aus diesem Grund prinzipiell verlangte.

»Mick zeigt dir deine Umkleide und bringt dir ein Gläschen Prosecco, das hilft und macht dich ein bisschen lockerer.«

»Ick glaube, Nelly ist schoun locker!«, sagt Mick und schenkt mir sein Hollywoodlächeln. Wenn locker zu sein mit zittrigen Knien und Herzrasen beginnt, dann bin ich mordslocker. Ich folge ihm und frage mich, was ich mir eigentlich beweisen muss. Warum mache ich das noch mal?

Die »Umkleide« sieht so aus, wie ich mir das Empfangszimmer in einem Puff vorstelle: in der Ecke ein dick gepolsterter, roter Samthocker, an der Wand ein blaues Sofa und gegenüber ein riesiger, goldgerahmter Spiegel. Gedimmtes Licht. Mick holt aus einem kleinen Kühlschrank in der Ecke eine Flasche Prosecco und füllt eins der Gläser auf dem Tisch vor dem Sofa.

»Okay«, sagt er mit einem Kopfnicken. »Braukst du Hilfe bei die Striptease?«

»Nein.« Das schaffe ich gerade noch allein. Verdammt. So ausgeliefert habe ich mich nicht mehr gefühlt, seit ich neunzig Minuten lang nackt in einer winzigen Kabine beim Orthopäden auf die Ankunft seiner Heiligkeit, den Arzt, warten musste.

Mick zuckt mit den Schultern und verlässt den Raum. Bevor ich mich ausziehe, zerre ich meinen geliebten Bademantel aus meiner Tasche, damit ich ihn sofort anziehen kann, wenn ich nackt bin.

Warum wollte ich mich noch mal nackt fotografieren lassen? Wie lächerlich, in meinem Alter sollte man der Tatsache ins Auge sehen, dass man alt und krank ist und das langsame Siechtum beginnt. Ich schäle mich aus der schlabbrigen Jogginghose, Socken und Slip trage ich nicht, das hatte Maya schon angemahnt: Nichts anziehen, was Druckstellen auf der Haut hinterlassen könnte. Die sind auf alter Haut nämlich sehr lange sichtbar und können kaum wegretuschiert werden. Zuletzt fällt der BH, und mit ihm der füllige Busen, der garantiert keinen Bleistifttest mehr bestehen würde. Mein freundlicher Busen, der vielleicht nicht mehr lange ein Zwilling sein wird. Mir treten Tränen in die Augen, aber das ist nicht gut, denn ich bin zur Feier des Tages geschminkt. Ich wische etwas Mascara unter den Augen weg, atme tief durch und bin bereit, mir gut zuzureden.

Doch da kommt Mick schon mit Maya herein. Ich ziehe den Bademantel an und binde ihn zu. Sie nötigen mich wie ein unartiges Kind, endlich den Prosecco zu trinken, und ich stürze ihn hinunter. Ich muss wirklich lockerer werden.

Dann gehe ich mit ihnen nach nebenan ins Studio. Meine Beine erscheinen mir schwerer als sonst, die Haut reibt zwischen den Schenkeln, die Brust schwappt unter dem Bademantel hin und her, ich schwitze, und mein Herz rast. Bungee-Jumping kann nicht aufregender sein.

Wir sind da.

Jede Menge Scheinwerfer sind auf den schwarzen Hintergrund gerichtet, vor dem einige Kissen drapiert sind.

»Wie wäre es liegend?«, fragt Maya.

»Großartig.« Am besten mit einer dicken Decke drüber, denke ich. Mick reicht mir einen weiteren Prosecco, den ich hastig trinke.

Maya zeigt mir, wo ich mich wie hinlegen soll: Seitlich über eine Art Sitzsack gebettet, die Arme über den Kopf. Zum Glück darf ich den Bademantel erst mal anlassen. Mick hält handygroße Geräte an mein Gesicht und misst irgendwas, während die Fotografin hinter einer Kamera verschwindet. Ich darf still liegen bleiben, muss nicht wie die Models bei Heidi Klum jede Menge Posen »anbieten«. Auf ein Zeichen von Maya hin kommt Mick mit dem nächsten Prosecco, den ich nur allzu gern hinunterstürze. Dann soll ich mich ausziehen. Ich atme dreimal tief durch, knülle den Bademantel zusammen und werfe ihn zur Seite. Nie sind mir meine Beine welliger und delliger vorgekommen, die Haut im Dekolleté welker und die Brust eher schlauchartig als freundlich.

Und dieser fürchterliche Moment dauert ewig, bis von irgendwoher Musik an mein Ohr dringt – ich glaube, es ist Michael Jacksons *Thriller*. Na, dieser Uraltsong, das passt ja in jeder Hinsicht, denke ich und versuche, mich auf den Rhythmus zu konzentrieren statt auf meinen Körper.

Aber dann kniet Mick sich direkt vor mich und hält einen riesigen goldfarbenen Reflektor an diesen meinen Körper, der auf dem Sack liegt wie ein bleicher Walkadaver. Ich könnte seine Großmutter sein, wie albern, was mache ich hier?

Doch da, er lächelt mich an und zwinkert mir zu, und dann sagt er noch breiter lächelnd: »Gib alles!« Und plötzlich wird mir klar, dass es nur eine einzige Möglichkeit gibt, mir diese Situation erträglich zu machen. Ich sollte endlich lachen und aufhören, mich zu benehmen, als ginge es hier um eine Katastrophe von internationalen Ausmaßen. Es sind nur Fotos!

Jetzt fordert Maya mich dann doch auf, ihr ein paar Posen anzubieten. Zuerst bin ich noch wie gelähmt und schließe die Augen, damit ich mich nicht selbst anschauen muss, doch dann – es kann natürlich auch am Prosecco liegen – werde ich mutiger. Die zwei werden dafür bezahlt, versichere ich mir, es kann mir also ganz egal sein, was sie denken.

Von da an lasse ich die Augen offen und bin selbst überrascht, was mir alles einfällt. Ich räkele mich und strecke mich und lache immer befreiter, zerwühle lasziv meine Haare und tänzle herum, als ob ich in meinem früheren Leben Striptease-Tänzerin gewesen wäre. Es ist ähnlich wie beim Tanzen, wenn man endlich vergisst, dass die Zuschauer einen peinlich finden könnten.

Irgendwann gehen alle Scheinwerfer aus, und ich komme wieder zu mir. Mick reicht mir den Bademantel, in den ich diesmal ohne jede Hast schlüpfe, doch kaum habe ich ihn zugebunden, werde ich schon wieder nervös.

»Willst du die Bilder gleich anschauen?«, fragt Maya. »Aber sie sind noch nicht bearbeitet«, warnt sie mich, und ich bekomme wieder Angst vor dem, was ich gleich sehen werde.

Mit klopfendem Herzen gehe ich mit Mick zum Monitor, starre mich an und kann nicht fassen, was ich da sehe. Mein doch so unvollkommener, nicht mehr junger Körper entpuppt sich als eine eindrucksvolle Landschaft aus Licht und Schatten, Tälern und Bergen, geheimnisvollen Plätzen und geschwungenen Formen. Ein Porträt gefällt mir besonders gut: Ich sitze mit angezogenen Knien, die Arme um die Beine geschlungen, da und schaue lächelnd in die Kamera. Ja, sagt dieses immer noch ein bisschen schüchterne Lachen, ja, ich bin hier, ja, ich lebe, und ja, ich bin schön.

32. KAPITEL

Mit einem dicken Kloß in der Kehle saß Julia da und starrte auf den Bildschirm. Nelly hatte ihren Sinn für Humor wiedergefunden, und das angesichts dieser schrecklichen Ungewissheit. Sie musste ihre Freundin sofort anrufen, um ihr zu sagen, wie großartig sie diesen Text fand.

Aber Nelly war in Eile. Die Praxis hatte angerufen, Nelly sollte gleich am nächsten Morgen vorbeikommen und vorher hatte sie noch unendlich viele Dinge zu erledigen. Diese Dringlichkeit versetzte Julias guter Stimmung sofort einen Dämpfer. Sie bestand darauf, Nelly zu ihrem Termin zu begleiten, und als diese mit keiner Silbe protestierte, wurde Julia klar, wie groß die Angst ihrer Freundin sein musste.

Als sie am nächsten Morgen an Nellys Tür klingelte, wartete die nächste Überraschung auf sie. Nelly trug zum ersten Mal das türkisfarbene Wickelkleid, das Julia ihr genäht hatte. Und sie war beim Friseur gewesen, der ihre blonden, struppigen Fransen in ein glänzendes Karamellbraun verwandelt hatte.

»Wenn es nicht so unpassend wäre, würde ich sagen, du siehst zehn Jahre jünger und schlanker aus als in den letzten zehn Monaten.«

»Ja, die Farbe steht mir wirklich verblüffend gut.« Nelly berührte ihre Haare, als wären sie völlig neu. Diese Geste verstärkte Julias Angst noch. Was, wenn Nelly sich einer Chemo unterziehen musste und ihr all diese wunderschönen karamellbraunen Haare ausfielen? Nelly lächelte schief. »Und weißt du, warum ich mir solche Mühe gegeben habe?«

Julia schüttelte den Kopf.

»Ein ziemlich lächerlicher Deal mit dem Schicksal: Ich habe mir gedacht, wenn ich mir nur genug Mühe gebe und verspreche, besser auf mich zu achten, wird der verdammte Knoten harmlos sein. Und wenn er nicht harmlos ist, dann sehe ich wenigstens aus wie eine Königin, die diesem elenden Krebs schon zeigen wird, was es bedeutet, sich mit einer wie mir anzulegen.«

»Hört sich nach einem sehr klugen Deal an.«

Während der Autofahrt sagte keine von ihnen ein Wort. Julia wären ohnehin nur lächerliche Trostworte eingefallen oder irgendwelche Anekdoten von den Zwillingen, aber das hätte Nelly sofort als ein Ablenkungsmanöver durchschaut.

Als sie vor der Praxis hielten, drehte Nelly sich zu Julia um und nahm ihre Hand. »Wenn es da drin schiefgeht, wenn überhaupt alles schiefgeht – du kennst meine Patientenverfügung, du kennst mich.«

Nellys Vertrauen führte dazu, das Julia einen Kloß in der Kehle wegatmen musste, und die Verantwortung legte sich wie eine dieser Bleischürzen beim Röntgen über ihren Bauch. Sie drückte Nellys Hand und suchte nach Worten.

»Und egal, wie es ausgeht: Danke, dass du mitgekommen bist.«

Sie nickten sich zu, dann stieg Nelly entschlossen aus, beinahe, als wäre sie erleichtert, dass das Warten endlich vorbei war.

Sie betraten das Gebäude und fuhren mit dem Lift in den fünften Stock, wo sich die riesige Praxis befand.

Es kam Julia wie eine Ewigkeit vor, bis ihre Freundin aufgerufen wurde. Nelly bestand darauf, alleine zur Urteilsverkündung zu gehen.

Julia blieb in dem eleganten, mit Orchideen geschmückten Wartezimmer zurück, das voller Frauen war. Die meisten waren jünger, einige eindeutig schwanger, und eine von ihnen hatte gerötete und geschwollene Augen, als ob sie geweint hätte.

Julia nahm die neueste Ausgabe der *Vogue* von dem Stapel Zeitungen und blätterte sie mit blinden Augen durch, weil so viele Gedanken durch ihren Kopf kreisten.

Es gab Möglichkeiten. Man konnte heute lange mit Brustkrebs leben. Nelly würde das schaffen. Wenn jemand das konnte, dann Nelly. Sie war stark. Aber auch starke Menschen wurden krank. Jeder konnte Krebs bekommen. Auch sie selbst. Wenn sie sich wirklich von Alex trennen und dann sehr krank werden würde, wer würde sich dann um sie und die Zwillinge kümmern?

Ketzerische Frage: Wer würde das tun, wenn sie noch verheiratet wären? Sicher nicht Alex, der würde sich Hilfe holen, weil er niemals seinen Beruf aufgeben würde. Dann hätte sie zusätzlich noch Gisela am Hals. Also egal, ob sie verheiratet waren oder nicht, er würde sich nicht um sie kümmern. Okay, mal ganz abgesehen von solchen Horrorszenarien, wie kümmerte er sich denn sonst um sie? Gar nicht. Er wollte immer nur dann wissen, was sie dachte, wenn es ihn betraf. Wie findest du den neuen Kollegen, mein Hemd, den neuen Laptop? Als sie ihm das türkisfarbene Kleid für Nelly gezeigt hatte, hatte er nur einen kurzen Blick darauf geworfen und geistesabwesend »nett« gesagt – und noch hinzugefügt: »Vielleicht ein bisschen zu elegant für Nelly, meinst du nicht?« Damals war sie über seine Bemerkung erstaunt gewesen, doch sie hatte sich auch gefreut, weil sie dachte, damit käme zum Ausdruck, wie verwegen er Nellys Kleider fand. Heute erschien es ihr nur mehr der Ausdruck seiner gönnerhaften Herablassung.

Als sie mit ihm hatte reden wollen, weil Nelly wegen Lázlós Tod völlig zusammengebrochen war und Hilfe brauchte, hatte er zwar angemerkt, dass niemand Nelly wirklich helfen könnte, doch hatte er Julia beigepflichtet, dass es eine gute Idee wäre, wenn sie sich um Nelly kümmerte. Er mochte es gern, wenn Julia andere Menschen umsorgte.

An Weihnachten hatte er ihr ein Kleid von Jil Sander geschenkt – weil sie sich für Mode interessierte, hatte sie vermutet. Aber auf den Gedanken, dass sie, Julia Berger, geborene Sommer, davon träumte, selbst so etwas zu entwerfen, wäre er nie gekommen. Ach, und was wusste sie denn über seine Arbeit? Sicher nicht alles, aber deutlich mehr als er über *Second Life*.

Und dann kam ihr ein böser Gedanke, der seine Stacheln mit Widerhaken in ihre Seele bohrte: Wenn Alex jetzt krank werden und sterben würde, was würde sich ändern in ihrem Leben? Es wäre nicht wie bei Nelly und Lázló. Okay, man konnte und durfte niemals Äpfel mit Birnen vergleichen, schließlich waren da die Zwillinge – als Mutter musste man sich eben zusammenreißen –, aber dann war da …

Sie schluckte, sie wollte es nicht wahrhaben.

Aber …

Da war ihre gemeinsame Vergangenheit. Sie war damals sehr verliebt in ihn gewesen, in seinen umwerfend männlichen Körper und den selbstbewussten Charme, mit dem er die Entscheidungen für sie traf. Aber sie hatte ja bereits sehr früh Zweifel daran gehabt, ob ihr Zusammensein auf Dauer gut für sie wäre, und hatte sich von ihm getrennt. Und dann, in einem schwachen Moment, prompt den gleichen Fehler wieder gemacht. Leichtsinn.

Jetzt war ihr Leben mit Alex angenehm, sie war an ihn gewöhnt. Doch ihre Welt würde nicht zusammenbrechen, wenn sie sich trennten. Wie traurig. Ihre Kehle war so eng, dass sie kaum noch schlucken konnte.

Das war monströs. Sie hatte Alex mit Zwillingen an sich gekettet, obwohl sie ihn nicht wirklich liebte, nur weil sie nicht noch einmal das Gleiche durchmachen wollte. Weil sie sich selbst versichern wollte, dass diese Schwangerschaft dieses Mal nicht aus Leichtsinn passiert war, sondern aus Liebe. Schließlich wollte Alex Vater werden, und angesichts seiner Begeisterung hatte sie sich gern vorgemacht, alles sei so in Ordnung. Hatte sich vorgegaukelt, eine Trennung wäre die falsche Entscheidung gewesen und die Hochzeit die richtige. Julia wollte so gern an die große Liebe glauben, und die Zwillinge als den Wink des Schicksals sehen, der es für sie entschieden hatte.

Nelly lag völlig falsch. Es gab nur einen einzigen Menschen, bei dem sie sich wirklich entschuldigen musste, und das war Alex. Sie hätte nicht so feige sein dürfen. Julia seufzte so tief, dass die Zeitung mit einem lauten Platsch von ihren Knien auf den Parkettboden fiel und alle im Wartezimmer sie anstarrten. Es war ihr egal. Irgendwo hatte sie einmal gelesen, dass man sein Leben erst im Rückblick wirklich verstehen konnte, und genau das war gerade passiert. Weil sie alles hatte richtig machen wollen, hatte sie alles falsch gemacht. Na gut, nicht alles war falsch gewesen. Max und Finn waren richtig. Aber ihr Pflichtbewusstsein hatte sie lange genug regiert.

Es kribbelte in ihren Beinen, sie wollte aufstehen und losrennen, irgendwem verkünden, was ihr gerade glasklar geworden war. Die Trennung von Alex fühlte sich nicht länger quälend an, stattdessen erfüllte ihr Mut sie mit Freude.

Sie sah durch die großen Sprossenfenster nach draußen in den klaren, blauen Himmel, und zum ersten Mal in diesem Jahr hatte sie das Gefühl, dass die Sonnenstrahlen da draußen wirklich bis zu ihr durchdrangen. Als hätte jemand die Welt von einem Grauschleier befreit. Die Blätter der mächtigen Pappeln schimmerten silbrig im Wind und lösten in ihr den Wunsch aus, mit den Jungs Drachen steigen zu lassen und ein Kleid zu entwerfen, das bei jeder Bewegung genauso hin und her changieren würde wie diese Pappelblätter. Als sie bemerkte, dass die anderen Frauen sie immer noch betrachteten, lächelte sie in die Runde, und es war ihr völlig egal, ob man sie für etwas minderbemittelt halten würde. »Was für ein herrlicher Sommertag«, sagte sie. »Finden Sie nicht auch?«

Die anderen senkten sofort die Köpfe, niemand antwortete ihr, aber eine schnarrende Stimme über Lautsprecher bat Frau Scholz, bitte in den Untersuchungsraum 3 zu kommen.

Das riss Julia aus ihren euphorischen Gedanken und erinnerte sie wieder an den eigentlichen Grund ihres Besuches hier. Doch selbst das konnte die Erleichterung darüber, dass sie die richtige Entscheidung getroffen hatte, nur wenig dämpfen. Was auch immer mit Nelly los war, sie würden das hinkriegen.

Kurze Zeit später winkte Nelly ihr reichlich verhalten aus dem Gang zu. Es war unmöglich, aus ihrem Gesichtsausdruck schlau zu werden. Julia wurde ganz flau im Magen, und sie begann fieberhaft zu überlegen, wie sie Nelly trösten könnte, wenn sie eine niederschmetternde Diagnose bekommen hatte.

Nelly blieb stumm, bis sie alleine vor dem Lift standen.

»Und?«, fragte Julia. »Jetzt spann mich nicht so auf die Folter!«

In diesem Moment kam der Lift, in dem schon drei Männer in dunkelblauen Overalls, drei Farbeimer und eine farbbekleckste Aluleiter standen. Nelly gab ihr mit Blicken zu verstehen, dass sie erst mit ihr reden wollte, wenn keiner sonst zuhörte, und Julia musste sich wohl oder übel gedulden, bis sie wieder auf der Straße standen.

»Jetzt rede endlich! Bitte, ich halte das keinen Moment länger aus!«

Nelly warf die Arme hoch und lachte über das ganze Gesicht, dann umarmte sie Julia und drehte sich mit ihr im Kreis.

»Ich bin gesund!«, jubelte Nelly.

»Du Miststück«, murmelte Julia, aber Nelly kommentierte das nur mit einem Augenzwinkern und sprudelte geradezu über vor Freude. »Meine Blutwerte sind fantastisch, die Biopsie war völlig unauffällig, und sie konnten weder Tumormarker noch sonst irgendwelche Unregelmäßigkeiten in meinem Blut finden. Stell dir vor, nicht mal erhöhte Cholesterinwerte!«

»Das müssen wir feiern.« Erleichterung durchpulste Julias Adern wie Adrenalin. Am liebsten hätte sie nicht nur Nelly, sondern die ganze Welt umarmt. Der schöne Sommertag kam ihr jetzt noch strahlender vor.

Sie fuhren ins *Café Macarons* und bestellten sich Frühstück. Nach dem ersten Kaffee ging Nelly nach draußen, um eine Zigarette zu rauchen und ein dringendes Telefonat zu führen. Julia beobachtete ihre Freundin und hatte dabei das ungute Gefühl, dass die etwas im Schilde führte, denn als Nelly wieder reinkam, grinste sie so wie damals, nachdem sie die Scheiblette in das Diskettenfach ihres Dozenten gestopft hatte.

Nelly tat Julias Fragen mit einem Achselzucken ab, kontrollierte aber ständig unauffällig das Display ihres Handys, was Julia auch nur deshalb bemerkte, weil sie Nelly so gut kannte.

Julia gab es auf, herauszufinden, was Nelly vorhatte, und erzählte ihr, zu welchen Erkenntnissen sie im Wartezimmer gekommen war. Doch zu ihrer großen Überraschung reagierte Nelly nicht so begeistert, wie sie es erwartet hatte.

»Schön, dass dir all das klar geworden ist, aber trotzdem ist es gut, sich erst mal nur für vier Wochen von Alex zu trennen. Vielleicht merkst du dann, dass du dich geirrt hast. Glaub mir, manches wird einem erst klar, wenn man länger alleine lebt. Außerdem habt ihr die Zwillinge. Und für die müsst ihr eine Lösung finden. Ich kenne ein Paar, das hat eine Familienwohnung, in der die Kinder wohnen, und immer abwechselnd kommen eine Woche dann Mutter oder Vater dazu, und die Eltern haben je nur ein kleines Apartment.«

»Das müssen Multimillionäre sein, so etwas ist in München gar nicht zu stemmen. Und ich würde auch nie aus dem Haus meiner Eltern ausziehen. Außerdem würde das mit Alex' Beruf so nicht funktionieren. Aber ich bin sicher, wir finden eine Lösung.«

Nelly nickte. »Bestimmt. Willst du noch einen Cappuccino oder vielleicht eine Zitronentarte?« Als Julia verneinte, fragte Nelly übergangslos: »Und was ist mit Frank? Ist nicht er vielleicht der Grund für deine klugen Erkenntnisse?«

Julia lächelte verschmitzt. »Hey, du weißt doch ganz genau, was der Auslöser für das alles war.«

»Unsere Liste.« Nelly versuchte, nicht zu triumphierend zu klingen, allerdings mit mäßigem Erfolg. »Oder wie dein Alex sagt: die Löffelliste. Ich werde übrigens aufhören zu rauchen. Das da draußen war meine letzte Zigarette.«

»So etwas stand da gar nicht drauf.«

»Stimmt, aber ich höre trotzdem auf.« Nelly suchte Julias Blick. »Mir ist klar geworden, dass ich Lázló nicht ins Grab folgen möchte, jedenfalls jetzt noch nicht. Ich möchte leben. Und das wird heute gefeiert, und zwar nicht mit Alkohol, sondern mit etwas ganz anderem. Ich habe das von langer Hand vorbereitet. Lass uns zahlen, dann müssen wir noch die richtigen Klamotten holen. Wir sind wieder zurück, bevor du die Zwillinge abholen musst.«

Das war es also. Julia spürte ein leises Grummeln im Bauch, als sie Nelly zum Auto folgte, aber heute wollte sie Nelly nichts abschlagen.

Doch als sie dann Jeans und einen Pullover anziehen sollte, ohne Kapuze, dazu feste Schuhe, kam sie aus dem Staunen gar nicht mehr heraus. Wandern war definitiv nicht Nellys Ding. Oder wollte ihre Freundin wirklich einen radikalen Schnitt machen, nicht mehr rauchen und gleich noch zur Frischluftfanatikerin werden?

Julia wurde immer mulmiger zumute, als sie sich dann auf der Autobahn wiederfanden und Richtung Stuttgart fuhren.

»Willst du mir nicht endlich sagen, wo wir hinfahren?«

»Nach Günzburg.«

»Günzburg? Was um alles in der Welt sollen wir denn da? Ich kenne Günzburg vom Zug fahren, und da bin ich immer nur durchgefahren.«

»Lass dich überraschen.«

»Wellness?« Nein, dachte Julia, Wellness in Günzburg? Außerdem brauchten sie dazu keine festen Schuhe.

»Wellness ist eine gute Idee, sollten wir auch bald mal machen. Dabei können wir dann gleich einen auf reiche Diva machen, immerhin hat mir Lázló so viel Geld hinterlassen, dass wir es uns leisten könnten und ich trotzdem noch genug übrig hätte, um eine Weile unabhängig von den Aufträgen für die Verlage und Zeitungen zu sein. Aber ich möchte mit dem Geld auch etwas Sinnvolles tun.«

»Du willst das Geld karitativen Zwecken spenden? Oder eine Stiftung gründen?«

»So etwas in der Art.« Nelly grinste. »Vielleicht könnten wir in den Sommerferien mit den Zwillingen nach Italien fahren und dort mit Delfinen schwimmen. Und wenn nicht, dann schwimmen wir eben nur mit den Zwillingen.«

»Hört sich verlockend an ...«

»Ist nicht ganz uneigennützig. Ich möchte deine Söhne benutzen.«

»Benutzen?«

»Da ich offensichtlich unfähig bin, einen Roman für Erwachsene zu schreiben, dachte ich, ich könnte einen für Kinder schreiben, etwas, das den Jungs gefällt.«

»Du glaubst, es ist leichter, für Kinder zu schreiben?«

»Nicht an sich, aber für mich vielleicht schon, weil ich da nicht so viele Hemmschwellen im Kopf habe.«

Eine halbe Stunde später fuhr Nelly von der Autobahn ab auf die Landstraße, und Julia hatte immer noch keinen Schimmer, was ihre Freundin vorhatte.

»Wir sind da«, erklärte Nelly endlich und bog rechts ab auf eine große Brachfläche mit einem flachen Gebäude.

Erst beim genaueren Hinsehen entdeckte Julia die beiden Propellermaschinen hinter dem Gebäude, und ihr schwante nichts Gutes.

»Du willst zur Feier des Tages Fallschirm springen!«, stellte sie fest. Doch im selben Moment wurde ihr klar, dass Nelly noch mehr vorhatte – warum sonst hatte Julia ebenfalls feste Schuhe anziehen müssen?

»Komm mit!« Nelly stürmte voran, während es Julia immer flauer im Magen wurde. Und daran änderte sich auch nichts, als die beiden Fallschirmspringer auftauchten, mit denen sie gleich einen Tandemsprung machen sollten.

»Nelly«, zischte Julia und zerrte ihre Freundin mit sich aus dem Gebäude, in dem die Anzüge und Helme aufbewahrt wurden. »Du spinnst wohl! Bei aller Liebe, aber das mache ich nicht. Was, wenn ich dabei draufgehe? Wer kümmert sich dann um Finn und Max?«

»Die Wahrscheinlichkeit, dass wir auf der Rückfahrt einen Unfall haben, ist sehr viel höher, als dass der Schirm sich nicht öffnet.«

»Wie außerordentlich beruhigend.«

»Bitte, Julia, jetzt spring doch einmal über deinen Schatten!«

»Über meinen Schatten? Von wegen! Ich soll doch aus … wie viel Metern springen?« Julia wandte sich an einen der beiden Fallschirmspringer.

Der lächelte ihr beruhigend zu. »Wir springen nur aus 4000 Metern Höhe, das entspricht einer Freifallzeit von fünfzig Sekunden. Danach, in einer Höhe von etwa 1700 Metern, öffnet sich der Fallschirm, und dann bleiben uns noch circa fünf bis acht Minuten, in denen Sie die Aussicht genießen können.«

»Ganz toll.« Julias leicht überschnappende Stimme hatte einen hysterischen Unterton. »Nelly, du bist nicht besser als alle anderen. Immer bestimmt ihr über mich. Ich will nicht Fallschirm springen.«

Einer der Tandemmaster mischte sich ein. »Niemand springt bei uns gegen seinen Willen. Wir können zusammen rauf fliegen, und dann entscheiden Sie ganz allein, ob wir springen oder nicht, okay?«

»Und wenn ich darauf verzichte, in diesem windigen Flugzeug irgendwohin zu fliegen?«

»Das macht gar nichts«, mischte sich der andere Fallschirmspringer breit grinsend ein. »Dann verfällt der Tandemsprung, und ich springe allein.«

Wütend starrte Julia die drei an. Dann drehte sie sich um und verließ das Gebäude. Ihr Puls schäumte, alles Blut schien in ihre Beine gesackt zu sein, und sie hatte nicht mal die Notfalltropfen dabei, weil Nelly so zum Aufbruch gedrängt hatte.

Draußen starrte sie auf das stoppelige, schon von der Sonne ausgedörrte Gras der Piste und versuchte, sich darüber klar zu werden, was sie wirklich wollte. Dass Nelly so etwas wie ihre Wiedergeburt feiern wollte, verstand Julia nur zu gut. Aber sie musste da nicht mitmischen, sie konnte vom Boden aus dabei zusehen.

Ja.

Genau, Julia, bleib am Boden.

Wie immer. Julias Choice.

Keine hochfliegenden Pläne für sie. Und das im Grunde nur, weil sie davon angefressen war, dass Nelly sie hatte überraschen wollen. Julia schaute in den Himmel, der sich stechend hell und blau in ihre Augen bohrte.

Wenn sie tief in sich hineinhorchte, hatte sie nicht wirklich Angst, dass sie einen Unfall haben würde. Es war mehr die Panik davor, am Ende doch nicht den Mut zu haben, durch die Luke ins Nichts zu springen. Aber angeblich war sie untrennbar mit dem Tandemmaster verbunden, also was konnte wirklich passieren, außer dass sie sich in die Hosen machen würde? Und was, wenn es ihr so gut gefiel, dass sie es wieder tun wollte? Andererseits, was hatte sie dabei gewonnen, Haschkekse zu essen oder den Sexshop zu besuchen? Nur Geruchshalluzinationen und, na gut, sie konnte jetzt mitreden. Aber musste man immer und überall mitreden können?

Nein, musste man nicht.

Man musste gar nichts. Außer irgendwann zu sterben, und so weit würde es hier und jetzt wahrscheinlich nicht kommen. Also, was hatte sie zu verlieren? Sie würde es nie herausfinden, wenn sie es nicht versuchte.

Und außerdem – ein schiefes Grinsen verzog ihren Mund – hatte das Ganze einen netten Nebeneffekt: Die Zwillinge fänden es sicher unfassbar cool, wenn ihre Mutter ihnen erzählte, dass sie mit einem Fallschirm aus einem Flugzeug gesprungen war. Der Glanz der Piratin würde ein wenig auf sie abfärben.

Eine Stunde später, nachdem sie über Absprung-, Freifall- und Landepositionen belehrt worden waren, saß jede von ihnen mit ihrem Tandemmaster und noch drei weiteren Solo-Fallschirmspringern mit Helmkameras im laut brummenden und röhrenden Flugzeug, das sie in die Sprunghöhe von 4000 Metern bringen sollte.

Julia spürte die Vibrationen des Flugzeugs in jedem Knochen, fühlte die Wärme des Tandemmaster in ihrem Rücken und fragte sich, ob sie in ihrer Kluft und mit der Brille genauso lächerlich aussah wie Nelly, die mit ihrem Master im Rücken gegenüber von ihr saß.

Sie lächelte Nelly zu und wunderte sich, dass sie auf einmal keine Angst mehr hatte. Sie war aufgeregt, aber seit sie sich entschieden hatte, war die Panik weg. Das ist der ganze Trick, dachte sie, das mache ich von nun an öfter. Diese ewigen Zweifel hatten sie in ein Mäuschen – nein, Häschen – verwandelt, das sich vor seinem eigenen Schatten fürchtete.

Jetzt erschien alles ganz einfach. Sie lächelte noch breiter, aber Nelly erwiderte ihr Lächeln nicht.

Einer der Fallschirmspringer deutete auf die offene Luke, durch die es eisig kalt hereinzog. »Es geht los!«, brüllte er.

Julia betrachtete ihre Freundin jetzt aufmerksamer und stellte fest, dass Nelly gar nicht gut aussah. Ihre Augen waren weit aufgerissen, die Lippen fest aufeinander gepresst. Sie hatte offensichtlich Angst vor der eigenen Courage.

Überrascht griff sie nach Nellys Hand, was nicht einfach war, weil sie beide so dicke Handschuhe trugen.

»Hey!«, brüllte sie gegen den Lärm des Flugzeugmotors an. »Hey, Nelly, wir schaffen das, runter kommt man doch immer!«

Die ersten Einzelspringer ließen sich durch die offene Luke nach draußen fallen. Julia drückte noch einmal Nellys Hand, dann gab sie ihrem Tandemmaster ein Zeichen.

Sie sprang vor Nelly mit rasendem Herzschlag aus dem Flugzeug, spürte den knatternden Aufwind, schnappte nach Luft und schrie gleichzeitig. Dann stürzte sie in rasender Geschwindigkeit, konnte nichts denken, nur fallen, während der Wind, das funkelnde Licht der Sonne und ihr Atem eins waren, ganz konzentriert im Augenblick, bis der Schirm sich viel zu schnell öffnete.

Und während sie langsamer wurden und ihr Puls sich beruhigte, wusste sie, dass sie alles tun musste, damit ihr Leben sich in Zukunft so gut und richtig anfühlte wie dieses sanfte Schweben zwischen Himmel und Erde.

VIER MONATE SPÄTER

Julia hatte viel zu tun, seit sie Blake, den jungen Filmemacher, im *Ringelnatz* getroffen hatte. Nicht als Schauspielerin, nein! Sie hatte zwar in dem Film eine stumme Frau gespielt, die man immer nur im Morgenmantel beim Weinen sah, und das auch ganz gut hinbekommen. Aber schon am ersten Drehtag regierte das Chaos, denn niemand hatte Kostüme besorgt. Darum hätte sich Blakes Freundin kümmern sollen, aber die hatte kurzfristig einen großen Job in Babelsberg an Land gezogen und Blake im Stich gelassen. Julia hatte dem jungen Mann ihre Hilfe angeboten, und der hatte sie prompt für den ganzen Film engagiert. Nachdem es nirgends einen Morgenmantel gegeben hatte, der Blakes Vorstellungen entsprach, hatte sie nämlich kurzerhand einen genäht. Aus türkisfarbenem, gestepptem Chintz, mit schweinchenrosa Nähten, primelgelben Frottee-Aufschlägen und silbernen Knebelknöpfen.

Die Geschichte hatte sich schnell herumgesprochen, und jetzt bekam Julia so viele Anfragen von Low-Budget-Produktionen, dass sie sich aussuchen konnte, ob ihr ein Filmstoff gefiel und sie dabei sein wollte, oder nicht. Viel Geld verdiente sie dabei nicht. Zum Glück aber verkauften sich ihre Wickelkleider bei Marion so gut, dass *JC, Julias Choice,* schon zwei Näherinnen beschäftigen konnte.

Die Zwillinge gingen trotz Alex' heftiger Proteste in eine

Montessorischule, wo sie sich prächtig entwickelten. Max' Eisenwerte mussten immer noch regelmäßig kontrolliert werden, aber das hatten sie im Griff. Ihre Notfalltropfen hatte Julia vor Kurzem weggeworfen, weil das Verfallsdatum lange überschritten gewesen war. Sie brauchte keine mehr.

Die größte Überraschung aber hatte Alex für sie bereitgehalten. Alex, der ja nicht müde geworden war, Julia zu schwören, dass sie die Liebe seines Lebens sei und dass er sich von ihrem Verrat niemals erholen würde, wollte sich so schnell wie möglich von ihr scheiden lassen, um wieder zu heiraten. Denn Amanda war von ihm schwanger. Julia hatte sich intensiv mit der Frage beschäftigt, ob sie darüber gekränkt sein sollte, aber so war es nicht, im Gegenteil. Sie war froh, dass er glücklich war.

Am Vortag hatte Julia die Eisberge zu Alex' neuer Wohnung liefern lassen und mit Max und Finn neue Sofas ausgesucht.

Mit Frank hatte sie sich noch einmal getroffen und sich bei ihm entschuldigt, weil sie ihn so unfair behandelt hatte. Aber jetzt wollte sie erst einmal eine Weile allein sein und alles auf sich zukommen lassen, in jedem Fall würden sie sich an Silvester sehen, denn Nelly und sie planten eine große Party mit all den Menschen, die sie in diesem Jahr wiedergetroffen oder neu kennengelernt hatten.

Nelly ging neuerdings wieder regelmäßig aus – mit Mick, dem Fotoassistenten. Sie beschwerte sich zwar darüber, dass man sie jedes Mal verstohlen anglotzte, wenn sie als Paar in einer Kneipe auftauchten, aber Julia war sicher, dass Nelly es nach all den Monaten, in denen sie wie unsichtbar gelebt hatte, geradezu genoss.

Auch ihr Buch hatte Nelly tatsächlich beendet, und es war wirklich ein Kinderbuch geworden. Die Zwillinge liebten es, nicht zuletzt wegen der gruseligen Illustrationen, die Eva-Maria Schraader beigesteuert hatte. Nelly war noch einmal bei ihr gewesen, um ihr zu beweisen, dass sie ihre guten Ratschläge tatsächlich umgesetzt hatte. Darüber war Eva-Maria so begeistert gewesen, dass die beiden zusammen einen Kaffee trinken gegangen waren. Dabei hatte Nelly von ihrem Buch erzählt, und Eva-Maria hatte begonnen, auf einer Serviette Skizzen zu malen, die Nelly großartig fand. Jetzt suchten sie einen Verlag, der das Buch so nahm, wie es war, mit Bild und Text. Der zweite Satz lautete übrigens:

»In Wahrheit bin ich doch gar kein Koboldkäseköttelkackender Dinodödeldorfdorschdotterdrüsendünnschissdumpfling«, flehte das schleimige Riesenmonster und weinte tümpelgroße spinatsalatgrüne Tropfen, »und nur ihr könnt mir dabei helfen, mein geheimes wahres Ich wieder zurückzubekommen.«

QUELLENVERZEICHNIS

John Banville. *Unendlichkeiten*. Übersetzt von Christa Schuenke. Kiepenheuer und Witsch 2012.

Clemens Brentano. »Baron Hüpfenstich«. In: *Wunderbare Geschichten*. Deutsche Buch-Gemeinschaft Berlin ca. 1935.

Michael Bulgakow. *Das hündische Herz.* Übersetzt von Alexander Nitzberg. Galiani Berlin 2013.

Alexandre Dumas. *Die Kameliendame*. Übersetzt von Walter Hoyer. Aufbau 2010.

Jonathan Franzen. *Unschuld.* Übersetzt von Bettina Arbabanell und Eike Schönfeld. Rowohlt 2015.

Joey Goebel. *Heartland*. Übersetzt von Hans M. Herzog. Diogenes 2009.

Johann Wolfgang von Goethe. *Die Leiden des jungen Werther*. Insel 1998.

Marlen Haushofer. *Die Wand*. List 2004.

Peter Høeg. *Fräulein Smillas Gespür für Schnee*. Übersetzt von Monika Wesemann. Hanser 2014.

Juan Ramón Jiménez. *Herz, stirb oder singe. Gedichte.* Mit Zeichnungen von Henri Matisse. Übersetzt von Hans Leopold Davi. Diogenes 1977.

Erich Kästner. *Emil und die Detektive.* Dressler 2001.

Jack Kerouac. *Unterwegs.* Übersetzt von Thomas Lindquist. Rowohlt 1998.

D. H. Lawrence. *Lady Chatterley*. Autorisierte Übersetzung. Rowohlt 2015.

Thomas Mann. *Der Tod in Venedig.* Fischer Taschenbuch 1992.

W. S. Maugham. *Der Menschen Hörigkeit*. Übersetzt von Marion Hertle. Diogenes 2010.

Herman Melville. *Moby Dick oder Der weiße Wal.* Übersetzt von Wilhelm Strüver. Anaconda 2012.

Marcel Proust. *Auf der Suche nach der verlorenen Zeit.* Übersetzt von Bernd-Jürgen Fischer. Reclam 2013.

Leo N. Tolstoj. *Anna Karenina.* Übersetzt von Hans Moser. Reclam 1920.

Stefan Zweig. *Ungeduld des Herzens.* Insel 2013.

Weißt du, wie Eisblumen duften?

Veronika May, *Der Duft von Eisblumen*
ISBN 978-3-453-35881-2 · Auch als E-Book

Gerade frisch getrennt, verliert Rebekka im Stau die Nerven und fährt ihrem Vordermann mit Absicht auf die Stoßstange. Jetzt steht sie nicht nur vor den Trümmern ihres Lebens, sondern auch vor Gericht. Die aufgebrummten Sozialstunden muss sie bei der 88-jährigen Dorothea von Katten ableisten. Die lebt allein in einer verwunschenen Villa mit einem riesigen Garten, und zunächst scheinen die beiden Frauen nur ihre Dickköpfigkeit gemeinsam zu haben. Bis Rebekka auf ein lang gehütetes Geheimnis der alten Dame stößt und versteht, dass man sein Herz nicht auf ewig verschließen kann.

Leseprobe unter diana-verlag.de
Besuchen Sie uns auch auf herzenszeilen.de

DIANA